SUSURROS EN EL AGUA.

HISTORIAS FANTÁSTICAS XIII

JUAN SÁNCHEZ BALLESTEROS

Y

VALERIA ARDANTE

Juan Sánchez Ballesteros [jsanchezbll@gmail.com]

Web oficial de Valeria Ardante [http://valeriaardante.blogspot.com/]

Título original: *Susurros en el agua. Historias Fantásticas XIII*

Primera edición, Octubre 2020

ISBN: 9798553665029
Independently published

Ser humilde para admitir tus errores,
inteligente para aprender de ellos y
maduro para corregirlos

INDICE

1 La locura   007

2 No hay que remover el pasado   029

3 Los quince minutos   051

4 No hay mal que por bien no venga   075

5 Estúpida rivalidad   097

6 Una triste historia mágica   121

7 Sorpresa en Edimburgo   141

8 El hospital   161

9 El mensaje   183

10 Bien está lo que bien acaba   205

11 Un amor familiar   233

12 La deuda   255

13 La pluma Parker   281

14 El buen cristiano   303

15 El crucero   319

1. LA LOCURA

Ni Ana, Jacinto, Emilio o yo esperábamos vivir aquellos sucesos enigmáticos cuando realizábamos nuestras primeras y necesitadas vacaciones. Había sido un año muy difícil, tras aquella gran guerra la economía mundial estaba por los suelos y había algo en el ambiente que presagiaba que había acabado una de tantas épocas en este mundo que, a pesar de estar cansado de ver las locuras del hombre, no paraba de girar. Cuando la contienda acabó comenzó a surgir un nuevo orden mundial que conllevaba un nuevo tipo de vida con drásticos cambios, con nuevas industrias y economía, que comenzaba a imponer el sheriff americano ganador del combate. Nosotros estábamos en la parte oscura, vivíamos en un país que solía llegar tarde a todo y encima habíamos simpatizado con los derrotados, por lo que durante un tiempo pintaban bastos. Trabajábamos en una vieja industria textil que Ana había heredado de sus padres, que a su vez heredaron de los suyos y éstos de sus predecesores. Los desastres de la guerra habían dejado a la industria en una situación crítica, las materias primas faltaban, así que importábamos de fuera del país la mayoría de ellas, ya que en el nuestro también tuvimos antes nuestra guerra, que no ayudó, ni mucho menos, a que resurgiera la economía, a pesar de que en la siguiente gran guerra fuimos casi "neutrales" y podíamos haber aprovechado para recoger de uno y otro bando la riqueza suficiente como para rehacer una economía inexistente y una industria que estaba muy limitada, o era obsoleta; pero nunca en este país se había pensado en el futuro, nuestros genes solo daban para vivir al día y si a muchos de nuestros compatriotas se les preguntara que iban a hacer el día de mañana, seguramente responderían que ir al fútbol y ganarle al "vecino". Cierto era que tampoco ayudaba el régimen dictatorial que gobernaba nuestro país, cuya preocupación era "otra", pero todo eso perjudicaba al esfuerzo por mantener abierta la casi centenaria industria, sobre todo por parte de Ana y de su hermano Emilio. En realidad Emilio no parecía enterarse del todo de lo que había en juego, por lo que era su hermana quien tenía el papel dirigente.

Tuvo suerte con Jacinto. Después de nuestra guerra, en la que los trabajadores de Ana habían sufrido una auténtica masacre al pelear en el bando equivocado, el padre de Ana, represaliado por los después perdedores, nos contrató a Jacinto y a mí que andábamos buscando trabajo en el norte intentando cambiar de aires. Los dos éramos buenos economistas aunque Don Enrique, padre de los hermanos, no dispuso de mucho tiempo para conocer nuestra valía, pues tres meses después fallecía de un infarto, pasando el control de aquella ruina a los dos hermanos. Emilio era una persona superficial e irreflexiva, le había dado por el espiritismo que lo condujo a formar parte de una comuna donde alucinaba con el hachís; cuando al fin volvió con su hermana era un muñeco roto que daba más trabajo que ayuda. No me extrañó que pronto naciera una profunda amistad entre Ana y Jacinto, que pusieron como objetivo común levantar la empresa. Tenían todo mi apoyo, pero además se me encargó retirar al hermano de Ana del círculo tóxico en el que se movía y procurar que no hiciera locuras, por lo que tuve que asumir la "paternidad" de Emilio para dejar libertad de actuación y gestión a la pareja.

Los primeros años fueron muy difíciles, había que renovar parte de la maquinaria y encontrar materia prima para nuestra producción, que por supuesto había que buscar fuera del país. Después de muchos intentos y penalidades encontramos en la importación, parte de ella de estraperlo, materiales que podrían cubrir nuestras necesidades a precios interesantes. Los encontramos a través de Italia en los países asiáticos. En Milán contactamos con un buen mafioso que traía productos de allá y después les colocaba el sello italiano, y con esta denominación de origen los introducíamos por el puerto de Alicante, menos controlado, donde comprar a algún funcionario era más barato. Eso nos fue permitiendo ir levantando el vuelo y poco a poco íbamos consolidando una producción que se aceleraba al ir incorporando nuevas maquinarias francesas de segunda mano, hasta que por fin comenzamos a obtener beneficios. Por aquella fecha se abrían paso en el mercado español tiendas con gran proyección, como *El Corte Inglés,* que en 1948 ya pisaba fuerte en ventas, igual que los almacenes *SEPU* (Sociedad española de precio único), o los almacenes *Quirós,* que fueron el embrión del futuro *Cortefiel,* o los almacenes *Rodríguez* que vendían en Madrid al por mayor, o las *Galerías Preciados...*

Nos llevó años levantar la empresa de Ana, años en los que hicimos de todo, en los que durante tiempo trabajábamos de sol a sol hasta el límite del agotamiento; fue una bendición que en nuestros viajes a Mallorca descubriéramos el buceo, lo que fue un aliciente contra el agotamiento, aunque no siempre había posibilidades de descanso. Posiblemente yo desconectara más, porque mi "otro trabajo" de controlador de Emilio me obligaba a acompañarle a alguna que otra sesión espiritista donde me encontraba de todo, desde hechos inexplicables hasta mucho fraude. Yo entonces no creía mucho en eso, hasta que una noche, en una queimada en una playa gallega, participé con Emilio en una sesión paranormal. Aún se me pone el vello de punta cuando la recuerdo. Estaba cercana la noche de San Juan y en aquella playa de Ribadeo, cerca de la isla Pancha y de la salida de la Ría del Eo, participamos en una queimada junto a un gran fuego con una "meiga". Como punto final a aquél acontecimiento se pidió homenajear al marido de una participante, una viuda que quería contactar con su marido, miembro de un pesquero que no sobrevivió a una galerna. Me sorprendió cuando aquella meiga eligió al participante más joven de la queimada y, tras tumbarle sobre una gran toalla en la fina arena, le aplicó su fórmula para ponerlo en trance. Yo pensaba que sería un nuevo fraude, aunque los ojos de aquella mujer me inspiraban otra cosa y en un momento vi en ellos la profundidad del universo. En aquella sesión me coloqué lo más cerca posible del joven en trance y no me sorprendió el cambio de su voz cuando por ella parecía hablar el ahogado, pero lo que si me impresionó fue ver cómo salía tanta agua de aquél cuerpo tumbado en la toalla; fue tal el volumen de agua que aquel joven cuerpo desprendió, que si no se ahogó fue porque la toalla en la que estaba tumbado absorbió parte de ella y dejó que la arena de la playa intentara empapar el resto, y aún así llegó a dejar charco. Aquél suceso cambió en parte la percepción de mi vida, reconocí que no todo era tan simple y tangible y aquél cambio me creaba inquietud, que se intensificaba cuando escuchaba algunas explicaciones ¿absurdas? de Emilio. Me sorprendían algunas de las ideas de aquél muchacho que vivía sobre la línea brillante que separa lo loco de lo cuerdo, aunque en muchas ocasiones se desplazaba hacia la primera opción.

Una noche, tras asistir a un concierto acabamos vaciando unas botellas de Ribeiro acompañado de mariscos en un bar marinero que miraba a la bahía. Emilio me llevó allí porque era el mejor sitio para observar una tormenta sobre el mar. Había momentos en los que gozaba con las percepciones y pensamientos de Emilio, que daba otra visión a sucesos que estaban explicados aplicando la ciencia o el método científico; sin embargo, las teorías que ofrecía, aunque cuerdamente descabelladas, daban una visión tan increíble y fantástica que una parte interior de mi ser quería creer en sus tesis. Defendía que cuando una persona tenía más espíritu (alma) que materia (cuerpo), su aura era más energía que materia, y aplicando este razonamiento defendía la teoría de que las diferentes dimensiones existentes en esta vida se diferenciaban por el distinto nivel energético que contenían, de forma que aquellas dimensiones con mayor contenido energético estaban más altas o a más nivel, o al otro lado; decía que las dimensiones estaban separadas por fuerzas y que al tener diferentes niveles de energías no se podían ver. Cuando le hablaba de lo absurdo de esa afirmación me señalaba que del sol llega una gama muy amplia de luces, pero que nosotros sólo podíamos ver en la zona del visible que recoge todas las luces que van del rojo al violeta, y que comprenden los naranjas, amarillos, verdes, azules y violeta; cada color con una energía diferente en orden creciente, pero que más arriba del violeta había luces más energéticas, como el ultravioleta o los rayos X, que nosotros ya no vemos; igual pasaba por abajo, una luz menos energética que el rojo era el infrarrojo, o las radiofrecuencias y los humanos tampoco vemos en esas zonas, pero hay otros animales que sí, lo que implica en que en un mismo instante, animales distintos verán imágenes diferentes de la misma cosa ¿Por qué no puede ser igual con las dimensiones?, razonaba Emilio.

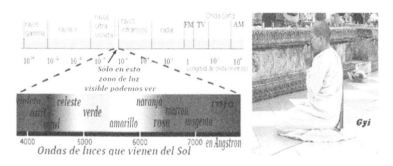

Ondas de luces que vienen del Sol

De esta forma cuando una persona muere es más energía que materia, seguía diciendo, por lo que estaría en otra dimensión invisible para nosotros; sólo cuando la concentración de energía en esa dimensión es excesiva, la fuerza de nuestra mente puede abrir una rendija para comunicarse con esa dimensión, y eso ocurre cuando intervienen fenómenos energéticos que puede generar la Madre Naturaleza, que una mente desarrollada puede descifrar. Después, como si percibiera algo, señaló con el dedo índice de su mano derecha hacia el gran ventanal de la taberna que teníamos delante, desde donde se veía el embravecido mar oscuro, justo en el momento en que la tormenta se hizo más intensa bombardeando con relámpagos la marea; entonces, tras un relámpago muy intenso, el más grande, se volvió hacia mí y me preguntó - *"¿Lo has visto?"* - Yo no sabía a qué se refería, mi concentración alcohólica posiblemente limitara mi percepción, o no; ante mi desconcierto me señaló que ese relámpago era una forma de energía en la que se unen dos dimensiones y en la que se podía ver cómo las almas de nuestros muertos se hacían visibles por un instante mínimo y que si pudiéramos trasladarnos por el relámpago entraríamos en la otra dimensión y veríamos a los que se fueron... Yo estaba completamente desconcertado pero me sorprendía con las sensaciones y pensamientos que se creaban en los recovecos de su mente para ver la ¿realidad? de otra forma; posiblemente su mundo y sus anhelos fueran... ¿distintos? para su mente. Dubitativamente le pregunté si sólo conectaba con dos dimensiones, a lo que, sin separar la mirada de la galerna, me respondió que podía conectar con más, ya que si una persona se había reencarnado varias veces estaría en una dimensión de energía superior. Le señalé que físicamente era imposible ascender por esa enorme descarga eléctrica que era un relámpago y me respondió sin mirarme que él no se refería al plano físico, que algunas personas han insistido tanto en desarrollar su mente que pueden separar su espíritu de su cuerpo y transportarlo por el plano astral, que hay muchas tribus en Asia o África que han logrado con hechizo y magia ese nivel y pueden moverse libremente en el plano astral, que el único problema es que rompen voluntariamente el equilibrio energía-materia y vagan con un objetivo concreto como muertos en vida. No quise ahondar más en el tema, no estaba lo suficientemente despejado para semejante debate y sólo deseé entonces que esas creencias fueran un puente que le facilitara su paz interior...

¡Qué hermosa sensación es la locura!
Te traslada a un mundo insondable…
Donde los deseos están libres de censura
Aunque para el cuerdo sean irrealizables

Al creer que la vida es un estado de la mente
No importará que se ría la gente aquella
Cuando en la noche gélida, insensatamente
lo vean en la superficie del lago pescando estrellas

Es sublime creer en quimeras
Es lo poco que queda del legado divino
Y aunque sea un ensueño…vale la pena
buscar una conexión etérea con lo ficticio

Sentir como la música te lleva por la humeante pradera
leer un libro y descubrirla en cada página
creer que la felicidad nunca es efímera
y que en este mundo nada huele a patraña

Siempre consideré la locura como una virtud
Un desahogo mental hacia lo espiritual
Que la enajenación puede estar en cualquier actitud
Y que por ello, si existe Dios, tendrá que perdonar

Que los torpes balbuceos son ecos de profunda grandeza
Y aunque el alma rezuma éxtasis y aflicción
No siempre la soledad lanzará flechas
Ni los demonios grises tentarán con la ambición

Después vendrán las negras sombras de las noches blancas
Que te empujan al oscuro abismo que no tiene nombre

Donde habrá que pagar las deudas que el peaje reclama
Aunque la senda que se anduvo fuera árida y sin flores

Ya sé que por el credo se puede conquistar montañas
Que ni los gestos ni el esfuerzo son dignos del silencio
Que la profundidad de tu mirada nunca engaña
Y que los pensamientos libres crean incendios

Que es irritante la muchedumbre sofocante de las hayas
Que no siempre el murmullo de amor se torna en quejidos
Que es difícil distinguir si se anduvo seguro o entre lanzas
Y si con el avance de los años vence el olvido

Pero quedan corazones que buscan en Ítaca su destino
Que tan locos están que abrazan la virtud de decidir
Que las fantasías del alma harán más grato el camino
Y que los farsantes y embaucadores no cuidarán el jardín

Y para éstos, querida enemiga, al final no regalarás nada
Que sólo tendrán recompensas los rendidos y las rameras
Y aun así prefiero la increíble locura de mi amada
Cuando pretende caminar, sólo con la sinceridad por bandera

Tras años de duro trabajo, por fin llegó el deseado regalo. Por fin tomamos nuestro primer mes de vacaciones cerrando la empresa, que aprovechamos para viajar a Tailandia y a Myanmar, países que nos suministraban la mayoría de nuestras materias primas a precios muy ventajosos. Antes habíamos reservado diez días para el buceo. Al tener relativamente cerca Las Filipinas, algunos que habíamos seguido las grandes batallas navales entre yanquis y nipones soñábamos con tener la ocasión de bucear por alguno de aquellos lugares donde sucedió el evento, y yo sabía que en Leite y en Palawan habían sucedido las batallas más dramáticas de ambas flotas, donde la Marina Imperial Japonesa perdió en 1944 la última oportunidad para revertir la situación en la Guerra del Pacífico. En sus profundidades descansan 3 portaviones norteamericanos, 3 destructores y 200 aviones yanquis que se llevaron a 2.800 almas, junto con 4 portaviones japoneses, 3 acorazados, 10 cruceros, 11 destructores y 300 aviones nipones que se llevaron a 12.500 almas. A éstos habría que sumar por ambos bandos bastantes unidades menores, como lanchas torpederas y varios submarinos... de manera que, tras darles la paliza a mis compañeros, me dejaron trazar el itinerario. Así que aquel agosto, rebosantes todos de ilusión volamos hacia el archipiélago filipino.

El lugar fue una bendición. Su clima tropical marítimo, con temperaturas que oscilan entre 21 y 32 ° según las estaciones, las características y extensión de sus costas con enormes arrecifes, paredes y maravillosas playas de arena fina y aguas turquesas, templadas y cristalinas, hacen que el buceo en esta zona sea una experiencia interesante por su variedad y diversidad. Aquellas islas estaban situadas en pleno Triángulo del Coral, en el que se pueden encontrar más de 20.000 especies marinas, 12.000 especies de moluscos, incluidas 5 de las 8 especies de tortugas marinas que existen en el mundo, enormes ostras, pulpos, diferentes tipos de peces y el tiburón martillo. También hay más de 500 especies de coral. El arrecife de Apo, al norte de Mindanao, es el más grande del país y el segundo del mundo, que permite bucear entre una enorme diversidad marina, entre tortugas, rayas, tiburones (hay 10 especies) y atunes, o acercarse a enormes cetáceos (existen más de 10 especies). Igual ocurre en las islas de Bohol, Leyte o Cebú. En Puerto Galera se puede bucear en sus aguas cristalinas por paredes verticales saturadas de corales, en las que habitan tiburones y hermosos cardúmenes de peces de arrecife. Es interesante el buceo en "Isla Verde" entre corales blandos y duros, esponjas y gorgonias de hermoso colorido. En "La Cueva del Tiburón" hay una pared de 27 metros de profundidad, en donde habitan morenas, tiburones de punta blanca, rayas, peces ballesta y peces escorpión. También en esta zona se puede bucear entre pecios. El más visitado de Puerto Galera es el buque carguero *"Pecio del Mono"*, hundido a 40 m de profundidad, que es el hogar de grandes almejas, de peces ángel y de peces ballesta. En *"El Junco Chino"*, a 18 metros viven las morenas cocodrilo y diferentes tipos de peces (murciélago, león, escorpión y cirujano). Sin embargo es la Isla de Palawan, entre Borneo y Mindoro, el lugar ideal para bucear entre corales o por pecios. Las aguas termales de Maquinit son un atractivo más, así como los pecios japoneses de su bahía. Durante la Segunda Guerra Mundial hubo una base naval nipona. Al norte de esta isla, en la Isla de Corón es donde hay mayor concentración de buques hundidos, aunque el buceo hay que hacerlo con precaución, porque en muchos pecios quedan materiales de guerra y munición sin explotar.

Era mi lugar preferido de buceo, aunque Ana y Jacinto se inclinaban por la inmersión en el parque natural de Tubbataha, al oeste de Palawan, en cuyos arrecifes se distinguían 400 especies de coral, 500 especies de peces, 11 de tiburones, 8 de delfines y 12 especies de ballenas, tortugas marinas, rayas y distintas variedades de peces. No pudimos bucear por las grandes paredes verticales de Bird Island, pues se acababa el tiempo y el dinero preparado para este fin, por lo que tuvimos que emprender viaje hacia Tailandia y

Myanmar (Birmania), con toda la satisfacción de Emilio, deseoso de conocer otro "mundo". Diez días nos costó contactar y negociar con las fábricas que nos enviaban los productos básicos para nuestra producción. Allí comprendimos los beneficios que obteníamos de la compra, ya que la obtención del lino, lana, algodón o seda la hacían de una forma tan rudimentaria y artesanal, que prácticamente su costo no llegaba siquiera al 10% del valor de la prenda textil; cierto era que allí los sueldos eran muy bajos y que se trabajaba como se hacía 100 años atrás, pero el producto era bueno, y lo más importante, rentable.

Tras hacer los pedidos necesarios según las previsiones para los próximos años a algunas "empresas" de Tailandia o Myanmar que expresamente visitamos, tuvimos que ceder a la presión de Emilio que desde hacía mucho tiempo quería viajar a Birmania porque allí vivía una tribu que había alcanzado una percepción intensa y extraña con el cosmos, aunque Ana y Jacinto eran más partidarios de visitar los millares de templos, pagodas y estupas budistas de Birmania, muchas de ellas aún por descubrir, ya que la zona norte del país estaba cubierta por una selva tan tupida que hacía que penetrar en ella fuese un auténtico riesgo, por el ambiente hostil e insano con que la naturaleza se defiende de sus violadores. Allí, el tigre y el leopardo son las especies más comunes, al igual que la serpiente pitón birmana de más de 6 m, el lagarto cocodrilo o las anacondas, las serpientes más grandes del mundo. Tampoco la vegetación ayuda, pues junto a las 250 clases de árboles comercialmente útiles, como la quina, el caucho, bambú, acacia, quiebrahacha, mangle, coco, palma betel, roble, pino y muchas especies de rododendro, entre otras, en la selva sombría birmana crecen otras plantas muy peligrosas para el hombre, como la marihuana (cannabis sativa) que produce depresión en el sistema nervioso central; la palmera sagú que puede producir vómito, diarrea, depresión, ataques e insuficiencia renal si se bebe agua con una o dos de sus semillas; los bulbos de narciso, un tulipán que contiene toxinas que causan irritación intensa gastrointestinal, babeo, pérdida de apetito, depresión del sistema nervioso central, convulsiones y anormalidades cardíacas; el rododendro, una azalea cuya ingestión produce un envenenamiento severo que lleva al coma y muerte por colapso cardiovascular; el haba de castor, cuya ricina es una proteína altamente tóxica que produce dolor abdominal severo, babeo, vómito, diarrea, sed excesiva, debilidad y pérdida del apetito, y como resultado de la deshidratación ocasiona espasmos musculares, convulsiones, ataques, coma y la muerte; entre otras. Por eso, cuando Emilio señaló que la tribu que buscaba estaba en el norte, Ana y Jacinto apostaron por visitar templos de fácil acceso, para lo que viajarían hacia Ragún, que era la ciudad con mayor concentración de estas maravillas. Allí pensaban visitar preferentemente la Pagoda Chaukhtatgyi, acercarse al hermoso lago Kanfawgy y comer en el elegante gran barco dorado llamado Karaweik, un típico restaurante donde se podría ver un espectáculo de música tradicional a la vez que cenar las ricas especialidades birmanas.

Sin embargo, Emilio quería visitar los templos vírgenes perdidos en la jungla y sabía que estaban en la zona donde vivía la tribu Lisú, cuya "religión" era el animismo, que defiende la existencia de espíritus en la naturaleza y los objetos. El *animismo* (del latín anima: alma) engloba diferentes creencias en las que tanto los objetos cotidianos como cualquier parte de la naturaleza (ríos, montañas, plantas, animales…) tienen vida, alma y consciencia propia. No obstante dentro de esta concepción hay diferentes variantes, sobre todo en las referidas al alma. Se acepta que la profundidad de los sentimientos puede incidir en un mayor nivel de inteligencia, razón y voluntad, pudiendo conseguir seres sobrenaturales que pueden controlar los objetos inanimados y gobernar su existencia, bajo la concepción de que todo está vivo, que es consciente o tiene un alma. Las perspectivas animistas son tan extensas que permiten acceder a otro nivel de conocimiento y percepción, en el que se alcanzan otros niveles "espirituales" o "sobrenaturales" que son armas para la mente. A mí me atraía esa temática y fue por ello que me animé a acompañar a Emilio. También debo señalar que las pagodas budistas me cansaban y me producían alergia, por lo que acordamos en hacer dos grupos y en que una semana después nos veríamos en la localidad de Mandalay, segunda ciudad más grande de Birmania y cuna de la historia escrita budista. Mandalay fue la antigua capital real del norte de Birmania (llamada Myanmar) situada a orillas del río Irrawaddy. En el centro se encuentra el palacio de Mandalay, de la dinastía Konbaung. A los pies de la colina Mandalay está la pagoda de Kuthodaw, que alberga centenares de losas de mármol con inscripciones antiguas de escrituras budistas. Sería un buen sitio de despedida de aquel país enigmático.

De esta forma separamos nuestros caminos y Emilio y yo comenzamos a investigar la zona en donde vivía la tribu Lisu y ahí comenzó nuestro problema; no sospechaba que pudiera haber tantas tribus en aquel país. Sólo Birmania tiene más de 140 grupos étnicos o tribus con diferente idioma, aunque el gobierno ha intentado imponer el birmano como lenguaje común, idioma que Emilio dominaba ligeramente. Nos enteramos de que la etnia Han era la tribu más numerosa del país, desplazándose también al país vecino Tailandia, después estaban los Kayin como segunda etnia; sin embargo eran los Karen, de origen mongol, la tribu más antigua de aquel país, que se instalaron en la cuenca del río Irrawaddy antes que los Mon, etnia de origen chino y uno de los pueblos más antiguos del planeta, que introdujeron la escritura y el culto budista en el país, tras siglos de lucha.

Nosotros íbamos situando geográficamente las principales tribus; todas buscaban la inmensidad del mar como fuente de cultura y libertad, por eso nos extrañó que la tribu Lisú estuviera al norte, muy al interior, más allá de Chiang Mai. La señalaban también de procedencia china, sin embargo estaba muy aislada, rodeada de una espesa jungla en la que los templos abandonados se mezclaban con el peligro zonal. Nos costó encontrar en Chiang Mai un guía que nos llevara a aquél poblado, eso que pagamos más que bien. Al final encontramos a una persona muy interesante, o eso me pareció por el conocimiento que tenía de tribus y de la comarca. Gyi, era un hombre mayor de edad indefinida, su nombre se traducía como "genial" y vestía un longyi, el típico *sarong*, una especie de pareo que sustituía a los pantalones y faldas. Era una pieza ideal para un clima caluroso y húmedo donde el algodón o la seda que la forma permiten protegerse del calor y de las picaduras de insectos. Tenía la cara llena de arrugas y su cabeza portaba un corte de pelo casi rapado; era una persona profundamente religiosa y, tras insistir en que no debíamos ir a esa zona que controlaban fuerzas "extrañas", acabó aceptando cuando le subimos la paga. Mientras preparaba el material para la marcha en la cantina en que esperábamos probando `Tuba´ una bebida popular alcohólica hecha de la fermentación de azúcar de palma, que Emilio alternaba con `Shwe le mawnos´, otra bebida típica de superior graduación alcohólica, el ventero señaló que Gyi era un hombre de honor, muy religioso, que se había dedicado al culto budista pero que necesitaba trabajar porque en una cacería con alemanes un tigre había matado a sus dos hijos que iban de guías y habían quedado a su custodia las dos viudas y cinco nietos. El ventero insistió en que hiciéramos caso riguroso de él, ya que el poblado al que íbamos vivía desde hacía años con problemas y lo gobernaba un cruel jefe tribal, que además estaba enfrentado a una especie de hechicera *"que había nacido como tal"*. Le preguntamos si las hechiceras nacen con esas virtudes y nos respondió que no, que normalmente al hechicero lo elige el rey del poblado teniendo en cuenta que posea ciertas características extraordinarias, como tocar el fuego o el aceite hirviendo sin quemarse; que los hechiceros pueden hablar un lenguaje distinto al resto de los habitantes de la tribu y se cree que esas características le valen para mediar entre el mundo de los muertos y de los vivos. Que una vez que una persona muere, el hechicero puede hablar con el alma del difunto y saber dónde quiere ser quemado. También suele usar los huesos de pollos que guarda en un cuenco de madera, que también le sirven para conocer esta respuesta o el futuro de las parejas que pretenden casarse. Le preguntamos si las hechiceras que *habían nacido ya así* tenían también esas características. Muy prudentemente nos contestó que tenían otras características difíciles de explicar, que cuando hablaba de *"nacer así"* no se refería a que sus cualidades las arrastrara desde la cuna sino que, por intersección con una situación extraordinaria, cambiaba sus percepciones y su vida… y sin querer hablar más del tema, con la justificación de atender a un cliente, rápidamente se alejó de nosotros. Yo estaba un tanto desorientado pero por la cara de satisfacción de Emilio entendí que él buscaba precisamente eso. Ya había pasado el mediodía cuando tras una comida frugal emprendíamos la marcha hacia el norte con Gyi de guía; antes nos había facilitado algunos ungüentos para mojar nuestras camisas de explorador de manga larga y una crema pringosa de olor asqueroso para impregnar cualquier superficie del cuerpo expuesto al aire. Tras tres horas de rápida caminata por el clásico paisaje oriental con enormes extensiones inundadas donde crecía el arroz, llegamos a la curvatura de un río extenso. En el pequeño puerto fluvial, donde había media docena de aldeanos que pretendían cruzar su mercancía posiblemente para la venta en un mercado local, esperamos la llegada del barquero, que en una amplia balsa nos condujo al otro lado por el pago de dos kiat cada uno. Entonces el paisaje cambió y penetramos en la selva, una selva espesa, húmeda y cálida que, aunque ofrecía un estrecho camino por el que avanzar, no logró disminuir en ningún momento mi alto nivel de intranquilidad, muy al contrario que Emilio, que parecía disfrutar con nuestro sudor y penalidades. Cada vez que cruzamos una encrucijada, restos de templos, o lugares en que el camino se estrechaba de forma arriesgada, ya que los sonidos que nos llegaban, algunos muy cercanos, señalaban la existencia de peligro, siempre teníamos los consejos de Gyi.

Aquella noche dormimos en una pequeña explanada casi en el interior de las ruinas de lo que había sido un templo, aunque debería cambiar la palabra dormimos por descansamos, ya que yo no pegué ojo en toda la noche… aquellos ruidos, la profundidad y la vegetación espesa me producían mucha intranquilidad, aunque ver dormir tranquilo a Gyi junto al fuego debería tranquilizarme. Sin embargo, al final me di cuenta que no dormía realmente, ya que cuando avanzó la madrugada y la selva dejó de rezumar apareció en la bóveda celeste un conjunto limpio de estrellas que avisaban de que iba a salir la luna; cuando ésta, más grande de lo normal, comenzó a cruzar el techo estrellado, pude visualizar cerca de mí una enorme torre que sobresalía sobre la espesura y la oscuridad, y pensé que desde ella se podría visualizar el horizonte, de manera que con mucho cuidado me incorporé y agarré una linterna, pero no había andado dos pasos cuando escuché la voz del guía que me prohibía seguir avanzando. Le miré buscando una respuesta a su orden y me señaló en un mal lenguaje que a los espíritus de la noche y del pasado que moraban en ese templo no les gustaría mi visita. Ya después comprobé que más que dormir tenía una especie de descanso ligero en el que parecía ver todo lo que ocurría a su alrededor, y de hecho incluso presentía cuando había algún peligro. Pude comprobarlo el día siguiente, cuando en medio de la horrible humedad y calor de la selva quise acercarme a un río a mojarme la cara por un camino corto; entonces escuché la voz del guía que me dijo que fuera por el camino más largo y que no cogiera agua en aquel remanso del río, sino en el saliente turbulento de la derecha, porque por el camino de hojarasca había una pitón entre el follaje y en el remanso del río donde me iba a refrescar había un cocodrilo bajo el lodo. Lo primero no lo comprobé, pero si lo segundo, y la verdad es que aquel hombre ganó mi respeto. Ocurrieron otros sucesos similares en los días siguientes y siempre Gyi cuidaba de nosotros.

La última noche tuvimos un pequeño percance, la picadura de un raro insecto a Emilio hizo que tuviéramos que inmovilizar su pierna para que hiciera efecto el potingue que le había suministrado Gyi; fue entonces cuando nos contó que al día siguiente llegaríamos a la aldea Lisú, en la que deberíamos andar con cuidado, que era una aldea muy aislada, constituida por casas bajas de una sola planta, que a diferencia de los poblados de las otras tribus se esparcían alrededor de un antiguo templo budista donde vivía el cacique-rey del poblado con su hechicero que para él era más un asesor. Nos decía que el cacique tenía aterrado a la tribu con sus amenazas, bien fomentadas y explotadas por el hechicero, que todos los meses de junio y noviembre el cacique elegía a una mujer joven de la tribu para procrear, contra la voluntad de su familia que no podía hacer nada por rebelarse ya que no estaba a salvo de la condena del hechicero, que podía dirigir mentalmente a serpientes u otros animales peligrosos a la casa de la familia. Este cacique asedió al poder hacía diez años, cuando murió el jefe de la tribu, y tras tener un extraño accidente su hermano mayor, al que le correspondía gobernar. Quiso asegurar su reinado emparejándose con su sobrina, la hija de su hermano muerto, una bella joven de dieciocho años que crecía al amparo de su madre, que fue emperatriz por un año y que murió también en otro extraño accidente, cuando paseando por el río con su barca de teca tuvo una entrada de agua en una zona de criadero de cocodrilos. Señaló que fue un accidente muy extraño ya que su hechicero, entonces el de su hermano el cacique, no le previno del suceso, algo fácil de saber para cualquier hechicero. Señalaba que tras la muerte de los reyes, el tío acosó a su sobrina hasta que llegó a raptarla y su abuela, la reina madre, no pudo hacer nada contra su mal hijo; que los enfrentamientos fueron muy crueles, prácticamente los defensores de la princesa fueron aniquilados y a los supervivientes los enterraron con la cabeza fuera de la tierra cerca de nidos de hormigas carnívoras. La princesa estuvo cuatro meses encerrada en una de las torres del templo y, cuando vio que estaba embarazada, pidió a su abuela que la ayudara. La anciana consiguió que un cacique tribal parcial la ayudara a escapar, pero su tío el rey envió a sus esclavos a por ellos. El cacique que ayudó a la princesa murió defendiéndola en las montañas de Narkyinhkyinn (de la agonía) junto a los enormes saltos de agua del norte y ella, al verse rodeada, se lanzó desde todo lo alto a estrellarse en las rocas donde rompía la alta cascada. La abuela se revolvió contra su hijo, pero sus defensores eran muy pocos... la apresaron y la condenaron a morir de sed y de hambre en una de las cuevas profundas que había en el templo, pero antes de su encierro le maldijo diciendo que jamás podría salir de su redil para buscar a una joven virgen con la que copular, porque sería su perdición; aunque no pareció prestar oídos a aquella maldición, ya era el hechicero quien raptaba jóvenes vírgenes para su amo y en la fiesta de junio del solsticio de verano de la madre tierra, el cacique preparó una enorme mausoleo donde pensaba enterrar viva a su madre para acabar con la posible maldición. Hicieron los actos festivos apropiados, pero cuando bajaron a las entrañas de la tierra a traer a la "reina madre" allí no había nadie, sólo una extraña energía que abría y cerraba puertas y empujaba a los carceleros contra las paredes de roca, señalaba Gyi que varios murieron. Comentó que desde entonces la tribu llamó a aquél mausoleo `la casita de los espíritus´ y que, a pesar de la prohibición del cacique rey, nunca faltaban allí ofrendas. De hecho, cuando los lacayos del rey descubrían a alguien colocándolas le cortaban las manos. Continuó relatando que en la siguiente festividad del solsticio de verano apareció por allí una chamán o hechicera que decía buscar a su hija perdida y meses después apareció su hija, una joven de belleza arrolladora, cuya piel blanca casi transparente y sus ojos verde profundo enamoraron al cacique-rey, que le ofreció todo lo que ella quisiera; contaba que el rey había cambiado, que ella lo visitaba tres veces a la semana y que con ello trajo la paz a la aldea, pero que sin embargo el cacique no estaba convencido con aquella relación porque notaba sensaciones extrañas en el plano astral, pero que como ahora viven un periodo de paz, sería un buen momento para que Emilio conociera a la nueva chamán o hechicera, madre de la bella joven, que además era muy apreciada por la tribu porque era una gran curandera…

Yo notaba como Emilio se emocionaba con la historia, parecía que era el sueño de su vida, que allí iba a encontrar las respuestas que siempre buscó y que alguna vez perfiló cuando en la locura que provoca el hachís navegaba por lo que llamaba su plano astral, donde había dos soles, uno rojo y otro negro. Cuando su éxtasis le acercaba al rojo viajaba más allá del infinito entre sensaciones púrpuras y sueños dorados, en medio de un cielo de esperanzas azules, sintiendo como una brisa refrescante le llegaba en vuelos de gaviotas que volaban hacia islas de ensueños verdes en mares inexistentes pero llenos de corales rojos y de limpieza etérea, donde el tiempo se detiene mostrando la grandeza de un horizonte de esperanza. Sin embargo, cuando el viento aullaba entre las cumbres rotas, la nieve que arrastraba el viento por las torrenteras tenía color a ceniza y sobre ella estaban escritas profecías apocalípticas que no presagiaban esperanza alguna, sólo bruma que no silenciaba los gritos del inframundo que le llegaban del sol negro, señalando que no hay nada después de la vida, ni siquiera tórridos desiertos ¡La cara y la cruz de todo pensamiento humano!

Ya era mediodía cuando llegamos al poblado. Nos

recibió el chamán "oficial" que conocía a Gyi, por lo que tras explicarle nuestra visita "turística" entendimos que nos dio dos días para la visita. Tras acompañarle a saludar a un par de familias que él conocía, intentó que la nueva chamán curara a Emilio, cuyo hinchazón en el lugar de la picadura le estaba dando fiebre.

Conseguimos que nos recibiera por un conocido de Gyi, y la verdad era que su presencia imponía... cuando la miré note en ella algo irreal; esa mirada severa y esas dotes de mando no eran características de un curandero, y aún nos produjo una fascinación mayor cuando apareció su hija, a la que Gyi saludó con una gran reverencia, como si fuera un ser extraordinario. Se vivía una tensión incómoda; los lacayos del cacique habían ido a por ella, que había tenido un fuerte enfrentamiento con el rey y se negaba a visitarle, le dijo que si quería estar con ella que viniera a su casa. Los lacayos se sentían muy incómodos con la chamán, comprendí al instante que su presencia no sólo a mí me impresionaba. Había una relación muy especial entre la chamán y su hija, tan especial que no acababa de comprenderla, presentía que allí había un extraño hechizo, magia o maldición que se me escapaba, y la mirada de Gyi me confirmaba que no andaba muy desencaminado. Tras la presión de los lacayos tuvo que intervenir la chamán pera señalarles que su hija no saldría de su casa. Me impresionaron la firmeza y la forma de decírselo, igual que a ellos, porque a pesar de que eran media docena de hombres armados aceptaron trasladar ese mensaje al cacique-rey. Personalmente, no entendía tanta autoridad o riesgo frente a un hombre que ya había demostrado claramente su crueldad y en voz baja pregunté a Gyi si la bella joven era una princesa o alguien con autoridad, a lo que secamente me respondió - *"¡No lo necesita, ella es...otra cosa!"* –

Cuando se retiraron los lacayos, la chamán le dijo a Gyi que curaría a su amigo, pero que teníamos que salir de su casa, ya que su forma de curar se basaba en la existencia de espíritus buenos que le ayudaban y que para ello no podía haber nadie presente, sólo el enfermo y ella, porque si no ningún espíritu le ayudaría a sacar el mal del cuerpo. Con una gran reverencia, que imité como pude, nos fuimos retirando retrocediendo hacia la puerta de la casa, mientras observaba que la chamán le daba una pócima a Emilio que lo dormiría, como después me contó. Lo esperamos un rato en la puerta, pero rápidamente nos echaron de allí porque el cacique-rey iría a visitar a la bella joven, con la que quería tener un hijo, a aquella casa, en contra del consejo de su hechicero. Aprovechamos mientras tanto para llevar flores al mausoleo que había en el interior de la "casita de los espíritus". Nos permitieron visitar su interior que era un espacio no muy grande con una ancha tumba de madera noble en el centro, vacía y abierta. Gyi nos dijo que debíamos irnos de allí ya que si llegaba algún lacayo del cacique-rey podíamos tener problemas si nos acusaba de haber puesto en la entrada una ofrenda prohibida. Visitamos una familia que nos ofreció un lugar para dormir. Gvy les ofreció a cambio una bolsa con hojas secas de no sé qué, que debía ser muy valorada en la aldea por la reverencia que le hicieron al recibirlo. Salimos a fumar una extraña hebra con olor a jazmín cuando sorprendidos vimos cómo se acercaba Emilio completamente recuperado; por no tener no tenía ni rastro de la picadura, que desde entonces había estado emanando pus. Durante la cena nos contó que prácticamente le habían echado a empujones ya que llegaba el rey a yacer con la bella joven y cuando le pregunté sobre el tratamiento de la chamán no pudo contarme nada porque ocurrió cuando estaba dormido. Después de la cena fumamos nuevamente otra hebra, que esta vez sabía a rosas, acompañada de un licor amargo que pegaba fuerte. Después, tambaleándonos, nos fuimos a dormir, y lo hicimos de forma tan profunda que a Gyi le costó despertarnos. Cuando lo hicimos observé que ya había amanecido y que había una actividad muy intensa en el poblado. Le preguntamos qué ocurría y pidió que lo acompañásemos. Así lo hicimos y nos sorprendió que nos dirigiera hacia la "casita de los espíritus", abarrotada de gente situada a cierta distancia, como si hubiera mucho miedo en el ambiente. Cuando conseguimos traspasar la línea tras Gyi y nos asomamos a su interior, nos sorprendió ver en la tumba, vacía el día anterior, dos esqueletos abrazados. Alguien había grabado, en la lápida de madera que medio tapaba la tumba, una frase en el idioma de la tribu. Le preguntamos a Gyi lo que significaba y el guía impertérrito nos lo tradujo: -*"¡Dice que se cumplió la maldición!"* – después nos miró y dijo que había que volver a Chiang Mai.

Emilio y yo estábamos más que alucinados, íbamos detrás de Gyi, que buscaba la salida del poblado y le pregunté si no deberíamos despedirnos de la chamán que curó a mi amigo. Me dijo que había desaparecido. Me adelanté a él para hacer que se detuviera y le interpelé: -*" Deberíamos buscarla, seguro que tú sabrías dónde buscarla!"* –

Entonces por primera vez lo vi sonreír, cuando me dijo: -*"¿Pero de verdad crees que era un ser real? ¿Quién crees que ha escrito la leyenda en la lápida de la tumba, y por qué conocía esa maldición? ¿Será porque fue ella la que la dijo…?"* –

Después me evitó y continuó el camino… yo estaba sumido en el mayor desconcierto de mi vida, me preguntaba y me repetía incesantemente cómo esa chamán podía ser la reina madre…me lo preguntaba con ansia y seguía preguntando, confiaba en que quizás el viento me trajera una respuesta para aquella locura, pero el viento sólo me trajo la voz de Emilio que me gritaba: - *"¡Espabila, que te quedas atrás…!"* -

2. NO HAY QUE REMOVER EL PASADO

Miré el reloj otra vez ¿Dónde puñetas estaba ese maldito pueblo? Sonreí, "*vale, es un minuto más tarde que la última vez que consulté la hora*". Fijé mi vista en el GPS, quedaban 12 km para llegar a mi destino "*¿En serio?, venga ya*" ¿por qué tenía la sensación de estar dando vueltas como una peonza? Debía haber visto ya el pueblo desde todos los alrededores porque llevaba más de media hora oyendo el dichoso mensajito: "*su destino está a 10 km*", "*su destino está a 13 km*", "*su destino está a 12 Km*", aumentando y disminuyendo invariablemente la distancia, sin causa aparente, mientras yo no hacía más que doblar a la derecha, a la izquierda…¿Sería aquél pueblo una ilusión en torno a la que yo giraba como la Tierra alrededor del Sol, manteniendo siempre una separación mínima sin yo saberlo?

Maldita sea con "*tienes que ir a llevar 400 litros de gasóleo para calefacción a una casa de un pueblecito pequeño pero muy bonito en la sierra, te encantará el paisaje*". Desde hacía tres años trabajaba como transportista de combustible de una importante empresa multinacional de petróleo. Hasta entonces siempre viví en una casa de pueblo cerca de un hermoso pantano rodeado de pinares, donde la vida lleva otra velocidad y otro tiempo, y el campo y la montaña te miran de otra forma. No estaba muy lejos de la capital, pero yo prefería evitarla; el ritmo con el que se vivía en ella era tan endiablado que ya no aguantaba ni las prisas, la impaciencia, los agobios, ni el tráfico ¡Contrastaba tanto con el ambiente del pueblo! Al ser el único hijo de la familia y morir mi padre cuando tenía 7 años (mi madre había fallecido en mi nacimiento) mi vida transcurrió entre los abuelos, paternos y maternos, aunque al estar los maternos en una maravillosa casa de un tranquilo pueblo, al morir el abuelo preferí quedarme a vivir con la abuela; era un lugar más tranquilo y seguro, más disfrutón para mi entonces temprana edad. Vivir allí era una auténtica escuela, aprendía a cazar ranas, lagartos, a coger flores de romero o manzanilla para preparar infusiones o lavanda para perfumar los armarios, o a distinguir las setas buenas y comestibles de las otras… ¡Cosas importantes! Era un pueblo pequeño que sólo tenía una escuela para pocos niños, pero precisamente por eso el trato era más familiar; cierto que para estudiar Secundaria y Bachillerato tuve que utilizar transporte escolar a otro pueblo cercano más grande, cabeza de la comarca, que recogía a los chicos de las aldeas y así estudiar en el único Instituto de la zona, lejos de la locura de la gran ciudad, pero aun así compensaba el trato que recibíamos. Después estaba el placer de volver a aquella casa centenaria con muros de más de un metro de grosor, con olor al azahar en las ropas de los armarios, que la abuela introducía, y donde los únicos ruidos que penetraban en la casa eran el que hacía el paso del viento por los sauces, que se colaba por algún mal encaje en la vieja buhardilla, el canto de algún gallo o el tañer de la campana matutina, los domingos llamando a misa, en la vieja torre de espadaña de la iglesia de un sólo cuerpo con su sempiterno nido de cigüeñas en lo alto. En contra, teníamos la mala suerte de que, la ronda de misas del cura por las aldeas de aquella comarca, siempre comenzaba por la nuestra, así que los domingos tocaba madrugar.

Pero todo tiene su caducidad ¡Es ley de vida! Me iba haciendo mayor y mi abuela, anciana y con los achaques propios de la edad extrema; necesitaba buscar trabajo, pero tuve que aplazarlo cuando le diagnosticaron los primeros síntomas de degeneración senil, ya que me responsabilicé de sus cuidados, como ella lo había hecho conmigo desde mi adolescencia. Afortunadamente, al principio "sólo" tenía pérdidas puntuales de memoria, pero poco a poco se fueron intensificando. Entonces conocí la crueldad del tiempo y la dureza de la ciudad cuando apareció el alzhéimer; aún eran más los días en los que me reconocía y me hablaba de su juventud y de sus amistades de entonces, de sus novios, de su marido al que siempre idolatró... ¡Qué extraña era la mente humana, que recordaba lo vivido hacía 60 o 70 años y olvidaba lo que había hecho antes de ayer! Yo me esforzaba por atenderla, por disfrutar de cada momento a su lado; incluso le preguntaba cosas que para mí eran irrelevantes, como las recetas para hacer mermeladas o como aliñar las aceitunas de nuestro olivo, o como blanquear ropas o... cualquier cosa con la que intentar retener lo máximo de mi yayita. Durante sus relatos me fijaba en el brillo de sus ojos al recordar determinadas anécdotas, en esa costumbre suya de pellizcarse la boca, supongo que para evitar la acumulación de saliva, o en sus peculiares arrugas cuando ensombrecía su rostro al hablar de personas que ya no estaban, dejando su mirada perdida. Algunas tardes me la llevaba a pasear por los alrededores; nuestra casa estaba en el barrio alto del pueblo y en la bajada, por caminos secundarios de tierra, pasábamos por alguna que otra pequeña acumulación de casas dispersas, muchas de ellas vacías tras el fallecimiento de los abuelos y la huída de los hijos a la capital, o huertos que en otra época estuvieron cuidados. La verdad era que aquella hermosa aldea, cercana a la montaña, se estaba quedando vacía, allí sólo vivía de forma estable una población muy envejecida. Había que esperar al verano para que volvieran de vacaciones algunos de los hijos que marcharon a la ciudad, pero cada vez eran menos los que regresaban; los hijos de los hijos habían encontrado en la capital actividades más lúdicas, más diversiones, botellonas, más alterne... y la aldea se fue resintiendo del poco uso. De forma gradual el camión de los comestibles empezó a ir menos días por semana y después lo hizo cada dos semanas; incluso para adquirir fármacos, necesarios en una población de edad tan avanzada, había que acudir a la cabeza de comarca, pues ya no se desplazaba la farmacéutica a traer medicamentos para tan poca gente; y cuando había que ir al médico tenían que acudir a la capital, que comenzó a hacerse más familiar. Cuando se acercaba el otoño había que llenar a tope el tanque de combustible para la caldera que suministraba calor a los radiadores y agua caliente a la casa, ya que no era fácil que lo trajeran de un día para otro, y aquí fue donde tuve mi primera oferta de trabajo, que llegó de manos de un hombre que durante décadas venía a llenar el depósito de nuestra calefacción central. Ese día le ayudé a retirar la tapa de hormigón que cubría el depósito, pues fue incapaz de hacerlo, a pesar de que en otro tiempo la retiraba como si fuera de papel; era evidente que los años también le pasaban factura. Me quedé a charlar con él y le conté un poco de mi vida y mi intención de seguir junto a mi abuela hasta el final. Entonces me preguntó si sabía conducir. Le dije que sí, que mi abuelita me había pagado todo lo necesario para sacarme el carnet en cuánto cumplí los 18 años, y que aprobé a la primera, le informé sacando pecho. Me miró con sorna y me dijo que si quería un trabajo no estaría de más que me pasara por la oficina de su empresa, dándome una tarjeta con la dirección y teléfonos de contacto, pero que estaba en la capital por lo que tendría que dejar el pueblo. Quedé en contestarle el próximo mes que viniera con el combustible.

La tarde anterior me había llamado el alcalde para que ayudara a Tomas, el "çhapas" oficial de la aldea, a levantar el muro oeste del cementerio, que el último temporal había derrumbado. La visión de aquel cementerio me produjo una enorme tristeza; allí faltaban cuidados, la maleza tapaba las tumbas de los muertos que no tenían familiares en el pueblo y algunas se habían hundido. Sin querer, me vino a la cabeza la situación de mi abuela y decidí que no podía enterrarla allí el día que me dejara; recordé que mis abuelos paternos tenían en la capital un panteón familiar donde descansaban mis padres. Cuando ocurriera su fallecimiento tendría que hablar con mi abuelo, ya que la última vez que lo hice me dijo que yo tenía un lugar reservado y que el panteón estaba en la parte noble del cementerio. Recuerdo que la frase me resultó graciosa, sabía que la gente en las capitales se clasificaba por clases, pero desconocía que también eso ocurriera rumbo a la otra vida. Desgraciadamente pronto pude comprobarlo.

Aquella madrugada se marchó mi abuela ¡Fue algo tan curioso...! Me iba a acostar después de estar leyéndole un capítulo de novela que sabía que le gustaba aunque estuviera totalmente ausente, cuando de pronto recuperó la razón, me preguntó si había cenado y se levantó de la cama retirando la manta, me sonrió con cariño y se fue al cuarto de baño a arreglarse; se dio crema en la cara, recogió su pelo, se pintó los labios, se oscureció los párpados y se vistió con sus mejores galas. Cuando le pregunté si nos íbamos a ir de fiesta, me sonrió con mucha dulzura y me comentó pícaramente en voz baja - *"¡Viene mi marido a por mí!"* – Aquello me preocupó, recordando que antes del óbito, el enfermo asume una mejoría en su enfermedad. Cuando acabó se volvió a sentar feliz en su silla, esperando; yo no me apartaba de ella y cuando cogí su mano, como una niña ilusionada cerró dulcemente los ojos y se marchó. Eran las tres de la madrugada... se fue con él.

Tuve una discusión con el alcalde, que no entendía que me la llevara a la capital. No quería, o podía, reconocer que su pueblo se estaba muriendo y que, por mucha intención que él u otra vecina de su misma edad tuviera de cuidar la tumba de mi abuela, no sería ni suficiente ni permanente. Me sería más fácil cuidarla en la capital donde iba a vivir y donde había más servicios, además estaría en un panteón. Así que allí llevé a mi amada abuelita, junto a su hija, y cuando me dieron el trabajo, tras sacarme el carnet de conducir camiones la visité con frecuencia para contarle mi nueva vida, mis experiencias, mis añoranzas... Era curioso aquel cementerio, las instituciones habían trasladado a ese parque los prejuicios y los complejos humanos.

Es curioso como todo se iguala en el cementerio
La diferencia está sólo en la época vivida
Porque todo lo que allí queda será algo postrero

Cuando el tiempo avanza y olvida

Noté una sensación celestial en aquel lugar
-Y no era por la paz que había dentro-
Posiblemente, al contemplar las estelas y la cal
Que son vestimentas usuales de los muertos

Al caer la tarde sobre el camposanto
Retornan a la memoria añoranzas y vidas
Al observar la sucesión de mármoles blancos
Que ocultan vivencias y ansias perdidas

Es como contemplar un libro de historia
Solo que aquí no hay páginas que leer
Todo tendrás que percibirlo en la memoria
U observando las fotos lapidarias del ayer

Al fondo la figura de un angelito dormido
Sobre una lápida rosa de alabastro
Marca el lugar donde un corazón herido
Enterró la esperanza que meció en sus brazos

Al otro lado una efigie gris, dominadora
Indica el terreno donde yace un hombre brillante
que perteneció a la clase triunfadora
Aunque ahora ya no es tan importante

Después están los panteones familiares
Donde espíritus que se amaron quieren seguir unidos
Con la bendita esperanza de que por aquellos lares
Sus almas transiten en el mismo sentido

Ya más hacia el muro descansan los humildes
Aquellos que no entendieron que tras la muerte
Mantener en la piedra su nombre visible
No es una prioridad que el tiempo respete

Buscando rentabilidad alzaron hileras de nichos
Son tantos los clientes que acuden a este consorcio

Que, equilibrando espacios y caprichos,
Lograron disponer de más terreno para el negocio

Ya abajo está el viejo cementerio desdeñado
Donde a lápidas y nombres los cubre el verdín
Sólo el "No me olvides" se resiste a ser tapado
Sin importarle tantos olvidados en el jardín

Por cualquier calle aparecen bellas figuras
Ninfas desnudas dormidas sobre lápidas
Son deseos nobles para vencer la amargura
Tras la dura ausencia del amado en casa

La abundante maleza no respeta deseos
El tiempo, un dictador que fulmina ilusiones,
Destruye de tantas vidas el inútil anhelo
De superar al olvido, rompiendo corazones

Sin embargo, el ocaso trae inquietudes al lugar
La calma y el silencio nos revelan algo incierto
Como si en el aire hubiera un aura sobrenatural
Que parece acompañar la soledad de los muertos

Ya cuando firmé contrato con la compañía de combustibles comencé a recorrer carreteras y caminos, llevando fuel de calefacción a casas y casonas dispersas por los pueblos de los alrededores. Era un trabajo bonito, solitario, a veces peligroso por las complicadas carreteras, pero precioso por los paisajes. Descubría un nuevo concepto de la vida como al ralentí, pues debía gastar altas dosis de paciencia cuando en el estrecho tramo de carretera por el que transitaba, topaba de pronto con un pastor que trasladaba a sus vacas, lo que me obligaba a disminuir la marcha y seguir su ritmo, sin apresurarlas o acabarían cruzando al carril contrario, tirándose al precipicio cercano o incluso encarándose con mi vehículo, con su enorme y amenazante cornamenta. Lo mismo ocurría si se trataba de ovejas, animales algo tontos que tendían a acudir, a agruparse, junto a aquella a la que se tuviera la desgracia de atropellar o golpear, muriendo entonces por decenas.

Mientras los depósitos se llenaban, conversaba con los dueños de las casas sobre las cosechas, la epidemia de muerte de abejas, de las heladas, o de cualquier cosa que en esos momentos estuviera agobiando a los lugareños. Me gustaba porque me sentía como el nieto de todas aquellas personas mayores, muchas de las cuales me usaban a veces simplemente para charlar con alguien más joven, o para compartir conmigo algún problema… o pedirme ayuda si eran incapaces de cargar con cosas voluminosas o pesadas. El problema era que el mundo rural se estaba quedando muy lejos de las prioridades de los políticos, así que cada vez se destinaban menos recursos al campo y sus circunstancias. Por este motivo, conforme se fueron jubilando otros repartidores, compañeros míos, la empresa decidió prescindir de esas plazas (tal vez no había jóvenes interesados en ocuparlas) y mis viajes abarcaban cada vez distancias más amplias. Como hoy *"¿Dónde narices estaba el dichoso pueblo de Navalbecerro de Abajo?"* Sólo había curvas y más curvas, nadie al que poder preguntar. Y el dichoso GPS no paraba de decirme que estaba cerca, aunque me hacía meter el camión cisterna por cualquier camino, senda o carretera que se cruzaran con mi ruta.

De pronto el camión pegó dos abruptos saltos… y se paró. Se apagaron todas las luces de la consola, y por mucho que girara la llave de arranque no sentía el motor. Todo lo que acertaba a producir era una especie de chasquido, se intentaban encender algunos chivatos del cuadro de mando y se apagaban al instante. Miré un dibujo que persistía frente a mí en el cuadro y lo busqué en el manual del vehículo que llevaba en la guantera. *"Estupendo, estoy sin batería"*, masculle en voz alta. Descendí del camión, lo cerré bien y eché a andar siguiendo la carretera. Tarde o temprano debía toparme con alguien porque, leyes de Murphy, hoy había dormido sin dejar el Smartphone recargándose, así que hacía ya 30 kilómetros que se había quedado sin batería. Y mira que siempre iba con un 90 por ciento de carga y nunca me había pasado el más mínimo incidente. En estas iba, dando vueltas a las circunstancias, cuando recordé la frase *"los dioses deben tener sentido del humor"*, tan repetida por los escritores grecolatinos cuando los héroes pasaban mil calamidades de este tipo. De pronto, al doblar una curva la carretera se ensanchó, dejando ver a mi derecha una vieja gasolinera. *"Salvado"*, pensé, apresurándome a entrar en la tienda, en la que había un hombre que debía superar la cincuentena y muy pocas cosas para comprar.

Le conté mi faena y, para mi suerte, no sólo tenía una batería para mi camión sino que se ofreció a acompañarme y ayudarme a reemplazarla, pues reconocí que sabía poco de mecánica, siempre que a cambio le trajera de vuelta y llenara el depósito del camión en su gasolinera. Acepté gustoso. Agarramos la batería y las herramientas, cerró el establecimiento (ninguna otra persona había parado hoy), y echamos a andar hacia el lugar donde me aguardaba el camión. Andrés, que así se llamaba, tenía un peculiar sentido del humor, así que no tardó en sugerirme que diera gracias al cielo por haber evitado una desgracia, poniéndole a él en mi camino - *"Así empiezan muchas películas de miedo para adolescentes"* - rió él solo, divertido con su ocurrencia. Al ver que no lograba comprender de qué hablaba, añadió lo que pretendía ser un detalle aclaratorio - *"Si es que todo lo que queda de Navalbecerro de Abajo es mi gasolinera, el colegio y la casa de la Tía Pura"* - No pude evitar sobresaltarme ¡¡Había llegado a Navalbecerro de Abajo!!, tantas vueltas para un par de casas... y medio en ruinas, porque según me explicó, su gasolinera había conocido días mejores (ya no quería modernizarla porque apenas suministraba combustible a cuatro coches y siete tractores), el colegio se trataba de un enorme edificio reconstruido en la postguerra para albergar a "hijos de la Guerra Civil", huérfanos que allí encontraron un hogar, que llevaba cerrado desde 1981. Cedió el terreno la tía

Pura, donando el extremo de su enorme finca, que según comentaba Andrés era el destino del combustible que llevaba en mi cisterna. La "tía Pura" vivía en una enorme casona de campo, que al igual que la gasolinera de Andrés había conocido días mejores. Llegó hasta dar hospedaje a toda una compañía de soldados y después de aquello nunca faltaron visitas de gentes poderosas que venían a cazar. Contaba hasta con ermita propia y en su tiempo de esplendor tenía cuadras para ganado vacuno, lanar y equino; y hasta bodegas. Por otra parte, la generosidad de la Sra Pura había quitado mucha hambre en los años posteriores a la Guerra Civil, contratando a gran cantidad de personas como jornaleros, obreros, pastores o mujeres del hogar, entre las que figuró la mismísima madre de Andrés. Pero conforme fueron proliferando en la capital, industrias, talleres, grandes supermercados extranjeros, el capitalismo y "otros inventos", como los calificó con desprecio Andrés, la gente huyó hacia ella buscando una mejor vida y la tía Pura fue perdiendo ingresos, por lo que tuvo que terminar empleando únicamente a media docena de personas para medio mantener la casona, la poca ganadería que le quedaba y a ella misma.

-*"Una pena"* – dijo con lástima Andrés, provocando que nos sumergiéramos en nuestras cavilaciones, quedando en silencio.

-*"Pero entonces ¿por qué dijo lo de la película de miedo si la tía Pura parece ser inofensiva?"* – le pregunté tras repasar mentalmente todo lo que me había dicho mi acompañante y salvador.

-*"¡Sííí!"* – rió – *"la tía Pura es completamente inofensiva. No me refería a ella, sino a *la niña rara*"* -

-*"¿La niña rara?"* – repetí extrañado

-*"¡Sí! es una antigua leyenda que teníamos en el pueblo cuando éramos jóvenes"* -

Supongo que "el pueblo" es un eufemismo para llamar a cuatro casas medio caídas, pensé con sorna.

-*"Verás"* – dijo mirándome, al ver que yo guardaba silencio - *"Es que aunque un día llegaron dos camiones del Gobierno para llevarse a los últimos niños y cuidadores, tiempo después se seguían oyendo ruidos dentro"* -

-*"¿Se olvidaron de alguien?"* – pregunté horrorizado

-*"¡Oh, no lo creo! Más me atrevería yo a pensar que entrase algún gato o perro abandonado… incluso ratas, además de que el sacerdote que llevaba aquel colegio venía de vez en cuando a visitarlo, sólo o con algunos novicios, para llevarse algunas cosas, y posiblemente fueran él o ellos los que hacían ruidos, ya que nunca sabíamos cuando se iba; lo mismo se iba de noche que de madrugada, pero ya sabes que en los pueblos tenemos que entretenernos con algo y como nada pasaba, pues nos inventamos que sí había allí alguien"*-

-*"¿Se lo inventaron o es que hubo de verdad alguien?"* – inquirí algo más que interesado

-*"¡No, qué va!"* – rió, añadiendo al verme tan preocupado - *"O tal vez sí ¡quién sabe! La cosa es que se oían ruidos de cristales, portazos, gatos maullando… incluso hubo alguno que entraron por la noche haciéndose los gallitos valientes y terminaron temblando como flanes diciendo *que ahí dentro había algo* ¡Lo que hace un buen tintorro!"* – y soltó una gran carcajada.

-*"Y ese colegio… ¿se ve desde la carretera?"* – me interesé

-*"¿Por qué? ¿Quieres verlo?"* – rió divertido mientras llegábamos junto a mi camión.

Mientras cambiaba la batería, hacía distintas conexiones y arrancaba el vehículo, ¡al fin, salvado!, Andrés me estuvo contando más datos del colegio, dijo que estaba en las afueras y me señaló como llegar y entrar en él. Tras llenar de combustible el camión en su gasolinera, me dirigí a casa de la tía Pura, pues era quién había requerido mis servicios. Debido a lo mayor que era, acudió a ayudarme Adriano, uno de sus trabajadores. Mientras se iba trasvasando el combustible desde mi camión a la enorme cisterna que tenían para la calefacción, conté al hombre mis peripecias y cómo Andrés, el de la gasolinera, me había salvado de una situación que podía haberse vuelto sumamente complicada.

Adriano dijo que Andrés era un buen hombre, pero cuando le comenté lo del colegio presuntamente encantado, su rostro cambió. Intentó cambiar de tema en un par de ocasiones pero yo, picado por la curiosidad sobre si en verdad estaba encantado o bien Andrés había tratado de asustarme, volvía siempre al asunto, haciendo preguntas inocentes pero cargadas de intención. Finalmente conseguí que Adriano hablara... y me dejó totalmente escandalizado, pues él había sido uno de los colegiales y contaba escenas horrorosas.

Aquél colegio comenzó su andadura como colegio de huérfanos de la época franquista, a modo de internado, pero conforme las aldeas de alrededor fueron perdiendo vecinos, las escuelas se fueron cerrando y este centro acabó convirtiéndose en el colegio de referencia de la comarca, ya que algún pez gordo pensó que a los huérfanos les vendría bien convivir con chavales "normales", así todos aprenderían juntos, propios y extraños. No tardaron en llegar curas y monjas para hacerse cargo de los niños, pero en contra de lo que cabría esperar, eran fríos como el hielo y sumamente estrictos y sádicos con los colegiales, sobre todo el director.

Adriano me contó que las instalaciones, enormes, eran sumamente frías así que, tras madrugar y tener que recorrer los caminos muchos niños que vivían en casas alejadas, durante las gélidas o lluviosas mañanas, frecuentemente solían tener descomposición de vientre, al tener sus ropas mojadas y asistir a aulas con bajas temperaturas. Si se les ocurría pedir a los maestros o maestras permiso para ir al baño con urgencia, los tenían de pie junto a las ventanas con corriente hasta que terminaban haciéndose sus heces encima, para total humillación y burla de sus compañeros. Tras esto, eran obligados a regresar a su sitio y continuar las clases, sin cambiarse hasta regresar a casa. Decían que así enseñaban a su mente a dominar las debilidades del cuerpo.

Con los internos la situación era aún peor; a Antonia,

una niña sumamente friolera que se duchaba siempre rápido, a modo de castigo y para que aprendiera a bañarse apropiadamente, la metieron en una bañera llena de hielo de la que le dejaron salir cuando estuvo totalmente violeta. Dos semanas después falleció de neumonía. *"Tenía una constitución frágil"* sentenciaron las monjas al informar al resto de la clase. Nunca más se volvió a hablar de ella. Luego estaba Manuel, un niño que hoy día habría sido tratado como alérgico a algún alimento, al que el cura le obligaba a arrodillarse en el suelo y comer la comida vomitada *"Porque Dios no quiere remilgados ni elitistas en sus filas"*. Y cuando su cuerpo no le admitía esos alimentos y le sentaba mal la comida… - *"pues ya sabemos cómo actuaban ante las descomposiciones de vientre"* - dijo con asco Adriano. También me contó que las agresiones sexuales y vejaciones eran algo habitual con los niños y niñas huérfanas, que no tenían a quién acudir. De hecho, su compañero de pupitre, Eduardito, solía orinarse encima cada vez que entraba en su clase el Padre Aurelio, que era el director de aquella institución, y al que todos temían, tanto alumnos como compañeros.

-*"Siempre me reí de su conducta y de la cara de terror que se le ponía al ver al cura. Ahora me avergüenzo de lo que hice, porque creo que ese cabrón se aprovechaba del niño y nadie supimos arroparle"* – escupió con rabia Adriano.

- *"Bueno, usted era un niño, no podía saber eso…"* - traté de consolarle – *"igual si lo busca ahora y se disculpa…"* -

-*"¡No!"* – me interrumpió con brusquedad- *"El Andrés me dijo un día que había muerto el Eduardito. Acabó mal, drogas, trapicheos y esas cosas. Entraba y salía de distintas cárceles hasta que un día, en una de ellas, en una pelea… alguien le clavó un pincho. Murió desangrado antes de que pudieran hacer nada por él"* -

Guardé silencio. Me sentía avergonzado.

-*"¡Así que, muchacho, quieres ir allí para entretenerte…pues ve, hijo!"* – comentó mirándome serio

¿Era normal que hubiera mala energía allí?, pensaba, aunque en el fondo quería saber más de esa historia, por lo que intenté hacer una nueva pregunta, pero cuando miré a

Adriano y observé su cara cargada de desprecio preferí estar callado, pero él no, él continuó hablando – *"Pues encantado... no, ¡lo que está es maldito! Así que ve, ve, así tendrás algo que contar a tu novieta. Pero no vayas de noche, que te encontrarás con lobos y otras cosas más... Ah! Y no busques la tumba del director...no la encontrarás..."* – me contestó, dando por terminada la conversación.

Como salvado por el cielo, saltó el mecanismo de la manguera avisando que el depósito estaba lleno y ya no cabía más combustible. Recogí todo, Adriano me firmó el albarán necesario para confirmar que había recibido el combustible apalabrado, y me fui lo más dignamente que pude pero con una sensación nefasta. Desanduve el camino y regresé a la gasolinera de Andrés, pero estaba cerrada; pensaba tomarme el bocadillo con él y compartir mi bebida, ya que en mi anterior visita no aprecié bebida alguna. Lo esperé comiendo, pero al no llegar, me animé a acercarme al viejo colegio, para ver las instalaciones y así evitar el sueño que siempre da después de la comida, sobre todo cuando la mañana es tan agitada en emociones como había sido la mía.

Llegué ante el enorme edificio que, aún en decadencia, todavía lucía imponente. Una gran explanada asfaltada se extendía ante él, luego un sólido muro de alambrada y piedras. Y a continuación... el infierno, según los testimonios dados por Adriano.

Entré por un agujero hecho en la alambrada y me encontré atravesando un pasillo que tenía a un lado lo que sin duda debió ser en su día el patio de juegos, pero que ahora era una explanada invadida de arbustos y malas hierbas. Sin pensarlo dos veces entré por la primera ventana que vi abierta; correspondía a una de las antiguas aulas, sorprendiéndome su excelente estado de conservación. Nadie había saqueado nada, lo que me extrañó bastante, ya que la rapiña era algo tan normal que solía ser extraño encontrar un lugar inmaculado como éste, al que no había llegado esa "costumbre" tan propia de nuestro tiempo. Después, mirando el lugar pensé que tras lo escuchado a Adriano estaba claro que aquel edificio era evitado por todos aquellos que conocían de su existencia.

Crucé la habitación, saliendo al pasillo interior por una puerta que se encontraba totalmente abierta. Daba a un abandonado campo que pudo ser alguna vez huerta, rodeado por el edificio; la maleza lo conquistaba todo, no había resto de estructura alguna. Me fijé que en medio de aquel rectángulo había una especie de montículo, en cuya parte más alta habían hecho una especie de cruz con dos trozos de hierros oxidados cogidos por un alambre también oxidado, y que a su alrededor había restos de viejas flores muertas y secas. Me acerqué a la cruz y desde allí pude apreciar que todo el campo estaba rodeado por pasillos abiertos en forma de soportales. Miré la cruz, que creí podría ser un "recuerdo" de la guerra, y me dio pena; todo estaba tan seco y desolado que anduve unos metros a coger un puñado de flores silvestres amarillas para colocarlas junto a la vieja cruz. Después volví al pasillo por el que salí del aula y avancé por él evitando los pinchos que lo invadían, estaba saturado de tierra y hojas muertas. Más adelante me encontré con otra puerta medio abierta que daba acceso a otra aula cuya pared izquierda conectaba con un despacho que poseía una gran mesa central y tenía el suelo cubierto de cientos de papeles. Parecía el despacho del Director.

Entré, evitando pisar aquellos amarillentos folios en la medida de lo posible, hasta que mis ojos se detuvieron en una fotografía en blanco y negro que estaba cubierta por varios cristales rotos. Supuse que alguien lanzó aquella fotografía al suelo, con tanta violencia que el marco de madera y el cristal protector se rompieron en mil pedazos. Tomé la fotografía entre mis manos y la observé. Había muchos niños de distintas edades posando junto a un cura que debió ser el maestro o tutor, aunque pronto pensé que podría ser el Padre Aurelio, al contemplar la mirada de miedo que tenían algunos de aquellos jóvenes. También reparé en que, a pesar de estar todos posando junto a aquél cura, solo un joven estaba sentado delante de él. Los otros le guardaban la distancia y los que estaban en primera fila sentados, salvo uno, cubría la zona de sus genitales con ambas manos ¿Sería aquel hombre el padre Aurelio mencionado por Adriano? Era realmente curioso, a la par que aterrador, que un hombre entregado de por vida a Dios y a proclamar la palabra de Jesús, fuera el mismísimo demonio para muchos inocentes críos. Fue entonces cuando me fijé en la figura del sacerdote; creía que llevaba una cruz colgada al cuello, pero cuando la miré de cerca me di cuenta que no llevaba ningún colgante, sino que alguien le había dibujado una cruz sobre su cuerpo.

De pronto escuché unos ruidos secos provenientes del pasillo, seguidos por un rumor constante. Agudicé el oído, conteniendo la respiración como acto reflejo para oír mejor ¿Era algo rodando por el suelo? Me encaminé hacia el pasillo, y justo antes de salir de nuevo mis ojos se fijaron en otra fotografía tirada en el suelo. Otra vez algunos niños se mostraban desvalidos ante el que pudiera estar observándolos al otro lado de la máquina fotográfica. Después salí al pasillo y ante mí encontré una vieja botella de cristal que rodaba lentamente con un papel metido dentro. Inquieto, me agaché, lo extraje, y mi inquietud aumentó al leer, en bella e infantil caligrafía: *"Terribilis est locus iste. Génesis 28:17"*

Sorprendido, saqué mi Smartphone y tecleé, en el buscador Génesis 28:17; al instante se me abrió una página con la "Biblia de la Reina Valera" y leí: *"Y tuvo miedo, y dijo: ¡Cuán terrible es este lugar! No es otra cosa que casa de Dios y puerta del cielo."* En ese instante escuché como un susurro lejano a mi derecha, y al girar mi cabeza me pareció ver fugazmente una silueta de mujer al final del pasillo, pero al fijarme con atención, nada había ¿Me habían jugado mis miedos una mala pasada?

- *"¿Hola?"* – grité con voz bien alta - *"¿Hay alguien?"* –

Como no obtuve respuesta, decidí encaminarme hacia donde había creído ver a la mujer, mirando por cada puerta que me cruzaba, a izquierda y derecha; todas eran aulas, hasta que al llegar al final crucé una gruesa puerta que daba a otro pasillo más estrecho. Allí oí como una puerta crujía al abrirse lentamente unos 20 m más adelante. Avancé hacia ella observando las otras puertas medio abiertas que cruzaba, que eran de dormitorios. Llegué a la que me había parecido abrirse - *"¿Hooolaaa?"* – grité. Entré y estaba oscuro, pero al fondo me pareció observar una silueta femenina ligeramente luminosa, casi trasparente. Abrí totalmente la puerta para comprobar si era una alucinación. Ya no estaba la imagen, sólo aprecié que me encontraba en un dormitorio individual muy desolado. Cerca de la pared, frente a mí había un enorme espejo antiguo apoyado en el suelo, que parecía reflejar una luz encendida, a pesar de que no hubiera ninguna en todo el edificio, pues hacía muchos años que cortaron la corriente.

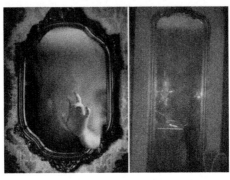

Me acerqué lentamente hacia él. Juraría que estaba oyendo rezar a una mujer. Mientras avanzaba, observé asustado que en la pared contigua había otro espejo, más pequeño, en el que se reflejaba una mujer que extendía uno de sus brazos hacia mí, pero como en el caso del pasillo fue una visión fulminante, pues al mirar con detenimiento, nada había en ese espejo fuera de lo habitual. Yo comenzaba a estar muy nervioso. Miré de nuevo hacia el espejo de cuerpo entero, para asegurarme de que efectivamente había una luz encendida que se reflejaba en él y no era otra ilusión óptica, pero allí seguía la tenue luz, no sin crearme una turbación que empezaba a ser taquicardia. Continué avanzando hasta encontrarme a escasos centímetros del espejo y observé lo que parecía ser un candelabro con una vela encendida. Entonces, no sé bien porqué, se me ocurrió alargar mi mano hasta tocar el espejo ¡Y me quemé el dedo corazón! Pegué un respingo producto del dolor y froté mi dolorida mano contra el pantalón, como esperando disipar así el dolor. Entonces me fijé en el suelo, cubierto de polvo. Alcé la mirada y, con espanto, comprobé que me encontraba al otro lado del espejo, viendo la habitación en la que había estado hace unos segundos, como si de un negativo se tratase. La visión no era nítida, ni siquiera reconocía haber visto lo que ahora veía.

-*"¿Quieres saber mi secreto?"* - escuché susurrar a la voz femenina más dulce que nunca antes había oído. Y sentí como si alguien me tocara el brazo, haciéndome volver de espaldas al espejo de cuerpo entero. Entonces, sobre la cama de la habitación que se reflejaba vi a una joven vestida con un largo camisón amarillento. Gritaba a pleno pulmón mientras agarraba su prominente vientre y el camisón comenzaba a teñirse desde abajo con un color rojo burdeos que recordaba al vino tinto. Rápidamente entraron un par de monjas, que lejos de consolarla le dijeron con frialdad: - *"¿Quieres dejar de gritar como un cerdo en su matanza? No te habría pasado eso si no hubieras sido tan libidinosa"* - Entonces, como si de unos dibujos animados se tratara, ambas mujeres echaron todo su peso sobre el promitente vientre de la joven, que bramó hasta caer desmayada. Todo se cubrió de sangre, mientras una de las dos monjas alzaba lo que parecía ser un bebé y enroscaba en su cuello el cordón umbilical, tirando con fuerza de él. Tras un tiempo que se me hizo eterno, en el que el pánico encogió mi corazón, echó con desprecio el cuerpo del bebé sobre la joven, la cubrieron con las sábanas ensangrentadas y entraron dos hombres fornidos que levantaron todo como si de una camilla se tratase.

-*"¡Echad cuánto antes los dos cuerpos en la fosa abierta en la huerta, junto con el resto de rameras de Satanás"* — dijo con desprecio la que había estrangulado al recién nacido - *"Y tú procura decirle al Padre director Adriano que controle al Padre Eusebio y al Padre Alberto y que se alivien con jóvenes a las que no les haya bajado aún la menstruación, que ya no caben más cuerpos en el huerto, ni a mí me van quedando ganas de seguir arreglando sus desaguisados".*

Preso de la indignación, la repugnancia y la rabia,

retrocedí sobre mis pasos. La voz dulce que antes me habló volvió a hacerlo: - *"Esa chica era mi hermana, yo me libré escondiéndome en el espejo cuando estaba en coma tras empujarme por la escalera del piso de arriba el Padre Alberto, pero aunque no recobré la vida, una vez que vinieron esos dos curas con dos novicios acompañando al padre Adriano a pasar unos días aquí en el pecado, hice que cuando inicialmente entraran en la capilla del fondo para rezar un "avemaría", se cerraran las puertas de entrada y por la del exterior hice entrar a una jauría de lobos hambrientos que acabaron con todos ellos... sólo me quedaban las monjas, pero murieron cuando en un cruce de vías sin barrera no vieron llegar al tren al estar fundida la luz roja de *no pasar*..."* Entonces me sonrió con una sonrisa tan amarga que vi en ella la muerte, lo que me hizo retirarme violentamente de aquella figura casi transparente y fui a chocar con algo metálico que hizo un ruido terrible; era un orinal, que se vertió echando su contenido encima de mis zapatos. Retrocedí aún más aprisa, perdiendo el equilibrio y cayendo de culo al suelo. Para mi sorpresa me encontraba nuevamente al otro lado del espejo, en la habitación vacía. Me levanté como impulsado por un resorte. Miré con repelús mis zapatos, que estaban manchados sólo por el polvo acumulado allí. Alcé mi vista hacia la cama, hacia ese somier que tanta repugnancia me generaba y salí por la puerta del fondo a una recepción con cristalera.

-*"¡Cuán terrible es este lugar! Y sin embargo no es otra cosa que casa de Dios, y puerta del cielo"*, escuché de nuevo susurrar a mi lado provocando que me girara en esa dirección. Ante mi asombro comenzó a materializarse una especie de niebla que fue dando lugar a la silueta de una mujer, pero me hallaba ya tan aterrado que eché nuevamente a correr, buscando la salida de ese infernal edificio.

Corrí por el pasillo hacia el patio interior tan deprisa como pude, escuchando que alguien musitaba en mis oídos: - *"¡Gracias por las flores!"* – y lo repetían otras voces, a pesar de que yo corría cada vez más. No paré hasta llegar al patio. Observé la cruz oxidada y corrí hacia el aula por la que entré, preso del espanto, evitando golpes de los arbustos que se amontonaban en aquél pasillo bajo los soportales, mientras me rodeaba un ruido cada vez más numeroso de bebés llorando, a la par que comenzaban a formarse jirones de niebla en diversos puntos de aquel espantoso patio. Volé hacia la salida desandando el camino. Después corrí hasta llegar al camión. Subí tan deprisa como pude y pisé a fondo el acelerador, a toda pastilla por aquel descuidado y peligroso camino que circundaba la aldea, hasta llegar a la altura de la gasolinera de Andrés. Aparqué un momento, tenía que tomar algo, llevaba la boca tan seca que podía encender una cerilla en la lengua. Iba a beber agua del grifo cuando Andrés se me aproximó con una naranjada. Me miró con una mueca divertida y exclamó: - *"¿Qué pálido has vuelto, ¿has tenido una mala visita en tu visita?"* -

-*"¡Digamos que sí, que ha sido una mala experiencia!"* – respondí subiéndome al camión con ganas de largarme de allí. Antes de arrancar se acerco Andrés, me agarró la mano y me comentó muy serio: - *"¡No hay que remover el pasado!"* –

Minutos después emprendía el viaje de vuelta

Juan Sánchez Ballesteros y Valeria Ardante

3. LOS QUINCE MINUTOS

Ciertamente aquello era otro mundo, pensaba, mientras contemplaba la inacabable penillanura boliviana, una de las más elevadas del planeta. Acababa de llegar a Bolivia, tras el largo viaje en avión desde Madrid, España. No hacía mucho que me había doctorado en Química y, tras obtener trabajo temporal en una empresa de fertilizantes en el sur de España, donde me contrataban "de meritorio" –al margen de derechos laborales- por horas peor pagadas que a una limpiadora de hotel y me echaban la víspera de las grandes fiestas, como Semana Santa o Navidad para contratarme al siguiente día laboral, ahorrándose así el pago de esas jornadas de descanso, sin darme de alta en la Seguridad Social ni cubrirme por posibles enfermedades o accidentes laborales, decidí dar el salto "al otro lado del charco", imitando a mi íntimo amigo Guillermo, que ya se había llevado allí a otro compañero, el arqueólogo Ernesto.

La verdad es que encajé muy mal la marcha de Guillermo, juntos vivíamos nuestra juventud y un millón de experiencias de diferentes sabores, pero tres gobiernos de "progresistas" con leyes nuevas de educación, en las que se imponía la falta de autoridad de los profesores y la ley del mínimo esfuerzo para los alumnos, trajeron estos lodos que acabaron por decidirnos a buscar otros horizontes. Aquellos angelitos, en principio inocentes por edad, habían crecido dentro de la mentalidad del derecho al derecho, convencidos de que la aplicación de la ley era fascismo. Así, pronto tuvimos unos adultos incultos, paletos y egoístas, cuyo única inquietud era su propio interés y, dado que es más fácil manejar a analfabetos que a ilustrados, a su sombra surgieron líderes y profetas que en un mundo libre, culto y competitivo no hubieran servido en su mayoría ni para porteros, pero en medio de esta caterva eran los tuertos en un país de ciegos, preparado y estudiado perfectamente para engañarlos y perdurar en el poder. Aunque en el camino abrieron la caja de Pandora. Acabaron con la igualdad de oportunidades, la valoración del trabajo, la preparación y los méritos para valorar un ascenso o para ocupar un puesto, cualidades sustituidas por el carnet del partido político en el poder, de manera que, al desaparecer la formación y la preparación en los dirigentes del país, al poco se transformó en una nación bananera, donde la principal ocupación era ser camarero o albañil. Triste legado para un país que dominó el mundo. Con esa política tramposa, inútil y egoísta, la mancha se extendió por todas las esferas, lo que hacía que muchísimas empresas sacaran beneficio de las circunstancias caóticas reinantes, contratando de forma ilegal a trabajadores y empleando a parte de los millares de inmigrantes sin papeles que las mafias transportaban al país en pateras. Y lo hacían a un precio miserable muy alejado del salario mínimo que el gobierno había fijado, lo que mandaba al paro a millares de jóvenes del país a los que no podían pagarles tales empresarios esos sueldos, ante el riesgo de acabar en la cárcel. Un daño colateral que tenía en situación desesperada a muchos jóvenes que aún no habían podido encontrar su primer empleo, manteniéndose al cobijo de sus padres hasta edades impensables en otro tiempo. Estas circunstancias propiciaron que gente bien preparada mirara hacía el extranjero a la hora de buscar un trabajo mejor remunerado y en el que se tuviera en cuenta su formación y valía. Fue Guillermo el primero de nuestro grupo que huyó; era el de más iniciativa e incapaz de soportar las condiciones de trabajo que yo tenía, so pena de producirle un cáncer de estómago… aunque intenté convencerle de que no se fuera y que aguantara un tiempo, no lo logré. Lo tenía decidido.

Sabía que la solución no era fácil
Al país la mediocridad había tornado

Y esperar de este Gobierno una solución útil
No dejaba de ser un delirio soñado

Ayer me dijo que sólo en la lejanía
Podía sentirse libre y veraz
Porque en esta sociedad con tanta hipocresía
A nadie importa ni le interesa escuchar

Sabía que no era una persona de este tiempo
Rutina y decepción lo llevaron a esta selva
Cercenando su alma libre y sus principios honestos
Encarcelado en esta situación sin nobleza

Mil veces le pedí que cambiara sus mitos
Mil veces me negó el deseo a modificarlos
Aprendió que la palabra de un hombre es su santo rito
Aun estando rodeado de imbéciles y enanos

Hubo un tiempo en el que el pensamiento era franco
Aunque nunca faltaran envidiosos y zalameros
Pero para ser el mejor tenías que demostrarlo
Y convencer a un público culto y con esmero

Ya no queda rastro alguno de tales premisas
Los estafadores se volvieron más videntes
Estudiaron tendencias de la gente y sus codicias
Y le ofrecieron lo que querían sus mentes

Ya sé que cada cual merece lo que tiene
Que nunca las ideales esperanzas ganan
Pero ahora el Gobierno agrede a inocentes
Con esos juegos malabares que estafan

Por eso entendí que quisieras emigrar sin dueño
Buscando en el horizonte una alternativa deseada
Aquí era tarde, nuestro reino se tornó tan pequeño
Que ya era imposible volver a la senda rosada

Dicen que hubo momentos en que el alma voló libre
Navegando por mares azules hacia un nuevo día
Donde reinaba la comprensión, la compasión sensible

Más nadie avisó del trampantojo, era una poesía

Ya sólo quedan imitaciones para sentirse bien
Hoy de todo intelecto huyó la sabiduría
Seguirán equivocándose mil veces otra vez
Sin que falten palmeros que alaben sus mentiras

Cuando no hay simiente aumenta el desierto
Los nuevos dueños buscan la dependencia incondicional
Que con promesas y subvenciones lo logran, satisfechos,
¡Para conseguir votos da igual pervertir al fiscal!

Por eso amigo mío, comprendo que la situación te rebele
Pero entiende que esa turba que los encumbró está hambrienta
¡Tanto trabajar para que al final ellos se lo lleven!
Pero tienen que robar más… no hay para todos riqueza

A cambio tienes un presidente del que no hallarás nadie tan cínico
Mentiroso, irresponsable, embaucador, con ambición desquiciada
Igual que su vicepresidente, el mayor payaso de este circo
Aunque ¡eso sí! las entradas a la función van a costar muy caras

Guillermo me comentaba que la ley en España era meramente anecdótica, aplicándose siempre tarde, injusta y de forma desproporcionada, especialmente cuanto menores sean las capacidades sociales y económicas del encausado. Aún hoy, en la época actual en la que vivíamos, con el fenómeno de la globalización en pleno auge, seguía estando plenamente vigente aquella observación que escribió el gran Miguel de Cervantes: *"Los pequeños rateros, desde las ventanas de su celda, ven pasar a los grandes ladrones en sus carrozas".*

Así las cosas, Guillermo, licenciado en Ciencias Medioambientales, había decidido seguir los pasos de nuestros aventureros del siglo XVI y XVIII, marchando a las Américas, puesto que allí, aunque los salarios eran muchísimo más bajos que en la europea España, se acomodaban mejor a los gastos cotidianos, de manera que podía vivir bastante mejor que en España dentro de las limitaciones de aquél mercado. Una vez instalado allí y tras mostrar su valía fue buscando la mejor empresa para sus intereses, saltando de país en país hasta acabar finalmente en Perú, donde se había instalado. Dado que seguíamos en contacto gracias a las redes sociales y correos electrónicos, y conociendo mis sucesivos e injustos trabajos no tardó en tentarme con la posibilidad de empleo en una gran empresa china instalada en los altiplanos de Bolivia. Buscaban gente bien preparada y ofrecían buenas condiciones de trabajo y servicio, así que acabé mandándoles mi currículo junto con varias cartas de recomendación. La sorpresa me llegó dos meses después, cuando contactaron conmigo para decirme que me daban una semana para incorporarme a sus instalaciones en Bolivia. Aquello supuso todo un revuelo en mi vida, y no miento si digo que incluso me llegué a plantear renunciar a ese trabajo, porque suponía dar carpetazo a mi "acomodada" vida actual; vivía con mis padres y alternaba algunos trabajos eventuales, que a pesar de la precariedad me daban para llevar una vida placentera dentro de las limitaciones... y ahora la iba a cambiar para saltar a la aventura a miles de kilómetros de distancia.

Sin embargo lo hice, y aquí estaba, sentado en un elegante "todoterreno" gris con chófer que había enviado la empresa para recogerme en el aeropuerto internacional de La Paz y llevarme a las instalaciones, ya que la empresa había negociado con el gobierno boliviano una serie de contratos de prospecciones mineras bastante atractivas, que les había llevado a levantar en medio de la nada un enorme complejo con explotaciones mineras, laboratorios y maquinaria de procesamiento de distintos productos destinados al comercio internacional, así como las viviendas de sus empleados e incluso instalaciones para su propio pequeño ejército particular, que protegía aquél complejo de posibles ladrones y curiosos. Me sorprendió el trato de todas las personas con las que hablé ese día; muy dentro de la tónica oriental, eran educados y atentos, pero fríos y distantes. Tras ser informado de los servicios que realizaría, de horarios, lugar de trabajo, normas básicas de la empresa y de recibir mi acreditación pertinente y las llaves de mi bungaló particular, me trasladé a él para instalar todas mis pertenencias, dar un pequeño sueño para apaciguar los efectos del *jet lag*, por el largo viaje trasatlántico y el desfase a causa del cambio horario, e ir a comer. Por la tarde asistiría a mi primera reunión con el personal del equipo al que iba a incorporarme, me instalaría en mi mesa de laboratorio, y ya al día siguiente comenzaría plenamente con mi horario laboral.

Inconscientemente, mientras ordenaba mis pertenencias, que iba pasando de mis dos maletas a los armarios de mi alojamiento, repasé mentalmente la entrevista y reparé en algo que en su momento pasé por alto. Al firmar mi contrato laboral me habían hecho especial hincapié en unas condiciones que me exigían tal confidencialidad, para con mi trabajo y todo lo que viera en él, que me comprometían a que, en caso de incumplirla, aceptaba ser juzgado por ello en China y, si me encontraban culpable, podría tener penas de cárcel en aquel país. Habían bromeado, diciendo que era necesario añadirlo pero que parecía más alarmante de lo que era *"Lo que nosotros pagamos debe quedar sólo entre nosotros"*, dijeron. El problema era que ese silencio debía mantenerlo de por vida, según lo que yo mismo había firmado. Ahora, así recordado, parecía realmente preocupante. Me sorprendía que lo hubiese rubricado tan ligero. Sin embargo, el paso del tiempo pareció dar la razón al personal de Recursos Humanos que me entrevistó, pues lo que allí hacía debía quedar en el más profundo secretismo, aunque al principio no lo entendiera. Había pasado un mes desde la firma de mi contrato y mi trabajo se limitaba al análisis en el laboratorio de diversas muestras procedentes de varias catas efectuadas por geólogos e ingenieros de la empresa en distintos lugares de la altiplanicie boliviana. Por ahora, todo nuestro afán consistía en encontrar una veta de áridos cuya composición se pareciera lo más posible al célebre *natrón egipcio* (Na_2CO_3* 10 H_2O), cosa que no acababa de explicarme, ya que mis conocimientos químicos me señalaban que esa sustancia no tenía interés industrial; de hecho los antiguos egipcios lo utilizaban sólo en el embalsamamiento de las momias.

Al margen del interés por esta sustancia, había también interés en buscar otras. Sobre todo de Litio, un componente muy buscado para la nueva tecnología electrónica aplicable a vehículos, electrodomésticos, ordenadores y teléfonos móviles, entre otros; era tanto el interés por ese elemento que pronto se iba a convertir en oro blanco, y China iba a necesitar casi un millón de toneladas anuales para mantener su desarrollo tecnológico progresivo e independiente. Y de las minas de Bolivia sacaba enormes cantidades de carbonato de litio. El buen olfato empresarial chino les llevó a firmar con diferentes gobiernos suramericanos sustanciosos acuerdos para la obtención de este elemento. El último fue el boliviano. De esta manera, una de las economías más pobres de Latinoamérica había entrado a formar parte del llamado *"triángulo del litio"*, junto con Argentina y Chile. A mayor escala, formaba parte de los conocidos como *"países del oro blanco"*, añadiéndose a ellos Australia y de los que empezaba a formar parte China. Bolivia poseía el mayor yacimiento de litio mundial, en el salar de Uyuni a 3.650 metros de altura, conformado por hasta once densas capas de sales diversas (de litio, boro, magnesio, sodio, potasio,…), cada una con espesores que rondaban los diez metros. Solo para los diferentes tipos de baterías de litio, las empresas chinas habían logrado alzarse como las mayores especialistas en la industria minera de elementos raros, que tan valiosos resultaban para hacerse un hueco en la economía mundial a medio y largo plazo. El cambio tecnológico que se estaba produciendo favorecía a China, al hacerse por muy poco coste con el práctico monopolio de determinados elementos, que tras procesarlos e incluirlos dentro de componentes de algún producto tecnológico, vendía al mundo por un precio que multiplicaba por varios ceros su inversión.

Esta situación provocó un enfrentamiento con la U.S.A., cuyo presidente, el empresario multimillonario Donald Trump, no podía permitir que China compitiera con los Estados Unidos en la economía mundial, y quisieron contrarrestarla imponiéndoles aranceles, que fueron respondido con otros aranceles por parte de China, iniciando una guerra comercial que arrastró a la crisis económica a muchos países, entre ellos a España. Al margen de todo esto, los chinos seguían buscando yacimientos de litio por los diferentes países suramericanos, y con ese objetivo se construyó la empresa en la que actualmente me encontraba trabajando en el desolado altiplano de Bolivia, donde se buscaba alternativamente tanto el litio como el mencionado natrón. Cuando fui haciendo amistades con compañeros de otras secciones de la Compañía, mi desconcierto aumentó aún más cuando un economista portugués con el que jugaba al ping-pong comentó de pasada, durante la comida, que no se comerciaba con las grandes cantidades de natrón que extraía la Compañía, cosa que me sorprendió dada la poca utilidad que yo conocía de ese producto, lo que me llevó a pensar que podría ser un producto valioso para algo, quizás como partida para obtener otras sustancias con mucho más valor que sí se exportaran. Me sorprendió bastante que en los tres meses siguientes, a los que nos dedicábamos a la extracción de ese producto de las piedras que llegaban de las minas, nos dieron sendas pagas extraordinarias, como reconocimiento de nuestra labor y como incentivo para fomentar aún más nuestra productividad. Y la verdad es que funcionaba. Aislados del mundo, con todo lo necesario a nuestro alcance para las escasas horas libres que nos quedaban de nuestro horario laboral diario, esas pagas eran una buena fuente de ahorro, lo que nos producía gran placer e ilusión pensando en el día que volviéramos a "casa". Tanto nos implicábamos con nuestras tareas, que aquellos que se "desviaban" tratando de centrarse en otras cuestiones, como tontear con otros compañeros o compañeras, o a relajarse con el ocio, eran irreversiblemente desviados a otros trabajos para empresas filiales, lejos de nuestra localización y con sueldo inferior; en cambio yo recibí un buen pellizco al haber sido uno de los químicos que más natrón había sintetizado, y lo ratifiqué orgulloso con mi firma al recoger el cheque.

Éramos una gran familia, con gentes de todas las nacionalidades, usándose el inglés como lengua vehicular, que todos hablábamos y entendíamos con mayor o menor soltura. Por mi parte no había dificultad alguna, ya que sendos máster en Inglaterra y en Francia me daban un buen dominio de esos idiomas al haber permanecido un tiempo en ambos países, cosa que al final me vino pero que muy bien. Un día me citaron para reunirme con el jefe de nuestra sección, el Sr. Li. Al principio me preocupó, porque cabía el riesgo de pensar que no había dado todo lo que se esperaba de mí y que decidieran prescindir de mis servicios en aquél lugar. Sin embargo mis temores eran infundados, pues Li no tardó en mostrarme su satisfacción con mi trabajo y con el de mi sección y se interesó por si tenía alguna necesidad – "*Ninguna, estoy encantado con todo*" - le respondí, viendo el brillo de satisfacción en sus ojos. Alabó ciertas cualidades mías y, tras hablarme del extraordinario rendimiento en el laboratorio, se interesó por mi dominio tanto del español como del francés y del inglés escrito. Tras hacerme un pequeño examen, me ofreció un trabajo adicional y temporal a mis tareas: traducirle al inglés ciertos documentos, que por supuesto no debía comentar con nadie. A cambio se me añadiría una suma adicional a mi salario a final de mes. Lógicamente, acepté encantado. De esta manera me entregó una exclusiva tarjeta que me daba acceso a una sala y a un ordenador donde debía comenzar, tiempo parcial, con la traducción del texto que allí hubiera. Al acabar la jornada debería entregar la tarjeta al vigilante de la sala, que me la entregaría para acceder nuevamente al ordenador y continuar con las traducciones, al día siguiente cuando volviera. Debido a que el precio de la traducción se me iba a pagar sólo por un mes y al final, cuanto antes terminara mi labor antes podría proseguir con mis quehaceres habituales y más tiempo libre tendría.

Me pareció bien la idea y después acudí a comenzar con mi nueva tarea; llegué a la sala informática a la que podía acceder con la tarjeta que me entregó y donde me aguardaba el texto. Tenía una mesa reservada con ordenador aguardándome, que se abría también con la tarjeta. Un joven asiático, muy correcto, me explicó cómo acceder al documento que debía traducir y dónde y cómo guardar mi documento una vez generado. Debería asegurarme de su correcta traducción antes de entregarlo definitivamente, pues debía ser plenamente operativo, como escrito originalmente en inglés. Le agradecí la ayuda, me acomodé frente al ordenador, y al leer el primer párrafo del trabajo confieso que quedé bastante sorprendido. Esperaba que se tratara de algún artículo científico, alguna tesis o algo parecido, escrito en español o francés, pero en lugar de eso me encontré con un documento antiguo, posiblemente del siglo XVI o así, ya que los giros que empleaban eran propios del castellano antiguo que leí en "El Quijote". Pensando que podría tratarse de un despiste, me alcé sobre la silla, asomando por encima de las mamparas que separaban el habitáculo en el que me encontraba, y vi que había una veintena de reservados con gente tecleando en otros ordenadores – "*¿Todo bien?*" – escuché una voz displicente a mis espaldas. Al girarme, me topé con el joven vigilante que me había recibido en la entrada. Le expliqué mi percepción sobre el manuscrito antiguo castellano y le pregunté si se trataba de alguna prueba. Muy amablemente me dijo - "*Es eso lo que se pide, limítese a hacer lo que le han ordenado y podrá seguir con sus tareas encomendadas hasta hoy*"- y se inclinó saludándome a la manera oriental - "*De acuerdo*" - le respondí devolviéndole el saludo, y me puse manos a la obra.

Tras hacer una primera lectura para enterarme de qué iba y trasladarlo al español actual, pude entender que se trataba de un texto escrito por un médico francés llamado Ambrosio Paré, que pude comprobar en Internet que fue una gran celebridad de su época, y que eran muchos estudiosos los que no dudaban en calificarlo como uno de los padres de la Medicina Occidental moderna. El texto final a traducir quedaba de la siguiente manera: "*Un día, conversando con Gui de la Fontaine, célebre médico del rey de Navarra, y consciente de que había viajado por Egipto y la Berbería, le rogué que me explicase sus conocimientos adquiridos sobre momias y me dijo que, estando el año 1564 en la ciudad de Alejandría de Egipto, se había enterado que había un judío que traficaba en momias; fue a su casa y le suplicó que le enseñase los cuerpos momificados. Lo hizo complacido, mostrándole una despensa donde se apilaban varios cuerpos, unos sobre otros. De la Fontaine le rogó que le dijese dónde había encontrado esos cuerpos y si se hallaban, como habían escrito los antiguos, en los sepulcros del país, pero el judío se burló de esta impostura, asegurándole y afirmando que no hacía ni cuatro años que aquellos múltiples cuerpos los preparaba él mismo y que eran cuerpos de esclavos y otras personas. Le preguntó de qué nación eran y si habían muerto de una mala enfermedad, como lepra, peste o viruela, y el hombre respondió que no se preocupara de ello, fuesen de la nación que fuesen y hubiesen muerto de cualquier muerte imaginable, ni tampoco si eran jóvenes o viejos, varones o hembras, mientras los pudiese tener y no se les pudiese reconocer cuando los tenía embalsamados. También dijo que se maravillaba grandemente de ver cómo los cristianos apetecían tanto comer los cuerpos de los muertos."*

Estaba claro que necesitaba de más tiempo para saber de qué iba aquel extraño texto. Tampoco me ayudó leer otro texto suelto que tenía que traducir al inglés. Hablaba de otro tema desconcertante, que no acababa de entender; éste nuevo texto decía: - *"El betún persa mummia corta hemorragias, cicatriza heridas, trata las cataratas en los ojos, sirve como linimento para la gota, cura el dolor de muelas, así como el catarro crónico, alivia la fatiga al respirar, interrumpe la diarrea, corrige los desgarros y dolores musculares, repara huesos rotos, la artrosis, las lesiones de la poliomielitis (...), endereza las pestañas que molestan al meterse dentro de los ojos o incluso ayuda a recuperar la libido, entre otras virtudes".*

Lo pasé al inglés como me pedían, sin buscar más explicaciones. Sin embargo, me sorprendió la lectura del último texto proveniente del libro "Historia General de las Drogas", publicado por Pierre Pomet en 1694, que recomendaba como mejor polvo el de "mumiae". *¿Pulvis mumiae verae?*, señalé entre interrogaciones puesto que era el nombre original presente en el texto. Decía que provenía de ¿momias? de color negro, carentes de arena o polvo y que olieran bien a humo, no a resina.

Comprobé repetidas veces mis traducciones y cuando ya quedé convencido de que era eso lo que ponía, pulsé el botón que servía para llamar al joven, que acudió presto y amable. Le dije que había terminado, le mostré el texto final mío en el escritorio del ordenador, me señaló que debería firmarlo, me solicitó mi tarjeta de acceso a la sala y al ordenador y me acompañó a la salida. Nos despedimos y tras comer en el comedor corporativo, volví al laboratorio con mis análisis habituales. Eran las 9 de la noche cuando llegué al comedor donde solía comer con mi compañero portugués, aunque éste se había adelantado y ya salía cuando yo llegaba.

Le invité a una copa, pero me dijo que tenía trabajo delicado ya que tenía que revisar las colaboraciones con industrias farmacéuticas chinas. Comí sólo y después marché a mi bungaló donde vi una película del Oeste con un bueno muy bueno y unos malos muy malos, y tras una ducha me acosté.

Eran las 8 de la mañana cuando iniciaba mi nueva vida habitual, acudí al ordenador donde muy amablemente el vigilante oriental me abrió la puerta, me entregó la tarjeta, me ayudó en todo lo que le pedí y volví a traducir textos razonablemente inexplicables, que simplemente me limitaba a traducirlos al inglés. El de hoy eran páginas sueltas de un libro francés del siglo XIV que hablaba de alquimia y también de una sustancia que llamaba polvo gris de "mumiae", limpio y purificado con olor a resina; señalaba sus características, colorantes, compactantes, blanqueadores... y sus propiedades contra la humedad. Pensé que estarían editando una obra de productos de la antigüedad pero no hice ninguna pregunta ni busqué explicación razonable alguna a aquellos textos, muchos de ellos sin sentido. Solo me limité a traducirlos, firmarlos y dejarlos en el ordenador. Después volvía a mi trabajo de laboratorio, extrayendo de las piedras de las minas que nos traían, natrón o litio. El mercado de pilas y baterías de ordenadores o de teléfonos móviles iba en aumento y el litio se necesitaba en cantidad. Cinco días después terminé las traducciones y me centré en el laboratorio, y un mes después dejé de purificar el natrón, que ya comenzaba a escasear por esa zona, y pasé a la planta de obtención de litio. Sin embargo, no había transcurrido ni una semana en esta nueva planta, cuando apareció Erik, un jefe de equipo que se dedicaba a la prospección minera en la Compañía para decirme que me esperaba el director de la sección comercial Sr. Lung, cosa que me extrañaba porque esa sección nada tenía que ver con la síntesis química para la que estaba contratado. Erik me adelantó que tenía que acompañarle a una prospección en los Andes peruanos –*"¿Prospección minera?"* – pregunté - *"Bueno...¡más o menos!"* – me contestó Erik. En la entrevista con ese personaje me enteré que por nuestra cercanía a la zona habían reclamado a cuatro especialistas; a mí lo había hecho Ernesto, que también estaba en aquella prospección. Enseguida comprendí que se trataba de una excavación, porque Erik y los otros dos compañeros eran arqueólogos, como Ernesto. Con una buena prima económica que firmé e ingresé por mi nuevo trabajo, los acompañé a aquél lugar perdido en la cordillera andina. Aquél sitio estaba en pleno corazón de los Andes, en un extremo del *Parque Bahuaja Sonene*, en medio una planicie a más de 3000 m de altura. Desde el helicóptero que nos trasladó se entreveían restos de ruinas ¿incas? en una zona frondosa y boscosa.

Cuando aterrizó allí, en una pequeña explanada al borde de un barranco de más de 300 m de caída libre, pude distinguir en la distancia que algunos de los templos que la vegetación permitía ver estaban inmaculados. Dos personas acudieron a recibirnos; una era Ernesto. Nos dimos un abrazo y tras bajar los equipos y dotaciones nos dirigimos al campamento que habían montado cerca de la zona de aterrizaje, lejos de los templos, formado por tres grandes tiendas, una que hacía de dormitorio comunal, otra para reuniones y comedor y la tercera de "utilidades varias". Éramos seis los técnicos que estábamos allí, la séptima persona era un nativo, Tumac, con rasgos indígenas muy marcados, que el gobierno peruano había enviado allí, y por la forma de comportarse me atrevo a decir que muy a pesar suyo. Antes de partir el helicóptero que nos trajo, cargaron varios bultos; tuve que ayudar a hacerlo ya que no había allí ningún otro tipo de mano de obra que se encargara de esos menesteres. Me extrañó porque no me pagaban por mover sacos de esparto, además me preguntaba sobre ¿quién iba a excavar? Pensé en dejar esa pregunta para más adelante ya que ahora sólo pretendía contemplar aquel maravilloso paisaje. Desde aquel lugar podía observarse una infinidad de cordilleras paralelas que se perdían en la bruma del horizonte, montañas jóvenes, agrestes, que querían conquistar el cielo.

Algunas cumbres se ocultaban bajo la nieve, que también se percibía en la zona boscosa de la alta ladera. A mi derecha pude observar el majestuoso vuelo del cóndor por aquellas alturas y recordé que aquella cordillera recorre el lado oeste de Suramérica y que era una de las cadenas de montañas más extensas del mundo. Que en su variada orografía se incluyen glaciares, volcanes, praderas, desiertos, lagos y bosques; que comienza en el norte de Venezuela y desde allí cruza Colombia, Ecuador, Perú, Bolivia, Argentina y Chile. Que el Aconcagua, con 6.961 m, era su pico más alto y que en ella se esconde una multitud de sitios arqueológicos precolombinos, siendo su fauna más conocida la chinchilla y el cóndor, la vicuña y el puma, sin olvidar al gato andino, el felino más amenazado de América y uno de los más desconocidos del mundo Miré a mi alrededor; el suelo se mantenía húmedo y a mis oídos llegaba el sonido de arroyos fluyendo entre los pedregales y el silbido del viento andino penetrando por las cortadas. Todo era un mar de montañas, con la excepción de la altiplanicie que había a mi derecha en la que, entremezclado con un denso bosque, podían verse restos de construcciones incas. Era un lugar alejado sin duda, solitario y de muy difícil acceso.

 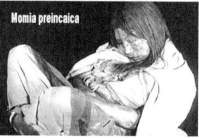

Ernesto me presentó a Tumac. Le pregunté cuantos éramos y me señaló que los podía contar allí mismo. Le pregunté si no nos ayudarían los nativos y el representante gubernamental me respondió sorprendido que ningún nativo iría a ese asentamiento inca, sólo formado por templos que esconden las tumbas de los antepasados desafiando a

Vichama dios de la muerte, porque era un dios muy vengativo e inclemente que fue hijo de Inti, dios del Sol, y medio hermano de Pacha Camac, dios del alma de la Tierra y de los temblores. Que su madre fue asesinada a manos de su medio hermano, por lo cual, en venganza, Vichama transformó a toda la raza de Pacha Camac en piedras y que seguía vigilando aquel asentamiento, en el que ya habían muerto cuatro extranjeros. Aquello me impresionó. Erik me agarró entonces del brazo y me llevó hacia el interior de una de las tiendas, donde me informó que el peruano era un viejo brujo que no quería que nos llevásemos sus momias; rápidamente le pregunté si eran momias lo que había en los sacos. Me dijo que sí, que se las llevaban para museos del mundo. Aquello me dejó aún peor, me preguntaba *"¿qué pinta una empresa de prospección china llevando momias preincaicas a museos?"*, pero lo que me preocupaba eran las cuatro muertes de extranjeros, que fue lo que pregunté a continuación. Me respondió Eric que los peruanos son muy supersticiosos y que la muerte se debió al hundimiento de una de las pirámides que tenía socavadas las paredes por raíces. Insistí en la contratación de nativos y me respondió que no hacía falta, que allí no había que excavar, sólo retirar unas losas y sacar los sacos….

Digamos que aquello no me tranquilizó. Aún menos cuando hicimos la primera visita a aquellas ruinas y presentí que algo sobrenatural había allí; habían abierto un pasillo hasta las dos primeras pirámides y las otras estaban casi tapadas por la selva con una naciente neblina extraña, en la que parecía haber movimiento, aunque no corría un soplo de viento. Cuando penetramos en la segunda pirámide en la que estaban trabajando, ya habían vaciado la primera, noté una expresión extraña en la cara de Ernesto, que sólo murmurando comentó – *"Otra vez la han vuelto a tapar"* – Rápidamente me volví a él para preguntarle lo que habían tapado - *"Las piedras que ocultaban las tumbas donde están las momias"* – respondió inquieto

-*"Habrá sido tu compañero para protegerlas"* – señalé

-*"¡No!"* – respondió – *"Fui el último que estuve aquí y la dejé abierta para recibiros"* –

Después se produjo un ligero movimiento de tierra crujiendo las piedras sobre nuestras cabezas, justo cuando la extraña niebla comenzaba a acercarse a la puerta – *"Es mejor que nos vayamos"* – dijo muy nervioso Ernesto.

Así lo hicimos. En la salida pasamos cerca de la niebla y, en un momento que me acerqué a ella, noté una especie de descarga eléctrica. Recordé al representante peruano y ya aquello dejó de atraerme, más bien le tomé miedo. Nos retiramos al campamento y comenté a los compañeros que yo no era arqueólogo, que no sabía qué hacía allí y que no me gustaba aquel lugar. Tumac asentía con la cabeza. Comenté que no entendía por qué teníamos que buscar momias en aquel lugar tan extraño, que podríamos hacerlo lejos de allí, en excavaciones abiertas. Me señaló Erik que esos restos eran de gente noble, que eran a los únicos que momificaban, a los otros los enterraban y en las excavaciones sólo sacaban huesos y no valían nada. Una vez más Tumac aconsejó salir de allí, diciendo que no se puede perturbar el sueño de los señores y menos robar sus cuerpos.

La noche fue terrible. Pesadillas intensas me traspasaban, vi el inframundo y espíritus y dioses se mostraban amenazantes; sólo desaparecían cuando encendía la linterna o el camping gas, cosa que molestaba a los otros compañeros. Después aparecía un fuerte viento helado que balanceaba las tiendas, a pesar de la fuerte sujeción. El día amaneció con una terrible sorpresa, tres serpientes venenosas se nos metieron en la tienda mientras dormíamos y el compañero de guardia, adormilado, no las detectó; a mi me salvaron las pesadillas que me tenían despierto, lo que hizo que viera como por encima del saco de dormir aparecía aquel reptil al que lancé fuera de una patada desde el interior del saco, justo en el momento en que escuché dos gritos. Rápidamente entró Tumac y con la linterna en aquel gélido amanecer nos encontramos con tres serpientes venenosas en el suelo; una había mordido a Eric por encima del codo, en el brazo que colgaba del camastro, la otra a Ernesto en la pierna a través del saco, y la tercera volvía a buscarme. Fue la primera que cogió Tumac por la cabeza y la introdujo en un saco, después fue a por la de Ernesto e hizo lo mismo, y a la tercera llegó tarde porque Erik le había volado la cabeza con su revólver. Después revisó las heridas, la más grave era la de Erik y aunque con un cuchillo abrió la herida, no pudo salvarlo, el veneno avanzó rápido hacia el corazón. Ernesto tuvo más suerte; al morderle el reptil por el exterior del saco y tener que traspasar dos pantalones y un calcetín grueso, dormía blindado, la concentración de veneno era inferior, y al estar además la picadura más lejos del corazón se le pudo hacer un fuerte torniquete con un pañuelo y un palo. Mientras un compañero llamaba al helicóptero, otro quería pegarle fuego al saco con las serpientes, lo que lo impidió Tumac, señalando que esas serpientes mudas de cascabel, verrugosas y pertenecientes a las víboras de fosetas, forman parte de la divina trilogía de los dioses andinos: cóndor-puma-serpiente, y que sólo defendían su lugar sagrado. No intervine más en el tema, esperaba ansioso al helicóptero porque Ernesto comenzaba a sufrir los efectos del veneno, lo que implicaba que algo se había colado por las venas; notaba un fuerte dolor muscular, pulso acelerado, gran hinchazón en la mordedura, entumecimiento, ganas de vomitar y ligera dificultad respiratoria.

A la llegada del helicóptero, rápidamente lo trasladamos y lo acompañé al hospital de Cuzco; el viaje se me hizo eterno ante el empeoramiento de mi amigo. A la llegada le atendieron rápidamente. Junto a mí estaba el encargado de la compañía en la zona. Aquella noche me llevé una gran sorpresa cuando me encontré en urgencias con Guillermo, que estaba en Cuzco cuando le llamaron para decir que iba para allí un herido español. Me dio un fuerte abrazo y en compañía de un sacerdote me acompañó a una habitación solitaria del hospital. Cerró la puerta y me comentó que había que irse rápido de allí. Yo estaba desconcertado – *"¿Irnos? ¿Dónde... y.... por qué?"* – pregunté extrañado

-*"Hay que huir, amigo, tú y yo ...debemos denunciar a los chinos..."*

-*"¿Qué tonterías dices? ¿Y por qué hablas tan precipitadamente? ¿Estás drogado?"* –le pregunté retirándome un paso atrás

-*"¿Drogado yo? Sí, estoy dopado; dopado de repugnancia que me produce el contribuir al infierno que estamos creando. Ese canibalismo, esos asesinatos para lucrarnos... ¡no todo vale!* – me dijo.

Miré al sacerdote. El religioso alzó las manos tranquilizadoramente y hablando con serenidad me contó una historia que más bien parecía de ciencia-ficción. El natrón que yo estaba contribuyendo a explotar, realmente estaba siendo usado para ser almacenado en grandes naves o hangares donde el ejército privado de la empresa enterraba los cuerpos de todos los desafortunados que encontraba en los arrabales de La Paz. Tras cuatro o cinco años y según las necesidades, incluso después de seis meses, eran "desenterrados" y para entonces se habían transformado en auténticas momias que, convenientemente trituradas, se vendían como polvo milagroso que una buena y costosa campaña de marketing se había encargado de publicitar como la recuperación de un medicamento basado en una fórmula ancestral china hallada en un viejo monasterio tibetano, que era capaz de combatir desde la falta de apetito sexual hasta problemas de artrosis, distintas enfermedades de la piel, para frenar las diarreas e incluso como una milenaria viagra. Que era cierto que producía parte de esos efectos pero no los justificaba la materia prima que utilizaban. Me mostró unos datos de la gran demanda que habían logrado a nivel mundial con su "milenaria receta". La empresa comenzó a fabricar otros productos derivados, como cremas con grasa humana procedente de niños y adolescentes, que convenientemente mezclada con ciertas sales minerales retrasaban eficazmente los síntomas externos de la vejez, así como productos de cartílago de dragón, en verdad de los pobres desgraciados muertos, capaces de retrasar y combatir eficazmente problemas como la artritis o el reúma. Al momento el sacerdote me mostró varias imágenes, con distintas cremas que se estaban vendiendo en diversos idiomas por todo el mundo, en embalajes realmente atractivos.

-*"Se han basado en el comportamiento que tuvieron durante el siglo XIX los ingleses y otros empresarios egipcios sin escrúpulos, que no dudaron en recurrir a cadáveres de mendigos, esclavos e incluso hasta el de un ingeniero inglés, que fue hallado entre las momias vendidas por un mercader de Asuán* – prosiguió Guillermo mostrándome imágenes de presuntas momias egipcias milenarias realmente fabricadas en pocos días por tratamiento con el natrón – *Y de esta manera se produjo el saqueo descontrolado de todo tipo de enterramientos egipcios desde que las tropas napoleónicas desembarcaran en el país de los faraones, destrozándose parte de las numerosas momias enterradas en lugares tan emblemáticos como la famosa necrópolis de Deir-el-Bahari"* -

Guardé silencio mientras contemplaba numerosos grabados y fotografías donde se observaban cantidad de momias expuestas a las que les estaban retirando los vendajes en una nave. Me señalaron que los vendajes de las momias antiguas también se utilizaban para transformarlos en pergaminos de calidad, y los desechos para papel de estraza para envolver alimentos. Que habían ido traduciendo algunos códigos antiguos con los que conseguían rentabilizar más las nuevas experiencias –cerré los ojos al recordar mis traducciones, ahora encajaban- y que cuando comenzaron a escasear las momias egipcias al haber más control, habían ido robando momias por todo el mundo, desde guanches hasta las preincaicas, arrasando todos los yacimientos.

-*"Esas momias"* – prosiguió el cura, en tono conciliador - *"eran trituradas hasta lograr un polvo que se comercializó como un medicamento capaz de curar diversas enfermedades, o simplemente para dar prestancia, al esnifar este polvo por parte de aristócratas y monarcas como el francés Francisco I o incluso una reina consorte inglesa, Carlota de Mecklemburgo-Strelitz, esposa del rey Jorge III, que recibió encantada el regalo de un príncipe de Persia, en 1809". Que fue sin duda el "polvo de momia verdadero", polvo de momia triturada, el que gozó de más popularidad por sus propiedades milagrosas, usándose para ser esnifado, para su consumo como medicamento, o incluso en Alemania y Gran Bretaña se empleó como parte del fertilizante de verduras. Cuando comenzaron a escasear las momias milenarias, mercaderes orientales sin muchos escrúpulos comenzaron a fabricar sus propias momias con todo tipo de personas, cuyos cadáveres sumergían en natrón y diversos aceites por un tiempo, vendándolos y vendiéndolos como momias. Pero al comprobar que su calidad era peor, sus olores e incluso sus propiedades curativas, especialmente durante los siglos XVIII y XIX se pasó a distinguir entre "polvo de momia verdadero" o "mumia vera", correspondientes a momias milenarias trituradas, y la "mumia secundaria" o polvo de momia de peor calidad, generalmente falsa. De estas últimas llegó a sacarse un pigmento llamado el "marrón momia" que fue muy célebre entre los pintores impresionistas británicos y franceses. De hecho, el célebre cuadro de la Revolución Francesa, con la libertad representada por una joven con los pechos al aire y alzando una bandera, usó este pigmentó* – se apresuró a añadir Guillermo, provocando que reparara en él- *Incluso el mismísimo escritor Rudyard Kipling contó cómo en un almuerzo con su tío Edward B. Jones y Lawrence A. Tadema, ambos pintores, Lawrence comentó la composición de este pigmento marrón, y tanto escandalizó a su tío que le obligó a buscar su tubo de color y a darle la digna sepultura que merecía, en su jardín" -*

Yo estaba muy desconcertado. Pensaba en la forma de demostrar que esos productos provenían de cadáveres cuando el cura me interrumpió, señalando que ante tanta demanda algunos personas habían sido asesinadas, que por eso se puso en guardia, porque en las localidades perdidas en los Andes que atendía se disparó el porcentaje de muertos, que fue entonces cuando acudió a Guillermo, que trabajaba por aquél lugar analizando y potabilizando las aguas de pozos y riachuelos, y que gracias a tenerlo allí se pudo comprobar que habían echado veneno en las verduras y los frutales...

-*"¿Los envenenaban?* – pregunté asustado. El sacerdote miró a Guillermo y afirmó. Luego Guillermo me señaló que analizó el veneno y que lo hacían con arsénico. Le pregunté si sabía quién era, a lo que me respondió que podía ser cualquiera, que allí había muchos chinos excavando. Me sentía muy mal y estaba muy violento, me preguntaba cómo podía un ser humano envenenar a un semejante, cuando Guillermo comentó que siempre ha habido asesinos repugnantes que han atacado a los seres indefensos. Recordaba que en el proyecto norteamericano MK-Ultra, la CIA experimentó el LSD con militares y la población civil para conocer sus reacciones y secuelas. Que en la década de 1950, el gobierno norteamericano en colaboración con el MI6 británico, realizaron un proyecto en el que infestaron a civiles en la Bahía de San Francisco con diversas enfermedades, de cara a una guerra bacteriológica futura, y que hicieron lo mismo a los soldados norteamericanos en la guerra de Corea; también experimentaron con los prisioneros coreanos de la isla de Koje, y, más cerca en el tiempo, también lo hicieron con armas químicas en la Guerra del Golfo. Algo que también hicieron los japoneses con los chinos durante la Segunda Guerra Mundial con el terrible Escuadrón 731, que era un programa encubierto de investigación y desarrollo de armas químicas letales.

Comenzaba a agobiarme y quería volver a pensar en lo de las momias, en cómo podríamos desenmascarar a esa genta asesina, porque un hombre puede ser débil aunque sea durante quince minutos, pero mantener tanto tiempo esa actitud los volvía malditos, demonios criminales, malvados nauseabundos... ¿Cómo podía demostrar que ese polvo que se vendía como exitoso remedio milenario estaba compuesto de cadáveres humanos? Muchos de ellos asesinado vilmente, a sangre fría... Mi cabeza iba a estallar cuando observé que se abría la puerta a nuestra espalda. Al volvernos nos encontramos con el Sr. Lung, jefe de la división territorial, junto con el encargado de la Compañía en la zona que estuvo presente en urgencias cuando llegaron Guillermo y el sacerdote. El encargado portaba dos maletines y el Sr. Lung un portafolio de piel. En la mesa que había junto a nosotros dejó los dos maletines, después el Sr. Lung abrió su portafolio y nos repartió copias de documentos a Guillermo y a mí. Los miré mientras el Sr Lung hablaba. Señalando mis documentos dijo que en ellos constaba que yo era el técnico que más natrón había sintetizado, que yo era el que había traducido sus propiedades y uso, y que había ido a robar momias a los Andes. Yo estaba lívido porque efectivamente en esos documentos estaba mi firma; en todos, menos en el último, que era un impreso repetido que hablaba de permiso con la firma del Sr. Lung. Después, señalando los documentos de Guillermo, dijo que en la potabilización de siete aldeas andinas había purificado el agua con filtros inorgánicos que liberaban arsénico, un fuerte veneno, como mostraban los análisis de las aguas de riego que salieron de las potabilizadoras de las que era responsable. Guillermo protestó, señalando que eran filtros de diatomeas, a lo que Lung contestó que eso sólo lo hizo para la conducción que iba a las iglesias del cura, señalándolo con el dedo y rematando: - *"Posiblemente estaban Vds de acuerdo"* –

Después nos miró a Guillermo y a mí y dijo: - *"El último documento es un permiso que le concedemos hasta su jubilación para que hagan lo que quieran, y para eso pueden usar los 10 millones de dólares que hay en cada maletín; eso sí, antes tienen que darme una de las copias firmadas por Vds, y cuando se vayan hablaré con el sacerdote de otras cuestiones y del dinero que se le ha ingresado en su hasta entonces pobre cuenta personal"* –

Nos miramos Guillermo y yo, después volvimos a mirar los documentos. Fue entonces cuando el jefe de zona nos acercó dos bolígrafos de la compañía. Volvimos Guillermo y yo a mirarnos y tras unos instantes agarramos los bolígrafos y firmamos una de las dos copias del último documento. Se la trasladamos y tras darnos las gracias nos entregaron los maletines. Salimos de aquella habitación y ya enfilábamos para la calle tras enterarnos que Ernesto estaba fuera de peligro, llamaba a un taxi para ir al aeropuerto de Cuzco y coger el primer avión que saliera, cuando Guillermo mirando el reloj comentó:

- *"¡Hemos tardado quince minutos!"* –

4. NO HAY MAL QUE POR BIEN NO VENGA

Cuando conseguí el traslado a aquella oficina de policía del Norte la verdad es que desconocía lo que allí me iba a encontrar. Los últimos veinte años había ejercido mi profesión en el Sur peninsular y, aunque llevaba una carrera brillante que me había supuesto alguna que otra condecoración remunerada y varios ascensos que me llevaron al grado de sargento y después al de inspector, cargo último que me permitía guardar el uniforme sólo para los actos oficiales y vigilar la calle de paisano, los últimos cinco años no fueron muy favorables para mis intereses. No acerté con mi anterior traslado a otra ciudad del Sur, por donde entraba mayormente la droga y "otras cosas" al país, lo que significaba más trabajo y más posibilidades de ascenso. Llevaba ya mucho tiempo en el Cuerpo y se acercaba esa edad madura, antesala de la jubilación, en la que aunque con mucha más experiencia acumulada a veces faltaba esa rapidez de pensamiento o la agilidad necesaria para enfrentarme a malhechores, que en aquella zona eran mucho más peligrosos por haber demasiado dinero en juego. Tras pensarlo seriamente, y teniendo en cuenta la racha de éxitos que me había acompañado hasta entonces, creí que en esa ciudad atlántica con el pirata peñón inglés al lado tendría más posibilidades de lograr un sonado éxito con el que me ascendieran a inspector jefe y así lograr el mando de una comisaria tranquila del Norte, donde aguantar sin problemas importantes los años necesarios para recibir la máxima paga en la jubilación. Pero no contaba con los cambios políticos. Los avatares de la vida hicieron que accediera a los gobiernos, tanto generales como locales, la más extraña ralea de personajes ambiciosos, egoístas, incultos y hasta chabacanos, que al tener tan poca formación profesional y cultural (siempre los incultos justifican a los maleantes) comenzó a tomar partido por el bando equivocado en aquella lucha, asignándonos la categoría de policía represora.

En una población normal puede darse algún caso accidental que podría quizás justificar momentáneamente esa denominación, sobre todo en un país y en una región tan tendente a los apodos, como aquél de *matagatos*, asignado a un conductor que una vez dando marcha atrás en su coche al salir de su garaje, sin darse cuenta pilló a un gato. No es que no me gustasen los apodos, aunque el mencionado podría disponer de una mínima base de apoyo, pero acusar a una policía de "represora" -en una zona por donde entraba por toneladas la cocaína o el hachís, o donde uno de los principales negocios era la trata de mujeres que acababa en la prostitución sin diferencia de edades, lo que permitía que capos mafiosos vivieran como dioses en sus urbanizaciones de lujo y que cuando se sentían perseguidos huyeran al peñón inglés donde tenían comprados altos cargos gubernamentales- era como mínimo irresponsable porque, al amparo de esas acusaciones, intermediarios mafiosos y camellos de distinta enjundia levantaran acusaciones, que frenaban investigaciones al ser oídas por esa clase política barriobajera y los dóciles borregos amaestrados que seguían cómodamente sus consignas. Claro que, como decían algunos de mis compañeros, no era todo oro lo que relucía en esas interesadas acusaciones, pues personas que accedieron a esos cargos políticos viniendo del paro o de empleos mal remunerados a veces tenían otros motivos para evitar determinadas intervenciones o arrestos; no era la primera vez que en una intervención planificada concienzudamente para apresar unos alijos de droga que iban a desembarcar en lanchas rápidas en apartadas playas, de noche, tuviera un estrépito fracaso al no aparecer ninguna lancha por allí porque los capos conocían la intervención… y esto no era una suposición. Algunos meses después, cuando en otro tipo de redadas en clubes de prostitución arrestábamos a algunos que hacían de conductores de aquellas barcas rápidas, nos confirmaban que habían recibido un soplo de determinado departamento o personaje público a cambio de dejarlos marchar; por lo que era un secreto a voces saber que determinadas esferas del poder se beneficiaban también de ese oscuro negocio, buscando enriquecerse antes de terminar sus cuatro años en el cargo.

Desde mi mando de inspector, que me daba acceso directo sobre cuatro personas, realizamos una serie de actuaciones por iniciativa propia, sin informar de ellas a los superiores, lo que nos condujo a varios éxitos en esas intervenciones. Pero en algunos casos, lejos de ser premiados por el resultado obtenido, recibíamos una fuerte reprimenda por no informar a los superiores, y "por poner en riesgo la vida de mis policías" al no disponer del necesario apoyo. En una situación normal llevarían toda la razón, pero aquella no lo era, lo que condujo poco a poco a que el desencanto se instalara en nuestras intervenciones. Sin embargo la situación estalló en el momento y en el lugar más imprevisto. Fue durante una intervención en un club de alterne buscando a un importante traficante en la trata de mujeres, una actuación de las que denominábamos urgentes; un confidente avisaba de una visita de tan peligroso personaje a aquél lugar aquella misma noche e informamos de ello al superior, pensando que posiblemente fuera honrado, y rápidamente pasamos a la acción con su consentimiento. Cuando llegamos al local nos sorprendió lo saturado que estaba, incluso reconocí algunos políticos locales saboreando los placeres del lugar, pero ante tanto personal maleante presente tuvimos que hacer una mayor redada, con refuerzos. Aunque detuvimos al capo, en el paquete había también algunos alcaldes locales y algún que otro secretario o director general de la Consejería del Gobierno Autónomo. Habían montado una velada caliente en la que intervenían una docena de políticos con distinto poder, todos pertenecientes al partido más demócrata y progresista del arco político, eso sí, cada uno con "Visa oro" pagada del erario público.

Estas detenciones motivaron que se restara publicidad al arresto del gran mafioso, recibiendo el grupo una fuerte presión para mantener todo aquello silenciado, y nadie habló. Recibimos alguna que otra mención secundaria por la actuación pero no disminuyó la decepción. Éramos conscientes de que cualquier comentario nos podía costar el puesto o el traslado a un destino basura, y teníamos la certeza de que, si filtrásemos a determinada prensa no comprada los nombres de aquellos políticos, la mayoría saldría impune y al sacrificado, al cabeza de turco, posiblemente lo ubicarían en un puesto de otra provincia que nada tuviera que ver con el que tenía, sólo el sueldo. Aunque lo peor para mí no era eso, era ver como la gente no castigaba esas ilegalidades y sinvergüencerías con sus votos; en algunos casos incluso las envidiaban... aquella mentalidad nunca la acababa de entender, lo que en el fondo me quitaba la tentación de castigarlos con una filtración a la prensa. Siempre estuve convencido de que cada pueblo tiene los gobernantes que merece.

El dios sol me castigó duramente
Lo noté en la presión de su calor
No entendía que me hallara ausente
O que sólo quería olvidar la decepción

No comprendía que tras los años de brega
Las encrucijadas me estuvieran minando
Cuando ni siquiera mis lejanas estrellas
enviaban su luz para superar desencantos

Cuando no crees en las palabras divinas
Cuando comprendes que pagaste demasiado
Por defender unos principios que desestiman
Y que otros bien supieron aprovecharlos

Entiendes que cambiara el mundo de fachada
Aprovechando que eran más los vinculados

Compraron a los memos con soldadas
Según el grado de incultura alcanzado

En la vida no es ninguna novedad morirse
Y mucho menos cometer un error
Lo difícil es seguir de pie en la hora triste
Y evitar que te usen como peón

Sin creatividad las dudas sedan la mente
Y el silencio determinado puede ser sabiduría
Cuando al mirar la plebe, tu intelecto entiende
lo bien preparado que lo tenían

Ya sé lo difícil que es avanzar contracorriente
Que lo absurdo deslumbra las pupilas
Cuando el egoísmo y las mentiras crecen
El mundo empequeñece y no hay armonía

Pero no evitan los sombríos acontecimientos
La verdad es que no saben hacer otra cosa
No les importa que tras ellos quede el lamento
Ni hacer con la esperanza tabla rasa

Tal vez la religión descargue el peso de los hombres
Pero no quita el polvo acumulado en la flor
Pocas iniciativas brillantes mostrará el horizonte
Cuando por poniente huye apenado el azor

Crearon el mundo absurdo en que vivimos
Perdiéndonos en discusiones vanas sin descartes
Olvidar la historia fue un enorme desatino
Y estúpido no ver que no lleva a ninguna parte

Editan mensajes que crean sombras
que la mayoría acepta con torpes sonrisas
Porque los mejores ya no están en la ronda

Y ahora imperan los troleros y sus escribas

Posiblemente debería hacer frente a esos cicateros
Aunque frena lo vendida que está la manada
Por lo que tras estudiar el patio y ver lo que tenemos
Pienso que es preferible dejarlo para mañana…

Aunque lo bueno que tuvo esa acción fue decidir que no podía continuar allí. En algunos momentos me había significado en pos de la justicia y ya me habían dejado claro que aunque todos somos iguales ante la ley, algunos son "más iguales" que otros. Por eso pensando en que "no hay mal que por bien no venga", me planteé un traslado al Norte, a algún pueblo de la costa cantábrica donde comenzar una vida más tranquila en aquella inmensa naturaleza, con aquél mar, sus costas, aquella montaña y aquellos valles, donde habría menos intereses individuales, egoístas y malvados, y pudiese, llegado el momento, aplicar objetivamente la ley sin ninguna excepción o freno.

Sin embargo no logré lo que quería; mi puesto estaba muy lejos de la costa, cierto que rodeado de montañas, de demasiadas montañas, pero lejos del mar. Me mandaron a un gran pueblo cántabro del interior donde nace el gran río. Era de los más grandes en habitantes de Cantabria, aunque en el ambiente no hallé la dulzura que da el mar, ni siquiera su melancolía; era una localidad demasiada deprimente a mi gusto, reprimida y triste. La alegría no danzaba por los barrios, todo era como tenía que ser, y esa imagen fría y controladora facilitaba en parte la acción policial, porque allí había poca discusión cuando interveníamos, prácticamente éramos dioses, el pueblo nos respetaba o nos temía, y nosotros sólo teníamos que conocer quien estaba en el ajo a la hora de intervenir. En esa localidad se limitaban los delitos, quedaba muy lejos la peligrosidad de la anterior ciudad, allí estabas a salvo de cualquier ataque, si algo tenía que matarte posiblemente fuera el aburrimiento o la estrecha mentalidad de sus gentes. En estas ciudades del interior las detenciones estaban limitadas a algún que otro accidente entre coches, a alteración del orden por borracheras en bares o clubes de alterne, y alguna que otra pelea o violencia de género; esta última modalidad había aumentado en los últimos tiempos con la llegada de inmigrantes, sobre todo féminas, con otras costumbres diferentes a las de la zona que habían desecho muchos matrimonios, que nunca tenían un final pacífico ni agradable. El espectro delictivo era más restringido, aunque sabíamos que en esos sitios del interior solía haber una doble vida, pero se tapaba bien y apenas dejaba rendijas o secuelas. Sin duda, en esos lugares solía haber muchos esqueletos en los armarios que nunca verían la luz, las cosas extralegales se hacían discretas. Nuestra vida estaba mucho más controlada, de hecho las fuerzas del orden vivían en la casa cuartel, donde la disciplina del mando se mantenía aún cuando acababa el servicio, porque en aquel pabellón de viviendas, en la parte de atrás de la comisaria, integrado por una docena de pisos de hacía 40 años, estaba la "jefa de puesto", que era la mujer del teniente jefe del cuartelillo, que extraoficialmente mandaba en cualquier reunión familiar del bloque o en las reuniones que hacían las esposas de los policías, en la que cada una aportaba sus dulces y chocolates, en aquellas largas tardes del frío invierno cuando la nieve llamaba a las ventanas, tapaba los jardines o el viento de la cordillera de los Picos de Tres Mares (se llama así porque en ella nacen tres ríos que desembocan cada uno en un mar diferente: Mediterráneo, Cantábrico y Atlántico) la transformaba en hielo en las calles. Con semejante planteamiento era una suerte estar soltero, porque cortésmente cedías tu vivienda al compañero que llegaba destinado con mujer e hijos, y encima te lo agradecían. Así que de aquella plantilla sólo los tres policías que estábamos solteros podíamos buscar en el pueblo un apartamento individual, gozando de ciertas ventajas y descuentos por ser policías. A cualquier bloque de pisos o comunidad le encantaba tener un vecino policía, mentalmente se sentían más seguros y eso repercutía a veces en algún que otro detalle u ofrecimiento. Por otro lado, no nos implicábamos en algunos vicios adquiridos en el destacamento, como repartirse los talones de gasolina que se entregaban para llenar el tanque de los coches oficiales cuando salíamos de patrulla o realizábamos los desplazamientos habituales por la zona; tampoco participábamos en algún que otro regalo de determinados establecimientos zonales. Sin darte por aludido, quedabas fuera de ello, y si eras listo podrías lograr que no te implicaran en el evento y quedar libre de mancha.

A mi compañero Bernardino le conocía de la Academia, aunque era más joven que yo pues ingresó en ella cuando yo salía con destino, era una persona jovial y moderna. No hace falta decir que chocaba frontalmente con la mentalidad conservadora y predominante, a veces retrógrada, que se imponía en aquél pueblo y en su comisaria. Vivía con una mujer andaluza, Julia, con la que no había contraído matrimonio y afortunadamente tenía prohibida la posibilidad de solicitar una casa gratis en el bloque policial. Bernardino no andaba mal de dinero, su familia dirigía una empresa de galletas que habían levantado sus antepasados en Aguilar de Campoo, en plena Tierra de Campos; la había heredado junto a su hermano, que era quien realmente la dirigía a cambio de pasarle todos los meses un razonable alquiler que usaba para vivir en una renovada casa labriega en Cervatos, una pequeña localidad a una distancia casi intermedia entre "su" empresa y su trabajo. Esa localidad me encantaba; su actividad agrícola, en una tierra mala y dura donde crecía un cereal pequeño que se pegaba a la tierra para resguardarse del frío, hacía que no estuviera muy poblada, apenas contaba con tres docenas de vecinos, pero mostraba esa agria y mística soledad de la Castilla olvidada. Campos llanos e infinitos dominaban una zona donde la única altura estaba en Cervatos. Era un lugar tranquilo para pasear, caminar y sentir el otoño; era hasta bello ver aquella niebla húmeda y fría que vestía los campos solitarios al amanecer cuando el viento no empujaba por poniente, una zona tan humilde que en primavera los campos ahorraban en flores, no había muchas, ni siquiera silvestres, no tenía mucho color aquél paisaje solitario donde de vez en cuando se veía cruzar un pastor con su rebaño, o a un agricultor a lo lejos en un tractor intentando abrir aquella tierra hostil y prepararla para la siembra. Lo que sí vivía en esa dura tierra era la Historia, que quedó prisionera en el viento. Posiblemente por allí cruzara alguna vez el moro Almanzor, al final del primer milenio, cuando llegaba desde Córdoba en sus expediciones (llamadas razias) de rapiña a los reinos cristianos, y quizás medio siglo más tarde también cabalgara por allí Babieca llevando al señor de Vivar en sus correrías... Eran ecos que traía la tarde cuando apretaba el frio de poniente y notabas el tránsito de colores de aquella tierra guerrera, donde en la lejanía se exponía toda la amplia gama de rojos al morir el día, como una invitación a la meditación, al recogimiento o a la resignación. Fue realmente sorprendente la visita a la colegiata románica de San Pedro de Cervatos, en el montículo que coronaba el pueblo, la ermita muestra en sus capiteles y canecillos una gama intensa de expresividad en materia erótico-sexual. Me reí con Bernardino cuando buscábamos todo el contenido; aquello era un *Kama Sutra* tallado en la piedra hace 9 siglos, aunque no era esta una característica del arte románico que en el siglo XII se expandió por la zona junto al Camino de Santiago, que tiene fiel reflejo en otras iglesias cántabras como la famosa Colegiata de Santillana del Mar. Esta iglesia tenía figuras diferentes, que se repetían al parecer en otras ermitas de la comarca, si bien con menos detalle y abundancia. Aunque no era infrecuente en la simbología del arte románico encontrar representaciones alegóricas de la lujuria (generalmente serpientes mordiendo los pechos de mujer), era más normal encontrar la representación de castigos del Más Allá administrados por monstruos y demonios a los pecadores. Por eso Cervatos era diferente. La gran cantidad de temas explícitamente sexuales, que incluso en las almas humildes producen sonrisillas tímidas o sonrojos, no va acompañada de los posteriores tormentos a los pecadores. Sólo muestra una explosión de vida, un canto a la fertilidad, la libertad absoluta de traducir en piedra lo que pudo ser su vida habitual, quizás en forma de caricatura, aunque me inclinaba más hacia el simbolismo. Así observaba en la piedra máscaras, fornicadores, bestias copulando, damas provocativas, seres itifálicos... Resaltaba en el templo su piedra dura de aspecto granítico, con bellas tonalidades y vetas rojizas haciendo ondas, como las talladas que adornaban su frontispicio, una austera decoración con tintes orientales y aquellas ondas, que posiblemente señalaban la existencia de una corriente de agua bajo sus cimientos.

Lorenzo era mi otro compañero soltero; más joven, se había incorporado a su primer destino tras salir de la Academia dos meses antes de mi llegada y no hace falta señalar que era el "chapas" de la comisaria o el chico de los recados. Provenía de una familia de Las Hurdes extremeñas en la que aún no había entrado el progreso. Ya estaba lejos aquella época en la que cualquier persona que naciera allí tenía que hacerse cura o guardia civil para poder comer, pero no tan lejos como muchos creían. De hecho, a mi compañero no le gustaba esta profesión, por lo que eligió inicialmente la otra y estuvo de meritorio en el santuario-monasterio del siglo XV de Nuestra Señora de la Peña de Francia, dedicado a la Natividad de María, patrona de Ciudad Rodrigo, noble y vetusta localidad de Salamanca, fronteriza con el vecino Portugal. El monasterio está situado en un lugar aislado de difícil acceso, en la cima de la Peña de Francia a 1.783 metros de altitud, y tiene una hermosa panorámica desde el Balcón de Santiago, colgado sobre el barranco en un lado de la plaza, frente al rollo central; desde ese hermoso mirador se puede contemplar toda la llanura del Campo Charro hacia el norte, la Sierra de Tamames hacia el este, y el pantano de Gabriel y Galán hacia el sur, amén del resto del macizo montañoso, integrado por las montañas de las Hurdes y la sierra de la Estrella en Portugal. Cuentan que en este pico de La Peña de Francia se halló en una cueva una imagen de la Virgen, en 1343, transformaron aquellas alturas solitarias en un lugar de encuentro, oración y contemplación de bellezas naturales. Su devoción se ha extendido más allá de esta tierra salmantina, y ha llegado hasta Suramérica. El Santuario está atendido pastoralmente por la comunidad de frailes dominicos de San Esteban y está constituido por el santuario, la iglesia y un convento de frailes, así como las capillas exteriores de la Blanca (construida sobre la cueva donde Simón Vela encontró la imagen de la Virgen), San Andrés y el Santo Cristo. Así mismo, en la plaza se levanta el rollo (concedido por Carlos V, dando fe de que el monasterio contaba con el privilegio de estar exento de jurisdicción, privilegio concedido en 1445 por el rey Juan II de Castilla), una hospedería independiente del monasterio y una gran antena repetidora de telecomunicaciones recién levantada.

Allí pasó Lorenzo un otoño y un invierno, pero algo pareció irle mal; su espíritu joven, en el que se habían acumulado las duras penalidades de la niñez, estaba tan tocado y sensible que allí percibía sensaciones extrañas; en aquella fría soledad del duro invierno veía en los lúgubres muros de piedra, mientras rezaba en la iglesia, figuras o espíritus que le hablaban, y algunos de los sueños que padeció en aquellas rígidas celdas no exentos de visitas extrasensoriales, le hicieron cambiar de opinión sobre la decisión que creía haber elegido.

Tuvo que tomar el otro camino. Necesitaba huir de aquellas malditas tierras donde nada crecía y lo único que se podía sacar de ella eran problemas en la espalda de tanto trabajar con el azadón o con el arado, en muchos casos rudimentarios; donde debía ayudar a la mula para arar los campos y prepararlos para una cosecha baldía y poco agraciada. Su familia, integrada por un abuelo que en la vejez notaba los resultados de la malnutrición del pasado, por sus padres, que malvivían de lo que sacaban de sus miserables tierras y su limitado ganado, y su hermana, que consiguió el logro de casarse con un guardia civil destinado en la zona, que fue quien le aconsejó que apostara por esa profesión, en la que nunca le faltaría un sueldo para vivir, aunque no fuera muy grande. Tras pasar por la Academia sin pena ni gloria lo destinaron aquí. Lorenzo mostraba una timidez y posiblemente unos complejos arrastrados de su origen y vivencias, de los que otros compañeros y el mando sacaban partido. En los primeros meses había hecho de todo, desde llevar al colegio a los hijos del brigada, hasta hacer la compra a la mujer del jefe. Mi llegada allí iba acompañada de una leyenda negativa, equilibrada en parte por los ascensos, las menciones y condecoraciones recibidas y recogidas en mi hoja de servicio, que hacían que nadie se fiara de mí, convencidos de que era mal enemigo y que al estar sólo era más peligroso aún, ya que en cualquier posible refriega "tenía poco que perder" y con esas premisas podía llevarme por delante a cualquier "futura promesa"; de ahí que desde un principio el trato recibido fuera correcto, adecuado, y si me agradecieron tanto no vivir en la casa cuartel, creo que fue porque les interesaba tenerme lejos y no dentro del meollo. Era sospechoso de ir por libre y de ser un tanto incontrolable, lo dicho: *"No hay mal que por bien no venga"*. Supe utilizar bien esa percepción, procuraba cumplir y preguntar poco, lo que me daba un margen amplio de decisión a la hora de elegir servicio de vigilancia y a la hora de elegir compañero. Había una gran mayoría que prefería tomar una copa conmigo hablando de fútbol que acompañarme en la vigilancia cotidiana, que había que hacer en parejas, o en las detenciones; a pesar de que era mando decían que me arriesgaba demasiado, cosa que no me venía mal para la leyenda, de ahí que no vieran mal que eligiera a Lorenzo para el quehacer cotidiano y a Bernardino para las detenciones.

Eso le facilitó la vida a Lorenzo. Al estar bajo mi amparo pronto comenzaron a desaparecer algunos "encargos" que no contemplaban sus competencias, lo que redundó mentalmente en su mayor seguridad. Ir a comer con el inspector que luchó contra el narcotráfico, la corrupción y la prostitución, era para él un escudo que lo protegía de abusos de compañeros y superiores... de hecho, pronto me tomó como su tutor o protector, ya que seguía al pie de la letra mis consejos, dándose el caso que, en esa entrevista mensual que teníamos los jefes de secciones con el teniente-jefe de puesto, me requería la valoración de las actuaciones de Lorenzo, cosa que no me agradaba, porque aunque cortésmente solía contestarle superficialmente pues no quería tener un conflicto con el jefe por un motivo tan liviano, pensaba que era Lorenzo quien debía responder esas preguntas, pero la situación equilibrada que yo había alcanzado en el cuartelillo era favorable para mis intereses. No me fiaba ni un pelo del jefe, no me caía bien, no me gustaba ese olor excesivo y en algún momento hasta desagradable a *"Varón Dandy"*, que se respiraba en su agobiante despacho y en todos sus muebles, cargados de cuadros con viejas condecoraciones; alguna ya se había despegado al igual que sus menciones, de un nivel inferior a las mías, pero hacían juego con su bigotito fascista, su diente de oro y sus gafas oscuras que recordaban otras épocas más duras. Yo hubiera preferido entrevistarme menos veces con él porque era una persona con la que no estaba tranquilo, procedía de la vieja escuela fascista que inculcaba que había que golpear al detenido antes que preguntar, y que en las declaraciones se podía usar cualquier método para que dijeran lo que se quería oír; por lo que me daba por satisfecho con esa única visita mensual ya que era consciente de que no estaba en su círculo de confianza, nunca me invitó a la reunión de los jueves en las que se hablaba de todos y se repartían algunas "cosas". Aquello me hacía ver que mi situación no era muy desfavorable y que podía aguantar esa visita mensual, mientras sirviera solo para rellenar informes burocráticos.

Mi vida oficial la repartía entre Bernardino, al que solía visitar en su casa, una vez a la semana, donde Julia preparaba un estofado superior que acompañaba con un insuperable gazpacho andaluz, y con Lorenzo, con el que pasaba más tiempo al vivir ambos en la localidad donde trabajábamos. También solía tomar copas con Antonio, un policía de allí al que nos unía una simple amistad, que me valía para saber, después de tres carajillos, que se decía o qué ambiente había por el cuartelillo, digamos que con él tenía la dualidad de amigo y confidente. Con Lorenzo era otra cosa, tuve que mostrarle como debía actuar y darle algunos consejos sobre qué decir o qué hacer cuando patrullara con determinado mando. Me sorprendía que hubiese aprobado en la Academia de Policía, ya que tenía un desconocimiento casi total del mundo policial, pero me caía bien su lealtad. Me agradaba que me contara cómo el jefe se acercaba a él en el garaje del parque móvil cuando revisaba nuestro coche patrulla, y las preguntas que le había hecho sobre mí bajo palabra de que no me lo contaría. Lorenzo se sentía seguro conmigo y cuando patrullábamos yo le iba dando progresivamente más iniciativa en nuestras actuaciones. Conseguí que cambiara de apartamento y me lo llevé al otro extremo del pueblo, que era por donde yo tenía el mío. Aceptaba que fuese la zona más tenebrosa y siniestra de la localidad, que ya de por sí lo era, pero eso implicaba que ante una urgencia no fuera al primero que llamaran, que no fuera el policía para todo. Tuvo que alquilar su apartamento en una construcción que fue antes un motel, en la que no vivía mucha gente y pensamos que sería una solución provisional hasta encontrar algo mejor, aunque a él le venía bien por su limitada situación económica, ya que parte de la paga la mandaba a sus padres al pueblo, por lo que podría fácilmente cubrir el bajo alquiler de aquel apartamento con dos habitaciones, salón-comedor-cocina, cuarto de baño, calefacción central y una terraza con lavadora y vistas a la estepa, donde en invierno se congelaban las ropas tendidas tras el lavado. Allí nos apuntamos a lo que parecía un club cerrado de tenis donde matábamos parte del tiempo libre y hacíamos ejercicio, y aunque solía ganarme (era mucho más joven que yo) le fui conociendo, incluso noté su lealtad y nobleza cuando alguna vez me dejaba ganar para pagar él las cervezas. Era un alma virgen, idealista, con una sensibilidad extrema que le llevaba a leer y hasta escribir poemas, le encantaba la poesía de Gustavo Adolfo Bécquer. El gusto por la obra de ese gran poeta mostraba lo arraigado que tenía el romanticismo en su alma, aún creía que podía encontrar su media naranja con la que compartir una vida tranquila y enamorada; y me gustaba que supiera ocultarlo, porque una persona extrovertida muestra demasiadas señas de su personalidad, factor que en la vida en la que nos movíamos no era un beneficio. Tras dos largos años de trabajo, en los que hubo de todo, el jefe era consciente de que yo deseaba pedir traslado a San Vicente de la Barquera, donde pronto quedaría una plaza vacante por jubilación. Podía ser mi paraíso, aquella ría y aquella maravilla de puente con su bajamar y pleamar serían para mí un gozo, y por mis méritos iría de jefe, por lo que podría reclamar desde allí a Lorenzo, pero el muy cerdo no firmaba mi traslado, posiblemente era una plaza por la que tenía interés por algún motivo que desconocía; o quizás le interesaba tenerme por allí para seguir controlando bien el tráfico de contrabando que pasaba por carretera desde los puertos cántabros o astures, por lo que esperaba pacientemente a que ascendiera y posiblemente se jubilara, pero no sé si aguantaría esos dos o tres años más, que era el plazo previsto.

Entraba ya el tercer invierno. Un día de lluvia, durante el desayuno, me comentó Lorenzo que esa noche tuvo visita femenina. Ante mi asombro me contó que se acercaba la medianoche cuando comenzó a escuchar gritos, muebles que se desplazaban y algún que otro porrazo en un piso vecino… pensando que aquello se tranquilizaría, esperó los cinco minutos que le quedaban a la película de la tele para ver qué pasaba. La película finalizó justo a las doce y entonces escuchó un portazo; se levantó del sofá para ver qué ocurría fuera cuando llamaron a su puerta. Se puso la bata sobre el chándal y acudió a abrirla, encontrando al otro lado a una mujer muy guapa, de piel ligeramente morena y pelo largo muy negro, a la que se veía agotada y con el ojo derecho amoratado, como si hubiera recibido un fuerte golpe. La mujer entró rápidamente en su apartamento, empujándole, y cerró con urgencia la puerta. Dijo esconderse de su pareja, que definía como una persona muy violenta cuando bebía, y hoy lo había hecho, y la estaba buscando. Preguntó a Lorenzo si se podía quedar allí hasta que llegara su hermana a recogerla, y Lorenzo comprobó por el acento que era suramericana. Estaba desconcertado, lo que hacía que no tuviera las ideas claras sobre si debía intervenir o llamar a la policía… claro que él era policía, y si llegaran los compañeros tendría que dar algunas incómodas explicaciones sobre por qué no intervino en la refriega. De manera que cuando Claudia, como dijo llamarse, insistió en quedarse durante un par de horas, que calculaba sería el tiempo en que dejara de buscarla su pareja y podría acudir su hermana a recogerla sin riesgos, lo aceptó. Le preparó una infusión de menta, a la que añadió un poco de anís, y hablaron durante el tiempo que estuvo en su casa del país y la historia de Claudia. Era brasileña, de abuelos gallegos, y llevaba cinco años viviendo en nuestro país; antes lo había hecho en Portugal, pero la falta de trabajo la obligó a emigrar. Lorenzo hablaba de ella como si hubiera visto una diosa, estaba claro que su belleza se asemejaba bastante al perfil de su media naranja. Continuó contando que dos horas después llegó a por ella Anabel, su hermana, y que rápida y sibilinamente salieron de su casa y del edificio, negándose a que las acompañara, lo que aceptó por no verse mezclado. La verdad es que la noticia me sorprendió y en los días siguientes noté que Claudia le había deslumbrado, porque cuando patrullábamos y nos cruzábamos con determinadas chicas, volvía rápidamente la cabeza para verles la cara. No le comenté nada del tema, no quería agobiarlo censurando su actuación, porque pensaba que tendría que haber actuado de otra forma; no se puede dar amparo a una mujer agredida sin avisar a la autoridad, pero ya lo veía lo suficientemente angustiado como para insistirle en el tema, y conste que me arrepentí porque tres días después se repitió la historia. Tras otra discusión, Claudia volvió a llegar a la medianoche con señales de haber sido agredida. La noche soportaba un tiempo infernal, un fuerte temporal trajo una densa nevada que pronto lo cubrió todo. Lorenzo, que había llevado un día de perros, le autorizó a quedarse; estaba muy agotada, por lo que subió la calefacción y le preparó el sofá para que ella pudiera dormir. Era lo único disponible que podía ofrecerle junto con su manta más gruesa, que él tenía en su cama, lo que le obligó a dormir esa noche en chándal para combatir el frío; ella se lo agradeció primero con una agradable sonrisa y después con un beso en la mejilla. Lorenzo apagó la luz y la dejó descansar, yéndose a dormir. Aunque preocupado, tenía una sensación extraña, tener allí a aquella mujer tan bella, tan dulce, que tanto se acercaba a su ideal de mujer, le hizo tener un sueño muy agradable; la veía casándose con él tras lograr el divorcio y encarcelar a la maldita bestia que era su marido. De hecho se sintió muy contento cuando sonó temprano el despertador al amanecer. Se levantó rápido para preparar el desayuno para los dos, pero su sorpresa fue grande cuando se encontró con que ella no estaba y que sobre la barra que separaba la cocina del comedor había una bandeja con un desayuno preparado para él; bajo el vaso de zumo, en una caja hermética de plástico que contenía una cruz que presionaba sobre un trozo de papel blanco había escrito en rojo – *"¡Gracias. Eres un sol!"* - Después observó que las sábanas y la manta estaban perfectamente dobladas a un lado del sofá de forma delicada. Le supo mal no verla, pero pensó que posiblemente su hermana Anabel había acudido a por ella, aprovechando que había dejado de nevar.

Nuevamente me sorprendió en el desayuno cuando me contó la historia. Entonces le expliqué que no había actuado bien, que no era bueno ocultar una mujer maltratada en casa sin dar parte a la policía, que ahora la situación se había complicado, ya que si volviera a suceder y llamaba a la policía, cómo iba a explicar que ya había ocurrido antes y él la recogió sin dar parte. Qué ojalá no volviera a repetirse, pero que si ocurriera, que me llamara y juntos haríamos frente a los compañeros y al jefe, ya que estando yo por medio posiblemente actuarían contra él con más prudencia y sigilo; incluso podríamos acordar ocultar "algún detalle". Aunque conseguí preocuparlo, no logré mucho con mi mensaje, ya que durante las patrullas la seguía buscando con ansia.

Pasó una semana y parecía que por fin aquella pareja había normalizado su relación, ya que ella dejó de molestar a Lorenzo, pero él seguía triste. Aprovechando que se acercaba el puente de difuntos, preparé una escapada a Covadonga con dos chicas de bien que me había presentado Julia, la mujer de Bernardino, y me llevaba de pareja a Lorenzo. Íbamos a salir el día 30 de octubre, que caía en sábado, y así podríamos utilizar el día 31, domingo, y el Día de los Santos, 1 de noviembre, festivo. Pensaba que en ese puente podría conseguir que Lorenzo olvidara a su idealizada musa; sin embargo, la noche del 30, sonó mi teléfono cerca de la medianoche y era Lorenzo contándome que había llegado Anabel con su hermana Julia que había sufrido una soberana paliza; tenía el labio roto, la ceja partida, fractura en un dedo de la mano y estaba pensando en llevarla al hospital comarcal, en donde ambas hermanas trabajaban, porque no conseguían frenar la hemorragia de la nariz. Que no sabía si llamar al cuartel porque su compañero, quien la había agredido, no era su marido y temía salir por si se fuera a encontrar con él. Le dije que no llamara aún al cuartel, tenía que conocer antes más detalles, prefería estar preparado para lo peor, aún a riesgo de equivocarme y ser injusto ¿Quienes eran Claudia y su hermana? ¿Trabajaban en el hospital o tenían otro tipo de "trabajo"? ¿Le pegó su compañero o su chulo?... Había muchas preguntas sin respuesta razonable, que tendría que preparar concienzudamente con Lorenzo para no implicarle peligrosamente en ese drama. Le dije que saldría para su casa y que buscaríamos juntos al "compañero". Me vestí rápido, el día era muy frío y con la madrugada comenzaba a caer la temperatura, pronto comenzó el agua nieve y con esa noche tan oscura la ciudad parecía aún más lúgubre, iluminada por esas bombillas naranja de sodio con tan poca potencia. Evitando con precaución el hielo, ya que mis neumáticos no llevaban cadenas, me acerqué al viejo motel donde vivía. Vi a Lorenzo en la salida del aparcamiento, que vigilaba con un anorak y capucha el recinto, y no me equivocaba al pensar que el bulto que se notaba en el bolsillo izquierdo donde tenía introducida su mano se debía a una pistola. Le pregunté qué hacía allí y me comentó que las había acompañado a la salida del aparcamiento, ya que su hermana llevaba a Claudia hacia el hospital porque no había forma de detener la hemorragia, pero que estaba seguro que el agresor no había tenido tiempo de salir del recinto. Rastreamos aquel viejo motel mirando por aquellos pasillos golpeados por la ventisca, sin olvidar ningçun recoveco. Ya pasaban las tres de la madrugada, cuando terminamos la ronda. Lorenzo quería que le acompañase a la comisaría para denunciar la agresión, pero denunciar ¿a quién?, apenas sabíamos nada de los nombres del agresor y su víctima, por lo que muy nervioso propuso que fuésemos al hospital a tomar datos. La noche no era propicia para aquellas aventuras tan inciertas, pero sabía que si no lo acompañaba él iría, por lo que montamos en mi coche y acudimos al hospital a recabar datos. Cuando llegamos a urgencias nos encontramos con la sorpresa de que no habían tenido ninguna visita esa noche… les preguntamos si podían haber entrado por planta y lo negaron señalando que a esas horas la planta está cerrada. Nuestro desconcierto iba en aumento, uno de los enfermeros se asustó cuando vio en mi cinturón el arma reglamentaria; le tranquilicé diciendo que éramos policías y que investigábamos el caso de una violenta agresión a una compañera suya que trabajaba aquí con su hermana. Nos pidió que le acompañásemos y nos llevó a la sección de personal, junto a pediatría, donde una enfermera se acercó al vernos salir del montacargas. Nos presentó y le comentó que una compañera había sufrido una agresión, que si ella sabía algo, porque trabajaba aquí con su hermana. Noté sorpresa en la enfermera al señalarnos que allí no trabajaba ninguna pareja de hermanas, acercándonos a la oficina de personal. Nos preguntó sus identificaciones, le respondí que sólo sabíamos sus nombres, Claudia y Anabel, y Lorenzo añadió que eran brasileñas. Entonces noté la mirada perdida de la enfermera, que miró después a su compañero y muy inquieta abrió uno de los archivos; tras unos minutos de búsqueda sacó dos fichas con sus fotos y nos las enseñó. Lorenzo las reconoció, la enfermera muy incrédula nos pidió que nos identificáramos. Un tanto desconcertado le mostré mi identificación de inspector, preguntándole a que venía esa actitud; la enfermera miró a su compañero y con la cara lívida nos señaló que esas enfermera murieron "tal día como hoy" hacía tres años en un accidente de coche, al salirse del puente helado que hay en la parte baja de la cuesta y caer al río Ebro que iba crecido por las fuertes lluvias, y que en él se ahogaron. Nos quedamos los dos trastornados y aterrados, pedimos disculpas y enfilamos hacia la puerta del hospital sin aceptar las infusiones que nos ofrecían. También ellos habían quedado impactados, más aún al ver nuestras caras.

Por el camino de vuelta, insistí a Lorenzo si no había tenido un mal sueño. Me repetía que no, que todo había sido real, que lo único que le preocupaba era que si habían vuelto tres años después era porque querían que les ayudásemos a que castigaran al culpable. Le grité que para eso tendríamos que saber quién era y que, de ser ciertas sus historias, no sabía cómo encontrarlo; después le insistí en que no debía contárselo a nadie, que lo tomarían por loco, que no tenía ninguna prueba para demostrar un atisbo de veracidad en lo que contaba. Y conduje con precaución bajo la nieve. Lo llevaba a su casa y cuando iba a entrar en el aparcamiento me dijo que tenía una prueba, que le había dejado Claudia una cruz.

Le acompañé para verla, por ver si había algún nombre escrito en ella. Entramos en su comedor, se acercó al cajón de la mesita del televisor y me sacó la caja de plástico cerrada herméticamente con la cruz. Cuando la vi aumento aún más mi desconcierto; esa "cruz" encerrada en una caja hermética era una condecoración. Cuando la miré creí recordar que era la "cruz al mérito policial con distintivo blanco", igual a la que yo tenía, sólo que la mía era superior, con distintivo rojo. No tenía la cinta que la sujetaba para llevarla colgada en el pecho, pero eso lo hacían muchos policías, quitarle la tela y guardarla aparte porque la tela envejece más a… ¿Había dicho policía?, pensé, ¿Quién tenía allí una condecoración de ese tipo? Encontré la respuesta cuando abrí la caja hermética y noté el maldito olor a *Varón Dandy*. Entonces recordé que cuando visitaba el despacho del jefe había visto que en el marco que había sobre el mueble junto a la ventana, en donde se exponían una decena de condecoraciones, faltaba una… Lorenzo me miraba en silencio, sabía que yo había descubierto algo importante, y aún en silencio sus ojos no dejaban de preguntarme a gritos… con la condecoración en la mano le pedí un coñac; yo daba vueltas a la cabeza, tenía la certeza de que aquél mal bicho era el culpable de las palizas a su amante pero no podía demostrar nada, no tenía nada para inculparlo, ni siquiera podía echarle un órdago con la condecoración, le había desaparecido años antes de que nosotros llegásemos. Y aún demostrando que pudiera tener sus huellas ¿cómo podríamos justificar que estuviera en nuestro poder? ¿Quién nos iba a creer cuando dijésemos que nos la había dado una muerta? Nos podía acusar de habérsela robado, y con la mafia que allí había, donde todos tenían algo que callar, nunca iba a silbar el viento a nuestro favor. Decidí que con las armas que disponíamos nada se podía hacer... ¿O sí? Podría pensar en otra posibilidad. Vacié la copa de coñac de un golpe y me dirigí hacia la puerta bajo la mirada inquieta de Lorenzo. Me preguntó si me llevaba la "cruz". Le dije que sí y que posiblemente el miércoles podría darle una respuesta sobre ella. Preferí no contarle nada al respecto porque con su sinceridad podía estropearlo todo.

Fueron días tensos. El miércoles acudí a la entrevista mensual con el jefe. Cuando terminó me acerqué al cuadro de las condecoraciones y, señalando el hueco que había, le comenté si faltaba la cruz al mérito policial con distintivo blanco; sorprendido preguntó quién me lo había contado y le dije que si la echaba de menos podía regalarle una que encontré con una caja hermética (se la mostraba) que incluso hasta olía a su colonia cuando se abría. Noté que pese a su empaque mudó el color. Me respondió que me lo agradecería mucho ya que era difícil encontrar esa condecoración por los mercadillos y la echaba mucho en falta desde que la sacó un día del marco y se la robaron. Retomando su palabra le pregunté que si su agradecimiento era tanto como para firmarme la solicitud de traslado. Me miró serio durante unos minutos, sonrió después y se acercó a su mesa; abrió el portafolios de piel verde sobre ella del que extrajo un sobre, sacó de él mi solicitud y la firmó en mi presencia, colocándole el sello de Jefe de Puesto y después me la entregó con su mano izquierda a la vez que cogía la caja con la condecoración con la derecha. Sonrió cínico y comentó que ya no tendría que buscarla más por mercadillos y rastros, y que ya me podía retirar. Salí de su despacho también sonriendo, quería buscar a Lorenzo para decirle que nos veríamos pronto en San Vicente de la Barquera. Ya en el aparcamiento volví la cara al cuartel y noté que el jefe me miraba a través de los cristales sucios de su despacho... Volví a sonreír más abiertamente pensando en que "no hay mal que por bien no venga".

5. ESTÚPIDA RIVALIDAD

Ya desde muy jóvenes Amancio y yo habíamos mantenido una fuerte rivalidad, posiblemente porque al haber nacido en la misma calle, en familias vecinas de baja cultura, en el mismo mes y bajo el mismo signo zodiacal, manteníamos caracteres muy parecidos. que quizás durante la primera etapa de nuestra vida nos pudo venir bien, porque el hecho de crecer juntos nos obligaba a una vida competitiva que, aunque cansada a veces y difícil de mantener, al final de la etapa nos favorecía porque al tener que emplearnos a fondo siempre ocupábamos posiciones destacadas en el Colegio y después en el Instituto. Sólo era realmente incomodo cuando teníamos la mala suerte de enamorarnos de la misma chica, algo que se repetía con cierta frecuencia; entonces la confrontación comenzaba a no ser leal y el resultado de la contienda dejaba heridas. Era cierto que Amancio se adaptaba mejor a ese tipo de refriegas – sabía superar bien la mala conciencia cuando hacía daño – pero creo que siempre fui un duro rival a batir, tal vez la única diferencia era que a mí me preocupaba hacer daño y eso limitaba mi fuerza de ataque en la contienda. No obstante, en el fondo nos unía una franca amistad, cuando había que superar baches, o ante cualquier revés de uno, siempre estaba el otro al quite, y frente a terceros nos cubríamos las espaldas el uno al otro. Al principio a ninguno de los dos nos gustaba el choque mutuo, lo que nos llevaba a evitar en lo posible estar en el mismo grupo de clase, a fin de esquivar enfrentamientos directos. Cuando iniciamos los estudios universitarios parece que se estabilizó nuestra amistad y se inició una época de relación más dorada, al haber elegido cada uno especialidades diferentes, Amancio eligió Ciencias Geológicas mientras yo me inclinaba más por la Arqueología.

Eso hizo que nos distanciásemos un poco y que

coincidiéramos sólo en las vacaciones, algún fin de semana o cuando hacíamos, de vez en cuando, prácticas o tareas de campo, ya que algunas veces le acompañaba en sus salidas cuando realizaba análisis del terreno, en las que si tenía suerte, casi siempre, encontraba en esas escapadas huellas arqueológicas de épocas pasadas ¡Había tanta historia oculta en nuestro país!... Otras veces era él quien me acompañaba en mis tareas de campo, ya que mientras trabajábamos en algún yacimiento, Amancio aprovechaba para analizar canteras o pliegues en las montañas del entorno. Sin embargo conforme se iba acercando el final de los estudios apreciaba cierto cambio en la conducta de Amancio; se había vuelto más competitivo, hasta el punto de que en su grupo de trabajo no caía muy bien, motivado por algunas actuaciones desleales o inoportunas que le llevaran a sobresalir sobre el resto.

La situación se complicó cuando trasladó esas circunstancias a mi grupo, como ocurrió en nuestra última salida en la que teníamos que preparar el proyecto de fin de carrera, que yo compartía con mi compañero Julio, una persona tímida, inteligente y leal, que además había hecho buenas migas con él, ya que tenía una especie de don que le hacía prever situaciones paranormales. Julio era una persona muy espiritual que me iniciaba en esas manifestaciones sobrenaturales y que podía apreciar en algunos lugares en determinadas excavaciones de necrópolis. No era que me diesen miedo pues yo creía en una vida posterior a ésta y esas manifestaciones me reafirmaban en esa hipótesis, pero me sorprendía esa excepcional percepción de Julio para detectar situaciones inexplicables, lo que aumentaba mi aprecio por él. Una persona con esos dones debía tener una sensibilidad muy especial, y lo admiraba por ello. También le respetaba por su habilidad para contemplar la vida desde fuera; esos signos me afirmaban que en el fondo su espíritu iba viviendo una historia diferente en parte, inasequible para cualquier mortal sin sus cualidades, por lo que procuraba en esos momentos evitar intervenciones que pudieran llevarle a implicaciones extremas. Era entonces, cuando en esas situaciones sabía aplicar aceptablemente y con respeto el conocimiento que le transmitían las experiencias vividas; era su forma de intentar el control de esas vivencias. Sólo había una que se le escapaba, estaba enamorado de Margarita, una compañera del grupo, y para eso no le valía ni lo vivido ni lo aprendido, ya que era virgen en esa experiencia, y lo que era peor, quería utilizar la misma táctica de intervención lenta ante lo que desconocía, demasiado empirista para una relación de ese tipo. Yo le animaba a declararse a Margarita, posiblemente porque tenía la convicción de que ella lo esperaba, la veía a gusto cuando estaba con él y me preocupaba que el talante de Julio pudiera decepcionarla. Margarita tenía un carácter diferente, no era tan centrada ni tan estudiosa como él y tenía ese deseo de alternar aventuras con trabajo, aunque en lo segundo Julio le ayudaba hasta la extenuación, pero tal vez no sabía ofrecerle esa chispa de emoción que a una mujer le gusta percibir, para eso necesitaba tiempo, planificación, y ahí estuvo el problema.

En esa salida esporádica final de campo a la que se apuntó Amancio, comenzó un incómodo tonteo con Margarita en la comida durante un receso en la excavación. Me sentía mal porque la brillantez de Amancio era un peligro para las ansias puntuales de volar de Margarita y yo sabía que Julio sufría en silencio. Intenté retirar a Amancio del grupo para que aquel incipiente tonteo no llegara a más, sabía de sobra que Amancio no tenía mucho interés en atarse a nada; muchas veces le había escuchado sus deseos de volar, de conocer países y otras tierras, incluso su intención de especializarse en minería… pero no lo logré, cuando olía caza Amancio era ingobernable y sabía que su estudiado y experimentado encanto había sorprendido a Margarita, y también ella aceptaba el tonteo. Me dolió el cruce de palabras que presenció todo el grupo cuando Amancio, ¡que sabía de todo!, intentando sorprender a la chica comenzó a explicarle las bases de una buena excavación; me sorprendió la vehemencia de la respuesta de Julio, porque no era un estudiante violento y además estaba hablando de su campo de trabajo y de su especialidad, que dominaba muy bien, pero aquello no le importaba a una persona como Amancio, que vivía usualmente en la competición y el enfrentamiento; poseía esa brillantez en el discurso que tantas veces lo llevó al triunfo y lo peor de todo es que deslumbró a Margarita a pesar de que ella sabía que Julio bebía los vientos por su persona. Fue una excursión muy desagradable, que se complicó aún más cuando el viernes siguiente, tras haber acabado con Julio nuestro proyecto de fin de carrera en la biblioteca con la ausencia inexplicable de Margarita, a la salida descubrí que Amancio estaba saliendo con ella y se me cayó el alma a los pies cuando los vi montar cariñosamente en su moto. Para mí no era aquello lo malo, lo execrable era que Margarita para Amancio sería el ensueño de una noche de verano, cuando para Julio significaba otra cosa, más hermosa, mas idílica y permanente ¡Qué compleja es la mente humana y qué injusta la vida! Pero todavía fue peor, cuando al día siguiente acudí a hablar con Amancio del tema a su piso, del que tenía llave, para exigirle una respuesta a su proceder y pedirle que renunciara a esa conquista que haría daño a Julio, no tuve oportunidad de hacerlo, ambos estaban en la cama. Ya tenía Amancio una mueca más en su "pistola", pero había roto el corazón de mi compañero y cuando semanas después cambió a Margarita por otra conquista nuestra relación se resintió, sobre todo porque yo apreciaba y admiraba a Julio, era una buena persona que nunca hizo mal a nadie, sino todo lo contrario, no merecía aquel revés; me dolía entonces hasta el infinito que fueran tan falsos los dioses que no ayudaran a ese tipo de personas.

Poco tiempo después ya estábamos trabajando, por fin Amancio encontró su empresa minera y Julio y yo conseguimos una beca en una universidad norteamericana. Después del trance de Margarita, hubo un tiempo de alejamiento con Amancio; nos vimos días antes de separar nuestros caminos. Él marchaba hacia Alemania y yo hacia el nuevo mundo. Amancio se acercó una tarde a mi departamento donde terminaba un máster sobre Arqueología del Medievo, mientras Julio lo hacía sobre Climatología, y me invitó a cenar; ya había firmado contrato con su nueva compañía y no quería marchar sin charlar conmigo. Acepté cuando invocó nuestra vieja amistad y la verdad es que no fue una decisión acertada, aún no habíamos llegado a los postres cuando la discusión subía de tono. Durante los aperitivos y primeros platos estuvimos hablando de los estudios, pero era un escaparate para analizar los planteamientos de vida que cada uno mantenía. Saltó la chispa cuando quiso imponer el suyo como el más realista y operativo. Defendía la hipótesis de que en este mundo nadie te regala nada y hay muchas "frutas" por recoger, y si lo que deseas es tomar las mejores tendrás que pelear duro por ello. Yo defendía la teoría de que en cualquier pelea tenía que haber unas normas establecidas, que no se puede ascender pisando cadáveres, pero él desechaba mi teoría señalando que en la relación humana, cuando hay por medio intereses y ambiciones nada es justo, ni la palabra es justa, ni las actuaciones son justas, que si pretendes ascender y llegar a lo alto en tu trabajo la única regla real es que no hay ninguna… Decía Amancio que cuando se lucha por una posición, si es buena hay que utilizar todas las posibilidades a tu alcance, porque en la situación en la que estamos, con los vicios y trampas que trae la globalización, todo vale para lograr la finalidad; que mirara a la preparación de las gentes que están en el Gobierno, que por supuesto no son ni de lejos los mejores pero sí los más cínicos, mediocres, mentirosos y traicioneros. Amancio efectivamente se creía un luchador nato, que había aprendido las técnicas para ser el "triunfador admirable" y que para llegar a serlo no podía ir cediendo terreno ni ayudando a posibles rivales que después lucharían con él por el puesto. Más bien todo lo contrario, debía recabar los fallos y la debilidad del rival para poder hacerle daño. Le grité que en su mensaje se olvidaba de una cosa que se llama ética, y que lo más humano era procurar nobleza en la competición, porque si se pierde sin haber olvidado esas premisas, se perderá con alegría. Rió amargamente al escuchar mi discurso, me tachó de iluso y me dijo recriminándome que era una debilidad creer que puedes quedar contento si se pierde una pelea; que eso era propio de mentes débiles y que desearía que nunca tuviéramos que encontrarnos luchando por una misma meta, porque con esa mentalidad él jugaría con ventaja, porque utilizaría todas sus armas en el duelo, fueran éticas o no, pero eso sí, que cuando me gane reirá con un regusto amargo, porque habrá destrozado los principios de un amigo. Después, apurando su copa, quedamente señaló que lo curioso en ese caso sería que tres días después le importará un bledo haberlo hecho. Que la aflicción del ayer es la debilidad del mañana.

Aquella fue la última vez que nos vimos en mucho tiempo y mentiría si digo que sus palabras no me hicieron pensar. Porque en este mundo partidista, egoísta, de recomendaciones y padrinos, donde progresan los embaucadores y los charlatanes, no se puede acudir a competir con sinceridad o sentimientos nobles. Te hacen débil, porque siempre habrá alguien que utilice otras estratagemas para lograr el puesto; posiblemente tendría que pensar en el "credo del triunfador admirable" del que hablaba Amancio, porque en el fondo es una inútil conjetura pensar que a alguien le pueda dejar feliz no lograr sus objetivos si se los han arrebatado otros con malas artes… tal vez debería recapacitar sobre cambios de estrategia al entrar en ese mundo de competencia y rivalidad que me esperaba; pero ahora no, me sentía cansado y decepcionado, y muchas ideas contradictorias bombardeaban mi mente.

No entendí su actitud ni su sorna
Cierto que luchábamos por los mismos objetivos
Pero si los intereses pueden con la amistad, la ronda
se transforma en un lance sin sentido

Rehusaba aceptar que siempre gane lo material
Que en lides usuales no impere la nobleza
Ni entender que en la contienda no exista lealtad
Y que cuando surgen intereses aparezca la vileza

Era necesario revisar planteamientos
Dejar aparcados los sentimientos y la franqueza
Porque cuando haya que competir en cualquier evento
Todo valdrá para cruzar primero la meta

Cuando se llega a por todas a la puerta
No puede haber acuerdos ni conjeturas
Si el triunfo depende del acierto en la treta
La fruta deja de ser apetitosa… ¡ Y madura !

Ya sé que no hay alabanzas sin lisonjas
Que es difícil la senda que conduce al robledal
Que no vale que te regalen una rosa
Si mañana la tienes que pagar

Que del mismo plato nos alimentamos
Pocas salidas quedan para el azar
Y que nada en la vida controlamos
si no sabemos dominar el barrizal

Que no hay rutas señaladas en el almanaque
Tanto puedes tanto vales ¡Es la realidad!
Si esperas ayuda divina que alumbre el instante
Me temo que nunca superarás la oscuridad

Cuando silban rebeldes la melodía se encoge
Son incompatibles los sueños blancos
Con altruismo poca ayuda del rival recoges
Si pretendes pelear por objetivos francos

Por tanto no te deben asustar las cordilleras
Lo más… preocuparte por hallar un paso
Y si tienes la mala suerte de encontrar torrenteras
Hay que estar preparado para evitar el barranco

Ese es el credo del triunfador admirable

Este mundo no se construyó con otras divisas
Porque aunque valoren estas teorías como deleznables
Nunca hallé a un perdedor sensato que se muera de risa

Llevábamos ya un par de años trabajando en aquella universidad californiana con varios aciertos en nuestro haber, Julio y yo tuvimos la suerte de coincidir con frecuencia en el mismo equipo, aunque él alternaba la arqueología con su especialidad en climatología. En el último año habíamos ayudado a completar por aquellos pagos, con el levantamiento de algunos lugares arqueológicos, el trazado de la ruta del explorador español, el extremeño *Hernán de Soto,* que tras haber ayudado en 1514 en la conquista de Panamá al cruel Pedro Arias de Ávila (quien tuvo en su haber la ejecución de Vasco Núñez de Balboa, descubridor del Pacífico), y tras ayudar a González de Ávila a conquistar Nicaragua y a Pizarro en la conquista de Perú, tras el fracaso del español de Jerez de la Frontera, Alvar Núñez Cabeza de Vaca, inició la conquista de La Florida. Para ello se embarcó en 1539 buscando la fortuna que encontraran Cortés o Pizarro. Recorrió andando más de 6500 km, de batalla en batalla con las diferentes tribus americanas.

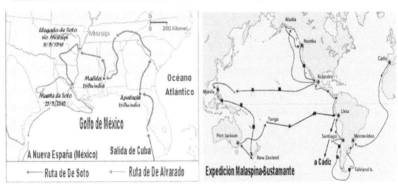

Fue un conquistador razonable que prefería negociar antes que combatir, y prueba de ello es que en el estado de Florida hay dos condados que llevan su nombre (uno *Hernando* y otro *De Soto*), así como numerosos parques, urbanizaciones y calles de diferentes ciudades, existiendo además una ruta turística que sigue su senda y que nosotros nos encargamos de llenar, aún más, de contenido, levantando distintos lugares arqueológicos para visitar.

De Soto ya sabía que su conquista no sería tarea fácil; en su tiempo aquél territorio poseía un clima infernal (calor sofocante, tormentas tropicales, huracanes...), estaba plagado de territorios cenagosos, de espesa vegetación, lleno de cocodrilos, serpientes e insectos, y habría que medirse con más de 350.000 nativos belicosos, con los que tendría que negociar o luchar. Lapidando su gran fortuna preparó una expedición con 600 hombres de armas y un centenar de servidores a la península de La Florida, desembarcando en la bahía de Tampa e iniciando en 1539 su expedición interior, pero pronto comenzaron las emboscadas y la lucha con las tribus locales, de manera que aunque acumulaba diferentes victorias no podía evitar que la expedición se fuera desangrando, sin recibir refuerzos y sin encontrar nada de valor. En octubre alcanzó el territorio de *los apalaches* y tras un duro enfrentamiento se apropió de su principal poblado, Anhaica. El 3 de marzo de 1540, la expedición continuó su marcha hacia la actual Georgia y siguió por las dos Carolinas, Sur y Norte, continuando hacia el oeste, por Tennessee. No encontraba riquezas, a pesar de que a la vuelta pasó muy cerca de Dahlonega, donde había un gran yacimiento de oro. Ya en Alabama tuvo lugar la sangrienta batalla de Mabila contra *los tascaluza*, que aún ganando, le costó la pérdida de docenas de hombres y pertrechos, aunque en el otro bando se contaran los muertos por millares. A pesar de que la moral de la tropa estaba por los suelos, y sabiendo que sus barcos para la vuelta a Cuba estaban muy cerca en la costa, prefirió avanzar hacia lo que hoy es el estado de Misisipi, donde continuó la guerra; allí con *los chicaza*, sumando más pérdidas de hombres, caballos, provisiones… En mayo de 1541 los supervivientes cruzaron el río Misisipi, manteniendo duros enfrentamientos por las actuales tierras de Arkansas. En el invierno de 1541 la situación de la debilitada tropa era ya deplorable; las enfermedades y la malnutrición causaban muchos estragos, lo que les obligó a retroceder. Al llegar al Misisipi Hernando de Soto iba ya muy enfermo, falleciendo en la primavera de 1542. Sus restos reposan en el fondo del río, para evitar que su cuerpo cayera en manos de los indios. Tras su muerte, uno de sus capitanes, Luis Moscoso de Alvarado, avanzó un año más buscando un camino a casa, asediado por las tribus locales. Lo consiguió en julio de 1543 cuando construyeron una barcaza con la que avanzaron río abajo por el Misisipi hasta el Golfo de México, defendiéndose como podían del ataque de las tribus ribereñas. Se reencontraron con los españoles en Pánuco, en el actual México. Más de cuatro años duró la aventura y sólo consiguieron terminar con vida 300 españoles, mucho menos de la mitad, que llegaron con las manos vacías.

Este trabajo nos valió un reconocimiento en la universidad norteamericana que nos permitió ampliar un par de años la beca, pasando a formar parte de un grupo de investigadores que intervenían en excavaciones fuera de EEUU. Nos dieron además una semana de permiso para irnos de buceo a las Islas Galápagos. Estas islas conforman un archipiélago situado en el Pacífico a casi mil km del Ecuador continental. Lo constituyen 19 islas y algo más de 200 islotes de origen volcánico (es el archipiélago con mayor actividad volcánica tras Hawai), rodeados por un agua templada y cristalina con una visibilidad superior a los 25 m de distancia. En 1900 se las declaró Patrimonio de la Humanidad. Son conocidas por las investigaciones de Darwin que desarrolló su teoría de la evolución por la selección natural en base a observaciones y especies que recogió en el archipiélago. Descubierto el 10 de marzo de 1535 por el obispo de Panamá fray Tomás de Berlanga, muestra una enorme biodiversidad en fauna y flora; sus islas son el hábitat de numerosas especies endémicas. Leones y tortugas marinas, pingüinos, lagartos, cormoranes, iguanas, albatros....son visibles en cualquier parte del archipiélago como ya señalara la expedición científica española capitaneada por Alejandro de Malaspina y José Bustamante, cuando desembarcó en ella en 1790, cuyos minuciosos estudios se silenciaron cuando, por problemas políticos, a su vuelta a España no pudieron publicar los registros de esa expedición, llevándose todo el mérito del estudio de las islas el naturalista inglés Charles Darwin, que se coló en ellas 40 años después, el 15 de septiembre de 1835, a pesar de que pertenecían a la corona española. Desde 1832 las islas estaban gobernadas por el general Juan José Flores, que las llamó Archipiélago de Colón. Estaban divididas en tres cantones, Isla de Isabela, San Cristóbal y Santa Cruz, pero la verdad es que no las pudimos saborear. Realizamos una inmersión en San Cristóbal, donde gozamos de su enorme vida marina y con las características y variedad de sus costas, si bien, descubrimos las dificultades de sus playas, fuertes corrientes, mucha profundidad y gran variedad de animales marinos, no siempre amigos, que aconsejaban conocer muy bien donde deseábamos bucear. En la roca de *Pitt Point* descubrimos alcatraces de patas azules bajo el agua en nuestra inmersión.

Aunque había otros lugares muy apropiados, como las islas Genovesas, Rábida, Santa Fe, el Edén, Santa Cruz... elegimos la pequeña Isla de Darwin, hogar de leones marinos, tortugas, iguanas marinas, focas, ballenas y tiburones; en "El Arco", situado a 1 km de la isla, se podía bucear entre anguilas de mar, manadas de tiburones y otros merodeadores. Había un camino de acceso al "Arco" llamado "El Arenal" en el que se podían apreciar tiburones ballena, jureles de ojos grandes y tiburones martillo. Los días restantes pensamos intentarlo en la Isla Isabela, la más grande del archipiélago, formada por seis volcanes; Puerto Villamil era el lugar idóneo para hacerlo, entre tiburones tintorera, iguanas marinas, cangrejos rojos (zapayas) y tortugas... si queríamos bucear por cuevas o grietas mejor ir a *Cape Rosa* o al volcán subacuático *Roca Redonda*, pero este último lugar era muy peligroso, necesitaba de buceo experimentado, por la profundidad y las fuertes corrientes, al igual que en la Isla Fernandina, donde en *Cape Douglas* se realizaba buceo de deriva entre pingüinos, leones e iguanas marinas y focas. En *Cousin´s Rock*, frente a la Isla de Santiago, se podría bucear entre coral negro-amarillo, por grandes acantilados entre pulpos, caballitos de mar o pez rana. Pero nos fue imposible visitar todos estos sitios maravillosos, porque recibimos una llamada desde la Universidad ordenándonos marchar a Bolivia, donde, tras el fuerte deshielo que experimentaban los glaciares en los Andes tropicales, habían aparecido restos arqueológicos inexplicables.

Cuando llegamos a La Paz, su capital, nos encontramos con una situación de emergencia. Se había disparado el deshielo de los glaciares que coronaban las cumbres alpinas, mostrando las moles de montañas, piedras oscuras a muchísimos metros más arriba de lo que marcaba la línea de hielo años atrás. Desde la cercana ciudad de El Alto salía una carretera zigzagueante que subía hacia el monte Chacaltaya (5.395 m) cruzando la alta meseta andina hacia la Cordillera Real que llegaba, a varios centenares de metros de esa cumbre, hasta una pequeña área de estacionamiento deteriorada, que antecedía al edificio abandonado de lo que fue una estación de esquí, la más alta del mundo. Para llegar a ella había que desafiar una carretera muy peligrosa, con grandes barrancos en los que con dificultad se podía ver el fondo, y llena de cantos, que en un tiempo sostuvo la perpetua lengua que arrastraba las morrenas de los glaciares helados, ya inexistentes. Los visitantes acudían allí desafiando el "mal de altura" (la falta de oxígeno a esa altitud produce fuertes dolores de cabeza, cansancio y mareo por la dificultad de respirar) para ver unas vistas impresionantes y esquiar por una nieve ligera y resbaladiza.

Cuentan que hacía pocos años aquél glacial tenía un

grosor de 15 m de nieve, hoy no quedaba nada de ella, allí sólo habitaba el frío viento andino que golpeaba sin piedad los pasos, caminos y los edificios abandonados, oxidando palos y varillas metálicas dobladas que quedaban aisladas como restos de una senda por la que se podría esquiar con seguridad.

Cerca de aquel lugar fantasmal nos encontramos con Antolín, un nativo sabio que, tras el abandono del lugar había intentado llevar allí a su rebaño de llamas buscando la poca agua del deshielo que aún bajaba por el encajado hondón, pero que al secarse el paraje se trasladó un poco más arriba por la ladera oeste del Huayna Potosí, donde la tierra no parecía ser tan seca como en su asentamiento anterior, pensando que allí podría utilizar las aguas del deshielo de las cumbres. Poco duró su felicidad, porque pronto rodearon su posesión los peñascos negros que descubría la nieve de la montaña, que huía hacia lo más alto por el deshielo. Nos comentaba Antolín que antes el hielo azul estaba muy cerca, pero que desapareció muy rápidamente, que al disminuir el manto de las nubes menguó la cantidad de lluvia casi un 40%, haciendo que la estación seca, comprendida por lo general de abril a septiembre, se extendiera más allá de noviembre. El sol calentaba por más tiempo aquellas rocas volcánicas, que parecían actuar como conductores del calor, facilitando el deshielo, el retiro de las nieves y la agonía de los glaciares, con todo lo que eso conllevaba, porque al acelerarse el deshielo los pantanos no podían concentrar todo ese agua y tenían que darle salida incontrolada, arrastrando cosechas y casas; después, cuando disminuía el deshielo por la desaparición drástica de los glaciares, la producción de electricidad hidráulica disminuía, dando paso a restricciones en el consumo de agua y electricidad. Se lamentaba Antolín de que, al ir secándose la tierra, comenzaron a aparecer en el campo millares de orugas de una especie que nunca se había visto y que cuando las llamas las comían, enfermaban...Tras los datos estudiados por Julio constaba que en los Andes tropicales, que comprendían una gran parte de Perú, Bolivia y el norte de Chile, los glaciares habían perdido más de la mitad de su masa. Aquí comenzó nuestro trabajo.

En un principio estuvimos realizando mediciones por la zona para confirmar la percepción exacta de Antolín, pero dos días después llegaron desde La Paz tres compañeros de la Universidad para señalarnos que nuestro trabajo no iba a ser ése. Anthony, el jefe de la expedición, se reunió con nosotros dos en la tienda de campaña que habíamos preparado para decirnos que más al norte, tras voltear esa cordillera y penetrar en una zona difícil y profunda cerca de la frontera de Perú, se había dado también ese fenómeno de deshielo y que al desaparecer las nieves milenarias habían aparecido los restos de una ciudad, que podría ser preincaica, cerca de lo que parecía ser un filón de plata repartido por aquella zona inaccesible en medio de sucesivas e inhóspitas cordilleras. Señalaba Anthony que lo más curioso era que las fotografías desde el aire mostraban un ancho puente de piedra sobre un barranco a más de 1000 m de altura, que unía aquel asentamiento en una montaña con una veta central en forma de mina situada en la montaña de enfrente, y que había traído muchas preguntas, como quién había construido aquel puente, qué técnica habrían usado para salvar en aquella época alturas tan imposibles, y la pregunta del millón: ¿de qué época estábamos hablando si los glaciares que ahora han desaparecido tenían antigüedades de millares o millones de años? Julio y yo nos miramos desconcertados, porque las inquietudes que había señalado Anthony eran inexplicables, aunque esperábamos encontrar allí alguna respuesta. Nos facilitaron fotos aéreas, coordenadas e informes que revisamos mientras preparaban la enlatada cena; después, con una botella de whisky que trajo la expedición, nos sentamos Julio y yo, bien abrigados, al calor de un pequeño fuego respirando el aire frío de los Andes y contemplando sobre nuestras cabezas, en aquellas cumbres perdidas, ese manto hermoso, misterioso y embrujador que era el cielo de aquella noche plagada de estrellas. No había salido la luna, la ocultaba el cúmulo de nubes que venía del Pacífico por el oeste, pero esa falta de luz mostraba al cielo auténtico, con millares de constelaciones desconocidas para nosotros, ya que estábamos en el hemisferio sur por lo que los cielos que veíamos aquí eran distintos a los de España, que está en el hemisferio norte; aquellas constelaciones colgaban de la bóveda con todo su esplendor, cierto que la humedad del viento hacía tintinear más intensamente las estrellas, pero aquella visión era mágica. Nos sentíamos embebidos y entregados a aquella naturaleza asombrosa e inaccesible, cuando una estrella fugaz cruzó por la oscuridad del cielo.

Hacía tiempo que no nos sentíamos equilibrados con el cosmos, en paz. Nos sobraban hasta las pequeñas bombonas de oxígeno que llevábamos para ayudarnos a respirar cuando hacíamos algún esfuerzo en aquella altura. Éramos conscientes de que vivíamos una situación única que difícilmente podríamos olvidar... Y cuando el alma se abre a esa inmensidad de cielo, a esa profundidad oscura, a ese misterio y esas luces brillantes que parecen querer hablarte, entonces te olvidas de lo terrenal y de las limitaciones de la vida. Cierto que éramos conscientes de la existencia de la vida y la muerte en nuestra visión de ese cielo limpio tan adornado y sabíamos que muchas de las estrellas que tintineaban ahora ya no existían, porque, al estar tan lejos, la luz tarda muchos años, incluso siglos, en llegar a nosotros; estábamos viendo un paisaje muy del pasado y muy diferente del real (la estrella más cercana a nuestro planeta es la "Próxima Centauri", un conjunto de tres estrellas que, al estar a más de 40 billones de kilómetros de distancia, su luz tarda algo más de 4 años en llegar a la Tierra, lo que veíamos de ella en aquel momento tenía una antigüedad de algo más de 4 años, lo que hace que si ahora desapareciera tardaríamos algo más de 4 años en saberlo). Teníamos ante nosotros una visión del pasado, pero tan hermosa que merecía dejar volar libre la mente con sus limitaciones y sentir como acariciaba ese viento andino que venía de muy lejos, notando que aunque su baja temperatura helaba la nariz resultaba agradable, sólo la aparición de Antolín se cargó el encanto. Se acercó a nosotros con una botella de Chicha andina, un licor de piña fermentada en cuya preparación a veces se utiliza también arroz fermentado. Hablamos de nuestra partida y le entristeció nuestra marcha, tal vez por el tabaco que le dábamos, aunque le aseguré que le dejaría un par de paquetes americanos.

Sin embargo, su tristeza se trocó primero en preocupación y luego en terror cuando le señalamos que íbamos hacia la zona de Mididi. Nos dijo con espanto que había muchas leyendas terroríficas de aquella zona y nos contó que en los tiempos primigenios existieron en las altas montañas dos grandes naciones de guerreros de piel blanca que luchaban por la plata y la sal que había en aquellas alturas; tras una batalla en la que murieron muchos guerreros, los dioses de la tormenta los había castigado dividiendo en dos la montaña, a un lado estaban los pueblos y en el otro la sal y la plata. Comentaba que el pueblo de la altiplanicie, mas guerrero, ofreció cien corazones de recién nacidos a su dios de la guerra y que después fueron a enfrentarse con la tribu de la montaña, a la que derrotaron, haciendo huir a los supervivientes a los últimos riscos junto al gran barranco, donde aunque les sería más fácil defenderse no superarían el ataque final de los guerreros del altiplano. Entonces el hechicero Aonuk, nuevo jefe de la tribu de la montaña al haber muerto el rey en la última batalla, invocó al dios de los muertos del inframundo, para lo que envió a dos guerreros con sal, plata y una flor de cempasúchil (icono floral de aquella zona en el día de los muertos, con una tonalidad que va del naranja al amarillo) bajando por una caverna al río de la muerte; allí le rogaron al barquero Urubel, tras entregarle la flor, que le ayudaran a cruzar a la otra orilla, ya que era el único que podía hacerlo, sin tocar el agua negra que estaba maldita, porque cualquiera que la tocara moriría. Urubel navegó hasta la otra orilla intentando que no salpicara el agua, y al alcanzarla penetraron en el inframundo donde moraban los muertos bienaventurados, para rogarle ayuda al dios ciego de los muertos. En la eterna oscuridad encontraron al dios con el sayo negro que acababa en una capucha que le tapaba la cara; sus manos huesudas con uñas largas sujetaban una guadaña grande con la que echaba al cieno que arrastraban las aguas negras los cuerpos de los muertos que no fueron honorables. Se volvió a los dos aterrorizados soldados y les comunicó que esos regalos no eran suficientes. Después les entregó en una corteza de araucaria como debía realizar el jefe la ceremonia para elevarle sus súplicas y entregarle una ofrenda. En una orgía de sangre tenían que ofrecerle al dios ciego de los muertos los ojos de diez vírgenes vivas desnudas, bañadas en la sangre de las madres que les dieron la vida. También les pidió que el hechicero le entregara su alma y que se quedaría como vigilante en el puente que iba a levantar entre las dos partes de las montañas separadas, y les indicó que dejaría pasar por él a su pueblo siempre que no llevaran ni armas ni equipaje ni objeto alguno, sólo la ropa puesta; y que, a cualquiera que no cumpliera con esa demanda, Aonuk tendría que lanzarlo por el exterior del puente al vacío. Aunque al hechicero le parecía un alto precio, lo vio como la única solución para salvar a su pueblo, ya que quedaba muy poco tiempo para ello, porque los tambores de guerra del enemigo avisaban del inminente ataque cuando amaneciera. Entonces Aonuk aceptó las condiciones y al realizar lo acordado, inmediatamente apareció el puente a su espalda, por el que huyeron los dos centenares de habitantes que quedaban de su pueblo. Cuando cruzaron, Aonuk, cuya piel se había vuelto negra con mucho pelo, esperó en la mitad del puente al enemigo. Antolín señalaba que fueron muchas las flechas y los cuchillos que le lanzaron, pero que no consiguieron acabar con él, todos los que osaron pisar el puente en el ataque acabaron cayendo al vacío con los ojos arrancados. Después, Antolín terminó su historia, diciendo que esa maldición perduraba en el "puente del diablo", que a lo largo de la Historia reaparecía por un tiempo cuando algún suceso ocurría en los cielos. Pensé entonces en las absurdas profecías incas y en los rasgos incaicos de Antolín.

Esa noche dormimos mal, con demasiadas pesadillas, y ya había amanecido cuando tras un frugal desayuno iniciamos nuestro camino en un viejo y duro jeep con capota. Aunque los caminos eran impracticables, a veces hasta nos jugábamos el tipo cuando bajábamos o subíamos quebradas, o cruzábamos torrenteras donde el agua llegaba hasta nuestras rodillas en el interior del coche, para llegar a una población perdida en un alto valle donde nos esperaba un helicóptero peruano que la universidad había puesto a nuestro servicio. Aunque el piloto era un militar avezado, mostraba su preocupación a volar por aquellas cumbres; tenía que buscar pasos entre las cordilleras, ya que los picos eran tan altos que el aire era muy ligero, haciendo que el helicóptero ascendiera mal y no podría voltearlos.

No hace falta comentar el miedo que pasamos en aquella hora larga de vuelo, ni el motivo por el que besé la tierra cuando aterrizamos en la altiplanicie más baja de la zona andina de Mididi. Nos estábamos preparando para iniciar la ascensión cuando apareció por el este otro helicóptero de la zona peruana, que aterrizó a 100 m de nosotros. Vimos bajarse de él a cuatro preparados exploradores con equipo de campaña completo que llevaban hasta armas, y mi sorpresa fue tremenda cuando el último que bajó del nuevo helicóptero era Amancio, que mandaba la expedición alemana, en la que había también un arqueólogo. Nos dimos un fuerte abrazo antes de iniciar las presentaciones, estaba claro que Julio no se alegró mucho de ver a mi amigo. Brindamos con una botella de vino peruano y charlamos de los objetivos análogos de ambas expediciones, le insinué que uniésemos fuerzas a lo que Amancio me respondió con una gran carcajada que ellos trabajaban solos y nos comunicaba que si hay competencia tenía orden de no hacer prisioneros, que le agradaba tener rivales, más aún del nivel norteamericano, porque el triunfo conseguido tendrá más valor. Dicho esto nos retiramos ambos equipos, yo con cierto malhumor, y comenzamos a preparar la ascensión. 2000 m nos separaban de la cima.

Por supuesto que fue el equipo de Amancio el primero que arrancó mientras Anthony y el resto realizábamos un estudio del lugar. Sorprendía que todo estuviera saturado de nieve menos esa estrecha franja que llegaba hasta aquella alta cumbre donde parecía detectarse ruinas de una ciudad. A mí me inquietaba más Julio; miraba fijo a su cara ausente que buscaba enigmas, mostrando que había allí algo inexplicable. No era aquel un lugar cautivador y así lo definió, cuando musitando lo calificó de terrible. Yo miraba aquella montaña, con esa franja rocosa descubierta de nieve. Algo irreal había allí. ¿Por qué el deshielo había castigado solo esa franja? Tras el análisis de los compañeros norteamericanos aumentó la inquietud, al estimar que las nieves que nos rodeaban tenían una antigüedad de al menos una docena de miles de años, y rápidamente surgía la pregunta: ¿Quiénes vivían allí en esa época? ¿Qué tecnología tenían para construir ese puente que veíamos en la foto? ¿Cómo podían vivir en la nieve y a semejante altura? Avanzamos lentamente hacia la cumbre, el ascenso era difícil por la falta de oxígeno, por lo que pronto tuvimos que ayudarnos de pequeñas bombonas. Nos costó más de dos horas llegar. En una estrecha hondonada junto a los picos se observaban restos arqueológicos de construcciones de piedras, de los que no acertábamos a fijar su origen; habían señalado que podrían ser preincaicas pero no había pruebas suficientes en sus estructuras que lo certificaran. Me preocupó ver tan remiso a Julio; notaba demasiada energía negativa concentrada allí y me señaló que no penetrara en las cuevas junto a las construcciones. Por encima de éstas había piedras grises que a la distancia parecían brillar bastante al recibir los rayos del sol abrasador que se colaba entre las oscuras nubes y acordándome de Antolín pensé que posiblemente podría ser un filón de sal o de plata. Mientras nos acercábamos íbamos fijándonos en todo. Cierto que la vista era magnífica pues se contemplaban desde allí las sucesivas cordilleras blancas andinas; cuando llegamos a aquella especie de filón salía de allí Amancio, que sonriendo y siempre competitivo me señaló que era una veta de plata que continuaba hacia el otro lado de la montaña, y por supuesto no se olvidó de decirme que había llegado primero, señalando la insignia que había clavado en el lugar, que le daba la autoría del análisis y del descubrimiento. Se desplazó hacia la hondonada de abajo donde creía equivocadamente que había otra veta, mientras nosotros nos adentramos en los restos arqueológicos.

Conforme avanzaba nuestro análisis, el desconcierto aumentaba en mi grupo; había allí aleaciones de metales que el análisis del espectrógrafo portátil señalaba que eran desconocidas para nosotros. Yo estudiaba la pendiente interior, lo que me permitió calcular que el camino avanzaba, entre rocas transversales, hacia lo alto; lo seguí con Julio y Anthony y allí arriba, en una pequeña vaguada, en los riscos que tapaba el enorme barranco se abría, escondida, lo que parecía ¿la boca de una mina?

Avanzamos hacia ella y cuando Amancio observó nuestro descubrimiento intentó llegar antes, pero le cerré el paso permitiendo a Anthony marcarla con nuestra insignia. Noté decepción en la cara de mi amigo, sólo miró hacia el interior, muy oscuro, y quedamente señaló que estábamos empatados. Pensé que era absurdo trasladar nuestra rivalidad a aquel lugar tan enigmático, qué había muchos misterios por aclarar, pero en eso se había convertido Amancio. Pidió permiso para analizar aquella galería oscura y profunda para lo que necesitaba traer diferentes aparatos.

Mientras iban a por ellos, Julio, Anthony y yo estudiamos aquella larga cavidad desde afuera con nuestras potentes linternas – *"¡No entréis!"* – señaló Julio con mucha preocupación. Estaba excesivamente inquieto, claramente él percibía algo paranormal allí, algo que sumar a las muchas preguntas sin respuesta que nos hacíamos. Miré al interior con mis prismáticos, parecía que en la primera mitad el túnel estaba hecho por la mano del hombre, pero ¿con qué tecnología de entonces se podría hacer ese túnel? Tenía una longitud de más de 200 m y parecía que al final se vislumbraba un altar. Miré a Julio, que se mostraba muy preocupado, indeciso y aterrado, comentando en voz baja – *"¡Aquí hay algo siniestro!"* – Posiblemente presentía o veía algo más que nosotros en sus prismáticos con mayor resolución que los nuestros, después sin despegarse los prismáticos de los ojos volvió a hablar - *¡Allí hay algo irreal!"* - Le quité sus prismáticos y los utilicé. Pude observar en la luz tan tenue que llegaba al fondo del túnel a una especie de sombra que se movía tras el altar. Ya muy inquieto le pasé los prismáticos a Anthony para que lo comprobara, lo que hizo que tras mirar diera varios pasos hacia atrás mostrando poco deseo en continuar. Miré hacia arriba, por encima del túnel y algo me extrañó. Observé la fila de riscos que nos separaban del barranco y que estaban a una distancia de poco más de 50 m en línea recta; entonces ¿cómo podía medir ese túnel, perpendicular al barranco, cuatro veces más? tendría que atravesar el barranco.

Subí con mucho esfuerzo a la cumbre. Julio me seguía asustado, nos asomamos a los riscos y allí estaba el barranco; la montaña caía perpendicularmente como cortada, prácticamente no se distinguía el fondo. ¡No aparecía el túnel por ningún lado! Al otro lado había otra montaña, también cortada, paralela a la nuestra y a nuestra izquierda, a algo más de 100 m se veía el puente que unía ambas montañas rodeado de una neblina que parecía luminiscente, y por el interior de ella parecía moverse una sombra negra traslúcida. Allí sentimos el pánico profundo, cuando en un momento en que nos miramos buscando una inútil explicación uno del otro, al volver a mirar al puente nos pareció que se había desplazado, que estaba más cerca de nosotros. Julio me miró y me señaló que había que irse de allí. Recordando a Antolín señaló que posiblemente una perturbación en el diagrama espacio-tiempo había creado una realidad falsa, trayendo aquí temporalmente de otra dimensión una situación de otra época y que estábamos en peligro, que si se cerraba el bucle podíamos desaparecer antes de que volviera las nieves, que posiblemente un cuerpo celeste que cruzara el espacio, como la estrella fugaz que vimos cerca de Antolín, pero con mayor energía, podía ser la causante de que se abriera una ventana en nuestra dimensión.

Bajábamos lo más rápidamente que podíamos de aquella cumbre cuando vi cruzar a Amancio y dirigirse con prisas hacia el puente acompañado de otro investigador; rió al verme bajar y me gritó que cruzaría el puente y llegaría a la mina antes que yo, que ahí estaba el desempate. Le grité que parara, que no avanzase, que era peligroso, pero no me hizo caso. Lo odiaba por momentos, cómo era posible que una estúpida rivalidad no le permitiera entender el riesgo. Incluso corrí, como pude, detrás de ellos para detenerlo, ante la mirada sorprendida de Anthony que no sabía dónde iba, ya que desde su posición no se veían el barranco ni el puente.

Los vi acercarse al puente, incluso escuché su voz gritándome – *"¡Te he vuelto a ganar, eres muy torpe para igualarte a mí!"* –

Fueron sus últimas palabras porque una vez que pisaron el puente los vi caer al vacío, como si alguien les hubiera empujado. Frené mi marcha. Estaba tan aturdido y tan aterrorizado que me traicionó el subconsciente cuando le grité - *"¡No me has ganado imbécil, no has colocado tu insignia…!"* –

Después viendo como el viento helador empujaba hacia mí la neblina me volví en busca de Julio y Anthony acelerando el paso. Ambos bajaban ya de la cumbre, y fue entonces cuando Anthony, señalando al túnel, me preguntó qué hacíamos con los dos investigadores alemanes. Pregunté si habían entrado dos alemanes al túnel, Anthony afirmó. Me di la vuelta para ir a buscarles, a pesar de que Julio me gritara que no lo hiciera; entonces un terrible grito me frenó en seco y noté la mano de Julio que me ayudaba a subir. Cuando nos acercamos a la puerta de aquel tenebroso túnel vi a los dos alemanes tumbados en la puerta sangrando enormemente por la cara. Nos acercamos a cinco metros de ellos, antes que una silueta traslúcida los arrastrara hacia el interior y nos dimos cuenta, aterrados, de que les habían arrancado los ojos. No pudimos atender a sus horribles gritos cuando los metían hacia el interior del túnel.

Bajamos de allí como alma que lleva el diablo, el terror hacía que no notábamos que nos faltaba el aire. Cuando bajamos a la altiplanicie inferior en menos de una hora, con dos compañeros lesionados por sendas caídas, llamamos por radio al helicóptero peruano. Apareció muy extrañado por lo pronto que lo habíamos llamado, y preocupado porque caía la noche en aquella soledad helada y profunda y en aquel ambiente aterrador.

Volvimos al pueblo del que salimos, justo cuando el otro helicóptero salía para recoger a los alemanes, no pudimos pararlo. Ya íbamos a cenar, mejor a beber, y mientras Anthony gestionaba la vuelta a La Paz, recogí todas las fotos, planos y documentos ayudado por Julio; nuestra sorpresa fue enorme cuando vimos que de las fotos había desaparecido el puente y el barranco, todo lo tapaba un enorme glacial andino.

Ahí no quedó nuestra sorpresa, que se transformó en conmoción dos días después, cuando íbamos a despegar en un avión desde La Paz y leímos en un periódico local que una expedición de investigadores alemanes se había estrellado en la zona de Mididi en un helicóptero militar, provocando un alud de nieve que había hecho imposible recuperar los cuerpos, dada la altura y lo inaccesible del lugar. Miré a Anthony y no le envidié, sólo me preguntaba qué se iba a inventar para intentar explicar lo ocurrido sin que lo tomaran por loco…

6. UNA TRISTE HISTORIA MÁGICA

Nunca pensé que existiera una persona tan idealista como Eladio, y eso que le tocó vivir una época muy dura; soportó dos grandes guerras, dejando en cada una de ellas trozos de su corazón. La segunda en la que le tocó participar, ya mundial, fue la definitiva. Siempre pensé que personas como esa están tocadas de una aureola de magia, en el sentido más amplio del concepto. La vida que concibe la mente concentra en sus entresijos momentos de intimidad, ilusión, desgracia, sueños, fracaso, felicidad, decepción, esperanza… que están en su escaparate como si de un centro comercial se tratase. Posiblemente encontrarte con un "escaparate" u otro pueda depender del camino que elegiste o anduviste, si bien tienen mucho que ver el carácter y la enseñanza asimilada de los primeros pasos. La igualdad, como la felicidad eterna, es una quimera, una mentira, al no tener en cuenta las circunstancias o la situación en la que nacemos ni los sentimientos que llevamos. Hay almas que sólo es carne y carnes que todo es alma, y entre esos dos extremos hay una serie de niveles sensoriales en los que las personas que viven en ellos se diferencian por su grado de sensibilidad y comprensión, lo que hace que una misma situación se viva de forma diferente por cada uno, o que para cada cuadro se tengan visiones distintas y se observen colores desiguales, confirmando el dicho sabio de: "Nada es verdad ni mentira, todo es según el color del cristal con que se mira"

Eladio pertenecía a esa dimensión de vida donde su sensibilidad y sus sueños habían acaparado gran parte de su personalidad. No era persona apta para vivir en aquellos tiempos de ambición y odio, lo que hizo que creara sus propias defensas y se recluyera en una burbuja de cristal creyendo que estaría al margen de cualquier incidencia humana desagradable; pero nada ni nadie puede estar al margen de eso, se puede vivir más intensamente o menos, pero siempre la marea te alcanza. Era hijo de españoles que huyeron de su país cuando su guerra civil se estaba decantando para un bando. No era que la familia perteneciese al bando perdedor, era respetuosa con el derecho que proporcionan las leyes pero, como personas de paz que veían tantas muertes y barbaridades en cada bando, optaron ¡a tiempo! por buscar otro lugar lejos de la violencia. Y a fe que se hizo a tiempo porque entonces el paso por la frontera francesa no estaba tan restringido, tan controlado y maldito como lo fue tras acabar la guerra con los derrotados que huían a causa de esa caterva de franceses que siempre buscó beneficios del débil. Ellos pudieron pasar con una mínima inspección, "regalando" algún reloj, formando parte de un grupo de gente ilustrada entre la que había escritores, pensadores y maestros pertenecientes a la Institución Libre de Enseñanza fundada en 1876 por un grupo de catedráticos, Francisco Giner de los Ríos, Gumersindo de Azcarate y Nicolás Salmerón, entre otros, que habían sido separados de la Universidad por defender la libertad de cátedra y negarse a ajustar sus enseñanzas a los dogmas oficiales en materia religiosa, política o moral. Yo iba en ese privilegiado grupo; era maestro de un pueblo cántabro del interior y amigo personal de la familia de Eladio, que era mi alumno en aquella aldea de montaña con un bajo número de alumnos a los que atender, lo que me permitió conocerlo más a fondo, moldear y potenciar sus sensibilidades. Por otro lado, muchas tardes me acercaba a merendar a su casa tras la invitación de sus padres a participar de esa tentación en forma de vianda formada por un tazón de leche de vaca recién ordeñada y artesanales "sobaos" pasiegos. Después, mientras sus padres remataban la faena del campo, daba un paseo con Eladio por aquellas rutas hermosas e indómitas de la montaña cántabra, con los Picos de Europa majestuosos al fondo rompiendo el azul y mostrando como una isla a la deriva el impetuoso

Naranco de Bulnes, delicia de escaladores con sus 2519 m, frente a los tres macizos que conforman aquellas alturas: el Macizo Oriental o de Ándara (casi todo en la zona cántabra), el Macizo Central o de los Urrieles, y el Macizo Occidental o del Cornión, que vigila al Lago Enol. Era un paisaje de ensueño y allá en lo alto nos sentábamos en unas rocas para ver como se iba el día mostrando su roja despedida. Una maravilla. Incluso al enmudecer la tarde el viento frío nos traía el murmullo sordo y arrullador del agua de los ríos caudalosos que atraviesan los valles de la zona como el Cares, el Deva, el Sella, el Duje o el Dobra, horadando más los profundos desfiladeros y valles por donde nunca falta el vuelo sosegado, surcando el cielo, de un águila real o de un halcón buscando presa. Después, cuando el rojo se tornaba más viejo en el horizonte, deshacíamos el camino de montaña hacia la aldea de piedra encontrándonos en la protección de los pinares a un búho o una lechuza que nos miraba atentamente. Ese era el paraíso en que nació y creció Eladio, rodeado de una naturaleza íntima, llena de sugerencias, y con una vegetación variada y absorbente. Hasta los 500 m, llenaban la montaña bosques mixtos de robledales, encinares, alcornocales y fresnos; de allí hasta los 1.500 m, aparecían zonas de prados transformados por el paso del ganado, hayedos, acebos, tojos… ya a más altura, antes de llegar a las cumbres, cubrían la tierra prados de hierba, tapada en invierno por la nieve, que con la llegada de la primavera florecían con el deshielo; una explosión de flores preciosas, como violetas, narcisos, orquídeas… que competían en colorido con la gama especial de violetas y amarillos de las altas cumbres. Si se asciende a la más asequible, dada la cercanía de la cordillera al mar, se puede apreciar los ríos púrpura que atraviesan el Mar Cantábrico, que sólo se esconden cuando las sirenas agudas de los faros marinos en los cabos avisan de que llega la galerna; entonces el mar se vuelve intrépido y violento, oscureciendo el cielo, que intenta salir de su oscuridad tronando con las luces de sus relámpagos y haciendo que los pesqueros de colores brillantes y diversos busquen la seguridad de los puertos.

Allí viven la ternura, la soledad y la melancolía, que pueden cincelar un alma virgen muy sensible como la de Eladio, que ya había comenzado a leer las poesías nostálgicas de Gustavo Adolfo Bécquer, toda una sonata o un nocturno para un alma soñadora. Pero apareció una vez más la maldad de los hombres y tocaba matarse entre hermanos ¡Es curioso constatar cómo nunca se ha conseguido que el hemisferio izquierdo del cerebro, allí donde residen el pensamiento racional, deductivo y crítico, la bondad y la comprensión, entre otras cualidades, haya podido controlar al complejo R del tallo encefálico donde residen la agresión, la territorialidad y la jerarquía social, más propia del animal que del ser humano! Nuevamente ese complejo R apareció en aquél maldito 18 de Julio de 1936 y aledaños, aunque sería más justo señalar que ya se había asomado antes, con la República. Comenzaba la Guerra Civil y año y medio después, cuando la violencia llegaba a las montañas, un grupo de gentes de paz decidimos salir de aquella maldición en la que, como dijo un prestigioso hispanista, *"no hubo buenos"* (en ambos bandos de la contienda). Cruzamos con pocos problemas la frontera y seguimos hacia el norte, queríamos huir de Francia. A la altura de Tours, la mitad del grupo, los más intelectuales, tomaron el camino hacia Paris, donde otros compañeros universitarios los esperaban. El resto continuamos hacia Ruan, al norte; queríamos llegar a Dunquerque y salir por allí de Francia. Dos semanas nos costó llegar a Ostende, un lugar aislado en las playas de Bélgica. Cuando llegó nuestra expedición, formada ahora por doce personas, era una playa enorme, muy larga, arenosa y solitaria, con muchas dunas y fuerte viento. Muy pocas familias la habitaban, sólo una media docena de pescadores cerca de la abandonada fortaleza militar napoleónica de 1811; la población entonces estaba más hacia el interior, cerca del puerto primitivo.

Era una zona muy vacía. En aquél tiempo ni Europa

ni el mundo se habían recuperado de la enorme pérdida de vidas que supuso la Primera Gran Guerra (de 1914 a 1919) que se saldó con más de 50 millones de muertos entre civiles y militares y otros 24 millones de heridos y mutilados, castigando el dolor y la desolación con mayor intensidad a esta parte del occidente europeo. Allí llegó Eladio con 16 años y con el alma abierta a aquél mar tan inmenso y hermoso; le encantaba pasear por las dunas y muchas tardes, tras la clase, lo veía marchar hacia el mar antes de que anocheciera para contemplar aquella playa azul con aquellas olas blancas que rompían cerca de él a la caída de la tarde. Era cuando más bonita estaba la mar y yo, que era un enamorado de ella, le contaba historias de navegantes y descubrimientos a fin de depositar algunos cuentos en su alma inquieta y necesitada de relatos. Aquello prosperó, porque el mar comenzó a penetrar en su interior como antaño lo hizo la montaña. No muy lejos del primitivo puerto había una estrecha zona rocosa en ruinas, como si formara parte de los restos de otro puerto, que los pescadores denominaban el "puerto romano"; ya nada era distinguible en él, tan sólo un vestigio más en aquella playa arenosa, que de vez en cuando cedía al empuje de una vegetación salvaje e intrépida, que llegando del interior quería asomarse al mar. Una vez que me acerqué a la población de Ostende intenté encontrar cuando y qué emperador romano estuvo por allí, posiblemente planeando la conquista de la "pérfida Albión", pero no descubrí que hubiera romano alguno por aquellos lares, pero sí que hubo un conquistador español. Me enteré que por allí entró parte de los Tercios del Imperio español al mando de Ambrosio Spínola el 5 de julio de 1601, para asediar la plaza de Ostende, defendida por los ejércitos unidos de los países Bajos ayudados por el ejército inglés, en el contexto de la Guerra de Flandes, ya que Ostende era la única ciudad holandesa de Flandes, era Flandes. Tres años llevó a los españoles la conquista de aquella ciudad desde la que se dominaba el Mar del Norte por el empeño de ambos bandos dado su interés estratégico, lo que hizo que la campaña se prolongase más que cualquier otra en el transcurso de la guerra; a tal extremo llegaron la violencia y los enfrentamientos que los costes económicos y las bajas fueron terribles y más de 100.000 personas murieron durante el sitio. Aunque el gran triunfo español se vio disminuido por la conquista holandesa del puerto de La Esclusa, en un momento en que ambos bandos estaban tan diezmados que tuvieron que plantearse una tregua. Así se logró la Tregua de los 12 años.

Ahora no quedaba ningún recuerdo de aquellos tiempos de horror, sólo unas cavidades en la roca que eran un buen lugar para coger cangrejos y almejas, lo que me esforcé en enseñarle a Eladio. Así comenzaron sus expediciones a aquella playa, para él toda una aventura de la que siempre volvía con un cubo de cangrejos y almejas junto con conchas marinas y restos de coral, que iban adornando la casa levantada por sus padres cerca del mar. Eladio trabajaba los corales, los tallaba y hacía diferentes piezas; me regaló un colgante integrado por una cuerda negra de la que colgaba una cruz naranja hecha de un trozo de coral. Sin embargo, el mejor regalo lo encontré en un poema que escribió en un pedazo de papel de estraza, en el que se detectaba cómo la melancolía se abría paso con la soledad por las brumas de su alma

Noto el mar bajo un cielo sin retorno
Lo oigo murmurar con la constancia de un rito
Sólo lo sentía como un lamento de otoño
No era un verso, ni una promesa… sólo un grito

Miré absorto por la ventana
Llegaban las eternas melodías de las olas
Traían el son de las épicas baladas
No había sirena… mi alma estaba sola

Poco a poco, Eladio fue adornando su pequeña cabaña dándole un aire marino que era una pincelada de color en la belleza del paisaje. Le llamaban "el hotelito" porque era el lugar de reunión de la media docena de casitas humildes que levantamos en la zona, posiblemente la menos afortunada, ya que cuando silbaba fuerte el viento del mar las dunas avanzaban hacia ella intentado ocultarla. Fue un tiempo feliz en el que vi crecer intelectual y moralmente a Eladio, que cultivaba su imaginación escribiendo historias y poesías, aunque necesitaba de ese otro complemento que diera salida al amor y que hiciera reales los sueños y ahuyentara la soledad. La única duda que me asaltaba era si estaría preparado para cuando llegara el momento. Su alma inmaculada no tenía ese sustento que complementa al ideal, haciendo real al amor una vez que la ilusión da paso a la madurez.

Un día que acudimos al poblado pescador junto a la fortaleza napoleónica para comprar pescado Eladio conoció a Aline, una hermosa francesita de 17 años de edad, como él, de la que se enamoró nada más verla. Su grácil silueta, sus pies pequeños y descalzos, su revuelta melena rubia enmarcando la cara pecosa, sus ojos verdes, su cálida mirada y su alegre sonrisa calaron muy profundamente en Eladio. Cierto que aquella tarde hizo el ridículo pues su enorme timidez hacía que sus carrillos se pusieran rojos como tomates maduros cuando ella le mantenía la mirada, de manera que solamente la miraba de soslayo y ella, coquetona, abusaba de él, ya que cada vez que nos hablaba lo miraba con dulzura; aunque no le perjudicó el mal trago pasado porque a la vuelta noté un nuevo brillo en sus ojos, como muestra de que algo ardía en su interior. Pasó unos días muy ido, posiblemente veía la figura de Aline por todos los lados y sus nuevos e incontrolables sentimientos le hacían daño, había destrozado su indiferencia y aún no tenía esa iniciativa para montar un acto donde "casualmente" poder encontrarla, cosa ahora imposible en él, se desmayaría. Otra poesía suya me hizo sentir que debía hacer algo por él. Tras su lectura lo noté desesperado.

Miro un libro y te veo en cada fecha
Estoy atrapado en mis horizontes verdes
Tu imposible recuerdo me traspasa como flecha
mi alma inmortal yace en su lecho de muerte

Pensé en mil ideas pero en ninguna de ella descubrí viabilidad, y volver otra vez a su aldea de pescadores no era una solución válida para Eladio, porque no iba a romper su timidez.

Empezaba ya a estar desesperado cuando ¡mira por donde! los dioses se apiadaron de mis ruegos. Un día, cuando fuimos a coger cangrejos nos encontramos con la sorpresa de que allí estaba Aline con su hermano. Tuve que hacer de auténtico e intenso celestino ¡había mucho en juego! ya que Eladio enmudeció al encontrarse cara a cara con ella, como esperaba. Conforme más amable era Aline –una mujer sabe llegar mejor al corazón del hombre- más se escondía Eladio, intenté varias tácticas pero con este muermo todas fallaban, así que inventé una historia de cómo aquellas rocas eran un antiguo puerto por el que embarcaron los romanos para invadir las islas británicas. Creo que todos gozaban menos Eladio, nunca pensé que fuera tan tímido, tenía que haberlo preparado para ese posible momento… sin embargo, cuando les conté que las sirenas habían intentado evitar que salieran los barcos, atraje la atención de Aline, que con brillo interesado en sus ojos azules me preguntó como podían las sirenas frenar barcos. Le dije que con la cola los golpeaban hasta que se hundían y el hermano de Aline me dijo que eso no podía ser, y al recordar que buscando cangrejos descubrí cerca los restos de una barca hundida, le contesté que aún quedaban allí restos de uno de los barcos hundidos. Me pidieron verlo y penetré en el mar para enseñárselo; estaba a ocho metros de la arena, el agua poco profunda la tapaba haciendo que la montaran las olas suaves y allí sucedió el milagro. Cuando la hermosa niña subió a la barca bajo el agua la madera saturada de algas pardas y líquenes presentaba una situación altamente resbaladiza. Cuando los pies descalzos de Aline se posaron sobre ella, resbaló, y si no se golpeó con la barca fue gracias a la rápida actuación de Eladio que siempre procuraba estar cerca de ella y que con agilidad la cogió al vuelo, rompiendo así su timidez. Ella se lo agradeció con una mirada muy dulce y ya desde entonces compartieron otras situaciones. Muchas veces les vi cogiendo cangrejos, otras paseando por la playa, nadando o mirando juntos el anochecer, aunque costaba trabajo desprenderse del hermano de Aline. Era el momento en que Eladio se sentía más a gusto y la amistad entre la pareja se hizo primero intensa y enseguida hubo algo más, aunque ese sentido conservador del chico le hacía no dar el paso definitivo, pues esperaba cumplir 18 años para declararle su amor. La playa era su mundo. Caminaban por los médanos y por encima de las dunas con el fin de que el viento saturado de sal del Mar del Norte, acariciara sus cuerpos, tal y como a él le gustaría hacerlo con ella. Los días que no se veían, porque Eladio debía hacer alguna tarea, contaba las horas para el atardecer; siempre a esa hora se acercaba a buscar a Aline para ver esconderse el sol, tras engordar por el horizonte. La hermosa pareja era la expectación de todos y las familias eran felices viéndoles juntos. Veía crecer a Eladio, cada vez más maduro, y más enamorado conforme se acercaba su cumpleaños, la fecha soñada.

Pero algo arañaba mi subconsciente a pesar de que lo veía feliz, porque a mí entender estaba frenando un amor intenso y eso siempre es un riesgo en mano de los avatares del destino. Yo, más mayor, me dolía a veces al recordar algunas cosas del ayer, momentos que pudieron ser maravillosos y que no viví por miedo, orgullo o prejuicios… pensaba entonces que cuando la vida te enseña a separar las voces de los ecos duele recordar que por estupideces dejaste de vivir instantes luminosos que ya jamás podrán volver, engrosando ese debe en la memoria que a veces duele. Pensé que Eladio vivía la vida en su mundo actual, prisionero de los cismas de su edad, y que con el tiempo iría despejándolos y los sustituiría por otra libertad de pensamiento y mayor visión. Aunque es natural que cada persona viva la vida por etapas, y ahora su momento estaba sujeto a los compromisos, prejuicios y variables de su edad, que si todo fuera bien iría cambiándolos y recuperando nuevas sensaciones, yo pensaba que en este mundo hostil no puedes dejar nada bello para el mañana porque te puedes engañar, y si eso ocurre te quedará el resquemor de lo que pudiste hacer y no hiciste… y así ocurrió. Eladio tenía un mundo nuevo que estaba llenando de esperanza y sueños, pero la vida era traicionera; aún no habían acabado de matarse en España cuando aquel mismo año de 1939 comenzaron a hacerlo en Europa, donde había más gente a matar, y entonces nadie estuvo a salvo. Tras invadir Alemania la Prusia polaca, a la que creía que tenía derecho, atacó a los países vecinos, obligando a los aliados, formados principalmente por franceses y británicos, a declararle la guerra. No tenían una buena estrategia para enfrentarse al tigre nazi y con la mente aún puesta en las tácticas de la Primera Guerra habían levantado a lo largo de toda la frontera con Alemania, frente a la llamada *línea* de defensa alemana *Sigfrido*, y con Italia, frente a su *línea Alpina*, una muralla de hormigón y alambrada de espinos formada por una serie de construcciones defensivas, trincheras y bunkers con todo tipo de armamento, defendida por cuatro regimientos más dos de guardia republicana y de frontera, con unos túneles que comunicaban cientos de kilómetros por galerías subterráneas de hasta cuatro niveles a diferente profundidad, con trenes subterráneos, hospitales, ascensores, alojamiento… Comprendía centenares de fortalezas principales, cada una a 15 km de la siguiente y después continuó hacia el noroeste buscando el Mar del Norte, pero los últimos km levantados por los Países Bajos eran muy endebles. La gran muralla aliada, la llamada *línea Marginot*, tenía una longitud total de 720 km y un coste de 5.000 millones de francos de la época (más de 7.650 millones de euros de ahora). El gran error consistió en que esa enorme y desproporcionada obra sólo valía para una defensa estática de trincheras, como en la anterior guerra, pero en ésta no sirvió de nada cuando Hitler utilizó la Blitzkrieg, la guerra relámpago móvil.

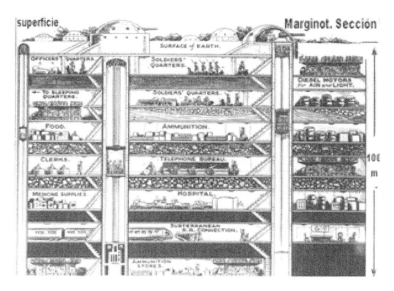

El 10 de mayo de 1940, a traición y sin declaración de guerra, los alemanes atacaron rodeando la *línea Marginot* a una velocidad nunca vista, arrasando Holanda, Bélgica y Luxemburgo. En algo más de dos semanas se rindió Bélgica, a la vez que los rápidos tanques Panzer alemanes, muy superiores a los blindados aliados, cruzaban los bosques y montañas de la zona de las Ardenas, que en un grave error no cubría la línea Marginot, eliminando la débil defensa que los franceses tenían en esa zona.

Rodeada la línea, con un apoyo aéreo insuficiente frente a la Luftwaffe, fuerza aérea alemana, permitió a la infantería alemana atacar la línea aliada y en aquel enorme recinto comenzaron a escasear los alimentos. Además, la parte francesa no mostraba la misma seria resistencia que por la otra zona por lo que los alemanes transformaron aquella obra titánica en una ratonera mortal, arrojando explosivos y bombas de gases por las tomas de aire y matando por asfixia a los encerrados defensores. Los que pudieron salvarse huyeron en franca retirada hacia el Canal de la Mancha, perseguidos por las fuerzas alemanas. De todo el armamento y arsenal que se concentró en la línea Marginot no se usó ni el 5%. Aún estaba allí, intacto, cuando se reconquistó Francia.

Todo esto nos perjudicó, más a la pareja de enamorados. Eladio, con menos de 18 años, fue reclutado rápidamente por el ejército belga junto con todos los hombres que pudieron, yo ya era mayor y quedé fuera. No tuvo una despedida tranquila de Aline; apenas le dejaron hablar… él le pidió que le esperara, que necesitaba tiempo para explicarle sus sentimientos pero que, si cayera en el frente le llevase una flor a su tumba y él entendería sus sentimientos. Después se lo llevaron, no sin antes darle un beso en la mejilla a su amada. No hubo tiempo para más, el gobierno belga quería preparar un ejército rápido para intentar frenar (inútilmente) al grueso del ejército alemán que entraba por los Países Bajos y que junto al ejército sur iba a aplicar una tenaza contra Dunkerque, donde se había concentrado algo más de 350.000 soldados ingleses, franceses y belgas, que buscaban embarcar hacia Inglaterra. El general inglés, Lord Gort, Comandante en Jefe de la Fuerza Expedicionaria Británica, fue quien ideó la *Operación Dínamo*, el plan de evacuación para las tropas británicas y parte de su equipo por el puerto francés de Dunquerque en mayo y junio de 1940. A esa costa lograron trasladar un total de 861 embarcaciones diferentes (693 británicas) donde había desde barcos de guerra hasta buques o lanchas de recreo, pesqueros, mercantes, transportadores, hasta buques hospital (varios hundidos por la aviación alemana), y entre el 27 de mayo y el 4 de junio llevaron a tierra inglesa a centenares de miles de soldados (por supuesto que primero a los británicos) bajo un intenso bombardeo de las playas de Dunquerque por la aviación alemana que arrasó completamente la ciudad y el puerto. Varios de los barcos, como el vapor *Medway Queen*, llegaron a realizar hasta siete trayectos de ida y vuelta, salvando a un total de 7.000 soldados. Todo ese esfuerzo salvó a 338.000 soldados aliados, cuando se esperaba que sólo se salvaran poco más de 40.000 soldados.

Llegados a este punto, aún no se comprende por qué razón Hitler frenó el avance de sus tropas y de sus temibles Panzer. No había resistencia enemiga suficiente para frenarlos. Lo cierto es que dejar escapar a un grueso de tantos miles de enemigos fue un error que al final le pasó factura; cierto que había tropas resistiendo su envite, entre las que estaba Eladio, pero no era suficiente. De haber tomado prisionera a esa bolsa de soldados, posiblemente hubiera servido a Hitler para negociar la rendición de Gran Bretaña a cambio de su liberación, pero limitarse sólo al ataque de la Luftwaffe fue un gran error estratégico. Los alemanes arriesgaban poco y quizás Hitler contaba con que llegar a Dunkerque iba a costarle un millón de muertos, por lo que estuviera gratamente sorprendido al tener "sólo" 27.000 bajas; o tal vez su prioridad fuese marchar hacia la conquista de París... lo cierto es que no hay explicación alguna que justificara dejar escapar tan valioso botín de enemigos, si bien su aviación cumplió su cometido, destruyendo todas las defensas antiaéreas de la playa y hundiendo o dañando a varios de los 39 destructores de la Royal Navy, desplegados para defender el embarque, pero son muchos analistas los que afirman que ese día comenzó realmente la Segunda Guerra Mundial.

La presencia del ejército alemán por allí lo cambió todo, los pescadores y Aline se refugiaron en Ostende, ya que los alemanes en vuelo rasante limpiaban la costa, donde pensaban montar bunkers defensivos cerca del puerto. El último vuelo fue el más terrible y murieron buenos amigos, entre ellos los padres de Eladio y el padre de Aline, por lo que me hice cargo de la tutela de los hermanos y de la madre de Aline. Buscamos un refugio en Ostende y procuré cuidar a Aline hasta la vuelta de Eladio.

Hubo que esperar, sobreviviendo un par de años para que Eladio volviera en el desembarco de Normandía del *"día D"*. El 6 de junio de 1944 los aliados, que incluían fuerzas de todos los continentes, desembarcaron en las playas de Normandía barriendo una longitud de costa de 100 km que iba desde la playa de *Utah,* más al oeste, a la playa de *Sword,* al este. Entre ambas quedaban los desembarcos en las playas de *Omaha Beach*, *Gold Beach* y *Juno Beach*, de oeste a este. Tras superar el desembarco -Eladio lo hizo voluntario en la de *Sword*- marchó con su división hacia los Países Bajos. Después de superar el sangriento frente de Caen, gozó de un breve permiso en el que fui a su encuentro en aquella ciudad. Le conté la muerte de sus padres y del padre de Aline, le entregué una carta de ella y le indiqué que estaba en Ostende. Eladio quería verla y analizamos la posible ruta para la visita, concluyendo que habría que esperar ya que el ejército alemán, más al norte, controlaba la zona y la playa de Ostende y había que eliminarlos antes, había que esperar al desembarco previsto en aquellas playas y eliminar así ese problema. Le dejé nuestra dirección e inicié la vuelta evitando riesgos mientras su ejército se preparaba para atacar a la guarnición alemana de Ostende. Desde Dunquerque hubo un intercambio de cartas entre Eladio y Aline; habían quedado en verse en una pequeña aldea en las montañas de Spermalie pero fue un fracaso, las patrullas alemanas vigilaban la zona y debo señalar que Aline y yo nos libramos por los pelos, posiblemente le ocurriera igual a Eladio. Cuando la compañía de Eladio traspasó la frontera belga y tras el enfrentamiento en Veurne hubo un nuevo cruce de cartas entre la pareja y se intentó un nuevo encuentro, más cerca de Ostende, en un refugio de montaña en la zona de Gistel, pero fracasó nuevamente y esta vez me vi obligado a abrir fuego contra una patrulla alemana y tuvimos que lanzarnos desde una considerable altura a un río bajo el fuego de la patrulla; esta vez nos libramos de milagro. Eladio prefirió esperar a ver a Aline tras el desembarco aliado en la playa de Ostende con la ayuda de la compañía en la que él iba. Fue una auténtica masacre, la batalla duró varios días y no hubo ni un momento de respiro, durante todo ese tiempo el fuego fue cruzado y la artillería naval aliada hizo verdaderos estragos en el enemigo y en algunos "amigos"; hubo muchísimas bajas en ambos bandos. El ejército alemán se retiró hacía el interior seguido por las patrullas aliadas. Después hubo que tomar un tiempo para enterrar a los muertos y sanar sus heridos. El tiempo avanzaba sin saber nada de Eladio y tuvimos que esperar meses para visitar las diferentes divisiones y compañías que había esparcidas por la zona; incluso acudimos hasta la sede del Cuartel General aliado en Brujas, pero fue imposible enterarnos de la situación de Eladio; las respuestas oficiales siempre eran las mismas, un lacónico *"no sabemos"* o *"se trata de una información reservada"*. Tras mucho vagar y excesivas idas y vuelta a diferentes oficinas, la decepción se apoderó de nosotros y dejamos pasar un tiempo, hasta que en la zona dejara de haber militares. Una tarde de primavera apareció por casa un soldado que había sido amigo de Eladio y que, tras permanecer herido varios meses en un hospital de campaña y ser llevado después al hospital de Brujas para su cuidado y recuperación, al perder la pierna izquierda, traía una carta para Aline. Nos dijo que se la había dado otro compañero cuando lo visitó en el hospital, ya que éste continuaba su avance hacia Amberes en una columna de carros de combate y no podía llevar a Aline la carta a Ostende. Decía que no sabía nada de Eladio, que él le ayudó cuando lo hirieron, que estaba bien, muy agotado y desmoralizado y era demasiado sensible para tanta violencia y tanta muerte. Que sólo quería estar con Aline.

Cuando se fue leímos la carta; era muy breve, sólo le pedía que fuera a reunirse con él una semana después de la fecha de octubre que escribía al final y que la esperaba en "El hotelito", la casa que construyeron cerca de las dunas de la playa, alejada del puerto, a la que solían enterrar las dunas. Contaba que estaba cubierta por la arena, pero que por la parte contraria al mar había abierto un estrecho hueco para acceder al interior. Rápidamente acudimos Aline, su hermano y yo a la playa, que encontramos muy cambiada y desfigurada por los sucesivos bombardeos; muchos bunkers destrozados yacían en la arena y otros en el agua. En la zona alta de la playa habían aislado con una red un rectángulo que era un cementerio lleno de tumbas y fosas comunes, pero también lo habían tapado las dunas.

Buscamos sin cesar por aquella playa abandonada, y peligrosa pues las batallas habían dejado en ella muchas bombas sin explotar y era muy arriesgado pasear allí hasta que no procedieran a su limpieza. Tras cuatro días de intensa búsqueda tuvimos que abandonar por un grave incidente. El hermano de Aline había conseguido una vieja máquina explanadora con rodillo cilíndrico de acero para abrir un camino y en un momento le fue arrancado con una explosión al pisar una mina. Tuvimos suerte que el rodillo tapó la explosión, por lo que el hermano de Aline apenas tuvo heridas, pero ese aviso hizo que suspendiéramos nuestra tarea hasta que limpiaran de bombas la playa. Me dolía en el alma ver la amargura de Aline, que se iba hundiendo poco a poco... perdió el brillo en sus hermosos ojos, después su alegría y más tarde, el sueño. Eso hizo que nuevamente iniciara mis escapadas en busca del "hotelito". Comencé por la maltrecha playa, a ver si podía encontrar las rocas donde buscábamos cangrejos, pero todo estaba tan deteriorado que no había huellas de ella. Sin embargo, sentado en la arena a la caída de la tarde contemplando el bajamar, milagrosamente pude observar una especie de palo que salía levemente del agua. Cuando me acerqué me encontré con la barca en la que resbaló Aline. De forma increíble había aguantado el desembarco, posiblemente porque estuviera lejos del lugar de acción, y ya desde allí me fue fácil llegar a las dunas que ocultaban el "hotelito"; por el lado señalado por Eladio abrí un hueco en la arena y me introduje en la casa. Estaba muy vencida, a punto de derrumbe, la arena había avanzado por ella y sólo sobresalía algún mueble. En una mesa vi un papel con una poesía. De inmediato reconocí su letra, era de Eladio

Vivía en un mundo equivocado
No percibía sensaciones bellas
Me movía autómata de un lado a otro lado
Sin saber que los vinos son más dulces en primavera

El invierno me pareció más desolado
En el aire la triste canción decía
Ha pasado el tiempo y no ha nevado
Con una mirada plena de tristeza lila

Una mañana, aún soñoliento…
Entre la bruma gris vi vagar un pájaro oriundo
Recordé el otoño de mi niñez cuando creía, un momento,
ser un pez perdido por las calles del mundo

Los años me parecían monótonos
Eso que aún la veintena quedaba lejos
No me complacía esta vida de locos
Donde el viento encallaba los molinos viejos

Con la edad aumentó la decepción
Junto a esa languidez inexpresable sin espera
Sólo deseos de lucha, tensiones, ambición
Como si en ella la vida se me fuera

Entonces en la oscuridad emergió la luz
La traía una mirada entre la niebla
Era una onda de ternura en el azul…
Que empujó mi soledad por las troneras

Los límites mudaron al coger tu mano
Relegando insomnios blancos sin ternura
Volvió a las cumbres el verde ufano
Cuando descubrí el amor en tu dulzura

Pero retornó el odio a la tierra
Y mostramos las apetencias más preciadas
Volvieron los hombres a hacer la guerra
Salpicando de dolor la rosaleda morada

Marchar al frente sin declararte mi amor
Fue lo más terrible y doloroso de mi partida
Pero cuando vuelva a tu lado y sienta tu calor
Será el mayor placer que alcanzaré en mi vida

Era todo lo que había de él, la recogí y se la llevé a Aline. Aquello le dio una chispa de luz a su mirada, pero la inquietud seguía creciendo con el tiempo y el silencio. Intentamos buscar nuevamente información, pero todo era inútil, ninguna pista, ningún dato, nadie sabía nada de Eladio. Pudimos acceder en la Oficina de Guerra a los nombres de las tumbas del rectángulo, pero no estaba el suyo, y en la fosa común solo había soldados enemigos. Buscábamos nuevas sepulturas y no cesamos ni aun cuando retiraban los explosivos con detectores; mientras, la vida volvía a aquella playa y cerca de la fortaleza napoleónica, en un alto, montaron un chiringuito donde comer mejillones. Un día, tras una dura búsqueda nos dirigíamos Aline y yo al chiringuito a tomar algo, cuando vi que parte de la maquinaria que se usaba era norteamericana y la conducían soldados de esa nacionalidad. Dije a Aline que continuara hacia al bar y me acerqué a hablar con los soldados, que habían estado retirando minas. Me alegró saber que dos de ellos, belgas, estuvieron en aquél desembarco y les pregunté si había por allí otras tumbas diferentes a las del alto de las dunas; dijeron que no, a menos que fuera un desertor, porque a éstos los fusilan donde los encuentran y allí mismo los entierran. Mostré mi extrañeza porque existieran desertores en las filas aliadas… ¡si iban ganando la guerra! Uno de ellos me contestó que algunos no desertaban por miedo, que había escuchado que por aquí hubo uno que intentó escaparse con su mujer a una isla portuguesa, que hasta había contratado un barco pesquero, pero que lo cogieron. Muy inquieto le pregunté el nombre pero no lo sabía y me llevó hasta el compañero que se lo había contado y que tampoco conocía su nombre, solo comentó que le dijeron que no era norteamericano, ni británico ni francés… Aquello me inquietó bastante y de vuelta al chiringuito iba pensando en no comentarle nada a Aline, quería creer que ese no era Eladio.

Sin embargo, cuando subía a la cuesta vi que Aline corría desde el lado opuesto a mi encuentro. Estaba muy turbada, las palabras le salían en tropel y tuve que tranquilizarla repetidas veces. Cuando estuvo más tranquila me contó que cuando subió al chiringuito se encontró que en la mesa de al lado había tres chicas y que una de ellas le estaba contando a las otras dos que el día anterior, paseando al atardecer por la playa se encontró con un chico joven que le pidió que llevara flores a su tumba, que desde su muerte se sentía muy sólo; que tuvo miedo porque creía que estaba loco pero que su aspecto le daba cierta confianza, no tenía acento francés, ni belga, ni inglés y que cuando le preguntó si no le llevaban flores sus padres, le dijo que habían muerto en un bombardeo alemán y que él murió en la playa. Que le había preguntado asustada si tenía novia y le dijo que amaba a una chica francesa pero que no había podido contactar con ella y lo habría olvidado. Dijo que su tumba estaba muy cerca y después se retiró veinte pasos mientras la chica estaba petrificada; que señaló junto a unos matorrales y después desapareció. Aquella muchacha contaba que echó a correr porque su abuela le había dicho que cuando alguien se va de este mundo sin cumplir su anhelo su alma queda vagando entre este mundo y el otro, al no morir en paz por no haber dejado sus asuntos resueltos. Entonces Aline se acercó a las chicas y rogó que le mostrara el sitio que señaló esa aparición.

La muchacha, al ver la angustia en su rostro, accedió rápidamente, y de allí venía Aline. Juntos volvimos al lugar señalado, que estaba muy cerca de "El hotelito", que ya era una duna. Al ver que oscurecía nos emplazamos para el día siguiente, tras clavar un palo en el lugar señalado. No era aún mediodía cuando ya habíamos adecentado el estrecho rectángulo con mezcla, habíamos marcado una cruz en el cemento y Aline había escrito en el cemento aún fresco "*A Eladio de Aline*"; después, en un cilindro de plástico pretendía introducir la poesía que le di, pero su mano temblaba y los filos del cilindro podrían rajarla. Entonces tomé de sus manos el papel con la poesía, y la iba a liar cuando al echarle una última mirada observé que se había cambiado el último cuarteto y que ahora decía:

Marchar al frente sin declararte mi amor
Fue lo más terrible y doloroso de mi partida
Pero si algún día llevas a mi tumba una flor
Iré feliz a la eternidad sabiendo que me querías

Introduje el cilindro con la poesía en el cemento y sobre el agujero pegué un recipiente de barro en el que Aline iba a colocar una rosa. Justo al colocarla dio un brinco y cuando la miré la vi sonreír acariciándose la mejilla. Había sentido un beso. Aline se inclinó sobre la tumba devolviéndolo, mientras yo observaba cómo suaves huellas de pisadas se marcaban sobre las dunas rumbo al mar. No duraron mucho las marcas, el viento las borraba, cómo taparía la tumba no tardando mucho, pero me alegré al pensar que caminando por el mar se pudiera llegar al paraíso….

7. SORPRESA EN EDIMBURGO

Otra vez comenzaba a llover, maldita sea. Estábamos esperando, en grupo, en una de las calles de la capital escocesa, aguardando a que llegara nuestra guía turística para descender a la Old Town, una ciudad subterránea de galerías con cientos de casas arruinadas de la burguesía del siglo XVII, que se agolpaban cerca del castillo y donde habitaba todo tipo de maleantes y comerciantes de mercancías ilegales.

Ya habíamos visitado el castillo y varios lugares de la ciudad, unos tildados de pasajes donde habitaba el misterio, y otros directamente encantados. Como parte de la atracción turística en general, nos habían contado numerosas historias que tenían en común una cruenta conducta de las autoridades inglesas con los escoceses, acciones siempre desmesuradas que daban pie a cientos de historias de apariciones o de psicofonías donde los lamentos y gritos de dolor eran una constante perfectamente audible. Aunque para la mayoría de población británica podía considéralo como un hecho para atraer cierto tipo de turismo amantes del misterio y de lo fantástico, como un apéndice más de la historia de la la "criatura" del Lago Ness (Loch Ness) que para el turismo normal era un camelo que se desmontaba por sí mismo y lo limitaba simplemente a ser considerada como una de las leyendas más antigua de Escocia - la historia del Nessi, monstruo que vive en el Lago Ness, un lago profundo de agua dulce a la altura de la ciudad de Inverness, tiene su origen en el siglo VII, en la historia de la vida de San Columba (Vitae Columbae) que señalaba que en el año 565 ese monje evitó que ese monstruo atacara a unos pescadores en el lago. Consciente de la atracción y de las libras que podrían llevar allí los turistas, el longevo monstruo reapareció en 1868 en una publicación en el *Inverness Courier* en la que se señalaba que "un pez enorme u otra criatura" había sido vista en el lago. Ya desde entonces cada determinados años aparecieron nuevos avistamientos aunque no había acuerdo en la forma del animal. En 1932 K. MacDonald señalaba en una publicación que la "criatura" era similar a un cocodrilo. Un año después se disparó la fiebre por el monstruo, cuando las editoriales de Londres empezaron a mandar reporteros a Escocia para lograr una foto del animal, incluso un circo llegó a ofrecer de 20.000 libras esterlinas por su captura, lo que fue el despegue de Inverness, millares de embarcaciones de todo tipo poblaron el lago sin resultado alguno. Precisamente los escépticos más prudentes señalaron a un par de elefantes de dicho circo bañándose, como posible explicación a las observaciones dichas por temerosos vecinos que pudieron haber observado parte de la cabeza y trompa de un elefante asomando del agua. El Lago es una enorme extensión de agua muy turbia y profunda donde la visibilidad a medio metro es nula. Sin embargo, Nessi saltó al estrellato cuando el 19 de abril de 1934 el cirujano R. K. Wilson sacó una fotografía de una enorme criatura que mostraba un cuello largo que se asomaba en el agua.

A pesar que el 12 de marzo de 1994, el yerno del cirujano, M. Wetherell, afirmara que había falsificado la fotografía cuando era empleado del periódico *Daily Mail,* la foto ya había sido difundida como una evidencia definitiva por todo el mundo, lo que dio viabilidad a la leyenda del monstruo del lago Ness – No podemos darle a este tema el mismo tratamiento que a los abundantes hechos paranormales de Escocia. Cierto que esta tierra mítica donde habitaron los celtas y sus druidas se pintaba a este tipo de tendencia, de forma análoga a nuestra Galicia con su "Finisterra", sus montañas, sus nieblas, sus meigas y duendes que se extiende al territorio astur vecino donde la montaña y sus hondos valles permanecen predominantes. De hecho, no solo folclore y clima comparten Galicia y las Islas Británicas ya que si atendemos a las crónicas, el libro más antiguo que se conserva en Irlanda y que data de los primeros siglos de la Edad Media, escrita por un monje local que trataba de aclarar los orígenes del pueblo irlandés cuenta que descienden de los tripulantes de un par de embarcaciones que llegaron a esa costa con gentes de la tribu de Breogán, de Gallaecia, la actual Galicia española. Hoy día una estatua del mítico rey celta Breogán se alza recortado sobre el mar bravío ante el faro de Hércules, el único faro romano que sigue en funcionamiento dos mil años después y que las leyendas tradicionales cuentan que se alza sobre la cabeza decapitada del rey tartesio Gerión, al que dio muerte el héroe grecorromano Hércules. Una bella leyenda local cuenta que las Rías Baixas presentan esa forma como de dedos porque fueron creadas por una de las manos de Dios cuando, tras los seis días de la creación, al séptimo se echó allí a descansar, precisamente en Galicia, complacido por la belleza de los creado. Escocia, con sus Highland y sus tribus y clanes mostraba cierta relación con estas costumbres y leyendas, aunque en este país, ubicado al norte del muro de Adriano, había una larga historia de enfrentamientos, violencia, muertes y ajusticiamiento en su lucha por la independencia de los ingleses. Todos sabemos de la enorme violencia con lo que los ingleses tratan a sus enemigos en las conquistas, tenemos ejemplos claros en muchos de los lugares conquistados por ellos, como EEUU, Canadá o Australia, entre otros, tierras éstas habitadas por millares de tribus autóctonas y antiquísimas y que hoy día hay que hacer un auténtico maratón para encontrar a un miembro de esas tribus; los exterminaron a casi todos, y aunque a ese grado no llegó con los vecinos y enemigos escoceses —los necesitaba para cobrarles grandes impuestos para la corona y para que trabajaran las tierras - la cantidad de muertos y de asesinatos que allí dejaron pueden justificar la presencia de almas perdidas y espíritus errantes por muchos lugares de ese país.

Historias parecidas, aunque con mucha menor cantidad de pérdidas humanas, podían editarse en nuestra tierra gallega o en nuestra tierra astur, tierras en las que durante el Medievo la iglesia luchó contra esas enormes manifestaciones de los aquelarres en las que se ensalzaba, entre otras cosas, a la Madre Tierra (era una reunión de brujas y brujos para la práctica de las artes mágicas; se celebraban durante la noche en lugares apartados y solía contar con la presencia del demonio, representado en la figura de un macho cabrío y se realizaban diferentes ritos, algunos tenían que ver con la procreación. Solía acabar con el amanecer). Lo apartada de esas tierras, su lejanía y sus malos accesos en aquella época conducía a un aislamiento del mundo que daba paso a un misterio que se escondía en las brumas del pasado, en esos bosques densos, enormes e inaccesibles y en esas tierras mágicas donde finalizaba la Tierra conocida (Finisterra) y miraba hacia un mar embravecido donde la tempestad en forma de galernas robaba vidas de marinos o estrellaba barcos contra los oscuros y rocosos acantilados. Allí vivía el misterio, los enigmas y la fábula, dejando huellas de ellos grabados en la rocas en forma de petroglifos, junto a historias de meigas, magia, brujería y aquelarres, reminiscencias de antiguas sacerdotisas y matronas que ansiaban estar en paz con la Tierra y sus frutos. Son muchos los pueblos y lugares donde se dieron esas manifestaciones en aquella época como *San Salvador de Coiro*, localizado en la mágica península del Morrazo, en Pontevedra; Fistera, donde acaba el Camino de Santiago en la ermita de San Guillermo; la *cueva del Rei Cintolo* cerca de Mondoñedo donde una princesa yace retenida en el inframundo esperando a un príncipe que la libere; en *Penas das Rodas*, en Outeiro de Rei, existe un lugar prehistórico, un calendario solar, un observatorio astronómico… impresiona por el tamaño y equilibrio de las rocas, durante el solsticio de verano, cuando el sol se coloca justo entre las dos piedras centrales e incide en un altar celta que aumenta sus reminiscencias; *Santa María do Cebreiro,* la primera iglesia pre-románica que encuentran los peregrinos que hacen el Camino de Santiago, donde cuenta la leyenda que en el siglo XIV un cura escéptico ante el milagro eucarístico que transforma el pan y el vino en carne y sangre de Cristo, comentó sus dudas en la misa, justo en el momento en que la hostia se contrajo y convirtió en carne y el vino en sangre. El cáliz, semejante al Santo Grial, y la patena en los que se produjo el milagro se guardan en su interior, junto con la talla de la virgen que inclinó la cabeza para contemplar el milagro; en la playa de *A Lanzada ignoren,* en donde hoy se levanta una ermita y donde hubo antaño construcciones prerromanas, romanas y medievales distinguiéndose perfectamente los restos de un castro, de una necrópolis y de una torre de defensa, existe una leyenda que ensalza el ritual de fertilidad que dicta que las mujeres que desean concebir deben bañarse a medianoche en la playa y recibir nueve olas (una por cada mes del embarazo) consecutivas, tradiciones que aún sobreviven.

Y es que las piedras cobran en la cornisa cantábrica un significado especial. No lejos de San Andrés de Teixido, así como en distintos puntos del Camino de Santiago, los peregrinos gustan de dejar una piedra en un punto dado (hoy convertidos en grandes montañas de cantos rodados) para que actúen como testigo de su peregrinaje el día de su Juicio ante el Altísimo. En la mencionada aldea pesquera de San Andrés de Teixido ningún lugareño mata a serpientes, lagartos o lagartijas, pues dice la tradición que si no se peregrina ante este patrón gallego en vida, habrás de hacerlo en muerte, siendo precisamente estos pequeños reptiles las almas de los que no cumplieron con su deber durante su vida, condenados a no encontrar la paz hasta postrarse ante San Andrés.

En el *Monasterio de Armenteira*, en donde su fundador San Ero cuando iba a rezar al monte Castrove entró en una especie de ensoñación mientras escuchaba el canto de un pájaro, al volver en sí le costó regresar al monasterio y al llegar a él lo encontró transformado y desconocía a los frailes que allí habitaban, sus cuatro compañeros del Cister que le ayudaron a montar el monasterio llevaba 300 años muertos y cuando se identificó hizo que en los monjes naciera el terror mostrándole cómo en los archivos viejos, guardados en un lugar preferente, constaba una referencia a Ero, fundador del monasterio, desaparecido sin dejar rastro 300 años atrás; cuando murió **San Ero** fue enterrado en el cementerio del Monasterio pero su tumba despareció; esta leyenda fue narrada por el rey Alfonso X en sus *"Cantigas a Santa María"* y son muchos los peregrinos que en los últimos decenios vieron su espíritu por los bosques. También ha habido manifestaciones paranormales en las *Ruinas de Santa Mariña Dozo*, una iglesias en decadencia y derruida, cerca de Cambados, tras un prolongado deterioro del edificio, ya sin culto desde el siglo XIX. En sus capillas crece la hiedra y las tumbas de los nobles que antaño tenían el privilegio de estar enterrados en el interior de la iglesia están hoy tan desprotegidas como las del cementerio adyacente, lo que hace que sea uno de esos lugares donde hay apariciones y psicofonías en la que se escuchan quejas y lamentos por el olvido y los incumplimientos. Tuvo tal propulsión la existencia de estos hechos inexplicables y brujerías que quedó en el aire una frase famosa con la que responden los locales cuando preguntan por allí sobre la existencia de brujas: <<¡*Haberlas haylas!*>>, y hay que tener presente que estas manifestaciones no se dieron únicamente en estas zonas. La localidad navarra de Zugarramurdi, alcanzó tal fama por su relación con la brujería y los aquelarres, que sus leyendas fueron llevadas al cine, siendo el films "*Las brujas de Zugarramurdi*", película dirigida por Álex de la Iglesia en 2013, la que mejor expone el fenómeno ocurrido en aquella población cercana a la frontera francesa y en la que se expone como en 1610 cuando unos vecinos del pueblo participaban en un aquelarre en una cueva, tras una denuncia, el tribunal de la Inquisición de Logroño intervino, siendo arrestados 53 parroquianos y tras un juicio sumarísimos la mayoría murieron en la cárcel y 11 ardieron en la hoguera. También en este pueblo, como en Escocia, se preparó el montaje turístico con la creación del "Museo de las Brujas" que organiza visitas guiadas por los alrededores.

Por supuesto que cualquiera de estos hechos fueron perseguidos, enjuiciados, castigados y nunca aceptado por la Iglesia, pero no se le puede poner puerta al campo,

Hay situaciones incomprensibles
Hechos inexplicables que nos asaltan
Y cuando el razonamiento no lo dirime
Lo evidente y la certeza estallan

En un mundo previsible
No hay peor error que saltarse la regla
Lo que no se entiende no existe
Y dar oído a tales hechos te condena

No aceptan que en un mundo que siempre gira
Puedan darse movimientos inesperados
Pensar que todo marcha sin deriva
Es un principio que solo creen los interesados

El movimiento del viento carece de explicación
El sueño es nuestra obsesión incontrolada
El fuego, motor de nuestra evolución,
es un proceso que se nos escapa

¿Qué materias relucientes forman el color?
¿Puede ser realmente el firmamento infinito?
Pero si para apariciones espirituales buscas explicación
No dudarán en tacharte de maldito

Sólo utilizamos la parte del cerebro bendecida
Y, siendo sin duda, el motor más formidable
¿Es posible que con la parte inhibida
podamos detectar trances inexplicables?

Hay interés en que nada se salga del guión
El poder reside en el control ufano
Pero tantos siglos respirando religión
hacen muy difícil dejarla de lado

Así que los contactos con los espíritus se acabaron
Las almas errantes tienen que estar controladas
La posibilidad de conexión con los que marcharon
es una aflicción de mentes desquiciadas

A ellos les toca decidir si el camino es recto o curvo
a los que como yo van hacia nunca, hacia ninguna parte
Y otorgarles, o no, el utópico paraíso prometido
si siguieron su camino con buenas o malas artes

Menos mal que la Iglesia vigila por la verdad
Y la historia demuestra que no se equivoca nunca
Pero cuando recuerdo de Giordano Bruno el final
entiendo que los muertos se salgan de las tumbas...

Cualquiera que conociera el pasado escocés y sus

dramáticas relaciones con Inglaterra de los últimos 10 siglos puede comprender el porqué se producen hechos paranormales en tantos y diversos sitios. Prácticamente el reino escocés mantuvo una cierta independencia hasta que en 1286 falleciera su rey Alejandro III y años después su nieta sucesora Margarita I, que al morir sin descendiente el rey Eduardo I de Inglaterra quiso colocar en el trono escocés a su protegido Juan de Balliol. Muchos de los nobles escoceses estaban en desacuerdo con esa decisión lo que hizo que el rey inglés intentara conquistar Escocia siendo rechazado por William Wallace dando origen a muchos años de guerra en los que hubo épocas espaciadas en la que Escocia lograba su independencia -que duró desde finales del siglo XIV hasta bien avanzado el XV-, aunque la situación latente de guerra con Inglaterra nunca despareció. Hubo periodo más o menos tranquilos en los que Escocia llegó a ser incluso un "Protectorado inglés", hasta que una vez entrado el año 1600, cuando Jacobo VI de Escocia heredó el trono de Inglaterra como Jacobo I, dando mayor participación a los ingleses en su país, volvieron los enfrentamientos que se intensificaron en 1715 cuando los escoceses quisieron elegir como rey a un representante de la Casa de Estuardo; los enfrentamientos, entre 1715 y 1745, que no lograron apartar del trono inglés a la Casa de Hannover fueron nefastos para los escoceses y peor la represión inglesa, por eso no es de extrañar que tantas muertes escocesas dejaran muchas almas perdidas ante tanta crueldades en tantos sitios. Pero el tiempo afortunadamente pasa y casi todo lo borra cuando ambos "enemigos" tienen que unir fuerzas tras llegar a un pacto ante la amenaza de un enemigo mayor exterior. Eso hizo que una solución para poner fin a tanta lucha y tensión fuera un acuerdo mediante el cual los dos reinos se unieran formando una parte del Reino Unido de Gran Bretaña, con sus propias y revisables autonomías, y ya asentados en la paz todo lo que del ayer se pueda rentabilizar en dinero se comienza a explotar en la época moderna porque las libras en el fondo es lo que mueve a ese país de piratas; eso sí, pobre del turista que se quede con libras del Banco de Edimburgo, lo tendrá difícil para que las casas de cambio fuera de Escocia se las quieran cambiar a libras "esterlinas" (del Banco de Inglaterra) o a euros. A la sombra de tales sucesos se montaron rutas turísticas vendiendo la historia más o menos modificada y que daba dinero, lo que hizo que desde el siglo pasado se aprovechara todo lo posible ese tipo de rutas o tour, con diferentes nombres y trazados, que tanto beneficio daba a los locales

Ahora nos agolpábamos a la espera de finalizar nuestro tour de miedo por esta extraña ciudad. Nosotros, que veníamos de la soleada Florida, nos encontrábamos totalmente fuera de lugar en estos sitios con tantísimos prados verdes, tan ordenaditos, con carreteras estrechas que contaban con continuos espacios para echarse a un lado en el caso de que se cruzaran dos coches puesto que ambos no cabían, con ovejas y bueyes lanudos, y un cielo oscuro que no dejaba de verter agua en forma de fina lluvia que calaba como si de una ducha se tratase.

Era mi segundo viaje que realizaba a estas tierras, en el anterior encontramos en el hotel de Dundee donde me hospedé con mi mujer Annie y con mi hija Annie y su marido John, un viejo marinero, que entonces regentaba aquel Bed & Breakfast, decía que mis apellidos eran escoceses y por la noche tras la cena tomando un trago de su artesano whisky volvió a insistir cuando vio en mi hija en el hombro una especie de marca de nacimiento que parecía una *selkies* –así le llamó – aunque a mí me parecía más a un pequeño centauro. Sin embargo, dijo algo que me sorprendió, explicó el viejo marinero que eso era una tradición muy antigua, ya perdida en la noche de los tiempos, de los druidas celtas. Estos brujos solían llevar *selkies* marcado en su piel que, según su origen, podían ser focas, sirenas, centauros, brownie (duendecillos)…y que cuando iba a tener un hijo o hija su grabado desaparecía y aparecía en el primogénito, tras su nacimiento y así seguía la tradición pasando sucesivamente de padre a primogénito, solo si se corta la cadena y el último portador muere, al cabo de un tiempo retornará la marca al antepasado vivo más viejo, señalaba qué seguro que yo había tenido esa marca en mi piel, le dije que sí pero que desapareció mucho antes de que mi hija naciera, entonces tras sonreír me señaló que suele desaparecer la marca cuando su mujer queda embarazada…Yo lo interrumpir sin creer esa absurda historia preguntándole que hubiera ocurrido si su hija hubiera muerto en el quinto mes de embarazo, entonces sin perder la sonrisa con esa cara de borrachín whisquero me respondió, sin darse por vencido, que tardaría cinco meses en aparecer nuevamente la marca en mi cuerpo. No le quise prestar más atención, era escocés, estaba bebiendo whisky gratis que tendría yo que pagar y la noche era joven, fue cuando quise dar por terminada la velada cuando señalando con el dedo índice de su mano izquierda la marca de mi hija comentó que esa figura de *selkies* proviene de la isla de Skye al noroeste de Escocia, la isla más grande del archipiélago de las Hébridas Interiores, comentó que si fuera una sirena provenía de las islas Feroes, y termino diciendo: - *"¡Así que tu antepasado fue un druida celta que vivía en esa isla!"* – No le hice mucho caso, pero esa historia simpática nos alegró el viaje, aunque ya al final las bromas que me gastaban sobre el tema comenzaba a cansar, aunque quedamos en que volveríamos más adelante a Escocia para que en ese segundo viaje poder "comprobar" esa historia.

El segundo viaje lo realicé tres años después, tras pasar una insufrible temporada, sin duda la peor de mi vida, que se inició con la comunicación a mi esposa de un cáncer avanzado que le diagnosticaron cuando sufrió un desmayo en su oficina, en la que llevaba veinte años trabajando como secretaria. El seguro le pagó una revisión completa, TAC incluido, pero cuando los médicos le hallaron una masa cancerígena en la base del cráneo, el seguro se desentendió pues no tenía incluido otros servicios. Algo habitual en la privatizada y carísima Sanidad norteamericana, a la que sólo puede confiarse la gente muy adinerada o con sueldos muy altos, que puedan permitir el pago de los costosos seguros. Así las cosas y tras hablar con los médicos, dejándonos una cantidad considerable de nuestros ahorros en tales consultas, nada había que hacer, salvo aguardar lo irremediable paliando en todo lo posible los dolores. Para ello nos recomendaron acudir a la marihuana medicinal en los escasos diez meses que le daban de vida. Mi esposa, mi amor, logró vivir ocho meses. Lógicamente, mi hija y yo nos resentimos mucho con su pérdida, de manera que entré en el abismo de una tremenda depresión que me incapacitó para trabajar, sólo mi socio y cuñado Samuel, y mi hermana pudieron ayudarme, Samuel asumió completamente el negocio de importación de cigarros y puros cubanos y aunque con mucha dificultades económica pudo mantenerlo abierto y encima ayudarme en mis grandes gastos. Mi hija estaba gran parte de su tiempo en mi casa, tratando de sacarme a pasear y de distraerme, lo que pasó factura a su relación de pareja. Intentaron evitar el divorcio buscando un hijo, noticia que alegró en parte el profundo dolor y desvalimiento que había dejado el fallecimiento de mi esposa. Pero un día sonó el teléfono cuando me encontraba aguardando a mi hija para salir a andar por el paseo marítimo. Aquellos paseos diarios habían empezado a ser una rutina agradable en la que percibía gradualmente la luz al final del túnel, mi hija estaba embarazada de seis meses y durante esos paseos solíamos comprar diferentes peluches para cuando venga el vástago de mi hija, que además nos hacía más largo el camino lo que, además de unirnos, nos venía bien pasar más tiempo juntos a los dos, a pesar de que ya acababa Agosto y debía incorporarse a su trabajo aunque fuera por un tiempo corto antes del parto. Cuando lo descolgué esperando encontrarme con la voz de mi niña señalando que ya llegaba porque se había retrasado 15 minutos, al otro lado del teléfono una fría y metálica voz masculina preguntaba por mí, y al identificarme aquella voz horrible me dijo que lamentablemente mi hija había fallecido en un accidente de tráfico cuando en uno de los semáforos de un puente, que marcaban que empezaba a elevarse para dejar pasar un barco, un conductor que llevaba una elevada velocidad la embistió por detrás, empotrándola contra el furgón que tenía delante, falleciendo en el acto, porque su airbag no se disparó y el volante se le clavó en el pecho. Tanto ella como el bebé que esperaba murieron, mientras los bomberos se afanaban por sacar su cuerpo del amasijo de metal y goma en que quedó convertido su coche.

La noticia me causó tal dolor que me desmayé al escucharla. Ya no me quedaba ningún motivo para vivir. En menos de un año y medio había perdido a mi amada esposa, a mi niña, mi única hija, y a mi futura nietecita porque los teste de embarazo decían que iba a ser niña. Yo, que había mirado siempre por no hacer daño a nadie, no podía asumir por qué Dios me había arrebatado todo lo que yo más quería en un abrir y cerrar de ojos y lo peor es que no tenía respuesta alguna al suceso. Si sigo vivo es por el gran esfuerzo que mi hermana y su marido hicieron para tratar de animarme, de no dejarme sólo ni un día desde entonces. Finalmente, conociendo la divertida historia de que yo era un "druida", con la que la familia nunca dejó de tomarme el pelo por la marca del centauro dichoso, seis meses después del accidente me convencieron para que nos apuntáramos a este viaje, *"a conocer mis raíces escocesas"* y de paso cambiar de aire. En realidad, a mí me daba lo mismo, me sentía como algo inanimado, sólo me dejé llevar…Y aquí estábamos, nosotros tres junto a dos matrimonios más, amigos de mi hermana, en este grupo de turistas, conociendo las Islas Británicas.

Por fin nos daban acceso a los subterráneos, dejando atrás el infernal clima de estas islas. Posiblemente viajar a final de Febrero no fue una buena idea. Pero tras padecer su clima no me extrañaba que tengan tantos relatos de fantasmas, con unos cielos casi constantemente grises, con construcciones a base de bloques de piedra que, debido a su continua exposición a las eternas lluvias, no tardan en cubrirse de hiedra, musgo y manchas oscuras, ambientando una atmósfera decadente que invita a ver apariciones por todos lados, hecho que no dudan en rentabilizar bien, a la vista del precio que tuvimos que pagar por los tickets de acceso a todos estos lugares supuestamente encantados.

Entrábamos en el estrecho pasillo en el que aprovechamos para quitarnos los abrigos empapados y cerrar los húmedos paraguas, y comenzamos a descender las escaleras, hablando entre nosotros, ajenos a la guía que trataba de poner orden por encima de nuestras voces, acentuadas por el efecto túnel de estas galerías subterráneas.

Tras bajar las escaleras comenzamos a ver pequeñas casas a ambos lados, dispuestas a lo largo del pasillo, algunas decoradas como si fueran antiguas casas, y otras como si se tratara de antiguos almacenes y tiendas. Nos íbamos asomando y entrábamos en distintos recintos, sin prestar mucha atención a la guía, haciéndonos fotografías aquí y allá mientras al fondo resonaba la voz de la guía de nuestro grupo y la de una guía local que le acompañaba. Debo reconocer que aquél barullo, superficial y amistoso, venía bien a mi espíritu, me distraía de mi penosa introspección.

Me quedé atrás, algo rezagado, mirando curioso a través de una puerta con barrotes, cuando de pronto oí una voz de niña que me decía dulcemente - *"¡Hola abuelito!"* - Me sobresalté y guardé silencio ¿Me estaría jugando la cabeza una mala pasada? Sentía el murmullo del grupo al fondo del pasillo. Debí haber oído mal, seguro, estas viejas construcciones estaban llenas de ruidos extraños.

-*"Abuelito… ¿eres tú?"* -

-*"¿Hola, pequeña?"* – pregunté muy sorprendido a la vez que no pude aguantar derramar unas lágrimas recordando a la nieta que me pudo dar mi hija cuando volvía escuchar…

-*"¡Abuelito…ayúdame…tengo miedo!"* – dijo la niña, asustada

-*"¿Qué te ocurre, pequeña?"* – contesté buscando tras las rejas

-*"¡Las sombras!….me quieren llevar las sombras….quiero irme contigo… ¡Ayúdame!"* -

Me encontraba delante de una vieja construcción protegida por una verja y estaba totalmente obnubilado por aquella dulce voz que había removido todo mi ser. Agobiado, traté de abrir esa verja, agitándola con fuerza para abrir la puerta de barrotes.

-*"¡Señor, ¿qué hace?, deténgase por favor!"* – oí decir cerca de mí.

Al momento llegó la guía local y me apartó, mientras la guía que acompañaba a nuestro grupo me miraba despectivamente, mi hermana y mi cuñado corrieron a mi encuentro, la guía me señalaba que eran construcciones viejas, que muchos túneles habían cedido y que no se debía empujar con tanta fuerza la puerta de reja porque golpea el viejo marco y puede producir derrumbe, después la gente del grupo sorprendidas se agolpaba a mi rededor sin saber qué pasaba. La guía local abrió con su llave la verja con suavidad sonriendo forzadamente.

-*"Y a continuación veremos este close, donde un parapsicólogo estuvo haciendo hace poco diferentes pruebas y logró obtener una grabación, una psicofonía, en la que se pudo escuchar la voz de una niña"* -

Al oír aquello desperté del estado semiinconsciente en el que me hallaba, que me había dejado paralizado en el sitio, dejando pasar al resto del grupo al interior.

-*"¿Un "close"?"* – preguntó mi hermana elevando la voz.

-*"Ya dijimos antes* – remarcó la guía local haciendo una

pausa que enfatizara sus palabras - *que estas casas abiertas en los huecos de las murallas, por gentes de escasa condición social, recibieron este nombre"* -

-*"¿Y qué le ocurrió a esa niña?"* – pregunté con interés, observando cómo otra gente asentía y el grupo se cerraba en torno a la guía.

-*"Pues diferentes investigadores estuvieron efectuando diversas pruebas, mediciones de diversos parámetros, sesiones de espiritismo e incluso búsquedas de noticias en diarios antiguos de prensa. De acuerdo con los investigadores parece que entablaron contacto con el espíritu de la niña que dijo llamarse Annie"* -

-*"¿Qué edad tenía?"* – interrumpí nervioso

-*"No lo sabemos"* – me respondió algo molesta la guía –*"pero todo parece indicar que era muy joven y murió junto con su madre en un accidente…hace mucho tiempo que un gran incendio asoló todos estos barrios de closes construidos con maderas y paja en los techos y posiblemente muriera en él"* -

Yo me sentía muy inquieto, ese nombre de la niña, esa muerte en un accidente y sobre todo cuando descubrí en el suelo muñecos….*"¿Y todos estos peluches?"* – preguntó una de las amigas de mi hermana, señalando a los muñecos que se apilaban en el suelo de la sala

-*"Bueno, es una costumbre local, dejarle un muñeco a la niña, pues se la grabó llorando en varias ocasiones… En fin, sigamos ahora un poco más adelante, en un close donde se han grabado ruidos de martilleos, lo que nos hace suponer que se trataba de una herrería"* -

El grupo salió tras las guías y yo permanecí haciéndome el distraído, cómo si mirara los peluches, disimulando mi turbación porque me parecía reconocer en aquella oscuridad a algunos de los peluches, y leyera algunas notas dejadas allí dándole besos a Annie. Mi hermana me conminó a salir al pasillo y seguir al grupo. Le dije que iría enseguida, que quería hacer una foto a la sala sin gente

-*"¿Quieres que te haga la foto con los muñecos?"* – se ofreció

-*"No por favor, adelántate y luego me cuentas lo que diga del herrero"* – le respondí fingiendo interés por los fantasmas. Mis palabras provocaron que mi hermana me sonriera y saliera agilizando el paso, no así Samuel, que me conocía más a fondo y sospechaba que algo ocultaba....

Estuve llamando a Annie, al principio en forma de susurro, pero al no recibir ninguna respuesta fui elevando el tono. Nada. Aguardé un poco más y finalmente me resigné, saliendo hacia el pasillo de la galería. Justo cuando iba a poner un pie en el pasillo, volví a oír la voz de la niña llamando a su abuelo, precisamente a su abuelo ¿Por qué a él?

Salí agobiado, cruzándome con otro matrimonio que posaba en el pasillo. Les pregunté por el grupo y me señalaron una sala más adelante. Corrí para unirme a ellos y cuando iba a entrar en el close, oí a mis espaldas a la mujer emitiendo un grito. Me giré rápidamente hacia ellos y vi que miraban con pasmados la pantalla de su móvil.

-"*¿Estáis bien?*" – les pregunté

-"*¡La niña...estaba junto a ti!*" –balbucieron

-"*¿¿Qué??*" – les dije asustado, acercándome a ellos. Me mostraron el móvil y de nuevo quedé paralizado.

El resto del grupo vino a ver qué ocurría; el matrimonio mostraba el móvil a la guía y a otros curiosos, generándose un gran revuelo. Yo seguía en shock, tratando de reponerme de la sorpresa. La gente se iba pasando la imagen; unos la reenviaban a sus móviles, otros susurraban que era un caso de una sobreexposición de alguien del grupo, aunque entre nosotros no hubiera ninguna niña.

Tras el revuelo causado, poco a poco se fueron

calmando y continuamos la visita. Yo seguía en un estado casi catatónico que no dolía, y me dejaba llevar de nuevo. Como se había hecho tarde, nos llevaron al hotel, no muy alejado de allí, para asearnos y prepararnos para bajar a cenar al buffet. En el hotel reaccioné de inmediato, le señalé a mi hermana y cuñado que me dolía la cabeza y que no bajaría a la cena, que me quedaría en mi habitación para darme una ducha y acostarme. Entonces no noté la cara de sospecha de Samuel, porque seguía tan sorprendido que sólo quería seguir en mi habitación, para después escapar a la calle cuando no se escuchara nada en el pasillo. Salí deprisa para regresar a la entrada de los subterráneos, justo a tiempo para comprar un ticket para la última visita de ese día. Me rezagué a propósito, quedándome atrás junto con un par de chicos jóvenes que, conocedores de las leyendas de fantasmas, iban equipados con distintos aparatos para grabar evidencias de espíritus. Sin que me vieran, entré a solas en la casa de Annie y la llamé diciéndole que había regresado, que la escuchaba si deseaba decirme algo, antes de que entrara otra gente.

- *"¡Abuelito, ayúdame….las sombras….!"* -

- *"¿Qué quieres que haga, cielo?"* – le imploré nervioso

- *"¡Quédate, quédate esta noche conmigo…aleja a las sombras…!"* - lloriqueaba

- *"¿Cómo?"* – silencio… - *"¿Cómo quieres que eche a las sombras?"* – silencio….

En ese momento entró uno de los chicos a la sala, provocando que me volviera hacia él con una cara en la que se reflejaban el agobio y la tensión del momento.

- *"¿Está usted bien?"* – me preguntó asustado, al ver mi inquietud y nerviosismo

- *"¡Uf, me falta el aliento, ha sido de pronto!"* – dije tratando de disimular

- *"¿Y todos estos peluches?"* – preguntó asombrado haciendo varias fotografías – *"¡Ah, es la casa de Annie…!"* -

Salí a reponerme al pasillo. Esto era una locura, estaba perdiendo la cabeza ¿Cómo iba a hablarme a mí un espíritu inventado para captar turistas? Oí un clic a mis espaldas. Me giré justo a tiempo de ver a uno de los jóvenes, pálido como el papel, mirando a su otro amigo.

-"*¿Qué te ocurre Stan?*" – preguntó el joven que había hablado conmigo. Por toda respuesta, su amigo le pasó su teléfono

-*¡Shit!* -

Rápidamente me acerqué a mirar la pantalla de aquél móvil; el joven que lo sostenía estaba pálido... me miró y volvió a observar su móvil, ampliando con los dedos un detalle de la imagen.

 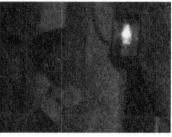

No lo podía creer. El amigo había lanzado una fotografía hacia donde nos encontrábamos y, asomándose a la puerta del close de Annie, podía verse a un niño... o una niña. No podía ser posible, en menos de dos horas, en el mismo lugar y conmigo cerca, se habían tomado dos imágenes de una niña.

De pronto sentí que me ahogaba. Necesitaba salir de allí, me estaba dando un ataque de claustrofobia. Salí corriendo deshaciendo el camino y dirigiéndome a toda prisa hacia la entrada. Comencé a ascender las escaleras

-"*¡Abuelito...no me dejes....no vuelvas a irte....!*" – oí sollozar en la lejanía

Me detuve, me sequé el sudor y me senté en el escalón. No se oía ruido alguno. Respiré profundamente, me armé de valor y regresé caminando lentamente hacia el close de Annie. No había nadie. Miré el reloj y, de acuerdo con los horarios de la entrada, en diez minutos cerrarían. Debería salir. Pero en lugar de eso, entré en la sala de los peluches, empujé fuertemente la reja que cedió desgarrando mi camisa…

- *"Pequeña, ¿estás ahí?"* – dije con calma, como habría hablado a mi propia nieta

- *"¡Abuelito, has venido!"* – dijo una voz de niña alegremente y con sorpresa – *"¡no me dejes!"* – añadió con la misma alegría

- *"No…no te preocupes…"* - balbuceé

- *"¡Abuelito!"* – escuché en voz alta a mi espalda. Cuando me giré hacia ella vi a una nenita rubia de pelo largo y muñeco en mano, que levantaba con cariño los brazos hacia mí, como invitándome a que la alzara – *"¡No te vayas nunca!"* -

Escuche de pronto la voz de Samuel que me gritaba a 5 metros como señalándome de un peligro, y de pronto escuché un tremendo crujido sobre mi cabeza cuando el techo se desplomaba sobre mí… Al empujar la reja había arrastrado un alambre que aguantaba una de las dos vigas perpendiculares de madera que soportaba la gruesa que había sobre mi cabeza. El techo cayó sobre mí, con docenas de ladrillos puntiagudos; aunque me notaba muy mojado por un líquido rojo y me sentía apresado por algo que había atravesado mi pecho y no me dejaba moverme, nada me dolía, veía a mi lado a Annie sonriendo, de la que no apartaba mis ojos, sólo lo hice una vez, al notar que Samuel intentaba inútilmente sacarme de allí. Entonces pude apreciar una gran confusión en sus ojos, no distinguí si era porque me estaba muriendo o porque en mi hombro desnudo tras el desgarro de la camisa aparecía una marca que recordaba un centauro, aún tuve tiempo antes de escaparme de los escombro para recordar que estábamos a finales de febrero y que hacía seis meses que había muerto mi hija Annie y su hijita justo cuando llevaba seis meses de embarazo…

8. EL HOSPITAL

A veces la gente te sorprende, hay tal amalgama de intereses que mandan sobre nuestra existencia que cualquier actuación que parezca noble o loca tiene mucho que ver con el estado de conciencia, con el uso o el desarrollo que dimos a nuestro cerebro. No nos equivocamos al señalar que la evolución humana mucho ha tenido que ver con esta importante parte de nuestra anatomía y de hecho, la evolución que hemos realizado de este órgano marca ahora nuestra vida y nuestros actos. No es necesario señalar que, como todos nuestros órganos, el cerebro ha ido creciendo y recogiendo millones de bits de información desde que bajamos de los árboles hasta nuestros días, posiblemente incluso antes, porque cuando éramos simplemente monos ya funcionaba la parte más antigua de nuestro cerebro: el tallo encefálico. Este órgano dirigía las funciones biológicas básicas, como la respiración, los latidos del corazón, el dolor, el tacto, la temperatura corporal y el ritmo de nuestra vida. Conforme pasaban los millones de años siguientes, el cerebro evolucionó desde fuera hacia dentro. Lo que conocemos como *complejo R* corona al primitivo tallo encefálico y en este sitio viven la agresión, la territorialidad, la violencia, el odio, el rencor y la jerarquía social, entre otros componentes del carácter personal; esta parte también evolucionó durante muchos millones de años en nuestros antepasados, los reptiles. Ya encima de éste complejo R aparece una zona del cerebro propia de los mamíferos, el *sistema límbico*. Su evolución duró cientos de millones de años y en él se guardan las emociones, nuestro estado de ánimo, nuestras preocupaciones y la comprensión. Y finalmente, en la parte exterior del cerebro, manteniendo un equilibrio inestable con su parte inferior o primitiva, se encuentra la *corteza cerebral*, donde la materia se transforma en conciencia. Es aquí donde nace nuestra humanidad, factores como el razonamiento, la intuición, el análisis crítico, la comprensión, la inspiración; es la parte que nos permite leer, escribir, hacer poesía, música o matemáticas. La civilización global es un producto de esta zona del cerebro. Su contenido lo transmite a todas las partes del cuerpo, pero no a través del ADN si no de *las neuronas*, que son como cables eléctricos que recorren nuestro cuerpo trasladando decisiones e inteligencia por las células a través de sus millones de conexiones electroquímicas. Podemos tener miles de millones de neuronas y más de cien billones de conexiones en la corteza del cerebro humano. Conexiones que siempre están activas y funcionando, incluso cuando dormimos, por eso podemos soñar, pensar, recordar, imaginar cosas… Las neuronas concentran, recuerdan y crean formas elaboradas de nuestro ser, como un recuerdo, un olor, una melodía, una esperanza… Es en la corteza cerebral donde las conexiones neuronales crean la conciencia, el pensamiento…y consta de dos hemisferios; en el hemisferio derecho residen la sensibilidad, la intuición y el razonamiento, mientras que en el hemisferio izquierdo se aloja el pensamiento analítico, racional y crítico. Es la dualidad de cuyo equilibrio nace el pensamiento humano.

Nuestro cerebro es un órgano muy grande para un lugar tan pequeño. En la zona profunda está la parte más antigua donde reside la componente animal: el sexo, el miedo, la agresión, la desconfianza, la superstición, el egoísmo, el amor a los hijos o el deseo de seguir desesperadamente a los líderes; sin embargo, es en la corteza, que nunca deja de evolucionar, donde reside la humanidad, las emociones, el aprendizaje, los sentimientos, el comportamiento, la necesidad de aprender, analizar o comprender, la supervivencia… es una forma de liberarnos de contenidos malditos guardados de la experiencia y vivencias adquiridas en millones de años oscuros. Es la parte a potenciar, a enriquecer y regar, porque, si no aprovechamos el potencial humano o nos dejamos llevar por la desidia o el egoísmo, será la parte profunda de nuestro cerebro la que dirija nuestros actos y entonces no habrá esperanza para el entendimiento ni para alcanzar un mundo más justo y mejor.

Viendo los últimos siglos de nuestra existencia no hay que ser muy listo para entender que en el devenir de la humanidad han sido muchas las épocas en las que la evolución ha estado dirigida por la parte profunda o animal del cerebro y que el equilibrio en la actualidad sigue siendo muy inestable, diría que excesivamente frágil. Pero no debemos bajar la guardia, porque somos la especie dominante que evolucionó; por eso nos corresponde cuidar y ampliar el legado alcanzado, aunque para ello tengamos que luchar contra líderes que se decidieron a seguir su parte animal predominante. Cierto es que conforme el hombre avanzaba se iban equilibrando estas dos fuerzas que hemos definido como primitiva o animal y racional o humana, con el objetivo de ir progresando en los avances sociales, con el afán de mejorar la calidad de vida. Cierto que nunca fue una evolución lineal, uniforme o positiva; no en todos los mandamases priorizaba la parte racional. Es fácil encontrar a lo largo de la Historia líderes y personajes que avanzaron animados por la ambición, el poder, la envidia y la prepotencia, que al disponer de una posición dominante hacían que la otra mayoría de seres que se regían por los principios racionales quedaran indefensos. Por otro lado, la aplicación o no de este equilibrio a las diferentes conductas humanas no suele ser tan simple, suele haber factores desencadenantes que rompen negativamente el equilibrio, como la territorialidad. Durante la mayor parte de la historia humana el hombre ha vivido en pequeñas regiones, adaptándose a un terreno que aceptaba aunque le fuera hostil, ya que era lo único que realmente conocía; vivir de forma tan limitada no facilitaba precisamente la ampliación de la capacidad de su corteza cerebral ya que necesitaba poco para subsistir… con ello se lograron diferencias de mentalidad en función de la tribu o el lugar en que vivía. Y lo peor de las tribus es que, si crecen aisladas, se rigen por la ley que marca la adaptación natural y mental al terreno, con una evolución muy lenta de acuerdo con sus características, a menos que les ayude un sistema educativo apropiado, inexistente durante mucho tiempo.

Estos estudios sobre la evolución y su posterior análisis ya lo hicieron buenos investigadores en el siglo XVI, que analizaron la evolución de las mismas especies situadas en diferentes lugares. Posiblemente los dos primeros estudiosos de este apartado fueron dos exploradores españoles, Alejandro Malaspina y José de Bustamante, en la expedición científica ordenada por el ilustrado rey español Carlos III entre 1789 y 1794, a bordo de las corbetas *"Atrevida"* y *"Descubierta"*, expedición que les llevó a navegar por todas las costas americanas, desde Buenos Aires hasta Alaska, además de estudiar y cartografiar las Filipinas, Nueva Zelanda, las Marianas, Vivao, Australia y cientos de lugares más, retornando a la madre patria el 21 de septiembre de 1794 con una multitud de informes científicos, en los que se comparaban las costumbres y la adaptación al lugar de las diferentes especies, y realizando admirables estudios naturalistas y un ingente patrimonio de conocimientos sobre Historia Natural, Cartografía, Etnografía, Astronomía, Geografía, Hidrografía y Medicina, junto a informes sobre los aspectos políticos, económicos y sociales de estos territorios.

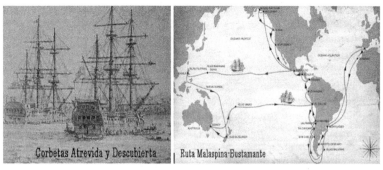

Corbetas Atrevida y Descubierta | Ruta Malaspina-Bustamante

Con estos estudios políticos se granjearon, como casi siempre en nuestra polémica Historia, la enemistad de los políticos españoles, en los que seguía dominando la parte animal del cerebro, y al mostrarse en contra de sus credos ordenaron el secuestro de su ingente obra. A día de hoy, la mayor parte de estos trabajos se reparte entre los fondos del Museo Naval de Madrid, el Real Observatorio de la Armada, el Museo de Ciencias Naturales y el Real Jardín Botánico, donde en la actualidad son muchos los científicos, historiadores y biólogos interesados en su estudio. Pero en aquél tiempo, la envidia y la ambición, que casi siempre dominaron en nuestra nefasta casta dominante, silenciaron esos estudios. Tuvieron que transcurrir 40 años para que el naturalista inglés Charles Darwin redescubriera parte de los descubrimientos de Malaspina-Bustamante, cuando en diciembre de 1831 realizó su expedición científica en el *"Beagle"*, que lo llevó a publicar su obra *El origen de las especies* (en 1859).

La gran diferencia entre la mentalidad británica y la española radica en que, mientras los ingleses anteponen, con mayor o menor dificultad, el progreso de la nación a la mentalidad de sus gobernantes, en España casi siempre ocurrió lo contrario y nuestros gobernantes frenaron el progreso propio, lo que trajo como consecuencia que el pueblo llano se habituara a mirar hacia fuera a la hora de valorar un descubrimiento ya que desconocía que aquí teníamos investigadores al menos de la misma talla y casi siempre con mayor iniciativa, pero los enanos mentales de los sucesivos gobiernos españoles, llevados por la incompetencia, el egoísmo, la ambición y la prepotencia, convirtieron en simples segundones a un pueblo que fue rompedor, temido y envidiado, en gentes que se iban habituando a vivir con la ayuda o limosnas de unos poderes públicos que los hacía acomodarse a cambio de recibir los votos que los mantuvieran en el poder. Nunca en la Historia contemporánea se potenció en este país la iniciativa que tuvo en otro tiempo y que lo llevó a dominar el mundo; sus soberbios y miopes dirigentes lograron transformar ciudadanos orgullosos de su pasado en personas inseguras y egoístas. Intencionadamente, nunca se ofreció un sistema de enseñanza necesario para mantener la mentalidad de país y el orgullo de su pasado; ni siquiera el carácter de ser español. A los vergonzosos gobernantes de esta gran nación les interesaba más tener a su cargo a incultos borregos, antes que a tigres de Bengala, y aquellos tantos barros trajeron estos lodos, que nos fueron llevando poco a poco a la ruina, que ahora y casi siempre en los últimos siglos, asola al país. Una nación fuerte y autosuficiente, formada por ciudadanos preparados con la iniciativa necesaria para vencer tempestades, que transformaron en un país de camareros y albañiles que dependen del foráneo, a pesar de la existencia de gentes brillantes que dejaron su historia y sus huellas por muchos lugares y países, aún hoy lo hacen en una diáspora obligada, como ratificando la leyenda del "Cantar del Mío Cid", escrito aproximadamente en el año 1200 y que podríamos validar en este tiempo cambiando un poco el enunciado para que grite: *"¡Qué buenos vasallos serían, si tuviesen buen señor!"*.

Se podría potenciar la parte noble, inteligente, del ser humano mediante la educación, la observación, el conocimiento y la cultura, pero cuando en el poder no están los mejores, estas facultades se contaminan o eliminan antes que otras, y parece el infausto signo de este tiempo: la cantidad de estos especímenes de iluminados, charlatanes, embaucadores, inútiles, ambiciosos, mentirosos y ladrones, gobernando por todo el mundo y mucho más cerca. Cuando en manos de caraduras e ineptos de este calibre está el futuro y la juventud de un país, se comienza a potenciar el desequilibrio entre las dos partes del cerebro, facilitando el brote de aptitudes negativas que nos hacen vivir más en la parte animal, donde se resaltan la sinrazón, la incomprensión, la incompetencia, la violencia, la envidia, lo antisocial, el maquiavelismo y la ambición, y si es cierto que la vida ha sido un ir y un devenir casi siempre por los mismos círculos con diferentes tintes y colores que van desde la tragedia hasta la esperanza, han sido muchas las épocas de nuestra Historia en las que ha dominado lo primitivo; lo peor de todo es que los ciclos se repiten y que, cuando las barbaridades que se hacen y la falta de educación y cultura son mayores en tanta población, cada vez es más difícil la recuperación y los años brillantes quedan progresivamente más lejos y resulta más difícil volver a encontrarlos.

Mi historia era otra y tiene que ver con lo reseñado. Ocurrió cuando era joven, ahora sólo la contemplo con la distancia que da haber alcanzado la "tercera edad", como nombra a los años posteriores a la jubilación. Una vez superado el desencuentro de la intensa actividad mandada que realizaba en mi trabajo, con la tranquilidad que la jubilación ofrece, con esa libertad que da el hecho de no depender de nadie, además de disponer de tiempo para reflexionar en vivencias pasadas y comparar con las futuras, podía encontrar en ese análisis otra visión de los sucesos ocurridos. Todo comenzó hace más de medio siglo, cuando acabábamos una de esas épocas donde mandaba la parte primitiva del cerebro. La obcecación, el odio y la violencia nos habían llevado a otra guerra más entre españoles, la penúltima, y, como ha ocurrido en nuestras tantas guerras inciviles, siempre ganaron los otros. Durante ese periodo nefasto de nuestra historia, preludio de una segunda Gran Guerra más grande y con más países en juego, donde el hombre hace lo que mejor sabe hacer, intentar dominar al más débil y matar, quedaron muchas heridas abiertas que marcaron vidas y dejaron profundas locuras y cicatrices. Cuando acabó la represión en la nuestra, comenzó la otra, la segunda mundial. Podía haber sido una época de recuperación económica para nosotros y hasta de reconciliación social en el país una vez acabada nuestra guerra, pero eso implicaba cambios y dimisiones en el Gobierno y, en este país tan latino, cuando uno agarra el poder no lo suelta ni con agua hirviendo. Mi amigo Aurelio y yo habíamos participado en la confrontación local en el mismo bando, pero estaba claro que mi amigo tenía más fortaleza de carácter, ya que lo que veía en aquellos enfrentamientos y lo que seguía después tras vencer, me hacía sentirme muy mal, tan mal que eran muchas las noches que sombras oscuras visitaban mis sueños. Esa diferencia de fortaleza entre Aurelio y yo tuvo su "premio", porque aunque yo alcanzara el grado de sargento él llegó a capitán, siendo el jefe de mi unidad. Eso no menguó nuestra amistad, sólo que en la tropa yo debía mantener el respeto a la diferencia de rango, después, fuera del cuartel, de paisano, actuábamos como dos buenos amigos; incluso me ayudó a pasar a la obsoleta Marina Mercante que quedó en el país tras la guerra.

Participé en ella vendiendo productos básicos a los dos grandes bandos que se mataban en la Segunda Guerra Mundial. Aquello para mí era ya otra cosa, estaba lejos de la maldad y del dolor local; aunque tras una travesía transportando materiales a otro país en guerra tuviera que volver a puerto español para preparar nuevo envío y vivir la realidad miserable que se respiraba durante la represión en este país; siempre la amistad de Aurelio amortiguaba muchos tragos amargos. Me sorprendía que se fuera intensificando un poco más, al no existir ninguna posible divergencia, ya que ahora nuestros mundos actuales no tenían ningún punto en común, lo que evitaba discusiones, y las travesías por mar para mí siempre eran una bendición. Amaba el océano con ese amor ideal que nace cuando se contempla la inmensidad y la libertad, y sí, me sentía muy a gusto en aquellas aguas inquietas, incluso hasta cuando el mar se enfadaba.

Es preferible dejar pasar los perros
si no hay donde buscar defensa
Presentar solamente batalla
cuando valga la pena la contienda

A la hora de situaciones difusas
nunca debe mandar la pasión
En el momento de la disputa
no debe obsesionarte el guión

Es de sabios planificar y aprender
cuándo y cómo poder avanzar
Procurar no iniciar la lid y entender
que apoyarse en la razón es lo normal

No buscar revancha por heridas padecidas
Aunque el daño y el dolor exija replicar
Perfecto mantener la calma en la salida
Porque las victorias del alma son del que sabe esperar

Que no altere que el viento muera discutiendo
Marginar los ladridos que el vulgo eleve
Que no sorprendan las ofensas de los muertos
Por mucho que al corazón le duela... ¡Y duele!

Entiendo que hay hechos que rebelan
Que siempre hay imperfecciones en cualquier trance
Que aunque tengan luz... queman las estrellas
Y que los amaneceres... sólo son hermosos paisajes

Ya sé que cuando hay espinas en la cosecha
La dulzura y el sosiego huyen irrevocables
Que si confiscan el derecho a disentir y abrir puertas
Solo quedará una impotencia lánguida e inexplicable

Pero es difícil obtener una visión objetiva
De cualquier discutible acontecimiento
Porque mientras uno lo provoca o lo admira
Para otros agrede su sentimiento

Sólo importa que no afecten los principios
Que por la noche no quite el sueño

Que el insomnio no provoque desatinos
Que alteren los sinceros sentimientos

Pensar que volverá el arrullo en primavera
Que cambiará la ventisca del invierno
Que las melodías errantes no son bellas
si no van acompañadas de recuerdos

Es sólo un problema de equidad
Difícil encontrar la visión perfecta
Porque aunque pongamos empeño en la verdad
Al final siempre parecerá la canción incompleta

Sin embargo, una vez que atracamos en el puerto de San Sebastián me encontré con que Aurelio no me esperaba, y me extrañó porque cuando no venía siempre me dejaba un mensaje en la aduana o me enviaba un soldado con un coche a recogerme si su cuartel estaba cerca, como era el caso. Tuve que indagar al respecto, y tras muchas visitas a cuarteles, cuyo acceso me facilitaba mi carnet de marino mercante "del Movimiento Nacional", pude enterarme que en una marcha de vigilancia por el Pirineo aragonés cayeron en una emboscada de los "maquis" - republicanos españoles que perdieron la guerra y que al cruzar la frontera francesa fueron introducidos en malditos campos de arena sin ni siquiera servicios, que optaron por la lucha junto a Francia contra los nazis a cambio de comida y después volvieron engañados a España creyendo que el gobierno golpista era inestable y podían derrocarlo ayudados por el pueblo – resultando herido Aurelio como consecuencia de aquél encuentro y le habían llevado a un hospital en las montañas de Huesca, cerca de Boltaña. Desde la misma centralita del cuartel, tras muchas gestiones y una ayuda inestimable de un capitán compañero de Aurelio, llamado Rosales, pude conectar con el sanatorio. No conseguí hablar con mi amigo, pero sí con el médico que lo atendía, que me explicó la intervención realizada y el proceso de recuperación que iba a comenzar, que duraría al menos un mes, tiempo que tardaría en volver al trabajo. Tras asegurarme de que estaba fuera de peligro opté por esperar a su incorporación ya que tenía un nuevo viaje por mar para llevar a Alemania una carga formada por hierro, manganeso, níquel y cromo, materiales claves para preparar acero. La travesía no era fácil ya que uno de los puertos marítimos seguros que controlaban en ese tiempo los alemanes estaba cerca de Bremen, en Bremerhaven, en el Mar del Norte, y para llegar a él había que rodear por el oeste las Islas Británicas, a cierta distancia, ya que cruzar el Canal de la Mancha suponía un riesgo muy alto de encontrarnos con la armada inglesa.

No equivocamos nuestras predicciones. Fue un viaje infernal en el que el mar nos castigó muy duramente, aunque gracias a ello pudimos evitar a los británicos. La vuelta no fue mucho mejor, y lo peor fue que nos encontramos con sorpresas. Trasladábamos materiales desde Noruega y aunque la ruta fue la misma tuvimos que hacerla por la noche, intentando evitar a la flota británica. Pero en aquellas horas del día, al oeste de la irlandesa Valentia Island, hacia el Sur, aparecen siempre los demonios de la noche. El mar se vuelve muy intranquilo y la marea alcanza cotas de hasta 4 m, aunque lo peor suele ser la niebla. Era una niebla densa, pegajosa, húmeda, que calaba hasta los huesos e impedía la visión de lo que nos rodeaba; alcanzó la categoría de tenebrosa cuando tuvimos que navegar por ella a oscuras, sin hacer sonar sirena alguna que pudiera delatarnos a las patrulleras británicas. Navegábamos con ceguera en la tempestad, sin forma de saber qué nos encontraríamos en la próxima pleamar. Siempre nos esperaba la niebla frente a esa maldita isla, incluso cuando el mar no estaba muy picado, como entonces. Cuando esto ocurre se pone vigilancia en diferentes lugares del barco para que con prismático pusiésemos avisar por radio móvil de la presencia de otro barco con el fin de intentar evitar la colisión. Sin embargo, cuando no hay excesivo viento y la niebla se vuelve traslúcida el riesgo de colisión es mayor, porque ese banco de humedad no se mueve y cuando ves el peligro ya está muy cerca. Esa intranquilidad te tiene en continua tensión y crees ver sombras por todas las partes, pero aquella noche fue diferente, ya había pasado con creces la media noche cuando nos pareció ver una extraña alucinación, en forma de un viejo y deteriorado galeón que parecía haber surgido de las profundidades oscuras y frías del océano. Ocurrió durante la travesía, justo cuando íbamos a cambiar nuestro rumbo hacia el sureste para bordear la punta sur irlandesa de Lamb Head, a cierta distancia. Entonces apareció por babor aquel galeón del pasado con sus velas rajadas al viento y sostenidas por un palo mayor central que bailaba al ritmo que marcaba la marea. Estaba con mi compañero Raimundo vigilando junto a la escotilla delantera en la amura de babor cuando apareció aquel bajel fantasmagórico expulsando agua por la deteriorada cubierta y por la fractura del casco. Fue una fantástica visión real, tanto, que hasta llegamos a escuchar cantos procedentes del interior de su deteriorado casco. Nos quedamos los dos clavados, sin apartar los ojos de aquella visión espectral que cortaba la niebla, hasta que volvió a desaparecer en ella. Nos quedamos muy preocupados, porque, aunque yo no creía en supersticiones, recordaba que para los viejos marinos esas apariciones eran signos de desgracia, lo que hizo que ninguno de los dos abandonáramos el puente, bien cerca de las lanchas salvavidas, hasta nuestra llegada a puerto. Entonces, sin necesidad de comentario alguno, nos alegramos de que los viejos marinos esta vez estuvieran equivocados.

Tras mes y medio de travesía nos concedieron una semana de permiso, que aproveché para acercarme al cuartel para ver cómo se había recuperado mi amigo Aurelio. Allí me encontré con la sorpresa de que aún no se había incorporado al trabajo. Hablé con Rosales, el capitán amigo que me ayudó a contactar con el personal del hospital hacía unas semanas y me señaló que al parecer había tenido algún problema de debilidad por haber perdido mucha sangre cuando lo hirieron y que seguía en el sanatorio recuperándose. Pregunté si eso no se arreglaba con una transfusión, pero me comunicó que no era fácil encontrar sangre para transfusiones, que la guerra había acabado con la reserva de los bancos de sangre y había encarecido mucho el "producto". Fue entonces cuando me planteé realizarle una visita. Pedí la dirección del hospital y me remitieron a Intervención, donde existía un fichero con el historial de los oficiales, incluso Rosales me acompañó a la sección. Entré en ella y me encontré con el clásico brigada chusquero que se preocupaba más de lo que podía llevarse de la cocina del regimiento (esa semana le correspondía ser suboficial de cocina) que de atender a sus obligaciones en aquél mostrador. Tuve que insistirle varias veces y, tras insinuarle que iba a tener que llamar al capitán Rosales para que me ayudara en la gestión; me atendió con malos modos. Tras facilitarle el nombre de mi amigo, buscó en cierta desgana en unas fichas escritas con una máquina de escribir que hacía borrones, la ficha de mi amigo y después con un lápiz grueso escribió en un papel de estraza: "*Capitán Aurelio. Hospital La Esperanza. Barbastro*". Cogí el coche y miré la situación en un mapa; estaba en la provincia de Huesca, así que puse dirección hacia aquél sanatorio.

Fue un error la ruta elegida, cierto que era más corta, pero de montaña, lo que me hizo retroceder en medio de un fuerte aguacero, cansado de tanta estrechez, de tantas curvas y de tantos baches y llegué a Huesca, donde busqué una pensión en las afueras para cenar algo y dormir. Al día siguiente, tras el temprano desayuno continué mi camino hasta Barbastro, donde busqué el hospital señalado por aquél simpático brigada. Cuando lo vi me sorprendió que el régimen fascista cuidara tan bien de sus heridos, ya que el hospital tenía una presencia de lujo. Nada más entrar me encontré con la recepción, donde me atendió una enfermera con uniforme y cofia, a la que informé que quería visitar al capitán Aurelio Hernández. Miró sus fichas y volvió a mirarlas mientras yo observaba cómo en cajas semitransparentes de plástico habían descargado bolsas de plasma; allí había del tipo A, del tipo B, del tipo O, del tipo AB, y cada una de ellos en dos bolsas diferentes, una con Rh + y otra con Rh - ; sin embargo había un tipo, el AB, que tenía muy pocas bolsa de Rh -, sólo de Rh +. Pensé que sería un tipo de sangre difícil de encontrar... y volví mi mirada hacia la enfermera, que me señaló que allí no había ningún capitán con ese nombre. Me sorprendió bastante su respuesta e hice que volviera a revisar a los ingresados, pero mi sorpresa aumentó cuando me dijo que allí había un capitán llamado Aurelio Fernández que había sido atendido de una fractura tras la caída del caballo durante un ejercicio de equitación. Estaba claro que aquél no era mi amigo. Iba a insistir cuando me vino a la memoria que cuando hablé por teléfono con el sanatorio alguien mencionó su situación en Boltaña, un pueblo que estaba más al norte. Pregunté a la enfermera si en esa localidad había otro hospital y me contestó afirmativamente, señalando que era una hospital militar que estaba a 8 km hacia el Parque Nacional de Ordesa y Monte Perdido. Me sorprendió lo de hospital militar y le pregunté si éste también lo era, a lo que me contestó sonriendo que no, que era privado. Después me volví hacia las cajas de plástico con bolsas de plasma, que comenzaban a retirar varios enfermeros, para preguntarle si esas bolsas eran de sangre. Me miró como si fuera tonto y me corrigió señalando que era plasma para las transfusiones

– *"¡Hay muchos tipos!"* – señalé

-*"Solo ocho…. Bueno…mejor siete, porque del tipo AB - tenemos muy pocas…"* –contestó

-*"¿Difícil de lograr?"* – pregunté

Y volvió a corregirme: - *"¡Simplemente muy cara!"* –

Después atendió al teléfono mientras yo me despedía y emprendía el viaje hacia Boltaña. El camino era estrecho pero no difícil, la complicación comenzó cuando llegué a Boltaña, ya que el hospital estaba en la montaña por un camino de acceso no precisamente fácil. El alquitrán del piso desaparecía en algunos tramos y en otras curvas se habían desprendido los quitamiedos, lo que impactaba al cruzarlas, ya que ante mis ojos aparecía la grandeza de la montaña pero también el barranco junto a la carretera con una caída libre de más de 50 m. Con mucha precaución recorrí los 8 km y cuando se abría la carretera en una semi-planicie, apareció el hospital, pegado a una montaña. No era ni mucho menos como el que vi en Barbastro, éste tenía una pinta de abandono que le daba un aspecto mucho más sombrío. Hasta la ambulancia que allí había parecía rescatada de la Primera Guerra Mundial.

Dejé el coche en la entrada y penetré en aquél enorme edificio del que sólo se utilizaba una parte. Me acerqué a la recepción, atendida por un soldado con una bata blanca, le pregunté por el capitán Aurelio Hernández, y efectivamente, estaba atendido en aquél sanatorio. Tras hacer una llamada me señaló que le estaba visitando el médico y que dentro de una hora iba a recuperación, que esperase unos 20 minutos y podría visitarlo en su habitación, la 108, en el primer piso. Miré el largo pasillo que tenía ante mí y pregunté al soldado si el hospital funcionaba al completo; me informó que el ala derecha estaba abandonada y que hasta hacía poco había sido un sanatorio antituberculoso, pero que se habían llevado a esos enfermos. Di un paseo por el largo pasillo y después subí al primer piso en busca de la habitación 108. Entré en ella y me encontré una habitación con cuatro enfermos y que en la cama de la izquierda estaba Aurelio. Me acerqué a él y se alegró al verme. Al darle un abrazo me inquietó que me dijera que no apretara. Me fijé en él, lo encontré afable pero muy desmejorado y lleno de cardenales. Me dijo que eran de sangrías que le hacía una enfermera muy atenta y guapa, señalando a la enfermera que estaba atendiendo a un enfermo en el otro extremo de la habitación y justificando las sangrías como una forma de que su organismo generara la sangre que le faltaba. Me sorprendió observar como la guapa enfermera, que no paraba de dar órdenes a los enfermos, no cesaba de mirarme de soslayo, cosa que yo imité al instante y me mosqueó que, aún atendiendo al enfermo del otro extremo estuviera muy atenta a los gestos que hacía Aurelio. La miré de frente, directamente, y ella desvió su mirada como atendiendo a su paciente; la verdad es que era guapa, pero las dos veces que levantó la mirada para clavarla en la mía presentí que había algo en ella que me inquietaba. Miró el reloj que colgaba de su cuello y tocó un timbre, apareciendo poco después un enfermero militar con una silla de ruedas. Se acercó con la silla a la cama de Aurelio y señaló que era la hora de la recuperación. Mientras el soldado ayudaba a incorporarse a mi amigo, le pregunté si eran normales las sangrías que le hacían. Me respondió muy secamente, señalando que eran órdenes del Dr. Pozo. Le pregunté si con esas sangrías generaba más sangre y sin mirarme me respondió que esa era la idea. Le indique si podía arreglarse el tema haciéndole una transfusión con mi sangre, pero cuando se enteró de que yo tenía un tipo A negativo me señaló que no valía para el enfermo. Una vez colocado Aurelio en la silla se lo llevaron hacia afuera; iba a seguirles, pero ella me señaló que estaban prohibidas las visitas en la sala de recuperación, por lo que preferí esperar a Aurelio en la habitación.

Fue entonces cuando el enfermo que había en la cama vecina, que tenía el grado de alférez, me comentó que las recuperaciones dejaban muy débil al capitán y que pensaba que ese tratamiento no le iba bien. Le pregunté si él también iba a recuperación y me dijo que no, que había sufrido una operación de apéndice que se había complicado y que estaba en observación. Le pregunté si le hacían sangrías y volvió a negarlo, decía que al sótano de la entrada donde estaba la sala de sangrado solo iba el capitán de aquella habitación. Ya comenzaba aquello a escamarme... entonces le pregunté dónde estaba la sala de recuperación y me señaló hacia la derecha, diciendo que estaba al final del pasillo. Después me interesé sobre cuando le hacían la sangría y me señaló que a las 8 de la tarde. Por último, pregumté por la enfermera y me dijo que era muy dictadora, que estuvo en un hospital de campaña en la batalla del Ebro y que después estuvo trabajando en el hospital de Teruel donde hubo muchos muertos. Antes de irme le pregunté si sabía su nombre y me entregó una plaquita de plástico de identificación caducada que los enfermeros llevan prendida de la bata con su foto y su nombre: Elena Martin. La cogí y le regalé a cambio un paquete de tabaco, que rápidamente escondió tras la almohada, y dándole las gracias salí al pasillo. Junto la escalera había una habitación con la puerta abierta, me asomé a ella y vi que era un cuarto de aprovisionamiento de sabanas, almohadas, toallas y batas y sin dudarlo cogí una, me la puse y avancé por el pasillo hasta el final siguiendo las indicaciones del alférez buscando la sala de recuperación. Por el camino me encontré con algunas enfermeras y enfermeros que me saludaron sin impedirme el paso, la bata me estaba abriendo el camino. Cuando llegué al final giré hacia la izquierda y me encontré con una puerta doble que tenía una ventana pequeña superior en cada ala; miré a través de ella, aquello parecía un amplio y destartalado gimnasio y al desplazarme a la derecha pude ver a Aurelio, a Elena y al enfermero. Me quedé sorprendido con el tipo de ejercicio que estaba haciendo, consistente en sostener unas barras con pesas que no aguantaba, tal era así que el mismo enfermero le ayudaba a sostenerla. Estuve por entrar en la sala, pero no olvidaba que aquello era un edificio militar y yo estaba suplantando a una persona, me podía caer una gorda si me descubrían. Opté por retirarme y buscar más información al respecto que pudiera avalar una posible denuncia por tratamiento inapropiado.

Cuando bajé a la recepción me crucé con un médico, lo distinguí porque llevaba al cuello un estetoscopio; cuando avancé dos pasos escuché al soldado de recepción que le llamaba doctor Pozo. Recordé entonces que era el médico que trataba a Aurelio, así que esperé a que acabara de hablar con el soldado de recepción y después me acerqué a él rogándole que me dedicara un par de minutos. Me presenté como amigo íntimo del capitán Aurelio y le pregunté por qué no recibía mi amigo una transfusión para recuperarlo y poder llevármelo de allí. Me dijo que andaba muy mal de sangre para ello, cuando le ofrecí la mía me repitió lo de la enfermera, que no valía y que era difícil buscar la suya porque era muy cara… que por eso le estaba aplicando ese programa experimental para que, con el ejercicio y la retirada de sangre, se consiguiera que el cuerpo reaccionase y la creara en mayor cantidad. Le mostré mi preocupación, señalándole que había visto muy demacrado a Aurelio y preguntándole si estaba seguro de la eficacia de ese método experimental. Me tranquilizó señalando que lo controlaba personalmente, que vivía en ese hospital del que era director y que era su vida y su único trabajo, de manera que si hubiese cualquier empeoramiento él siempre estaba allí y podría intervenir rápidamente…, que me tranquilizara, que todo iba según lo previsto.

No me tranquilicé. Salí del hospital resuelto a buscar una solución para mi amigo, no podía dejarle allí, pensaba con pesimismo que en aquél hospital no iba a durar mucho tiempo con el programa experimental. Que debía investigar al respecto y que debería empezar por la enfermera Elena Martín, de la que prácticamente dependía Aurelio, por lo que emprendí viaje al hospital de Teruel donde había trabajado la enfermera. Cuando llegué a él me encontré con la suerte de cara; en la cafetería, a la que acudí para espabilarme del viaje con un café cargado, me encontré con mi compañero Raimundo que estaba esperando a que su mujer saliera de guardia, ya que era jefa de enfermería de planta en aquél hospital. Desayuné con él y le conté el motivo de mi visita. Sorprendido, me tranquilizó señalando que seguro que su mujer sabría algo de ella, ya que llevaba trabajando en aquél hospital desde su comienzo.

No se equivocó. Cuando llegó ella le enseñamos el distintivo con su foto y su nombre y tomando café nos señaló que conocía a aquella mujer, pero que no se llamaba Elena Martín. Que ella tuvo una compañera llamada Elena Martín que murió en un bombardeo; que posiblemente se apropiara del nombre de ella, ya que el suyo creía recordar que era Margarita Núñez. Y después nos contó su historia. Dijo que durante la guerra era la prometida de un capitán que falleció de las heridas de metralla que le desangraron y destrozaron algunos órganos vitales. Aquello le hizo perder la razón y cuando abandonó el hospital de campaña e ingresó en el hospital de Teruel estuvo atendiendo a un capitán herido con un tratamiento extraño con el que conseguía debilitarlo, sin matarlo, pero haciendo que dependiera permanentemente de sus cuidados y atenciones y que estuviera siempre agradecido de su cercanía; para ese fin no evitaba utilizar barbitúricos y someterlo a sesiones de gimnasia duras, que llamaba "tratamiento de recuperación", haciendo que tuviera que levantar mucho más peso del que sus músculos pudieran soportar, a fin de que tuviera algún desgarro muscular para que necesitara de sus cuidados. Señaló que la denuncia del hermano del capitán hizo que la expulsaran del hospital y le quitaran el título de enfermera. Pero estaba claro que con otro nombre acabó en el hospital perdido cercano a Boltaña, donde nadie la buscaría, para repetir lo que había hecho en Teruel. Le dije a Raimundo que tenía que ir a rescatar a mi amigo. Miró a su mujer y tras un gesto de ella me preguntó si tenía algún plan; le dije que sí, que sabía que se le hacía una sangría a la 8 de la tarde en el sótano del ala oeste, sólo tendría que buscar una entrada al sótano, que seguro que habría también desde el exterior, y estar allí a esa hora. Volvió a mirar a su mujer y me dijo que contara con él. Se lo agradecí.

Aquella tarde, después de la comida, salíamos para Boltaña. Llegamos oscureciendo, buscamos una pensión y, ya de noche, evitando la patrulla de la guardia civil, nos acercamos al hospital. En el silencio de la noche lo rodeamos hasta encontrar, en la parte de atrás, la entrada a lo que parecía una carbonera. Fue fácil romper el oxidado candado, bajamos al interior y nos encontramos con numerosos pasillos, algunos muy deteriorados e impedido el acceso, por lo que elegimos el que parecía que soportaba mayor tránsito. Cuando lo cruzamos notamos ciertas manifestaciones paranormales con una bajada excesiva de la temperatura. Observamos que había cuatro habitáculos que parecían cámaras frigoríficas. Comprendí que estábamos en la zona de la morgue del hospital, posiblemente tuvo un uso intensivo en aquella época que el hospital era un sanatorio antituberculoso, ya que esa zona era ideal para esconder los fallecidos durante el día para sacarlos de noche por la trampilla cuando nadie los viera, y por la inquietud que notaba estaba claro que aún quedaba por allí algún alma perdida. Continuamos por el pasillo hasta una galería a la que llegaba luz del exterior a través de unos cristales muy sucios que había en lo alto. Allí observamos algo parecido a bañeras, con instrumentos para la extracción de sangre. Exploramos los alrededores y nos quedó claro que aquella operación se hacía allí, en aquél oscuro lugar al que se accedía por una especie de elevador metálico y hermético. La escalera del sótano a la planta alta estaba al fondo, pero tenía el acceso cerrado, lo que implicaba que usarían el elevador.

Eran las 6 de la tarde del día siguiente cuando esperábamos inquietos Raimundo y yo escondidos en la morgue, al notar como algunos orbes se nos cercaban.

Durante la mañana habíamos planificado la huida. Posiblemente Aurelio iría muy débil, por lo que tendríamos que llevarle al sanatorio de Barbastro a que le hicieran una transfusión de su cara sangre, que posiblemente se llevaría mis ahorros. Eran las 8 de la tarde cuando se escuchó el montacargas; una vez en el sótano se abrió la puerta del elevador y salieron la enfermera junto a un enfermero que llevaba en una silla de ruedas a mi amigo, aturdido. La luz del lugar era muy tenue e indirecta, y ya lo estaban introduciendo en la bañera cuando les atacamos por la espalda. Raimundo golpeó en la cabeza al enfermero, que cayó desmayado al suelo, mientras yo, con un pañuelo empapado en cloroformo, tapé toda la cara de la enfermera, y así lo mantuve hasta que dejó de patalear. Después aprovechamos la silla de ruedas para trasladar a Aurelio, que estaba dopado, hasta la rampla exterior. Nos costó algo más sacarlo del sótano para lo que nos ayudamos con cuerdas y polea, y ya con él pusimos rumbo hacia el hospital de Barbastro. Justo cuando amanecía llegamos a Urgencias. Yo portaba el carnet de capitán de Aurelio lo que nos facilitó el acceso. Hablamos con el enfermero para decirle que necesitaba urgentemente una transfusión. Hicieron las pruebas pertinentes y nos confirmó que el tipo de sangre que necesitaba era excesivamente caro, ya que necesitaba introducirle tres bolsas. Le dije que comenzara la operación. El enfermero me señaló que avisaría al médico especialista que se encargaba de las transfusiones, que cobraba alta su intervención y que habría que subir a Gestión para que diera el Vº Bº a la transfusión; que tendría que hacerlo ya, porque a las 9 el especialista acababa su tarea allí. Le dije a Raimundo que se quedara con Aurelio mientras yo cerraba la cuenta con Gestión. Les di mi cuenta bancaria y mi carnet y, tras aceptar la barbaridad que me pedían, que me dejaba prácticamente en ropa interior, bajé con un papel al quirófano que autorizaba la transfusión. Aurelio ya lo estaba entubando en el interior y me quedé fuera junto a Raimundo ya que no nos dejaban estar allí. Raimundo me preguntó por el coste de la intervención y se lo dije con mucho cuidado para evitar que cuando conociera el montante le diera un infarto. Estaba muy turbado cuando levantó la cara al escucharme reír; me miró y noté el desconcierto de su rostro ante mi risa descontrolada... dubitativo y temeroso creyendo que había perdido la razón me preguntó por qué me reía. Continué sonriendo y mirando al frente le comenté: - *"¡Mira por donde nos va a salir todo gratis!"* –

Sin entenderlo miró hacia donde yo miraba, la entrada al quirófano, y vio al médico preparado para la intervención que me miraba fijamente. Después volvió su cara hacia mí más desconcertado aún, buscando una respuesta a aquello. En ese instante recordé que no le había dicho a Raimundo que aquel médico era el Dr. Pozo y que la sangre que le iba a introducir a Aurelio era seguramente la sangre que le habían sacado en el hospital de Boltaña....

9. EL MENSAJE

Nunca pensé que esta vida fuera tan lineal, ni siquiera tan previsible. Que puedan existir diferencias de percepción en dos personas distintas puede ser del todo razonable, dependiendo del desarrollo de la mente puede ser posible que la interpretación o la visión de los hechos que te puedes encontrar por cualquier esquina dependan del entendimiento y de las experiencias vividas; eventos que uno descubre en el camino, para otro pueden pasar hasta desapercibidos. No es una simple opinión personal, hubo autores excepcionales que también fueron por ese camino, como Ramón de Campoamor cuando decía «*En este mundo traidor / nada es verdad ni mentira: / todo es según el color / del cristal con que se mira*». Yo iría aún más allá, pienso que habría incluso que contar con todos los tipos de cristales, porque creo que hay más de los disponibles, consciente de que ese elemento es una forma de analizar una percepción y para mí la capacidad de análisis o intuición tiene mucho que ver con la capacidad de observación y con el cúmulo de experiencias que concentras a lo largo de la vida. No se entienden las cosas igual cuando eres niño que cuando superas el medio siglo de vida, si de verdad has evolucionado. Una persona poco experimentada puede poseer intuición pero le falta el modelo comparativo que siempre ofrece la experiencia y que depende del grado de intelecto y comprensión de cada cual a la hora de aplicar enunciados y observaciones, pero sobre todo, del resultado obtenido cuando experimentas con ellos.

No estoy expresando ninguna propuesta o tesis sublime, sólo extraigo lo básico del *método científico*, una metodología para alcanzar nuevos conocimientos que siempre ha utilizado la ciencia para su avance y que se basa en la observación sistemática, en la medición, la experimentación, el análisis de los datos obtenidos y la formulación de resultados. Cierto es que en la vida cotidiana no se puede ser tan sistemático como para ir enumerando cada paso a la hora de juzgar un suceso o un problema, pero cuando se llega a un cierto nivel de entendimiento, ese proceso se realiza de forma automatizada, intuitiva, personalizada, aunque parece evidente que los resultados obtenidos dependerán de la capacidad pensante del individuo. De entrada, para unos resultados más completos debemos estar abiertos a cualquier tipo de suceso y no desechar algunos análisis u opiniones porque hayan dirigido desde niños nuestras observaciones hacia determinados planteamientos, con normas discutibles, pensamientos o religión… La mente siempre debe ser un ave que vuele libre por todos los lugares que nos rodean, de acuerdo con sus propias y elaboradas convicciones y observaciones; no se pueden poner fronteras al horizonte porque entonces seguiremos viviendo en cuevas, posiblemente más grandes, cómodas y seguras, pero cuevas al fin y al cabo. Nuestra imaginación debe navegar en el barco que equilibra fantasías, imaginación, escepticismo y realidades, porque de esa forma ampliamos el campo de conocimiento y observación y no nos limitaremos simplemente a la aplicación de lo dictado o de lo racional. Nuestra imaginación nos llevará a menudo a situaciones que nunca existieron o que parecen imposibles, pero sin ella no podríamos avanzar nunca; y cuando evolucionemos podremos convencernos de que en la fantasía cabe todo, que podríamos alcanzar un punto entre la inmensidad y la eternidad sin caer en lo frívolo. Por eso no debemos marginar al escepticismo, porque bien llevado nos permitirá distinguir entre fantasía y realidad en la interpretación de cualquier suceso, para dirigir nuestras especulaciones y dominar el asombro. No pienso que estas apreciaciones puedan ser irreverentes, posiblemente puedan enfadar a los dioses, sean cuales fueren los dioses posibles.

Ramiro y yo comenzamos nuestras andaduras desde muy jóvenes y tras varios trabajos dispersos conseguimos que una empresa de Fomento nos contratara para dotar a nuestro país de mejores carreteras, pantanos, redes de ferrocarriles, aeropuertos... La verdad era que la empresa estaba dirigida por una mente admirable con gran instinto de superación y ganas de expansión, ya que no nos faltaban contratos en el interior, y fuera del país los trabajos, al principio simples y después más complejos, nos iban dando una clientela que pronto nos llevaría a montar filiales de nuestra compañía en diferentes países. Cierto era que Europa asistía a un despegue industrial para el que se necesitaban buenas comunicaciones, y lo más importante, una relación calidad-precio que dada la baja cotización de nuestra moneda nos hacía ser una empresa muy competitiva. De hecho, ese era el motivo por el que podíamos competir en cualquier país y también fue la causa de que otras empresas europeas y norteamericanas intentarán, primero engullirnos y, tras el intento fracasado, asociarnos con una determinada independencia, algo que lograron. La cosa parecía ir bien ya que el trabajo no faltaba, si bien conforme el empuje industrial europeo y norteamericano entraron en una fuerte competencia, hubo que abrir pronto campos a países que querían huir del subdesarrollo. En ellos el trabajo era más limitado y complicado, ya que no podíamos llevar a esos sitios la totalidad de los materiales que necesitábamos y que teníamos disponibles en nuestras sedes centrales; tampoco nuestros obreros, por lo que había que utilizar lo bueno o malo disponible en el país en cuestión, y casi siempre la mano de obra que nos encontrábamos no era ni mucho menos especializada en su mayoría, sobre todo cuando teníamos que trabajar cruzando o penetrando por el interior olvidado de un país retrasado. Parece que la sede central internacional elegía a cuadrillas de nuestra primitiva compañía para trabajar en esos lugares, posiblemente porque estábamos más acostumbrados a trabajar en países "menos ricos y con menos posibilidades". Esas eran las características del país donde nos asignaron intervenir. Nos escogieron para atender un trabajo en una enorme zona petrolífera de Ucrania, en la Península de Crimea junto al Mar Negro, en la que hasta entonces el transporte de crudo hacia Moscú se hacía por unas instalaciones y conducciones muy primitivas o en grandes buques cisterna que tenían que pasar por aguas territoriales turcas. El Mar Negro es un mar interior con una longitud de 1.175 km y una profundidad máxima de 2.215 m; ubicado entre Europa oriental y Asia occidental, se encuentra encerrado entre los Balcanes, la estepa póntica, Crimea, el Cáucaso y la península de Anatolia, siendo su única salida al Mediterráneo, una vez cruzado el estrecho del Bósforo (Estambul, después el Mar de Mármara y por último el estrecho de los Dardanelos. Se había intentado alguna que otra ruta fluvial por los ríos que conectaban con el mar, como el Danubio, el Dniéper, el Kubán o el Dniéster, pero en todos ellos existían zonas con problemas de escasa profundidad para aquellos mercantes cisterna. Por otro lado, la tensión creada entre este país y los turcos, que amenazaba guerra, aconsejaban la creación de una nueva ruta, con modernas conducciones hacia el norte, rumbo a algún puerto del Mar Báltico, ya que con los sucesivos adelantos en la síntesis y separación de los componentes del petróleo, las nuevas y variadas fracciones que ahora se podían obtener lo hacían aún más valioso, con lo que ganaba en rentabilidad e importancia para el nuevo y creciente avance industrial del primer tercio del siglo XX.

Nos contrataron para trabajar en esa ruta que cruzaba Ucrania, atravesando inicialmente un terreno olvidado y agreste, desde la península de Crimea hacia el norte. La zona del *Arenal de Oleshky* era una zona montañosa y hasta desconocida, con montañas altas e inaccesibles y bosques espesos y frondosos; se podía penetrar en ella eligiendo determinados valles entre cordilleras vigorosas por los que se accedía a asentamientos y pueblos aislados o abandonados, cuya única salida marchaba siempre al encuentro del río *Dniéper*, caudaloso y tranquilo, que se volvía muy nervioso y con muchos rápidos por aquella zona, pero que era una arteria vital para aquellas retiradas poblaciones que vivían de la madera, de la caza y de la pesca. A cuatro miembros de la empresa nos encargaron aquella empresa; conmigo estaba Ramiro, mi mejor amigo, cuyo defecto, el que peor aguantaba, era ese contenido sentimental que arrastraba en su alma virgen, que le hacía muy sensible a cualquier gesta, melodía romántica o historia inmortal, aunque era muy operativo en situaciones difíciles...Ramiro era una persona muy emotiva, leal y buen compañero, aunque su carga emocional era tan grande que me obligaba a llevar siempre papel higiénico para utilizarlo como pañuelo desechable, dada su facilidad para echarse a llorar ante escenas emotivas; era el objeto más preciado para llevar en mi mochila, sobre todo cuando nos escapábamos algún fin de semana a ver películas de estreno en los cines.

Recuerdo bien el estreno de la película *"El día que me quieras"*, un largometraje musical dirigido en 1935 por el austríaco John Reinhardt y realizado por la empresa Paramount en los estudios Kaufman Astoria ubicados en Queens, Nueva York, película que tenía como actores al gran Carlos Gardel y a Rosita Moreno y era un folletín sentimental, la tercera película de Gardel, en el que el inmortal cantor de tangos interpretaba al hijo de un multimillonario rechazado por su padre por dedicarse a cantar y haber formado pareja con Margarita (Rosita Moreno), a quien le declara su amor con la canción insuperable "El día que me quieras", y que, tras el fracaso de sus actuaciones y en plena pobreza, Margarita cae enferma gravemente y Gardel se ve forzado a robarle a su padre para sobrevivir, aunque pese a ello Margarita muere en una escena histórica en la que Gardel canta "Sus ojos se cerraron"... Cuentan que, por el grado de emotividad que alcanzó su interpretación, Gardel dejó al estudio en silencio durante varios minutos durante el rodaje, antes de estallar en aplausos. En esa escena, Ramiro casi acabó con todo el rollo de papel higiénico; corría el riesgo de que el río de lágrimas que emanaba de sus ojos pudiera ahogarme. Y eso no fue nada cuando recuerdo el llanto que me montó años después en el estreno de la película de dibujos animados de principios de los 40, *"Bambi"*, de la saga de Walt Disney, dirigida principalmente por David Hand; en la escena en que abaten a la madre del cervatillo, Ramiro superó ampliamente el rollo de papel higiénico que gastaba de media, aquello no era llanto, era más que una catarata, yo diría que una gota fría desenfrenada que amenazaba con arrastrarme por las sillas de madera de aquél cine entre cáscaras de pipas y cacahuetes o bolsas vacías de palomitas de maíz… y menos mal que logré que no viera la película del Director John M. Stahl titulada *"Que el cielo la juzgue"*, interpretada por Gene Tierney, Cornel Wilde, Jeanne Crain y Vincent Price porque, además del tsunami que tendría que superar, hubiera dejado a aquél pueblo italiano de la Toscana sin suministro de papel higiénico. Al margen de su facilidad con el llanto, Ramiro era un buen geólogo que sabia estudiar el terreno y preparar las combinaciones más apropiadas de mezclas con diferentes productos. Otro compañero era Andrés, un arquitecto que sabía rentabilizar la situación y la elección de ruta a seguir, y el cuarto era Thomas, un jefe de personal capaz de lograr que los cojos corrieran una carrera de velocidad de 100 m, tal era su operatividad. Era de origen inglés y había trabajado años atrás duramente en el ferrocarril de la India, donde curtió carácter y aprendió dotes de mando, además de dominar el idioma del país. No hace falta decir que era un equipo apropiado para aquél Estado, en el que la anarquía y la falta de seriedad y rigor en el trabajo eran excesivamente significativas, así que iniciamos la andadura bajo mi coordinación, lo que me obligaba a intervenir en las negociaciones con los poderes públicos locales o nacionales para contratar personal, sólo, si entendían inglés, o acompañado de Thomas en caso contrario.

Costó trabajo, ya que el descontrol, la anarquía, el excesivo interés de las autoridades por las divisas, la falta de profesionalidad y de materiales básicos para el país, como cementeras, mezcladoras, canteras operativas, maquinarias para abrir el paso por bosques o valles frondosos… limitaban mucho el avance y lo hacían más difícil, al tener que utilizar como maquinaria "moderna" picos, sierras manuales, palas, y una mano de obra poco especializada que a Thomas le recordaba los peores momentos de la India y le obligaba a hacer verdaderos esfuerzos y a elevar excesivamente la voz. Entonces fue cuando nos encontramos con el primer problema; el día en que intentamos abrirnos camino por la senda montañosa que daba paso al *Arenal de Oleshky*, Thomas se quedó sin voz, algo que no era fácil que ocurriera y que cuando llegaba lo solía curar con whisky. Pero en aquella zona limitada y ruinosa era difícil encontrar ese "medicamento", tenía que valerse de un vodka imbebible, y arriesgado, porque cualquier chispa tras tomarlo podía hacer arder a lo bonzo al más pintado. Eran muchos los productos básicos que faltaban, ni siquiera había tabaco de calidad, se comía en platos de madera con la misma modalidad de cubiertos, y la verdad era que la comida no resultaba muy placentera, y menos la bebida; en muchos casos tuvimos que acudir a bebidas locales artesanales de las que sólo nos valía una especie de cerveza oscura y un licor mentolado con sabor a hierbas, el resto era puro alcohol con algún que otro mejunje que fácilmente nos daba dolor de cabeza. Tuvimos que hacer una escapada a Sebastopol en Crimea, pero eran carreteras muy malas en las que perdíamos mucho tiempo con aquellas furgonetas que siempre olían a petróleo o a los gases de combustión que emanaban por el tubo de escape, evidenciando una fractura en el tubo que conectaba con el interior del vehículo. Y aún así no fue rentable el viaje, sólo pudimos comprar algunas latas de productos comestibles, sobre todo de caviar y de melocotón en almíbar; también algunas latas de rancho del ejército turco, que milagrosamente habían aparecido por allí. En bebidas pudimos lograr una caja de vino griego y un licor turco que pagamos a precio alto, aunque, teniendo en cuenta como estaba el rublo o la grivna en el cambio de moneda, la compra era asequible para nosotros, sólo nos preocupaba lo limitado de la existencia en los mercados, donde predominaba todo tipo de verduras ¿comestibles? Sin embargo, una de las cosas que más me preocupaba era la inexistencia de papel higiénico, dada la importancia de mi uso especial, sustituido por un papel de estraza que bien podría emplearse como lima ligera para las uñas… difícil dilema en mi relación con Ramiro. Lo único que me tranquilizaba en este caso era que, viendo donde y con lo que estábamos trabajando, no había mucha posibilidad para emociones sentimentales, más bien al contrario, nuestros deseos ante tanta ineptitud e incompetencia no iban, ni mucho menos, por lo sentimental romántico sino más bien por lo sanguinario, la decepción y el enfado perenne.

La primera semana de trabajo fue terrible. Con aquella cuadrilla de trabajadores era muy difícil avanzar y sentar las bases para acoplar las tuberías para la conducción del crudo cuando llegaran desde Vizcaya, o levantar asentamientos cerrados y seguros en los que colocar la maquinaria de bombeo que nos llegaría de Alemania. Un mes tardamos en cruzar un valle procurando desniveles; estábamos agotados y era muy difícil tratar con una cuadrilla de trabajadores que de pronto se iban, con lo que me obligaban a volver a la población más cercana para tratar con el político local de turno la contratación de una nueva cuadrilla de trabajadores, que casi siempre hacían buenos a los que sustituían, aunque lo que más me pesaba era la negociación con los poderes públicos; aquellos representantes del Partido llegaban a tales grados de avaricia que era imposible llegar a acuerdos provechosos; el único lenguaje de negociación que entendían eran los dólares que iban a embolsarse con el acuerdo, y esos camaradas comunistas/capitalistas se volvían cada vez más ambiciosos, acrecentando las trabas en las negociaciones para robar más. Hasta esa tarea era difícil allí y sin lugar a dudas aumentaba el cansancio y la desazón. Tampoco en el quehacer cotidiano se encontraba algún momento de satisfacción o respiro y encima no podías quejarte a la sede central, por el riesgo de que evaluasen como incompetencia lo que era simplemente un vicio o una costumbre institucional. Y lo peor de todo era que no había a dónde acudir, cuanto más te elevabas más te pedían, creciendo una impotencia y una decepción amarga, pesarosa, que te minaban poco a poco... sólo podías superarlo ayudándote con la bebida o mirando hacia atrás y recordando en la quietud de la noche los bellos momentos del pasado que guardabas como defensa en la mente.

No encontré tranquilidad en la noche
Las calles vacías no me ayudaron a pensar
La superficie inquieta de la vieja fuente
Impedía ver a las estrellas brillar

A lo lejos se oyó el bramido de un tren
Llevando en su huída almas por los páramos
Tal vez buscando la calidez
que jamás encontraron por este lado

Dicen que tras la madrugada se cierra la puerta
Por la que se conecta con el otro nivel
Y desaparecen las sensaciones inciertas
Que con formas distintas fluyen del ayer

Es terrible que la oscuridad infranqueable
Despierte los demonios que nos acechan
Cuando en la vida todo debería ser justificable
Al no saber lo que nos traerá la tormenta

Cuando siento mi alma lejana ya de mí
Y no encuentro consuelo ni en la sabiduría
Una profunda angustia altera el sentir
que silencia en la penumbra a la melodía

Ya sé que la rosa muere en noche oscura

Que la fruta madura en el torcido viento
Que el canto del jilguero crece con la ternura
Y que el amor no perdura en los témpanos

Cortos encuentros hay en las crepusculares horas
Pocas lunas blancas en lo profundo del bosque
Pensamientos sin sentido agitan las auroras
Cuando en el cadalso cantan extraños trovadores

Cada vez que el universo no derrama armonía
Las fragancias se ahogan por los estanques
Y si arrancamos del corazón la fantasía
Toda iniciativa se perderá por ninguna parte

He sentido quemar la primavera
He vivido la melancolía del invierno
He visto la hermosura ahogarse en las riberas
cuando al amor lo calla el silencio

Sé que hay talleres de tristezas inmensas
Que los deberes de superación nadie los quiso
Pero ya esos avatares no me exasperan
Porque con ella… tendré mi paraíso

Entrábamos en el tercer mes, llevábamos cinco semanas de retraso, cuando tras horadar un puerto, a punto de infarto ya que parte de la cuadrilla había desertado, desembocamos en un ancho valle donde se apreciaba una aislada población que no habíamos visto en ningún mapa, pero que pronto comprobamos con satisfacción que era real. Ramiro y yo nos adelantamos para entrevistarnos con el jefe de aquella aldea. Tras conducir la furgoneta por un vasto camino de montaña salpicado de maleza y piedras, nos sorprendió encontrarnos con un cruce en cuyo centro se elevaba un enorme olmo. Aquél cruce unía tres caminos de tierra muy cuidados, en uno de ellos, empedrado, después de avanzar un par de kilómetros nos encontramos con una especie de refugio o albergue en la carretera que iba desde el cruce al pueblo en un rellano a la derecha; en el albergue nos enteramos de que los otros dos caminos seguían rutas diferentes, uno de ellos iba hacia la cordillera, donde había un antiguo aserradero en el que la población obtenía las maderas, y el otro, el que apuntaba hacia el oeste, iba al encuentro de un puerto fluvial sobre el río *Dniéper,* por el que enviaban los troncos pelados o cortados y que utilizaban también para la pesca.

Aquel albergue nos causó una buena impresión pues era amplio, formado por paredes de piedra que alternaba en la parte alta con maderas oscuras, en el interior. Tenía una amplia barra también de madera gruesa a 50 m de la puerta de entrada. El espacio intermedio estaba ocupado por mesas y sillas resistentes que miraban hacia el oeste, en donde una amplia chimenea intentaba calentar el lugar con la combustión de gruesos troncos. No había mucha variedad ni en la comida ni en la bebida, pero tenían una cerveza artesanal que podía beberse y encima la servían en jarras de barro de 1 litro. Solían combinarla con otra bebida alcohólica de las que el posadero preparaba en su "destilería" de la trastienda, aunque era normalmente un vodka diferente, pardo, el que utilizaba para darle grados. La comida consistía en asado de carne de caza o un plato de verduras múltiples, y si tenías buen estómago para aguantar las salsas que utilizaban, podían comerse perfectamente. Solían acompañar el almuerzo con un tipo de queso adaptable de sabor fuerte que bañaban en lo que parecía miel, y la verdad es que daba el pego. Allí nos enteramos de que aquella aldea era una especie de cantón independiente gobernado desde hacía siglos por una familia que, aunque nació feudal y vivía en un castillo alrededor del cual se expandía el pueblo, sus descendientes comenzaron a recuperar y a cuidar la aldea, convirtiéndola en la actualidad en un lugar agradable para vivir, lo que pudimos comprobar después, cuando la visitamos. Antes de visitar aquella aldea al fondo del valle, muy cercana a la montaña, esperamos a que Andrés y Thomas acudieran a aquél albergue con los pocos trabajadores que no habían desertado, lo que me obligaría a intervenir de nuevo, ya que había que intentar contratar otra cuadrilla, cuando la verdad era que en las arcas no quedaba mucho dinero para ese fin.

El cantinero nos preparó una comida para los ocho que acudimos y, tras consumirla, Ramiro, Andrés, Thomas y yo avanzamos hacia el pueblo sin importarnos que a la vuelta hubieran desaparecido los cuatro trabajadores que quedaban, la verdad era que no valían mucho como tales. Tras recorrer unos 15 km llegamos por un camino empedrado y cuidado a la entrada de la aldea. Efectivamente era la estampa de un pueblo feudal, con su castillo en una roqueda alta que tenía un difícil acceso con coche. Ya antes nos habíamos detenido en una cuidada plaza donde estaba la sede del vigilante de la aldea, nombrado por el dueño del castillo, y posiblemente del pueblo; le llamaban alguacil, aunque su nombre era Davyd (significaba ´el favorito´). Le hablamos de lo que nos había llevado allí, de la posibilidad de contratación de personal y le explicamos por dónde pensábamos construir la ruta para las conducciones, invitándole a participar en el debate ya que no queríamos perjudicar los posibles intereses de la localidad. Davyd nos señaló, sorprendentemente y sin pedir nada a cambio, que no habría ningún problema, pero dijo que teníamos que hablarlo con el *Im'ya lorda* (им'я лорда, que significaba señor) mirando al castillo. Le preguntamos cuando podríamos hablar con él y contestó que nos acompañaría, que intentaría que fuese ese mismo día o al siguiente, ya que al otro marchaban a una expedición de pesca en unas balsas, más allá de los rápidos del Dniéper que había varios kilómetros río abajo. Los cuatro estábamos en guardia porque no sabíamos qué nos iba a pedir a cambio, pero sorprendentemente no pidió nada. Por el camino nos estuvo explicando la historia del pueblo y que ahora trabajaba de forma comunal dirigido por el Im'ya lorda Petro; le preguntamos si el nombre del señor era Petro, nos lo confirmó y señaló que significaba "roca". Nos habló de que era un pueblo maderero, pesquero y cazador y que así se ganaban la vida de forma comunitaria. Dos veces al mes por el río llevaban los excedentes, que cambiaban en la capital por víveres. Rápidamente mis compañeros se interesaron por cosas importantes, Ramiro por bebidas o comidas, Andrés por tabaco americano y por café que supiera a café, Thomas por material de excavación y yo por si había en la aldea cine o teatro, y con ello papel higiénico. Quedamos un tanto decepcionados con la respuesta, la bebida era mayoritariamente vodka local o cerveza artesanal, la comida era del tipo de la que comimos en el refugio y como papel higiénico utilizaban el árido de estraza que ya vimos en Sebastopol, pero me tranquilizó saber que no había cine ni teatro; y sobre el material de obra o excavación existía el primitivo que hasta ahora estábamos utilizando, sólo nos faltaba saber cuál sería su precio.

Llegamos al castillo donde había una especie de guardián en la puerta, que habló con el aguacil y nos dejaron pasar al patio de armas del viejo edificio. Davyd nos pidió que esperásemos y subió a hablar con el Señor. Diez minutos después bajaba señalando que le acompañásemos, que el amo nos iba a recibir; entramos por las escaleras de piedra y penetramos en un amplio salón con una larga mesa central rectangular rodeada de sillas bajo una enorme lámpara redonda como de rueda de carro, agarrada por tres cadenas al techo, que soportaba media docena de luces. Al fondo a la izquierda, en una gruesa mesa de madera cuadrada con un sillón amplio también de madera cubierto con piel de oso, nos esperaba el Señor, que charlaba con un servidor joven. La mesa estaba llena de papeles y al vernos se adelantó para saludarnos y conducirnos a un cómodo rincón que había junto a la chimenea. Allí nos sentamos alrededor de otra gruesa mesa redonda de metro y medio de diámetro, nosotros cuatro en sendas sillas de madera frente a él, que ocupaba un sillón ligeramente más alto; a ambos lados de su sillón se situaron el alguacil y el sirviente joven, que resultó ser Anatoly (que significaba *amanecer*), el hijo del amo; después nos pregunto en qué podía ayudarnos y le explicamos, más detalladamente que lo hicimos con el alguacil, el motivo de nuestra visita. Me preguntó con cuántos hombres necesitábamos y el tipo de material y herramienta a utilizar. Le pedimos una veintena de obreros y nos señaló que lamentándolo mucho sólo podía ofrecernos una docena, ya que salía de pesca por una semana y tenía que llevarse al resto y que a la vuelta de la expedición podríamos hacer otro acuerdo; acerca de facilitar material y herramientas nos señaló que no veía el menor problema, y cuando hablamos de costes realmente nos sorprendió ya que la cantidad que pedía era más que razonable, mucho más comparado con lo que habíamos pagado anteriormente. Ofreció la ayuda de su hijo para dirigir a los trabajadores y después se interesó por el sitio en que iba a ir la conducción. Justo en ese momento bajó por la escalera una mujer preciosa de piel muy blanca, con unos intensos ojos azules que resaltaban en la túnica granate bordada en oro que vestía, sobre la que caía el largo pelo rubio tapándola hasta la mitad de la espalda. Al verla nos levantamos todos y nos sorprendió la delicadeza con la que el amo Petro se acercó a ella, la escena rezumaba delicadeza, dulzura y amor. Después la cogió de la mano y nos la presentó; era Liliya, su esposa, y desprendía un fuerte olor a lilas. Mientras Petro le explicaba el motivo de nuestra visita, el alguacil nos señaló que Liliya significaba "Lirio" y pensé que era un nombre a su medida. Tras hablar entre ellos unos minutos se acercó Petro para decirnos que tenía que interrumpir la reunión ya que tenía asuntos pendientes que resolver; nos íbamos a despedir cuando Lliliya le habló nuevamente al oído y entonces Petro se volvió a nosotros para decirnos que estábamos invitados a cenar, cosa que le agradecimos, y que llevásemos los mapas de la zona para que pudiera indicarnos los sitios más apropiados para extender las conducciones. En eso quedamos.

Después salimos con el alguacil, que nos buscó una especie de fonda rural en la plaza para hospedarnos, quedando en recogernos dos horas después para ir a la cena. La verdad era que teníamos una impresión muy agradable de aquella entrevista. Personalmente lo que más me gustaba era la mirada de Petro, directa y limpia; un hombre que miraba así era un hombre de honor, además la relación con su mujer mostraba, al margen de estar muy enamorado de ella, que era una persona sensible y delicada, cualidades todas poco frecuentes por este mundo. Ya cuando pasó Davyd a recogernos nos explicó la historia de la pareja. Ella era una mujer emparentada con una antigua estirpe noble procedente de unas islas del Báltico, su padre era marino y se conocieron en Sebastopol hacia 20 años, contaba que acompañaba al amo a recoger un envío de material que traía el padre de Liliya cuando se conocieron y que fue un auténtico flechazo; esperaron a que Liliya cumpliera 18 años y justo cuando cumplió, a las 6 de la madrugada, se casaron, iniciando juntos la odisea de cambiar aquél pueblo feudal, y vaya si lo hicieron. Consiguieron poco a poco reformarlo, arreglar caminos y buscar una independencia de la capital burocrática de la zona, logrando que el recaudador fuera sólo dos veces al año y que se retiraran de esa ruta las inseguras patrullas de la policía estatal, alegando que ellos se encargarían de la vigilancia, y, como pagaban religiosamente los impuestos a las arcas del Estado y los accesos desde la capital eran malos, todo fue bien. Decía que el amo y su mujer eran muy queridos y respetados por el pueblo, que él como alguacil no tenía ningún ayudante, allí no hacía falta policía, bastaba con la admiración y el respeto que todo el pueblo profesaba a la pareja, lo que hacía que cuando él tenía que solicitar ayuda a determinados habitantes para algo, nunca encontraba un no como respuesta. El amo creó una comisión local formada por ciudadanos, que presidía, y que consultaba cuando había que realizar cambios importantes o planificar actuaciones globales. Realmente aquellas palabras fueron reconfortantes para mí y también para Ramiro, yo creo que más, porque su emotividad hacía que gozara aquella situación; me vino a la cabeza la certeza del dicho popular que dice que "*el ojo del amo engorda al caballo*".

La cena transcurrió muy agradable, comimos carne de caza que tenía un buen sabor, el vino gustaba y los postres formados por queso y mermelada fueron el remate a una buena comida. Y después ¡café de verdad! Toda la comida estuvo dirigida por la señora, que mostraba una firmeza y una delicadeza admirables con todos nosotros y con la atención a los sirvientes. Después nos acompañó a una sala que había al otro lado de la escalera, con una buena lumbre, para que estudiásemos los mapas con el amo. La despedida de su marido fue hermosa, muy amorosa, y la mirada que nos echó a todos al despedirse valió más que la comida. Después estudiamos los mapas; Petro daba instrucciones al alguacil y a su hijo sobre el mapa y tras un rato quedamos en que visitaríamos al día siguiente tres posibles rutas, acompañados del aguacil y del hijo del amo. Thomas se encargaría antes con el alguacil de elegir a una docena de hombres para el trabajo y ya por la tarde prepararíamos materiales para comenzar al día siguiente. Petro nos indicó que cualquier cosa que necesitásemos la habláramos con el alguacil, al que le ligaba una gran amistad, y que tratásemos con él la contratación, la elección de herramientas y el pago acordado. Después nos despedimos agradeciéndole su invitación y nos acompañó hasta la puerta, pero a la mitad del salón se detuvo, al contemplar que su mujer le esperaba en lo alto de la amplia escalera iluminada por dos enormes antorchas. Se excusó y acudió a su encuentro. Sonreí feliz mirándole subir la escalera, allí vivía el amor y esa manifestación se notaba hasta en el aire que respirábamos haciendo que pareciera no ser tan frío. Después, Anatoly nos acompañó a la puerta y volvimos con el aguacil.

El día siguiente fue de tareas, se hizo el trazado de las conducciones, la selección de trabajadores, la recogida de material y herramientas y los pagos adelantados que se había acordado. Comimos y cenamos con el aguacil en la fonda en que nos hospedábamos, una casa de piedra mitad pensión y mitad hogar de labranza. No se comió mal y al finalizar la cena acudió Petro para interesarse por nuestra situación y por las gestiones realizadas. No estuvo mucho tiempo ya que al día siguiente le esperaba el río, a pesar de que el tiempo no era bueno y las nubes oscuras que tapaban los picos de las cordilleras amenazaban con tormenta, así que tras tomar un licor de hierbas con nosotros partió hacia el castillo. Ramiro y yo le acompañamos a la salida, Petro se esforzaba por ser amable, nos habló de su pueblo y de que siempre estaba en obras, ahora estaban levantando una iglesia, decía, y cometí el fallo de peguntar si era católica u ortodoxa. El amo nos miró y sorprendentemente nos contestó que daba igual, que ambas religiones cumplían con sus objetivos de dar esperanza a sus creyentes para soportar los avatares de la vida y que una vez que se cruza el puente de la muerte lo que encontramos al otro lado es unicolor, que la religión lo único que facilitaba era el camino que se debía seguir para llegar a ese túnel de luz tras cruzar el puente… aquello, con Ramiro al lado, era lo peor de lo que podíamos hablar, pronto entró en liza Ramiro interesándose por "el puente y el túnel de luz" del que habló Petro y tuve que intervenir en el tema ya que el amo tenía que madrugar y esa conversación nos llevaría a la madrugada, por lo que dejó la charla pendiente para su vuelta.

Eran las 8 de la mañana cuando enfilábamos hacia una especie de cortada que había a 5 km del pueblo, por donde habíamos señalado el trazado para la conducción. El día era frío y aún se veían en el suelo charcos de la lluvia que cayó durante la noche. El cielo seguía oscuro y amenazante pero no llovía, por lo que avanzamos hacia el lugar de trabajo seguidos por una vieja camioneta en la que iba el hijo de Petro con una docena de trabajadores de la aldea. Nada más llegar, mientras Ramiro y yo nos dedicábamos al análisis del terreno, que confirmaba Andrés, Thomas marcó el orden y el inicio del trabajo. Nosotros avanzamos varios kilómetros hasta encontrarnos con la primera dificultad en el trazado; teníamos que salvar un montículo en forma de roqueda que nos impedía el avance y debatíamos entre hacer una hondonada o un túnel. Tras el análisis del material geológico nos inclinamos por un estrecho túnel de 600 m. Cuando volvimos al mediodía para la comida, con los datos y direcciones marcados en el mapa, nos quedamos asombrados; esa docena de trabajadores era una maravilla, su capacidad laboral y su seriedad hacían que en cinco horas hubieran avanzado lo que hacíamos con las otras cuadrillas en dos días. Habíamos acordado que se trabajaría mientras hubiera luz natural y así lo hicimos. En el segundo día, tras la comida comenzó a llover; aunque no era una lluvia intensa, era incómoda, pero no frenó el trabajo de la cuadrilla. Eran hombres admirables y daba gozo verlos trabajar y avanzar. Al quinto día comenzamos a horadar el risco, lo que nos llevó más tiempo de lo esperado; con el rudo material disponible costaba perforar, pero tras diez días de trabajo ya habíamos introducido las tuberías por el estrecho túnel y las asegurábamos cuando empezó a llover de verdad. Una fuerte tormenta estalló sobre nuestras cabezas y tuvimos que aplazar nuestro trabajo, el viento arreciaba de tal forma que era una amenaza estar bajo aquellos altos y densos pinares. El pasillo que habíamos abierto no era suficientemente ancho para evitar el riesgo que significaba esquivar aquellos árboles curvados casi horizontalmente por el vendaval y la lluvia no ayudaba a caminar; ríos estrechos de agua de la lluvia lo cubrían y arrastraban todo. Ese día no hicimos nada, la lluvia acompañada de viento y relámpagos no cedía, por lo que volvimos al pueblo, posiblemente vendría bien un día de descanso... propuse invitar a todos a comer, pero fue imposible. Nada más llegar al pueblo el alguacil salió a nuestro encuentro, buscaba al hijo del amo. La expedición de Petro, formada por dos grandes barcazas con poco fondo no había vuelto, había preocupación porque el fuerte frente lluvioso en la cordillera acabó depositando mucha agua y arrastre en el río por donde la expedición tenía que regresar. Estaban preparando un equipo de rescate en la otra barcaza que quedaba, comandado por Liliya, que tenía fama de buena navegante. Nos pusimos a su disposición, pero no aceptó que nos arriesgásemos, jamás conocí a una mujer con tanta iniciativa y tan tozuda. Permitió que llevásemos a los integrantes de la expedición al puerto fluvial, a 10 km del pueblo, pero allí acabó nuestra colaboración. Amarraron botes y, con 6 hombres y su hijo junto a ella, soltaron amarras. No hicieron caso de las recomendaciones de Thomas que señalaba que debían esperar a navegar pues la lluvia continuaba intensa y el río iba demasiado caudaloso, pero no escucharon. Anatoly nos comentó que si la barcaza de su padre hubiera encallado en los rápidos, allí había algunas islas en las que podían aguantar un tiempo y que el reloj avanzaba, de manera que sin más avanzaron en la corriente, ante la preocupación del alguacil que veía mucho peligro en aquella travesía.

Trascurrió todo el día, y el siguiente y otro más sin ninguna noticia, pero al anochecer de ese día saltó la sorpresa. Por la aldea apareció Petro acompañado de seis compañeros, dijo que a la vuelta pudo escorar su barcaza en una parte escarpada del río cuando vio que la otra barcaza era destrozada por la corriente en los rápidos y venía por el interior a preparar una expedición de rescate para intentar recuperar los cuerpos de la otra expedición. Cambió el color de su cara cuando le comentaron que su mujer y su hijo habían salido a su rescate. Rápidamente preparó la nueva expedición, a la que nos apuntamos, y por el interior avanzamos en su búsqueda. Cortamos por caminos internos en mal estado por los bosques hasta dar con el río, anduvimos paralelamente a él hasta llegar a una especie de poza-laguna donde el río se ampliaba y se tranquilizaba algo; era por allí por donde habían estado pescando, ya que era un lugar donde los peces iban a desovar y solían concentrase bastantes ejemplares, pero ahora allí no se veían peces, sólo restos del naufragio de las barcazas hechas trizas y algunos cuerpos flotando junto a la orilla derecha, donde más se remansaba el agua. Acudimos a recogerlos. Había siete cuerpos, todos estaban muertos, y lo peor fue que el séptimo cuerpo era el de Anatoly; los recogimos e introdujimos en carretas aptas para aquellos caminos. Mientras hubo luz buscamos formando dos grupos, uno fue río arriba y el otro río abajo. Nos sorprendió la noche y allí esperamos como pudimos al húmedo amanecer, para seguir buscando. La lluvia había cedido pero la fuerza de la corriente de agua no, bajaba marrón por la tierra, el barro, las hojas muertas y las ramas que arrastraba. Ya caía la tarde cuando dimos por finalizada la búsqueda; había que volver, los cadáveres comenzaban a exhalar un fuerte olor.

La llegada al pueblo fue muy triste. Aquella noche el pueblo acompañó a los muertos, colocados en sendas cajas de roble, en la sala de reunión de la plaza de la localidad; todos menos Anatoly, cuyo cadáver colocaron en el salón del castillo. Ramiro y yo, junto al alguacil, acompañábamos a Petro, que estaba muy hundido, llevaba tres días sin dormir y estaba decidido a preparar una nueva expedición en busca de Liliya y el resto de los desaparecidos. Quería salir tras dar sepultura a su hijo y a los otros ciudadanos muertos. La noche transcurrió lenta y pesada, con esa maldita lluvia golpeando los cristales. Ramiro y yo, cerca de Petro, estábamos muy inquietos y no sabíamos la razón;

posiblemente las sombras que proyectaba el gran fuego de la chimenea en las paredes podía ser la causa de que tuviéramos aquella sensación de que allí flotaba algo sobrenatural. A veces notábamos una agradable aroma floral tierno y delicado, ligeramente anisado, que nos recordaba el olor a lilas que emanaba Liliya cuando la conocimos, pero pensamos que era una sugestión, nuestra preocupación era contemplar el sufrimiento de Petro con la mirada perdida en la oscuridad. Agarré una copa de licor para que el amo echara un trago cuando nos llegó el sobresalto y la copa cayó de mis manos haciéndose trizas en el suelo al contemplar cómo Anatoly, justo cuando el reloj del fondo daban la 6 de la madrugada, se incorporó en su ataúd. Todos pegamos un brinco, Ramiro hasta se cayó de la silla y Petro reaccionó acercándose a su hijo y ayudándole a salir del féretro. Estábamos todos asustados, desconcertados y aterrados ¿Qué había ocurrido allí? Estábamos seguros de que Anatoly había muerto; si hasta su cuerpo olía levemente a descomposición... por eso no nos explicábamos verlo de pie aún con la mortaja, tomando una copa de licor que pudiera dar color a su rostro blanco. Anatoly miró a los cinco que estábamos cerca, al alguacil, a Andrés, a Thomas, a Ramiro, a quien se le iban a salir los ojos, y a mí; nos sonrió y después, llevado de la mano por el padre hacia su habitación para que se cambiara de ropa, se fue alejando de nosotros, mientras el alguacil mandaba a un sirviente a llamar al médico. Pasó un tiempo que se nos volvió eterno, nos mirábamos unos a otros sin encontrar respuesta alguna a lo sucedido; la cabeza me daba vueltas, no encontraba ninguna explicación, ni siquiera cuando el aguacil mencionó que el amor inmortal y espiritual hacia milagros, no le di importancia a esa frase consciente de que no podía explicar nada de lo que ocurría allí, aunque noté como Ramiro se estaba emocionando, vi cómo sus ojos se enrojecían cuando apareció por la puerta del cuarto de Anatoly el amo Petro, que muy serio y compungido nos pidió ayuda para recoger el cuerpo de su hijo. No lo entendía ¿Ayuda para qué?... aún en mi desconcierto le seguí a la habitación de su hijo y cuando entramos nos quedamos de piedra. Anatoly yacía tumbado en la cama. En aquél instante llegó el médico y corrió hacia Anatoly, estuvo analizando el cuerpo y tras unos minutos certificó que estaba muerto. Nuevamente colocamos el cuerpo en la caja, después miré a Petro que dentro de su tristeza desprendía una cierta paz y placidez en su mirada. Hablaba en voz baja, casi inaudible, con Davyd, después se reclinó en su sillón y dejó la mirada perdida por la oscuridad que nos cercaba.

El alguacil Davyd se retiraba lentamente de él, dejándole concentrado en su soledad y en su pensamiento. Al llegar a nuestra altura nos acercamos Ramiro y yo intentando comprender algo de lo que estaba pasando. Davyd nos miró y nos dijo emocionado: - *"¿Veis como el amor inmortal hace milagros?...¡Su hijo le traía un mensaje de Liliya!.. ¡Le ha dicho que su mujer lo espera en el túnel de luz, tras el puente…"* –

-*"¡Cielos!* – exclamé yo. El alguacil me miró sonriente pensando que estaba muy sorprendido por su información, y realmente lo estaba, pero mi exclamación de "cielos" no era exactamente por esa noticia, sino porque al ver los ojos de Ramiro sabía que iba a necesitar mucho, mucho, papel higiénico… y no sabía dónde encontrarlo.

10. BIEN ESTÁ LO QUE BIEN ACABA

No tuve opción de cambiar de trabajo. Durante la segunda mitad del siglo XX me ganaba la vida en una Compañía nacional de infraestructuras. Prácticamente no conocía otra cosa y al sentirme a gusto buscando ascenso no me planteé en la edad joven un cambio de modalidad de trabajo, algo que no sucedía con mis amigos, porque tanto Roberto como Rebeca cuando podían alternaban su trabajo con el estudio de otra especialidad, aunque debo decir que no era uno de esos estudios que condujeran a una profesión que me gustara. Ambos habían estudiado periodismo y habían tardado el doble de años de lo normal en terminar su carrera, pero es que nuestro trabajo era a veces demasiado absorbente, aunque ellos renunciaron a desplazamientos a países cuya estancia era complicada, aunque ofreciera a cambio la empresa suculentos complementos económicos. Cuando terminaron sus estudios, ya mayorcitos, hicieron un análisis-reportaje en el país sobre la futura crisis, que veíamos inminente por culpa de la política nacional "del ladrillo" apuesta unánime de los gobiernos nacionales. Demostraban en su estudio que era una forma fácil de enriquecerse a corto plazo pero que iba dejando una hipoteca que en algún momento tendríamos que pagar. Reportajes como éste, en una época en la que la riqueza llegaba a todos los barrios, podían ser hasta imprudentes pero cuando años después se comprobó la veracidad de sus afirmaciones al estallar "la burbuja de la construcción", su trabajo tuvo cierto impacto, que hizo que se fijara en ellos una de las pocas editoriales que quedaban libre y honesta, de manera que publicaron su reportaje en un semanario quincenal del país, que pertenecía al grupo de una empresa editora importante con sede en Londres, que mantenía además de publicaciones otras alternativas sobre radiodifusión. Me dolió la marcha de los compañeros, más la de Rebeca, con la que tenía algo más que una buena amistad, pero con tristeza y con una buena cena les despedí, deseándoles mucha suerte. Los dos amigos formaban un grupo interesante, integrado en ese periodismo de investigación por el que fueron contratados; mientras Rebeca investigaba las noticias, Roberto era su fotógrafo y realmente hicieron reportajes muy buenos, que pronto pasaron a publicarse semanalmente. Por mi parte, yo seguía trabajando en la Compañía y, aunque en el aspecto de infraestructuras éramos una potencia mundial e interveníamos en la construcción de grandes obras públicas de países punteros, posiblemente por la edad a mi equipo lo habían relegado a atender determinadas obras en países asolados o en reconstrucción de cualquier lugar del mundo. Tras tantos años de servicio tenía cierta posibilidad de elegir países, y debo decir que llegó un momento en que me inclinaba por los países europeos, antes que por los africanos, suramericanos o asiáticos, porque en estos había demasiadas injerencias del poder, local o nacional, buscando su sempiterna "mordida", lo que nos obligaba a negociar con indeseables para abaratar costes en material y conseguir que el presupuesto aceptado no sufriera mucha merma; claro que eso repercutía en la calidad final del producto, ya que cuando hacíamos carreteras siempre ofrecíamos veinte años de mantenimiento, y en estos países había que suprimir el cero de la derecha, porque el material para llegar al presupuesto inicial no tenía la calidad suficiente.

Quitando algunas intervenciones en Portugal, debo señalar que fue en los países del Este donde más intervino mi grupo. Eran países semi-comunistas que mantenían toda la gestión mafiosa y burocrática generada por la antigua Unión de Repúblicas Socialistas Soviéticas(URSS), pero tuve suerte, porque en la segunda intervención que hicimos por esos países conocí a un intermediario, Andrej, que más parecía un capo de la mafia, un checo-ruso que controlaba una red de intermediarios en los antiguos países comunistas. Lo conocimos en la región serbia de Checoslovaquia, en la construcción de un puente cuando aquel país estaba a punto de estallar en pedazos y lo cierto es que Andrej nos fue muy útil, para lograr algunos permisos y materiales de difícil acceso en aquellas circunstancias. Es verdad que cobró su intervención, pero ese coste añadido era asimilable entonces.

Después actuamos en Albania, la nación en donde más operaciones tuvimos. Allí trabajamos en todo, en construcciones o mejora de pantanos, de puentes, de grandes edificios y de carreteras, y era un país me sorprendía cada vez que volvíamos. Ya desde el principio comprendimos que era difícil trabajar allí, al margen de los pocos beneficios económicos que sacábamos con nuestras intervenciones era un problema moral ver como supervivía una población olvidada y hambrienta, sin nada que comprar ni nada que vender. En la época de la dictadura comunista, que nació de 1945 después de la segunda Gran Guerra, nos tocó trabajar cerca de la costa adriática, en una zona de pinares y de playas arenosas, en donde tuvimos que levantar los últimos hoteles de aquellas villas reservadas para los dirigentes estatales, en la hermosa playa acotada de Bllok respetando aquel hermoso paisaje de pinares; pero el desmembramiento de la URSS puso el punto final a este régimen comunista, el más cerrado de Europa, gobernando entonces el país un partido de ideología híbrida en el que los antiguos gobernantes comunistas se mezclaron con otros ambiciosos advenedizos, llevando al país a una anarquía difícil de controlar. Nuestra empresa fue sustituida por otra italiana, no tan competente como la nuestra pero que tal vez pagara más a Andrej, que se había convertido en un intermediario importante, una especie de rey mago que solía regalar sobres con dólares a los dirigentes que necesitaba para su gestión.

Los italianos no respetaron nada nuestros planteamientos ni indicaciones. Los pinares fueron sustituidos por nuevos edificios, en un afán constructor que se iba intensificando casi exponencialmente de forma que resultara más rentable, sin respetar que en aquella zona había grandes cúmulos de arena, incluso zonas pantanosas. Nada frenaba las ansias constructivas italianas. Edificaron sobre tierra y pantanos sin dar la debida profundidad a los cimientos, y en pocos años todas las zonas de playa quedaron cercadas por hoteles y viviendas. Pero esa forma de construcción sin un plan urbanístico, por el ahorro correspondiente de dinero, no tuvo en cuenta que la zona de Albania está incluida en un territorio de alto riesgo sísmico; y menos mal que este peligro se manifestó cuando aún no se había completado la entrega de todos los inmuebles, porque un terremoto de fuerza media fue suficiente para zarandear la zona y echar abajo a varios edificios, creando graves desperfectos en otros, saldándose la posible tragedia "sólo" con medio centenar de muertos y el doble de heridos. Intervino con premura el Gobierno, que solucionó el problema con la detención de unos pocos periodistas a los que acusaba de propagar noticias falsas, que además pertenecían al único periódico independiente que había avisado de lo que podía ocurrir. Para tapar aquel hecho tan dramático el Gobierno ordenó a las empresas italianas que se desplazaran al norte de la capital de la nación, Tirana, para que en la población de Thumané levantaran a marchas forzadas nuevas construcciones que albergaran secretamente a los damnificados de Bllok, aprovechando que la zona estaba situada en una llanura rocosa insalubre en donde los edificios tendrían más agarre. Sin embargo, no contaron con la paupérrima economía existente que no les permitía comprar materiales de obra, entre ellos algo tan importante como cemento, incluso faltaba esa arena fuerte que formase un buen apelmazamiento y diera dureza a los sillares, lo que pretendieron sustituir por cascotes. Además utilizaron una mano de obra local muy barata y poco preparada para realizar la tarea. Un nuevo sismo en la zona, incluso de menor intensidad que el de Bllok, bastó para echar por tierra tan bellas construcciones cuando estaban acabando el último edificio. Al haberse producido más tardanza en la entrega de viviendas "sólo" murieron 25 personas, pero a cambio ningún edificio construido se mantuvo en pie. El gobierno quiso acallar cualquier protesta con un duro control de la situación y prometiendo ayudas económicas a los empobrecidos habitantes de la zona. Ayudas que la mayoría no habían cobrado cuando volvieron a contratar de nuevo a nuestra empresa para encargarnos la construcción de una presa que surtiera de agua a la capital recogiendo las fuentes y los deshielos del sistema montañoso que tenía su pico más alto en el monte Dajt al noroeste de Tirana, que a pesar de sus escasos 1.613 m siempre tenía nieve en sus cumbres.

La situación allí era difícil. Los aldeanos de aquella zona, muy empobrecida, se acercaban a nuestro recinto para robar lo que podían, y ante la indiferencia de la policía tuvimos que acudir a Andrej para la vigilancia nocturna del material. Esta vez la relación fue más tirante, el duro comunista se había vuelto un gran capitalista y su "sueldo" se había elevado más que el monte. Contamos con él para defender nuestras pertenencias y pertrechos, pero la relación se estaba quebrando ya que con sus mafiosos vigilantes también desaparecían algunas cosas, como generadores, incluso sierras o palas. No volvimos a ese país hasta un lustro después, cuando nos encargaron construir la carretera de circunvalación de Tirana y la remodelación de varios edificios gubernamentales significativos de la capital; el actual Gobierno pretendía que su capital fuera un reflejo engañoso del avance de la nación, posiblemente con la intención de entrar en Europa. Tuvimos problemas con Andrej, pues el presupuesto que me habían autorizado desde Madrid no daba para pagar sus exigencias, por lo que lo mantuvimos al margen, decisión que posiblemente pudo ser un craso error.

Cuando el equipo llegó al país, en la zona que rodeaba a la capital la situación había cambiado. Durante los decenios anteriores el país vivía del dinero que enviaban del extranjero los albaneses emigrantes, que se había convertido en la mayor fuente de ingresos de la nación, aunque fuera del todo insuficiente. Gran parte de los albaneses vivían en la casa de parientes o amigos compartiendo sus miserias, otros vivían en tiendas de campaña en los parques aceptando o afanando todo lo que podían, y los más afortunados podían alojarse en la casa de sus padres o de los abuelos, en pisos, cobertizos o garajes, viviendo del salario que la madre o la abuela podían ganar cosiendo camisas o haciendo zapatos para diferentes firmas italianas.

Cuando acudimos nosotros se había producido el llamado por ellos "milagro albanés". Había accedido al gobierno el partido socialista (PS) que, empleando una política económica y propagandística exagerada, señalaba que había disminuido la tasa de desempleo de forma extraordinaria en el país, indicando que pasó del 17,5 % oficial al 11,5 %. Eran tan exagerados sus mensajes que incluso señalaban que se había invertido el flujo migratorio, llegando a indicar que ya los albaneses no huían del desempleo, sino que acudían a Albania millares de italianos en busca de trabajo. Centraban el "milagro albanés" en una política "inteligente" que, por un lado, había realizado cooperativas en las industrias textiles y del calzado y había negociado subcontratas con grandes marcas italianas de forma que más trabajadores podían acceder a un sueldo, aunque fuera muy bajo y, por otra parte, había logrado el "acierto" de eliminar cualquier medio de representación de los ciudadanos; informaba que al ser un Gobierno sin Senado, sin partidos políticos, sin sindicatos, sin izquierda radical, sin concejales en los ayuntamientos, sin representantes comarcales, algo que en el fondo no era más que un pluralismo político corrupto y podrido por la lógica clientela, habían logrado disminuir los enormes gastos del Estado, de forma que podían volver a reabrir las minas estatales haciendo que la minería volviera a ser la primera industria albana. Se explotaron decenas de minas de cromo, creando puestos de trabajo, pero la realidad era otra. Ocultaron que se habían vendido bastantes licencias privadas para extracciones mineras, industrias, incluso para dirigir organismos públicos, como salas de conciertos, auditorios públicos... Los derechos de explotación de diferentes yacimientos pasaron a manos de la empresa italiana AlbChrome, lo que trajo como resultado que los accidentes en estas minas privadas, con menor carga de seguridad, se multiplicaran por ocho; pero nadie protestaba, estaba claro que gentes como Andrej hacían su agosto, en ellas se cobraba algo más que en las estatales y nunca faltaba demanda de trabajo ante las condiciones que se daban en las públicas, en las que podían despedirte por una simple protesta o por acumular tres días de baja (con un día de baja podías perder la antigüedad) y entonces tenían que acudir a buscar trabajo a las privadas donde la jornada era mayor, llegando a triplicar los millares de toneladas de cromo anuales que sacaban en la minería pública, y si ésta fallaba siempre podrías intentar acudir a las "otras", a las de pequeños caciques locales que montaban su explotación independiente en lugares perdidos. Se constató que los mensajes gubernamentales de recuperación del país no iban a encajar cuando a los estudiantes, además de hacerle pagar la matrícula a la universidad, quisieron cobrarles hasta una tasa para poder examinarse, lo que dejaba claro que solo podría estudiar un pequeño porcentaje de la población, la clase pudiente que podría pagar esos abusos. Hizo falta una huelga para cargarse esta última iniciativa.

Cuando acudimos a Tirana para construir la nueva circunvalación, en la capital había recién estallado el boom económico con la construcción de cientos de edificios, lo que hizo que se eliminara la prohibición del éxodo rural impuesto por los comunistas durante varias décadas. La capital, con una población inferior al millón de habitantes no disponía de suficiente mano de obra para modernizarla y en poco tiempo se había duplicado la población, lo que trajo consigo problemas de ocupación y proliferación de arrabales en el extrarradio, donde las gentes se hacinaban en medio de una carencia total de servicios e infraestructuras sanitarias. La situación se complicaba, ya que la abundante oferta de trabajo que daba la construcción de grandes rascacielos, centros comerciales, aparcamientos para coches… aumentaba la necesidad de mano de obra y no había forma de parar la inmigración; parecía que iba a vaciarse el país ya que casi la mitad de la población corría hacia la capital, mientras las licencias de obras se acercaban al 180%, en una huída hacia adelante que comenzó a desequilibrar la estructura y la economía del país entero. Cierto que en la última década había aumentado la entrada de capital al gobierno, pero se debía al otro boom, al cultivo de cannabis. Pero ante las señales de alarma de Europa por la cantidad de terrenos de cultivo que se empleaba para tal finalidad, tuvo que intervenir el Gobierno, llegando a eliminar en dos años más de un millón y medio de plantaciones, que apenas representaba el 10% de toda la superficie cultivada. El drama fue que esas plantaciones que se eliminaron se concentraban alrededor de la población de Lazarat, centro clave del partido democrático de Albania (PDS), partido residual del estalinista que gobernó Albania en los primeros tiempos y que se nutría de la vasta red de tráfico de droga por la venta de este producto vía Sicilia, de la que también se beneficiaban algunos políticos del gobierno actual. Pronto llegaron los enfrentamientos y Albania comenzó a ser gobernada por un sistema bipartidista; los dos partidos enfrentados iniciaron una soterrada guerra civil que llegó a saldarse, antes de que acabara el siglo, con más de 2000 muertos. Incluso tuvieron que intervenir las fuerzas internacionales cuando llegaron a armarse ambos bandos con armamento que llegaba desde Kosovo. Estas fuerzas multinacionales hicieron que se viviera una tensa calma, produciéndose manifestaciones estudiantiles que rechazaban la intrusión de los partidos políticos; se esforzaron en eliminar al partido estalinista, el más violento, bajo el lema "*los partidos criminales aman el orden*".

De toda la movida sacó provecho el partido socialista, más cínico, que prometiendo todo lo que el pueblo quería accedió al poder y cuando controló las instituciones olvidó sus promesas. Tan hipócritamente actuó que la Unión Europea no aceptó ni siquiera iniciar conversaciones con ese Gobierno para estudiar la posibilidad de adhesión a la UE. En la actualidad, de una forma u otra se volvió al principio: los albanos comenzaron a irse tras la victoria socialista y actualmente se estima que hay más de medio millón de personas que huyeron de su nación.

No opté por ese camino
Posiblemente no lo viera tan claro
Cuando al mundo lo dominan reyezuelos
Cuesta trabajo ser sensato

Tampoco atendí la dulce melodía
que sonaba procedente del pasado
Cuando tenía un alma limpia
y creía que todo estaba justificado

Después me tocó cruzar por la vida
sin llevar una buena enseñanza
Tuve que aprenderla en las caídas
Para poder sobrevivir en la manada

Entendí que por el poder se riñe
y aprendí a echar al turbio mar la red
Que la gente prepotente, altiva gruñe
Y que mañana…. nunca ya es ayer

Que la tormenta siempre llega silenciosa
Que puedes caer más bajo que la hierba
Cuando sigues esa senda tenebrosa
que los farsantes imponen con sus tretas

Que no hay nada digno en estas flores
No hay magia cuando atardece en el camino
Y los sueños errantes de anteriores cantores
suelen acallarse por la codicia del vecino

No hay quejas nocturnas en el alma henchida
Ni horas de vigilia en las noches de gallo

Solo el peso del penar en la barca hundida
Cuando el destino otorga morir navegando

No hay lealtad por la popa de cipreses
Por donde alzan el vuelo las aves del olvido
Los lobos huyen de las brasas ardientes
cuando en la mente impera el desatino

Entonces el sol amarillo es más terrible
Porque a veces alumbra demasiado
Y los errores cometidos se hacen visibles
cuando ves a los dioses pasar de lado

Todo es una pelea sin tregua ni descanso
Un constante renacer si avanzas en la senda
Y al no quedar islas vírgenes donde estar a salvo
hay que aprender a sobrevivir en la selva…

Con respecto a nuestro trabajo, digamos que no fue cómodo, coincidió con el éxodo a la capital y cada vez se acercaban más a nuestro trazado por donde la ciudad terminaba, lo que corría serio peligro la idea de una circunvalación lejos de la ciudad. Por otro lado, era tanta la necesidad de tener un lugar para dormir para aquellos emigrantes que comenzaron a faltarnos materiales, maderas para encofrado, bloques de hormigón, ladrillos, incluso las telas asfálticas o de plástico con las que tapábamos los sacos de cemento o la mezcla, que ellos usaban para hacer tiendas de campaña, y por supuesto, desaparecieron muchos sacos de cemento… en una sola noche redujeron todas nuestras provisiones a menos de la mitad, por lo que nuestro trabajo se estaba frenando; lo peor no era tener que esperar a que llegara material que supliera lo robado sino cómo lograr que no lo volvieran a robar. Una jauría de gentes necesitadas asaltaba o cortaba las alambradas que limitaban nuestro perímetro y teníamos que ser nosotros, los trabajadores de la Compañía los que nos enfrentáramos a ellos, ni los trabajadores locales contratados ni la policía nos ayudaban en esa tarea. Teníamos un vigilante que portaba una carabina de cartucho de perdigones, pero le habían prohibido usarla. Eran enfrentamientos muy duros y casi siempre nos ganaban; una docena de trabajadores no podía hacer frente a una multitud alocada, hambrienta y desesperada, que quería robar lo que necesitara para levantar un habitáculo en esos "nuevos barrios" que estaban surgiendo en la nada. No había forma de detenerlos, la primera noche conseguimos salvar una parte importante de material, pero a cambio de contusiones, heridas y alguna que otra fractura. A mí me rompieron una ceja y a mi jefe de obra le fracturaron la muñeca y la nariz.

Por supuesto que al día siguiente presentamos en la policía las correspondientes denuncias con los informes médicos de las lesiones; nos aconsejaron que contratásemos a vigilantes fuertes (matones) y nos dieron una lista y un teléfono para contactar con ellos, posiblemente estaban incluidos varios policías. No obstante me sorprendió el número de teléfono que me dieron, porque parecía el de Andrej. La duda se despejó cuando aquella mañana apareció por allí aquél capo usurero comunista-capitalista y nos hizo una propuesta señalando que por una determinada cantidad él defendería el perímetro. Le indiqué que era una misión peligrosa a lo que me contestó sonriente: - *"¡Lo que no se haga por un amigo…!"* - Consulté con Madrid, pero no había presupuesto para tanto… la reposición de material tras el robo sufrido había desequilibrado el presupuesto, y aceptar el pago exagerado de Andrej iba a reportar ganancias nulas o negativas que nos obligarían a plantearnos rescindir contrato y devolver un montante económico por lo no construido, cuando aún faltaba por levantar casi la mitad del trazado. Volví a hablar con Andrej y le hice una contraoferta a la baja que no aceptó, señalando amenazante que nos saldría menos costoso pagar su ayuda, pero no hubo trato. Por lo que esa tarde no trabajamos en la carretera, reforzamos la alambrada, duplicándola, y en dos torres en cada extremo colocamos a dos trabajadores con sendas y potentes mangueras de agua a presión, para evitar que superaran las alambradas. Colocamos en ellas a dos compañeros fuertes y leales, en la más cercana a la puerta a Patxi, un vasco noble, y en la otra a Lolo, un extremeño experimentado, y llenamos los tanques de gasolina del grupo electrógeno a fin de que tuviéramos luz toda la noche. Después nos preparamos para el asalto.

Pasaban las 11 de aquella cerrada noche cuando llegaron las avanzadillas y comenzaron a lanzarnos piedras sin que hasta entonces respondiésemos Cuando tocaron la alambrada exterior para iniciar el asalto abrimos las mangueras y la solución fue perfecta, la presión del agua frenaba el ataque frontal ya que por la espalda no podían penetrar al existir un barranco. Conseguimos durante un buen rato que nadie saltara la alambrada más exterior; la presión del agua de las mangueras hacía su efecto, tumbando a cuantos intentaban subir por ella, y a los pocos que lo conseguían los deteníamos en la segunda con nuestros palos. Patxi y Lolo mantenían a raya a los atacantes y eran efectivos, ya que a ellos no les llegaban las piedras que lanzaban desde el exterior. Hubo un momento en que creí que lo conseguiríamos, hasta que ¡cielos! se cortó el agua y las mangueras dejaron de funcionar. Al momento lanzaron una vieja furgoneta oxidada contra la puerta metálica del recinto, que cedió, entrando en trompa la jauría, aún más violenta que el día anterior, quizás irritada por el azote de las mangueras; los ataques fueron muy violentos, un gran número de bandidos, armados con palos y con armas blancas, arremetieron contra Patxi, que había dirigido la manguera más cercana a la puerta de entrada de forma efectiva. Rápidamente Diego, mi jefe de obras, y yo acudimos en su ayuda; estaba rodeado, por lo que tuvimos que romper el círculo a golpes, hasta penetrar en su interior junto a Patxi. Ya dentro era difícil la defensa, eran muchos y al colarme alguien me había pinchado con un cuchillo en el hombro, por el que manaba sangre. A Diego una piedra le reventó el ojo derecho y el casco evitó que el lanzamiento de otra piedra me abriera la cabeza, pero no pudimos llegar a tiempo para arropar a Patxi, que había recibido una puñalada en el estómago y tenía otro corte profundo en una mano. Con el palo que llevaba evité que le pincharan nuevamente, pero aquello se estaba poniendo muy difícil. Diego, a pesar de estar semiciego y con otra herida en el muslo, se puso junto a mí cubriendo a Patxi que yacía caído en el suelo, pero la lucha era desigual; aunque las espaldas estaban cubiertas por un montacargas, delante teníamos una caterva de animales locos portando cuchillos y pinchos, y nosotros dos sólo teníamos un barra de hierro y otra de madera. Intentábamos mantener la distancia con aquellos violentos, pero no pintaba nada bien, comenzaba a pesar el cansancio del esfuerzo, además yo tenía que multiplicarme porque Diego estaba muy mermado aunque intentaba defenderse; veía como la sangre manaba por el ojo y le costaba mantener el equilibrio, y Patxi yacía tumbado a mi espalda sobre un charco de sangre, Esperaba el ataque final cuando escuché una descarga. Nuestro vigilante jurado había disparado un cartucho desde lo alto del montacargas contra el individuo que tenía más cerca y que portaba el cuchillo más largo, con tan mala suerte que la perdigonada le había alcanzado la cara, cayendo hacia atrás instantáneamente.

Aquello frenó el ímpetu de los atacantes ante el temor de una nueva descarga y echaron a correr alejándose. Rápidamente atendí a Patxi, al que presioné con mi camisa su herida, pero estaba muy mal; con sus dos manos apretaba mi camisa amarilla, ahora roja, contra el vientre, y después atendí a Diego que se había sentado con la espalda en el montacargas y que también estaba muy deteriorado; mientras, nuestro vigilante controlaba con la carabina, desde arriba del montacargas, el recinto del que se llevaban materiales. Pronto se fueron acercando otros compañeros, todos con diferentes heridas o fracturas. Al instante sonaron varias alarmas y llegaron tres furgones con policías, que preguntaron por el encargado. Mientras me arrestaban me informó otro compañero que había otro herido grave más allá. Le exigí al capitán que atendiera a los heridos y me recordó en un mal español que yo allí no era nadie. Me llevaron en un furgón a la comisaria, sangrando por el hombro, aunque algo más tranquilo al ver que habían llegado dos ambulancias mientras me llevaban. En la comisaria tuve que esperar una hora a que llegara un traductor; sólo me habían dado un paquete de pañuelos de papel para frenar el sangrado de la herida del hombro. A través del traductor solicité hacer una llamada, cosa que me negaron, hasta que una hora después apareció por la comisaria un miembro de la embajada española con una persona del cuerpo jurídico (parece que uno de mis compañeros había contactado con Madrid y contado lo sucedido). Después, tras entrar nuestro representante diplomático en la oficina del jefe de policía, todo cambió y pronto apareció un médico, que atendió a mis heridas y le dijo al oficial de guardia que debían llevarme al hospital, lo que 20 minutos después hicieron, tras recordarme delante del embajador, que al día siguiente debía presentarme ante un juez a las 12 del mediodía. Las investigaciones de los técnicos de la empresa que llegaron en avión particular al amanecer, habían descubierto cosas interesantes, la más era que el agua de la instalación que alimentaba las mangueras se cortó por error en ¡la madrugada! ya que creían que teníamos facturas de pago pendientes. No sé por qué vi la mano de Andrej en aquella operación... más aún cuando me enteré de que el grupo electrógeno que proporcionaba luz al recinto había desaparecido mientras estaba aún en nuestro terreno la policía, y que otros materiales, como brújulas, cintas métricas, bombillas... se vendieron en el mercadillo central. Ya en el hospital, mientras desinfectaban y me cosían la puñalada del hombro y el corte del brazo me enteré de que estaban interviniendo urgentemente a Patxi y a Diego ¡Y que éramos nosotros los atacantes!

De la entrevista con el juez me escapé con una multa por ¡provocador! y sólo me salvó de ir a la cárcel albanesa ¡por permitir el uso de un arma contra un ciudadano, al que había que indemnizar! una de las cámaras grabadoras del recinto que se olvidaron robar. Tras el pago y el papeleo necesario abandonaba Albania dos días después en un avión privado de la Compañía con la gran amargura de saber que Patxi había fallecido y que Diego iba en estado grave tras perder el ojo, además de arrastrar la preocupación de que nuestro vigilante había quedado retenido en Tirana por disparar un arma. Pensé que nuestros servicios jurídicos se iban a ganar el sueldo. Lolo me tranquilizaba diciendo que lo veríamos muy pronto, que en esos países todo era cuestión de dinero. Pero me reconcomía por dentro la duda de que pude evitar la masacre; podía haberle pagado a Andrej lo que pedía, aunque fuera con mi sueldo; o podía haberlo matado. Ambas soluciones hubieran valido para superar aquél ataque, porque estaba convencido que en ambos casos no nos habría faltado agua y aquella jauría no hubiera podido acceder al recinto aquella noche.

Cuando llegué a casa tuve que guardar reposo cinco días. Durante ese tiempo, además de seguir la mejoría de mis compañeros llegando a visitar un par de veces a Diego que se iba reponiendo, intenté ponerme en contacto con Rebeca, hacía siglos que no sabía nada de ella. Tras llamar tres veces a su casa sin respuesta, contacté con la revista en la que trabajaba y me señalaron que llevaban diez días sin poder contactarla; pregunté si estaba de vacaciones y me comunicaron que hacía tres semanas que se había ido a Rusia a hacer un reportaje y que habían perdido su rastro, también de Roberto, que la acompañaba. Pregunté a qué ciudad habían ido y señalaron que no lo sabían, pero que estuviera tranquilo porque ya habían avisado a la policía rusa para que los buscara. Eso fue lo que más me preocupó, pensar que la policía rusa iba a encontrar algo… Colgué el teléfono y con una copa en la mano estuve pensando sobre el tema. Pensé en acercarme a la redacción de la editorial en Alcobendas para enterarme de más datos, lo haría después de la reunión de mañana con el jefe de sección de la Compañía. Fue a las 11,30 h y me sorprendió encontrarme allí con Diego, que llevaba un curioso parche en el ojo izquierdo, que ocultaba con las gafas de sol; al parecer el mensaje iba a ser el mismo para los dos, y efectivamente, fue así. El jefe, tras muchas alabanzas y después de señalar repetidamente que la causa albanesa estaba archivada, nos señaló la posibilidad de una jubilación anticipada para ambos, con el sueldo completo y una buena bonificación. Miré a Diego, a su ojo bueno, y algo en algo presentí que estábamos de acuerdo en irnos. No necesitamos pedir unos minutos para hablar, simplemente aceptamos; lo único que preguntamos fue con qué fecha se iniciaba la jubilación, ya que estábamos a día 11. Nos respondió que desde el próximo día 1, pero que una vez que firmásemos los papeles correspondientes en la sección de Personal, del piso inferior, tendríamos vacaciones pagadas hasta esa fecha.

Con la buena noticia nos fuimos al bar de la esquina, a celebrar con una buena mariscada y un vino gallego nuestras jubilaciones. Durante el postre Diego me preguntó por mis planes inmediatos y le comenté la desaparición de Rebeca, que él levemente conocía, y de Roberto en Rusia cuando iban a hacer por allá un reportaje; le dije que me iba a acercar a la editorial donde trabajaban a enterarme de más datos, y que posiblemente viajaría a Rusia. Me hizo varias preguntas sobre el tema y tras responderlas me miró con su ojo bueno y me señaló que esto de la jubilación le había cogido perdido, que le gustaría acompañarme por si pudiera ayudarme. Le dije que no sabía lo que me iba a encontrar allí, que también había policía comunista, posiblemente como la otra, y que seguramente íbamos a tener que actuar por nuestra cuenta. Sonrió y echando un trago comentó que esperaba que las piedras fuesen menos duras y que no tuvieran tanta puntería... después, cuando salíamos para Alcobendas, le comenté que echara ropa de invierno, y Diego me recordó que llevara muchos dólares.

La visita al redactor-jefe de la editorial fue un tanto preocupante, lo vi angustiado y desbordado; me señaló que habían ido a hacer un reportaje al bosque de Diveyevo, una ciudad situada a más de 450 km al este de Moscú, siguiendo la vida de San Serafín, un santo que vivió entre 1754 y 1833, y que en la fecha de su nacimiento acudían allí más de 50.000 peregrinos porque siempre ocurría algún milagro. Por teléfono desde el hotel, Rebeca les dijo que en medio de aquel espeso bosque había una roca alta donde el santo ruso siempre oraba en esa fecha y que la cascada de hielo que estaba pegada al lago helado se deshelaba al instante, pudiendo coger los peregrinos ese día agua del lago, antes que se volviera a congelar, lo que ocurría cuando acaba su oración; que bebiendo ese agua sanaban los enfermos de sus dolencias. Decía que Rebeca les contó que estuvo presente en esa ceremonia y que ya enviaría el reportaje después de hacer algunas entrevistas y visitas por los alrededores, pero que ese reportaje nunca llegó. Sin embargo, cuatro días después, su redactor, Nacho, recibió una llamada desde una zona con muy mala cobertura; parecía que desde una pensión de un lugar llamado Semipalatinsk, ¡en Kazajistán! a 3.500 km al sureste de Moscú y decían haber descubierto algo muy importante, pero que se cortó la señal y desde entonces no habían vuelto a saber nada de ellos; que no sabían que les había llevado a Kazajistán y que se pusieron en contacto con la embajada española en Moscú, que les habían dicho que la policía rusa los encontraría. Después nos acercamos a hablar con Nacho, a quien conocía levemente de un par de visitas que hice a la editorial acompañando a Rebeca. Cuando me presenté se acordó de mí, Rebeca le había comentado que éramos buenos amigos. Nos comentó que estaba muy preocupado, porque no se fiaba de la policía rusa, que si tuviera "pasta" y tiempo se acercaría a intentar buscarla a Moscú, le pregunté por qué ir a la capital y me señaló que ella siempre comenzaba sus aventuras por allí, que siempre se alojaba en el hotel Cosmos, en el solitario parque que lleva su nombre, y después, bajando mucho la voz, nos señaló que frente al hotel había un quiosco que llevaba un tal Yuri, que vendía revistas, periódicos, bebidas… y que por unos dólares le facilitaba, en secreto y con precaución, toda la intendencia que podía necesitar, al margen de la policía que siempre vigilaba a los extranjeros. Le dimos las gracias por su información sin explicarle nuestras intenciones, sólo le pedimos que nos llamara si supiera algo de ellos. Nos miró serio señalando que lo hiciéramos nosotros si nos enteráramos antes que él y nos entregó una carpeta de la editorial donde estaba su número de teléfono bajo el anagrama, comentando enigmáticamente que era lo que llevaba Rebeca a Moscú.

Teníamos claro que lo que hiciéramos nadie debería conocerlo, en estos casos no hay que fiarse ni de la propia sombra, menos después de nuestras experiencias por esas latitudes. Un día después, utilizando visados de la Compañía, aún éramos trabajadores en activo, de vacaciones, volábamos hacia Moscú. A nuestra llegada un taxi nos llevó al hotel Cosmos y estuvimos varios días haciendo turismo, visitando el Kremlin, la Plaza Roja, la Catedral ortodoxa de San Basilio, el Teatro Bolshói, el Parque Gorki, las estaciones del metro, los museos Pushkin y el Estatal de Historia, pateando el Parque Cosmos... En todas nuestras salidas nos sentimos acompañados, pero nuestro disfraz de turistas era perfecto y ya teníamos situado al quiosco de prensa al otro lado de la avenida; tanto a la salida como a la vuelta, todos los días nos acercábamos a comprar algo, a la salida un mapa o una guía, y a la vuelta un periódico francés, un par de botellines de vodka, una lata de caviar... El día anterior a nuestra disimulada salida, aprovechando que no había público en el quiosco le entregamos con precaución un billete de 20 dólares por un deteriorado mapa y rechazando el cambio le preguntamos, llamándolo Yuri, si conocía algún taxista o particular que nos llevara sin hacer preguntas al bosque de Diveyevo, porque queríamos rezar a San Serafín. Notamos que esperaba algo así al escuchar nuestros acentos y observar el portafolios de la editorial, que únicamente sacábamos para ir al quiosco. Nos dijo muy disimuladamente que esa misma noche, a nuestra vuelta, tendría noticias. Así lo hicimos y tras nuestra visita turística esperamos a que no hubiera nadie en el quiosco y le pagamos disimuladamente con un billete de 50 dólares; mientras nos devolvía lentamente varias monedas pequeñas rusas nos dijo susurrante que un coche nos esperaría a las 4 de la madrugada en la callejuela de atrás del hotel junto a los cajones de basura, que no saliésemos por la puerta principal sino por la escalera de la lavandería trasera, que llevaba a la carbonera donde nos esperaría Nadiuska, la regidora, a la que deberíamos dar 50 dólares. Ella nos abriría la puerta e informaría por la mañana a un primo recepcionista que estaríamos fuera tres días, de excursión; que el conductor del coche se llama Mijail y que por 600 dólares y 100 más en billetes pequeños, estaría a nuestra entera disposición durante tres días. Después, mostrando los dos botellines de vodka cruzamos la calle solitaria, batida por el fuerte viento frío.

Eran las 4 cuando salíamos por atrás del hotel a aquel callejón oscuro, allí nos esperaba Mijail en un coche Vaz (Lada) negro. Pronto arrancamos y, atravesando calles secundarias por barrios con grandes edificios-colmena de cemento, plazas vacías sin árboles y muy solitarias, salimos de la capital. Ya amanecía cuando íbamos rumbo a Diveyevo. Mijail nos había puesto un escapulario con la cara de un monje que nos imaginamos sería San Serafín -allí solo Serafín- y dos rosarios manoseados; nos explicó en un mal inglés la vida y algunas obras y milagros de ese asceta y su importancia para la Iglesia católica, por si debíamos contestar alguna pregunta de una patrulla. Nos vino bien la explicación, ya que en una parada que hicimos en un Pab (Паб, en español bar) en un lado escondido de la carretera a 100 km del destino, dos policías de paisano nos pidieron la documentación y el motivo de nuestro viaje y miraron a Diego cuando el chofer tradujo que íbamos a ver si la roca del eremita le devolvía la visión del ojo; durante la conversación Mijail puso en el platillo dos billetes de 20 dólares como si fuese a pagar la consumición, uno de ellos los cogió mientras agarraba mi escapulario señalando que era muy milagroso. Después se retiraron y tras pagar con rublos continuamos el camino. Cuando nos íbamos acercando a Diveyevo todo fue ya más fácil; aunque había pasado la fecha de nacimiento del santo, siempre acudían allí peregrinos para visitar la roca en medio del bosque, por lo que nos costó menos dólares acceder al lugar, sin apenas preguntas. Durante la comida nos enteramos que Mijail había pertenecido a la KGB y que perdió su puesto cuando cayó El Muro. La caótica situación económica de la URSS hizo que el último Secretario General del Partido Comunista de la Unión Soviética (PCUS), Gorbachov, desmembrara los estados miembros de aquel vasto territorio, acabando con la represión hacia los disidentes, desmontando el estado policial y la censura de prensa, restaurando cierta libertad de expresión y renunciando a su papel de gran potencia mundial, con tal de reducir así los pesados gastos militares que apenas podía soportar la debilitada economía del país. Fue entonces cuando muchos, como nuestro conductor, fueron al paro y tuvieron que buscarse la vida como podían; la verdad es que Mijail sobrevivía. Aquella tarde hicimos una búsqueda completa de nuestros amigos, preguntando con sus fotos a determinadas personas o confidentes; algunos recordaban haberlos visto por allí pero no pudieron aportar nada más. Mijail ya pensaba buscar una pensión escondida donde dormir cuando observé en el antiguo mapa que me buscó Yuri en Moscú que nos faltaba visitar un lugar de peregrinación: el monasterio de la Asunción a varios kilómetros de allí. Nos contó Mijail que hacía muchos años que no se podía acceder a él, extrañados le preguntamos el porqué y mirando alrededor nos respondió que estaba dentro de una de las "ciudades cerradas". Miraba el mapa actual cuando comentó que esas ciudades no estaban en ningún plano. Ya por la noche, en el tugurio que dormimos nos explicó que cuando los norteamericanos tiraron sus dos bombas atómicas en Japón, Stalin, temeroso de sus "aliados" ordenó a todos sus científicos, junto con los científicos alemanes que iban apresando, que se dedicaran a crear una bomba atómica y para ello seleccionó varios lugares alejados donde los prisioneros alemanes, polacos, judíos, políticos y comunes de los diferentes gulags fueron utilizados como mano de obra barata, y en régimen de esclavitud levantaron en poco tiempo varias ciudades "inexistentes", fuertemente custodiadas para que nadie entrara ni saliera de ellas. Que la primera que levantaron era ésta, donde existía la población de Sarov en la que funcionaba una fábrica de obuses. Tras llevarse a Ucrania a sus habitantes y eliminarla de los mapas – se conocía como *Arzamas16*- al mando de Laurenti Beria se inició el proyecto con más de 100.000 esclavos. Decía que la nueva ciudad se levantó de forma improvisada, sin planes ni estudios preliminares para ahorrar tiempo, de ahí tantos muertos en accidentes, que rápidamente se sustituían por otros prisioneros. Para ganar tiempo los laboratorios y el primitivo reactor se montaron en el interior del monasterio, mientras que desde otras "ciudades cerradas" se extraía uranio-238 (U) que se rectificaba hasta llegar a U-235, que eran los núcleos explosivos de las bombas, ya que el U-238 normal no servía. En la media docena de "ciudades cerradas" a lo largo del todo el país, incluyendo Siberia o los Urales, se trabajaba duramente sin protección alguna, lo que disparó las altas cifras de muertos, que rápidamente se sustituían con más prisioneros, respondiendo al comentario de Stalin cuando dijo: *"Los enemigos del pueblo también tienen un papel que desempeñar en la construcción del socialismo".* El 12 de mayo de 1947, el presidente norteamericano Truman, se reunió en Washington con su estado mayor, al que ordenó iniciar el Plan Dropshops, consistente en atacar a la URSS con varios cientos de bombas atómicas en 1950. Esas declaraciones intensificaron el programa nuclear soviético y los muertos, que ya no morían por debilidad, trabajo, enfermedad o accidente, pues cualquier prisionero que no trabajara lo esperado acababa con una bala en la cabeza. Pero Mijail señaló que lograron lo propuesto y en cuatro años, en 1949, ya tenía Stalin su bomba atómica y todos brindaron cuando hicieron las primeras pruebas en Kazajistán. Nos quedamos de piedra cuando escuchamos el nombre de esa región; le preguntamos en que parte de la zona y nos respondió que creía que era en un territorio desértico cercano a Semipalatinsk. Todo comenzaba a cuadrar. Parecía que mis amigos habían descubierto el secreto de las "ciudades cerradas" y que podría ser el motivo por el que acabaron en aquella zona. Le pregunté si podían arrestarlos por visitar esos lugares y contestó que sí pero que ahora no era ya tan grave, que con dólares estarían arrestados poco tiempo; que posiblemente les quitaran todo el material fotográfico, pero poco más. Mijail se quedó pensando un minuto y después comentó que creía que aquella ciudad que levantaron para las últimas pruebas, constituida por diferentes edificios, piscinas, parques… a cierta distancia del centro de la explosión, la había comprado un marqués austriaco hacia ya varios años, por lo que para visitarlo solo deberíamos pedir permiso a la familia. Pensamos que ese podía ser el próximo paso, tras intentar entrar en la "ciudad cerrada" donde estaba el monasterio.

Lo intentamos el día siguiente por la mañana pero a 5 km del lugar, una patrulla rusa que vigilaba el perímetro, nos prohibió el acceso por lo que volvimos hacia Moscú; el trabajo de Mijail estaba hecho así que le regalamos el pago del tercer día. A cambio nos comentó que deberíamos ponernos en contacto con un agente "extraoficial" en aquella zona que nos ayudaría a buscar a nuestros amigos, como si fuera él: - *"Me pondré en contacto con el capo de la zona, Iván, para que os espere en el aeropuerto y os facilite el trabajo. Sólo les daré vuestros nombres y el de la empresa en que trabajáis y se encargará de sacaros evitando visados, aduanas, controles y pasaportes"* – Nos dimos un apretón de manos y fuimos hacia el hotel. Tres días después aterrizábamos en Semipalatinsk. No nos gustó encontrar a pie de avión a nuestro viejo conocido Andrej, que nos saludó muy efusivamente. Le pregunté por Iván y respondió que trabajaban coordinados, que le llegó la noticia de nuestro viaje cuando estábamos conversando y que al leer mi nombre prefirió atendernos personalmente y así intentar olvidar el incidente de Tirana… - *"¡Además…os voy a cobrar la mitad!"* – Viendo mi cara desconfiada acabó diciendo: - *"¡Lo que no se haga por un amigo!"* –

Ya en su coche, cuando cruzábamos Semipalatinsk me señaló que había conseguido del Marqués permiso para la visita, que estaba a 20 km de esta ciudad y allí vivía con sus cinco hijos y su mujer; mientras, yo observaba que el terreno era muy solitario y desértico, nada crecía allí ni había construcción alguna con la excepción de una especie de abadía ortodoxa que estaba a la derecha a la salida de Semipalatinsk; me chocó que en su estandarte frontal apareciera la cruz templaría ¿Qué tendrán que ver los templarios por aquí? me preguntaba, después Andrej nos mostró la posibilidad de hallar a nuestros amigos. Señalaba que los suyos habían seguido su rastro y que creía saber donde podíamos encontrarlos, aunque nos costaría 2000 dólares sacarlos. Afirmamos. Ya habíamos andado casi 20 km cuando en una especie de explanada baja parecía verse una ciudad, que se podía denominar fantasma, ya que muy poca vida mostraban sus calles, solo un viento polvoriento se movía por ellas. Todo el recinto estaba rodeado por una doble alambrada enorme que me recordó amargamente a Tirana. Estaba defendida por varios perros dóberman que se movían entre las dos alambradas. Solo en una especie de castillo a la izquierda parecía apreciarse vida, un coche y una furgoneta cerrada estaban en el aparcamiento. Paramos en su puerta; cuando nos apeamos no sentí una sensación agradable, aquello era muy inquietante y una profunda turbación se apoderó de mí. Miré a Diego y presentí que sentía lo mismo. Mi turbación aumentó cuando por una puerta lateral al fondo salió un hombre llevando una carretilla hacia la alambrada, de las que se usan para transportar ladrillos, sólo que no era ladrillos lo que llevaba; no distinguía bien la carga, solo veía que era muy roja.

Penetramos por la puerta principal del edificio sobre

la que había un ventanal con luz. Andrej nos señaló que ahí estaría el marqués.

Subimos aquella escalera de mármol que tenía a la derecha un escudo con otra cruz templaría… resonaban muy agudos los pasos de Diego y Andrej por la escalera, los míos no sonaban porque la suela era de goma. Llegamos a un rellano con dos pasillos y Andrej me dijo que esperara allí mientras él iba con Diego a ver si estaba el marqués en esa ala. No me gustó dejarlos solos, por lo que tras pensarlo unos segundos los seguí por el oscuro pasillo por el que iba Diego seguido de Andrej. Yo estaba situado a seis pasos del comunista cuando abrió la puerta e hizo un amago de empujar hacia el interior a Diego, que no lo previó porque le cogía por el lado de su ojo ciego. Atento, salté sobre Andrej y le empujé al interior, agarrando a Diego. Andrej descubrió tarde mi movimiento y no le dio tiempo a agarrar algo que llevaba a la espalda, sólo pudo asirse a mi bufanda que casi me arrastró al interior si no me apoyo en el marco superior; entonces, al dar la luz descubrí el terror, tras la puerta había una gran zanja de 10 m de profundidad y en el suelo, muy manchado de sangre, había lanzas que apuntaban hacia arriba. Andrej colgaba en el vacío sobre las lanzas asido sólo a mi bufanda, por lo que tiraba de mí. Diego, aterrado, intentaba ayudarme a que no cayera; desplacé mi mano tras la cintura de Andrej y descubrí que lo que quería coger era un revólver. Se lo quité y él, aterrado mirando hacia abajo, me pedía que le ayudara… guardé el arma, saqué mi navaja pensando en Patxi y antes de cortar mi bufanda le dije: - *"¡Lo que no se haga por un amigo!"* –

Andrej cayó dando un grito aterrador y quedó moribundo ensartado por cuatro lanzas. Diego temblaba, y entonces escuché pedir socorro en inglés. Me asomé a aquel sótano lleno de sangre y vi que debajo de mí había una puerta que salía de aquel hoyo. Revólver en mano desandamos el pasillo y continuamos por el otro, que también acababa en una puerta; de allí salían los gritos de socorro, la abrí y vi que se correspondía con el ventanal iluminado que vimos a la llegada. Cuando miramos a nuestro alrededor no pude evitar el vómito, no sé si por el olor a putrefacción que aquella habitación grande emanaba o si eran los cuerpos cortados y desmembrados que había tirados en capazos. Había tres camas de operaciones, en una quedaban las extremidades de una persona, en otra intestinos y parte de un estómago… había sangre por todos los lados, hasta en las paredes y el sumidero central no daba abasto para eliminar el agua de una manguera suelta que pretendía arrastrar parte de la sangre del suelo. A la izquierda estaba amarrado un hombre, que desesperado nos dijo que era periodista y que teníamos que irnos cuanto antes porque pronto volvería el "medico" que quitaba a los cadáveres la médula ósea y que había ido a echar los trozos de carne humana a los perros, como comida. Iba a intentar desatarlo cuando Diego, mirando por el ventanal, señaló que volvía el hombre con la carretilla vacía. El inglés nos dijo que entraría por una escalera que había al fondo a la derecha. Viendo que había seis balas en el revólver me dirigí a aquella puerta y cuando aquél asesino la abrió y me miró no le dio tiempo a mostrar sorpresa, ya le había volado la tapa de los sesos mientras Diego había soltado al inglés. Le pregunté si había por allí más gente y me dijo que no, que vendrían por la tarde, que hoy le iban a quitar su médula. Cuando íbamos a salir, el periodista se acercó a un cuarto junto a la entrada, y salió de él con una cámara de fotos señalando que era suya. Siguiendo un impulso entré en el cuarto. Había mucha ropa y objetos sobre los viejos muebles, y sangre en la cama. Me fijé en un portafolio de piel con el membrete de la editorial de Rebeca, junto a una funda de cámara de fotos con el mismo dibujo. Abrí el portafolios, era de Rebeca. Lo agarré y miré a la cama. Me dolía en el alma pensar que esa sangre central del colchón pudiera ser de ella. Cuando salí, el inglés le contaba a Diego que aquellos asesinos se dedicaban al comercio de médula ósea; muchas personas de dinero que se instalaron hacía varios años allí no tuvieron en cuenta el efecto de la radiactividad residual de las pruebas nucleares que se hicieron y acabaron con leucemia, entre ellos dos hijas del marqués austriaco, dueño de aquella propiedad, quien negoció con la mafia rusa la obtención de médula ósea, ya que un trasplante curaba la leucemia. Que al principio la obtenían raptando a los campesinos de los alrededores, después a turistas y periodistas como él que se acercaban buscando reportajes. Que tenían a la policía comprada y que sería muy difícil y peligroso denunciar aquí.

Salimos rápido de aquel lugar y nos dirigimos en el coche de Andrej a Semipalatinsk. En la gasolinera de la entrada, mientras Diego llenaba el tanque yo miraba un mapa de pared. Vi que Mongolia estaba a 75 km; había que salir del país por ahí y rápido, antes que se enteraran de lo que habíamos hecho. Ya íbamos a salir, cuando observé que enfrente estaba la abadía con la cruz templaría y le dije a Diego que se acercara a ella, así lo hizo ante el terror del periodista, que decía que allí vivía el marqués y prefirió bajarse del coche y buscar el consulado británico por su cuenta. Enfilamos hasta la abadía, llamé a la puerta y salió un sirviente, al que dije en inglés que quería ver al señor; tuve la suerte de que estuviese en el salón junto a la chimenea, y que al escuchar hablar en inglés se acercara a mí con porte muy distinguido. Cuando se presentó como marqués saqué el revólver y le disparé en el pecho, al corazón; ya me iba a retirar cuando vi al sirviente que quería atacarme y tuve que gastar otra bala. Después cerré la puerta, arranqué la línea telefónica y corrí hacia el coche, todo estaba solitario. La cara de Diego era un poema, me preguntó por qué había disparado al sirviente y recordando a Rebeca le dije que eran daños colaterales, que saliésemos deprisa hacia la frontera.

Aunque nos jugamos la vida de noche en aquella maldita carretera solitaria, tardamos una hora en recorrerla. Estábamos en lo alto de un zigzagueante puerto en una maltrecha carretera que acababa 8 km más abajo en un rudimentario paso fronterizo, muy preocupado, ya que no teníamos visado para entrar en ese país y seguro que en éste ya nos buscaban. Miré hacia el bosque que teníamos a la izquierda y rogué a los dioses que nos ayudaran a cruzarlo y entrar al país por otro lado que no hubiera soldados vigilando. Lo intentamos por un camino entre los árboles salpicado de piedra; al otro lado había una especie de aeropuerto en construcción, a lo mejor allí podíamos tener la posibilidad de colarnos en un avión dando los dólares que quedaban. Ocultamos el coche con ramas y después, aprovechando que no había luna, cruzamos la alambrada oxidada que marcaba la frontera. Los dos íbamos muy asustados y fuimos a escondernos tras unos contenedores junto a un avión cuando… ¡Oh cielos! ¡Escuchamos hablar nuestro idioma! Casi nos da un infarto cuando vimos que era un avión de nuestra Compañía, del que bajaban pasajeros. Nos alegramos al reconocer a Lolo; nos dimos un fuerte abrazo y nos dijo que estaban terminando el aeropuerto. Le comenté que necesitábamos integrarnos con ellos para volver a casa. Dándome una palmada en la espalda gritó: -*"¡Eso está hecho!"* – Después miré a Diego que estaba muy agotado, desmoralizado, y agarrándolo del hombro le grité: - *"¡Bien está lo que bien acaba!"* - Después nos fuimos con Lolo y otros compañeros a desayunar y a ahogar nuestras penas. Y ¡¡vaya si las ahogamos!!

Juan Sánchez Ballesteros y Valeria Ardante

11. UN AMOR FAMILIAR

Colgué, como siempre en estas circunstancias, sin saber muy bien qué hacer o decir. De nuevo me había llamado Adelaida, mi prima y actualmente una de los pocos familiares que me quedaban con vida, si bien lo cierto era que habían sido mis tíos, padres de Adelaida, y mis abuelos, a quienes siempre había sentido como familia pues era con ellos con los que había comido en fechas señaladas, celebrado mis logros, o simplemente visitándolos por cambiar de aires o porque me pillaban de paso; la relación entre primos, al menos en mi caso, era más por obligación que porque nos uniera un vínculo especial. Aunque habíamos compartido veranos y navidades juntos de niños, por más que hubiera tratado de mantener un vínculo familiar intercambiando fotos, mensajes o chistes vía redes sociales, lo cierto es que siempre era yo el que llevaba la iniciativa y ellos se limitaban a contestar un "jajaja" o "muy bueno"… nada más. Así que me cansé de aquella situación.

Sin embargo, desde hacía un par de años, Adelaida había iniciado su acercamiento a mí coincidiendo con la adolescencia de su hijo Alfredo. Mi prima era una de esas bellezas murcianas un tanto extrañas, que si la mirabas atentamente era normalita o incluso fea, pero en conjunto y a cierta distancia resultaba atractiva, pues poseía una piel blanca como la porcelana, grandes ojos castaños almendrados y una larga melena negra. Su constitución delgada enfatizaba los rasgos anteriores, y lo cierto era que llamaba la atención cuando aparecía. Y lo sabía. Había crecido dentro de una familia cuya mentalidad conllevaba que la belleza en las mujeres era su valor primordial; si eran guapas ya con eso tenían suficiente y merecían dar con un hombre bien posicionado que las mantuviera. Tal vez por eso mi prima había descuidado los estudios, pues tonta no era y sacaba buenas notas cuando quería, pero ella prefería dedicarse a las relaciones sociales, y se empleó a fondo, ya que no había fiesta local o regional en la que no estuviera y en la que solía compartir fotos, posando con el novio de turno en posición seductora, a modo de trofeo. No quiero parecer machista porque tenía tanto derecho a "socializar" como los hombres, pero lo cierto es que a su hermano se le conocían menos parejas y sus fotos eran siempre más recatadas, además de que sus relaciones solían ser más estables, todo lo contrario a lo que ocurría con su hermana.

Finalmente y tras haber salido con casi todos los jóvenes de su pueblo y de otros cercanos, acabó conociendo en una web de citas a un hombre casi tan guapo y "porque yo lo valgo" como ella. Se llamaba Aurelio y era policía local de un pueblo de Murcia, lo suficientemente alejado del de Adelaida y su radio de acción como para no saber de sus andanzas. Divorciado, su perfil en las redes sociales era un fiel reflejo del hombre triunfador a la manera de los "guays" de su edad; todo tipo de fotos haciendo deportes de riesgo, poses con camisetas súper ajustadas marcando músculo, o agarrado a la resultona Adelaida en parajes románticos, juntando sus rostros en besos hacia la cámara o guiñando él a la cámara y ella estratégicamente de espaldas, abrazándole y mostrando un bello trasero con un bañador o bikini brasileño, tipo tanga, dejando muy poco a la imaginación. Pronto se casaron, tras irse ella a vivir con él cuatro meses, después de otros dos anteriores de citas, coqueteos y juegos de celos con otros candidatos de la conocida web de alterne. Antes de que se cumpliera un año de su boda, Adelaida quedó embarazada de Alfredo, lo que no fue impedimento para seguir con las seductoras fotos de la pareja a lo largo del embarazo, posando con coches de alta gama que no dudaban en alquilar cada vez que podían permitirse un viaje. Tras doce años de convivencia y con esa mentalidad, la pareja apenas se conocía, aunque eran la viva imagen de pareja enamorada de cara a la sociedad; siempre se besaban en las colas de espera, o se miraban seductoramente mientras uno de los dos se contoneaba a gusto, consciente de lo atractivos que resultaban a ojos del resto. Por lo demás, cada uno hacía su vida, y mientras él tenía su grupo de otros policías locales y nacionales, amantes de la adrenalina y de las posteriores cervezas, ella tenía un grupo de amigas, algunas de ellas esposas de los amigos de su marido y por tanto posibles rivales, con las que aparentemente compartía todo aunque en el fondo no se pudieran ver, dada su rivalidad por copiar unas de otras poses seductoras, modelos de ropa sugerentes o jugar a tener a todo el grupo de amigos de sus maridos babeando por ellas.

En semejante ambiente había crecido su hijo Alfredo, heredando de ambos progenitores aquella especie de derecho a todo y de sentirse tocado por la mano de Dios, pues además su padre era, aparte de deseado y una especie de reencarnación del dios grecorromano Apolo (desconocido por supuesto para todos los de la familia; eso de leer lo reservaban para la gente aburrida o fea que necesitaba que se la entretuviera), un calco del típico sheriff de las películas de la América profunda que disfrutaba "haciendo que temblase todo aquél que se cruzaba con él", como solía bromear Aurelio, mirando siempre de soslayo que todos a su alrededor le escucharan bien. Era una pareja moderna, de un país que había abandonado el ansia de aprender, de trabajar, de esforzarse por algo mejor.

Yo aún recordaba las palabras de mi maestro cuando me decía que antes de exigir mis derechos cumpliese con mi obligación ¡Qué lejos esas palabras y qué caducas en un país donde todos pretendían tener derecho al derecho… Ese narcisismo irresponsable tenía que traer consecuencias, y comenzaron pronto. Su hijo Alfredo se saltaba las clases siempre que quería, fumaba los porros que se le antojaran porque quedaba bien esa estética de la marihuana, como de "rebelde sin causa" contra el sistema, y a edad temprana había aprendido el juego del doble lenguaje con las chicas más populares, diciendo a cada cual lo que quería escuchar, demostrando que su interés real empezaba y terminaba sólo en él. Y ¡oh sorpresa! sus actuaciones y sus "éxitos" le llevaron a ser un joven problemático que no hacía caso a nada ni a nadie; había asumido perfectamente las nulas enseñanzas del padre, y mi prima Adelaida había comenzado a llamarme por teléfono con cualquier excusa, para terminar hablando, casi llorando o a lágrima viva, sobre el miedo que le estaba tomando a su hijo de catorce años y lo poco que parecían importarle esos problemas a su marido "porque siempre estaba fuera por su trabajo". Al principio llegué a preocuparme, tal vez por la novedad de que fuera ella la que me llamaba, e intenté involucrarme en el asunto tomándome un día libre para ir a verla. Pensaba hablar primero con ella y después con su hijo Alfredo, que apenas me conocía, pero nada más llegar me encontré con su padre, Aurelio, representante de la ley cuyo objetivo era cuidar de los ciudadanos, por lo que cobraba, que amigablemente y entre palmoteos de camaradería masculina, me vino a decir que me metiera en mis asuntos, ya que en su vida no tenía yo relevancia alguna. Mi vida era discreta en mis escasas relaciones sentimentales y una prometedora carrera como agente comercial de una prestigiosa empresa farmacéutica alemana, que me tenía frecuentemente viajando dentro y fuera de España; eso a Aurelio no le llegaba y, por supuesto, no le resultaba motivo de admiración.

Nunca se sabe dónde termina el juicio
Tal vez lo ingrato sea no disponer de certezas
En un mundo ajustado, con tanto prejuicio
No es aconsejable perder la cabeza

Es difícil diferenciar la justicia de lo justo
Los malos estadistas utilizan esa dualidad

Cuando de por medio hay poderes ocultos
Cualquier treta es buena para confundir la verdad

El mundo, ahora más simple, ya está rebajado
Bastan muy pocos esfuerzos para lograr
arrastrar a una multitud de iletrados
donde el derecho al derecho sea lo normal

Ignoraron buenos razonamientos simplistas
Los años de guerra se olvidaron allá
Y a esta generación dominante y egoísta
a nadie interesó enseñarle a pensar

Ahora les toca a ellos ser los dictadores
Aprendieron a transmutar la realidad
Ofreciendo promesas con las que tapan errores
Convencidos que es suficiente para gobernar

Se apoyan en personas con poco conocimiento
Que ni siquiera analizan la dura actualidad
Ansiando tan sólo medrar y lograr su sustento
Conseguir lo que puedan, aún pagando en dignidad

Ya sé que los lacayos no conocieron otras vides
Que jamás distinguieron divinidad de inspiración
Que difícilmente la libertad se consigue
Si se encuentran a gusto en su prisión

No entienden que la lluvia de primavera también moja
Que el horizonte no se dora con humedad reseca
Que el futuro nadie lo regala con savia roja
Y que la honda decepción no huele a violetas

Que más allá de la sumisión está la nada
Que no es esa una ruta a desear
Que las luces del alba crecen en la alborada
Y que sólo la satisfacción sensual ayuda a soñar

Que no hay dolor en aceptar las viejas cepas
Que no importa que el universo se vaya amontonando
Que no se debe permitir que el fin anegue la cosecha

Ni que confunda la neblina blanca que el otoño trajo

No se debe disculpar a los que buscan beneficios
Ni las falacias de los farsantes que desaniman
Porque si permaneces firme y fiel a tus principios
Tendrás una fuerza mental que ni te imaginas…

Después de mi visita había aprendido a oír a Adelaida como música de fondo lo que hacía que le prestara poca atención; en realidad pensaba que mi prima tenía demasiado tiempo libre y continué atendiendo únicamente a mis cosas y mi trabajo. Incluso recuerdo que en una de mis visitas a Inglaterra, aunque fuera de manera maliciosa, lo admito, sonreía para mis adentros recordando las terapias que se aplicaron con frecuencia allí a principios del pasado siglo a las mujeres "histéricas", generalmente amas de casa con mucho tiempo libre, tratamientos que no tardaron en divulgar entre la burguesía de las sociedades del resto de países europeos, con afamados psicólogos de diversas nacionalidades dando conferencias sobre las virtudes de tales terapias, que incluían incluso estimulaciones manuales por parte del doctor para provocarles orgasmos y liberar así la energía sexual reprimida de estas mujeres, como sostenía el libro que me estaba leyendo en esos momentos.

Comenzó así la comercialización de vibradores para mujeres, dado que, como insistían desde los Colegios de Médicos de medio mundo, su uso aliviaba tanto dolores pélvicos y empachos, como dolores de cabeza y "angustias". No tardó en desarrollarse todo un sistema de terapias dirigidas a mujeres, que en verdad eran auténticas torturas bien vistas por sus aristocráticos maridos, realizadas en caros sanatorios donde con frecuencia se las ataba desnudas a sillas para ser atacadas por chorros de agua dirigidos a sus pechos y genitales, o atadas a mesas donde diversos mecanismos las penetraban mecánicamente... y en los casos más acentuados de "la enfermedad", puesto que la mal llamada histeria femenina era una especie de diagnóstico en el que tenía cabida todo tipo de dolencias manifestadas por las mujeres, se les llegaba a aplicar electroshocks, o se las introducía en bañeras llenas de hielo, entre otras canalladas parecidas, mientras sus ricos maridos liberaban sus nervios en la caza del zorro, interviniendo en política en exclusivos clubes masculinos cuya entrada estaba vetada a las mujeres, o con sus respectivas amantes.

Pero los problemas de Adelaida no eran exactamente de ese tipo. En su última comunicación me lloraba porque, después de que su hijo Alfredo hubiera sido expulsado varias veces de su Instituto por insultos a profesores y compañeros, peleas, haber salido sin permiso del centro o tener faltas sucesivas a determinadas clases sin justificar, finalmente el psicólogo del centro había pedido una reunión con los padres, a la que no pudo acudir Aurelio por motivos de trabajo, para recomendarles efusivamente que inscribieran a su hijo en un centro especializado en "jóvenes díscolos" a los que enseñarles a reencauzar su vida. "Una buena mili le habría enderezado", había respondido su marido Aurelio, al comentarle ella el asunto, aludiendo al año de servicio militar obligatorio que tenían que hacer forzosamente todos los jóvenes españoles al cumplir la mayoría de edad y que ya había pasado a ser voluntario.

Traté de consolarla y me comprometí, cuando el trabajo me lo permitiera, a pasarme a ver a Alfredo al centro de reeducación para jóvenes problemáticos al que lo habían llevado en la sierra de la provincia y hablar con sus nuevos tutores, por si alguna terapia con ciertos medicamentos podría ayudar en la reinserción social de mi primo segundo, y tras anotar la dirección del centro corté la conversación con mi prima, excusándome con una fingida reunión que tendría en breves momentos, para finalizar de una vez esa cansina conversación que no conducía a ningún lado, salvo a perder un tiempo que necesitaba para atender a las visitas programadas desde el día anterior.

Dos meses más tarde, en uno de mis desplazamientos observé que me encontraba a unos 200 metros del Centro Juvenil de Canteras donde estaba Alfredo. Giré con cuidado hacia la montaña esperando ver de un momento a otro aparecer el edificio, cuando en un acto reflejo di un volantazo, justo en el momento en que un todoterreno negro tomaba la curva en dirección contraria a altísima velocidad, invadiendo toda la calzada aunque era de doble sentido - *"¿A dónde vas a esas velocidades, loco?"*- grité, llevado por el gran susto que me había causado y cuando el coche no era más que un leve reflejo, una mota oscura que desaparecía en el retrovisor de mi coche. Cruzado como estaba, casi fuera de la carretera, en un barrio de las afueras de la población, traté de sobreponerme del susto. Sonreí para mis adentros comprobando un buen ejemplo de la teoría de la relatividad de Albert Einstein; aquél coche del demonio se había cruzado conmigo en cuestión de segundos y sin embargo en mi mente podía ver, como a cámara lenta, al hombre que conducía con una mueca casi desencajada en su rostro, agarrado con sus dos manos al volante, y echado casi sobre éste. Volví a ponerme en marcha, tratando de continuar como si nada hubiera pasado y al doblar la calle, enseguida divisé el edificio con las reconocibles banderas autonómicas y nacionales que identificaba a este tipo de instituciones, sostenidas con la aportación económica de distintas administraciones. Pronto olvidé el incidente, al entrar en ese enorme edificio, identificarme como familiar de Alfredo y seguir al celador, que me pidió amablemente que le acompañara hasta la habitación de mi familiar. El centro me pareció agradable, totalmente encalado, con muebles funcionales, muchos monitores y habitaciones adaptadas a todas las necesidades, para jóvenes con problemas de movilidad, cuartos dobles o triples para jóvenes con dependencias sociales y determinadas inseguridades, o dormitorios individuales para personas con otras características, entre las que figuraba mi primo.

Le agradó verme aunque me costó bastante sacarle de su zona de confort; ante mis preguntas se limitaba a encogerse de hombros o respondía con monosílabos o leves sonidos guturales. Tras asumir que lo mejor era la indiferencia, me levanté de la mesa frente a él, para mirar por la ventana, que daba al gran patio donde había chavales con monitores practicando distintas actividades deportivas frente a la montaña, y comentar lo mucho que me agradaba el centro.

-*"Sería mejor si se olvidaran de los jodidos golpes nocturnos"* – escuché a mis espaldas.

Me giré mirando a mi primo. Estaba sentado, con brazos y piernas cruzadas y la mirada perdida contemplando las baldosas del suelo de su habitación. Sonreí afable, tratando de bajar su autoimpuesto muro de aislamiento, evidenciado por su lenguaje corporal.

-*"Bueno, son techos altos, pasillos largos…es normal que retumben los pasos de los monitores o celadores que vigilen o lleven cosas "* – traté de justificar mirando a mi alrededor.

-*"¡No es ese tipo de ruido, no soy gilipollas!"* – me dijo con odio

- *"Son puñetazos y patadas, durante horas, en plena madrugada. Lo peor es que se lo cuento a los celadores al día siguiente, diciendo que ya vale y que mejor sería que si tuvieran un problema conmigo me lo dijeran a la cara, y ninguno tiene los huevos de reconocer que fueron ellos… ¡Y en este pasillo sólo hay habitaciones individuales y ninguno está tan pirao como para dar esos golpes!"* -

Su agresiva reacción me desconcertó. Tal vez aquel chico sí era tan agresivo y problemático como Adelaida aseguraba que le habían dicho distintos profesores y el psicólogo de su antiguo Instituto. Le pregunté si había hablado del tema con el director o el jefe de planta y me extrañó que dijera malhumorado que cuando salía de la habitación sufría fuertes dolores de cabeza

-*"Trataré de comentárselo yo ahora, al irme"* – musité sin saber bien qué decir y provocando que el joven, que seguía escudado tras sus brazos y piernas cruzadas, me clavara una mirada cargada de desprecio – *"…. por si puedo ayudar en algo"* – finalicé casi en forma de susurro, intimidado.

-*"Lo dudo"* – sentenció con odio. Sin embargo aún no había salido de su habitación cuando de repente cambio su carácter y de forma esforzada, muy agradable, me preguntó si podía pedirme algo; le contesté afirmativamente y entonces me preguntó si dentro de tres semanas, en la noche de San Juan, podría quedarme con él. Aquello me extrañó y le pregunté por el motivo de su petición, a lo que contestó que en esa noche venía mucho ruido de los pueblos vecinos y lo pasaba muy mal, que sólo sería hasta las tres de la madrugada, cuando todo acababa. La petición y los motivos me resultaban extraños, pero sentía que no podía, o no debía negarme a ello, aunque sólo fuera por su madre.

- *"No lo olvidarás ¿verdad? Ven a las 10 de la noche y cenaremos juntos en la habitación, tras lo que me ha contado mi madre de ti creo que te he tomado cariño"* – dijo

-*"¿Tan tarde cenáis?"* – pregunté extrañado ya que creía que en esos centros se cenaba a las 8 de la tarde.

-*"Será una comida especial que nunca olvidarás"* – me contestó enigmático. Después salí de esa curiosa y "afable" reunión con mi primo, para decir al celador de la entrada, el mismo que me había atendido al llegar al centro, si pudiera ser que me reuniera con algún monitor de los que atendía a mi primo.

-*"Deme un momento, por favor"* – me respondió educadamente y comenzó a hacer distintas llamadas mientras yo, para procurarle algo más de intimidad, me separé para ojear diversos papeles expuestos en la pared donde se daban indicaciones para las visitas, junto a un horario con los turnos de actividades deportivas y diversa información de todo tipo. Había también informaciones sobre la remodelación del anterior edificio. Media hora después me encontraba reunido con Isabel López, la coordinadora de los monitores del primer módulo. Me contó que en ese módulo se trabajaba la fase de inicio del proyecto de reinserción social, en la que trataban de identificar los posibles problemas de cada paciente y se desarrollaban actividades destinadas a ganarse su confianza y romper sus estrategias de reafirmación o aislamiento social. Pensé en la postura de mi primo; la verdad era que con él iban a tener que echarle mucha, pero que mucha, paciencia. Me contó muy por encima el esquema general del Centro, los resultados que esperaban obtener al finalizar las distintas fases. La escuchaba y por un momento me identifiqué con su discurso, era muy similar al que yo empleaba con frecuencia en mi trabajo para conseguir nuevos clientes, mostrando las bondades de aquello que deseaba vender. La dejé hablar. Finalmente le comenté la reacción de mi primo al hablar de los continuos golpeteos durante horas, en las madrugadas. Ella miró el ordenador y me confirmó que varios monitores habían tenido la misma queja pero que nadie había oído nada, ni siquiera otros chicos "vecinos" de él, ni había causas para dichos ruidos. Terminó contándome comportamientos de mi primo que lograron descolocarme; Alfredo mentía, insultaba, e incluso robaba mecheros o cigarros a otras personas del centro, aprovechando el menor control que hubo durante dos semanas por algunas bajas imprevistas que obligaron a varios trabajadores a duplicar su trabajo. Yo sólo pensaba en que Alfredo tenía un patrón de comportamiento reforzado durante años en los que la autoridad de sus padres había estado ausente, lo que le había llevado a adoptar una serie de medidas intimidatorias que ahora tendrían que atacar, desmontar y resocializar, por el bien de todos, si no deseaban tener en un futuro comportamientos delictivos que pudieran llegar a ser graves, contra la propiedad ajena o incluso de maltrato físico. Le hablé de mi trabajo en la empresa farmacéutica y de la posibilidad de acceder a medicamentos adaptados a la patología de Alfredo pero Isabel me dio una respuesta sumamente lógica; los psicólogos del centro ya adoptaban los tratamientos que creían necesarios si bien la idea del centro era enseñar a los jóvenes a adoptar conductas más "sanas" para ellos y los que les rodeaban, en lugar de optar por mantenerlos sedados o anulados químicamente... Así las cosas, me despedí agradeciéndole haberme atendido y de nuevo con esa molesta sensación de ser totalmente inútil, sensación que comenzaba a ser frecuente cada vez que me llamaba mi prima para desahogar sus angustias. Tratando de desviar esa incómoda sensación, crucé la calle y entré en el bar que veía enfrente, lleno de carteles de menús y bebidas. Pedí una granizada de limón, una tapa de croquetas de jamón ibérico y me senté en una de las mesas en el interior. Tras analizar las conversaciones con Alfredo y con Isabel, me fijé en las mesas que me rodeaban, que resultaron estar ocupadas por algunas personas que vestían como los monitores o médicos del centro de jóvenes. Al mirar hacia la barra me sorprendió que allí estuviera el hombre de mediana edad que me había tratado de embestir con su coche hacía un rato. Decidí dejarlo estar, pero como notaba que me iba indignando al recordar lo ocurrido, respiré hondo, me levanté y me acerqué hasta él -*"Disculpe, pero debo decírselo"* – dije a su espalda, provocando que se volviera hacia mí – *"Esta mañana usted ha estado a punto de embestirme con su coche, en la bajada de la cuesta. De no haberle esquivado es posible que ahora requiriera asistencia médica. Iba usted como alma que lleva el diablo, invadiendo toda la carretera, en un tramo urbano"* -

El hombre me miró en silencio, mientras comprobaba algo avergonzado que tras él, al otro lado de la barra, el camarero me miraba con curiosidad tras haber oído mis palabras. Sin saber muy bien qué hacer, me giré lo más digno que pude y regresé a mi mesa -*"Lo siento"* – oí decir a mi espalda, provocando que me girara – *"De veras que lo siento….no era yo"* – dijo algo avergonzado el hombre – *"Como alma que lleva el diablo….tal vez fuera cierto…"* Me pareció ver en sus ojos ciertos destellos, como si fuera a romper a llorar. Le señalé con mi mano derecha la silla más cercana a él, invitándole a sentarse.

-*"Por favor…"* - dije, para pedir acto seguido al camarero que nos observaba sendas cervezas, pero él desechó la suya pidiendo a cambio una copa de coñac y me chocó que una vez llena agarrara la botella evitando que el camarero se la llevara. Pensé que sería un borrachín y que iba bebido en el cruce, eso podría explicarlo todo; sin embargo me extrañó que volviera a ofrecerme sus más sinceras disculpas y con la mirada fija en su copa de coñac comenzara a hablar. Resultó ser uno de los celadores del centro de jóvenes de Canteras y su excusa era que apenas me vio porque le había ocurrido esa mañana un hecho extrañísimo, que había sido la gota que rebosaba el vaso de su capacidad de aguante. Lo miré extrañado. Aquél hombretón, de complexión sólida que no obesa, y de enormes manos, daba toda la apariencia de ser equilibrado y de pulso firme, difícil de achantarse… y estaba destrozado psíquicamente. Temiendo que en el centro de jóvenes problemáticos se recurriera a terapias que pudieran resultar delictivas y pusieran en riesgo la integridad de aquellos chicos, que se encontraban a muchos kilómetros de sus familias, decidí alabar su actitud y apariencia, diciéndole que parecía recio como una encina y que no lograba entender qué hubiera podido desestabilizarle de esa forma. Deseaba que me contara lo ocurrido por si procedía tomar alguna decisión con mi joven primo.

-*"Es que… verá…."*- titubeaba. En verdad aquél hombre era más frágil de lo que me hubiera pensado – *"Allí pasan cosas extrañas"* – afirmó susurrando, mientras clavaba sus ojos llenos de venillas rojas en mí.

-*"¿Qué quiere decir?"* – le dije con suavidad, tratando de fomentar su disposición a confesarse conmigo – *"¿Qué tipo de cosas?"* -

Pero el hombre guardó silencio. Lo contemplé tratando de darle su espacio, aunque por dentro tenía que hacer serios esfuerzos para no agarrarle por los hombros y vapulearle haciéndole hablar. Más silencio. Era desesperante, estaba ausente e inquieto. Bebí de un trago mi último sorbo de cerveza y me disponía a levantarme, pagar e irme, cuando de pronto aquél hombre volvió a titubear de nuevo.

-*"¿Ha…ha oído usted hablar del sanatorio de tuberculosos de Sierra Espuña?"* -

Iba a negarlo pero traté de hacer memoria, pues algo me sonaba -*"No soy de Murcia, pero una vez creo recordar que hablando con un par de amigos murcianos, no sé a hilo de qué, terminaron contándome que la carretera que llega hasta él está encantada por el espíritu de los fallecidos que eran transportados en carreta hasta el pueblo ubicado en la llanura, más abajo, ya que a veces no iban completamente…muertos… Creo que era de ese sanatorio…pero está ya en ruinas, ¿no?"* -

- *"Sí…bueno…lo cierto es que aquél sanatorio tenía muy buen emplazamiento, en la bella sierra de Espuña, así que fueron muchos los enfermos de familias pudientes que pagaban por estar en aquel entorno, sanándose"* – me explicó, recuperando su compostura perdida, aunque sin dejar de fijar su mirada en la manoseada vaso – *"Lo que muy pocos cuentan es que era tal la cantidad de personas enfermas que la gran mayoría, con menos recursos económicos, eran ingresados en otro centro gemelo del de Espuña, aunque de menores dimensiones…."* –

Guardé silencio ¿Qué narices tenía que ver esta lección de historia improvisada con su comportamiento como psicópata al volante?.

-*"¡Ah, vale!"* – dije quedo, dejando claro lo poco que me interesaba ese tema – *"Otro centro sanatorio"* – el hombre asintió con la cabeza – *"Cerca, supongo…"* - y de nuevo su asentimiento con la cabeza...

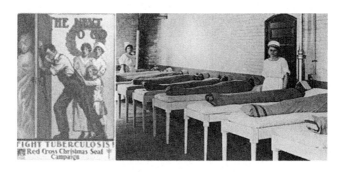

-*"Concretamente aquí"* – dijo con rotundidad dejándome estupefacto – *"Bueno, sería más propio decir ALLÍ"* – y señaló hacia fuera, en dirección al Centro Juvenil donde estaba mi primo.

- *"¿¿El centro para jóvenes??"* – pregunté sorprendido

- *"Exacto. Reformaron el ala derecha delantera que más se usa, dejando la parte de atrás un tanto olvidada Y se sorprendería de saber lo que viene ocurriendo allí todos los días, aunque los que allí trabajamos nos esforcemos por hacer parecer que no ocurre nada o que nada hemos visto u oído, hasta que cuando no podemos más cogemos la baja"* -

Tragué saliva, me armé de valor y sin atreverme a mirarle a la cara, le pregunté - *¿Y qué fue aquello que vio usted esta mañana y que tanto le asustó?* -

Volvió a guardar silencio mirando a su copa, lo giró entre sus manos, sin separarlo de la mesa, y al fin me respondió - *"- Estaba con Javier Cami... con un chaval que da bastantes problemas, la había vuelto a armar y no atendía a razones, así que nos llamaron a mí y a dos compañeros más para poner orden en la sala. Me llevé a Javier a su cuarto. Se iba quejando de dolor en el cuello, pero no le hacía caso porque me habían dicho que varios chicos habían llegado a las manos, así que supuse que fue durante la pelea... y cuando ya me iba, fue hacia su espejo de pared a mirarse el cuello, me giré hacia la puerta para salir y por el rabillo del ojo...lo ví...."* – Guardó silencio y de nuevo comenzó a susurrar tembloroso - *"No imaginé, fue real, tras ese chiquillo había un hombre doblándole la cabeza a un lado y sonriendo asquerosamente, diría que estaba disfrutando con ese dolor...*

Volví a girarme para mirar al espejo...y ese ... ser me contemplaba directamente. Salí corriendo..." –

- *"¿Y alguien más puede confirmar sus ... experiencias?"* – le dije con precaución

- *"¡Casi todo el que pase más de tres horas en el centro, especialmente por la noche!* – dijo muy serio

– *"Mire, aquí hay chiquillos de todas las edades, así que es frecuente que los familiares vengan a pasar la tarde o el día con ellos. Y créame si le digo que son más de cinco los que nos han dicho que luego, en las fotos que tomaron...salen cosas... raras..."* – mostrándome una foto en la que parecía un cuerpo colgado boca abajo – *"¡Piense que este ha sido un lugar muy trágico, con muchas muertes y mucho sufrimiento, y en algunos casos se han hecho cosas terribles, como las que usted ha mencionado hace unos minutos del otro sanatorio Había celadores que cuando un enfermo terminal se resistía, sin razón alguna para morir, los colgaban en el sótano donde estaba la morgue con las ventanas abiertas, con lo que se conseguía del viento de la montaña una temperatura de varios grados bajo cero, y así podían morir congelados; a veces el final era peor, porque esos enfermos ya en coma, aunque vivos, lo introducían en los hornos crematorios del sótano y así cruelmente ponían fin a su tormento. Siempre eran personas sin familia. Cuando la enfermedad apretó, pronto se saturaron las camas del entonces sanatorio antituberculoso* – me enseñó otra fotografía en la que se veía una sala con dos enfermeras y una línea de sucesivas camas con cadáveres amortajados – *"y así se podía recuperar camas vacías eliminando de ellas a enfermos terminales, devorados por la fiebre, que sufrían terribles penurias y aguantaban aunque expulsaran en la tos angustiosa bocanadas de pus y sangre junto con trozos de pulmón, o que se encontraban en estado de coma"* –

Echó un nuevo trago y comentó susurrando - *"Se daba prioridad a los enfermos terminales que ocupaban habitaciones individuales, porque éstas eran más cotizadas por los enfermos ricos, pero muchos espíritus rebeldes de los que así se fueron siguen vagando por el sótano de la parte vieja, perdidos, y por la noche suben a sus habitaciones y martirizan a sus ocupantes con ruidos y pesadillas. Algunas fotos hechas durante visitas a esas habitaciones así lo demuestran..."* – y me enseñó una más, donde se veía la huella de otro espíritu.

Tomó la última copa, miró el reloj y echándome una mirada perdida comentó que tenía que irse, que comenzaba su turno. Cuando se alejó aún dejó en el aire un inquieto comentario - *"No le dejarán salir vivo de esas habitaciones que consideran suyas a menos que ..."* -

Calló y salió deprisa, sin ni siquiera hacer un gesto para pagar. Me quedé desconcertado, inquieto por mi primo, y me preguntaba si estaría él en una de esas habitaciones. Volví a pedir una nueva cerveza... en el fondo me quedaba una duda de la certeza de esa historia, que podía ser quizás el resultado de un tremendo agotamiento por tanta acumulación de trabajo en estas dos últimas semanas, como señaló la jefa. Pensaba que a lo mejor debería dar una vuelta esa noche por el sótano, no podía evitar pensar que allí dentro tenía un familiar. Así que ni corto ni perezoso me di una vuelta por la parte de atrás, a cierta distancia, por el exterior de la alambrada que lo aislaba, para dificultar que me vieran. Fue fácil, la parte de atrás, no reformada, estaba muy vacía, así que era fácil avanzar sin ser visto. Cubriéndome por los árboles llegué a la alambrada que aislaba el edificio, desde allí aprecié que en un apartado, junto a contenedores, había una especie de puerta vieja que empleaban posiblemente para sacar basuras y por la que podría entrar a los sótanos. Al comprobar que cerca de mí la alambrada tenía cierta holgura, estaba claro por donde se escapaban los angelitos de dentro, pensé *"¡Lo haré esta noche!"*.

Aquella tarde me preparé en condiciones, busqué una ropa oscura, negra, a fin de pasar desapercibido cuando me acercara al centro por atrás y preparé una buena linterna y una palanca por si necesitaba forzar la vieja puerta. Pasaban las 10 de la noche cuando paraba en el bar de enfrente. Necesitaba tomar un par de copas, de esas que te dan ánimos, antes de emprender la sorprendente empresa. En el bar pretendía aguantar el tiempo necesario para acercarme a la medianoche, pero no pudo ser, ya que cuando pasaba las 11, el camarero que atendía la barra me señaló que había que cerrar el negocio. Apuré el poco coñac de la segunda copa y tras pagar salí de aquella cafetería mientras otro camarero recogía sillas y mesas del exterior y comenzaba a bajar las persianas.

Salí a la amplia avenida. La verdad es que había muy poca actividad en la calle y, enfrente, el antiguo sanatorio, ahora centro juvenil, también mostraba poca actividad, sólo permanecía encendida la luz de la entrada y en pocas ventanas, que mantenían las persianas bajadas o medio bajadas, podía apreciarse indirectamente algo de luz. Sin embargo, aquella semioscuridad chocaba con la luz brillante que desprendía una hermosa luna redonda que vagaba por el cielo apantallando las luces tintineantes de las lejanas estrellas. Pensé que me iba a perjudicar tanta luz, me hacía más visible, ya que se podía caminar entre los árboles que rodeaban el centro sin necesitar linterna alguna; los rayos de luz que se colaban entre las copas de los árboles daban suficiente visión para el avance, lo que hizo que me retirara lo más posible del centro para después penetrar en aquel bosque. Avancé por él hasta llegar a la altura de la esquina de atrás del edificio y entonces me aproximé perpendicularmente a la cerca; todo en el interior parecía oscuro y tranquilo, busqué la holgura en la alambrada y me colé en aquella explanada enorme un tanto descuidada. Arriesgándome a ser visto, avancé en línea recta hacia la esquina oculta en un recodo del edificio. Allí me encontré con una vieja puerta de madera que hasta encajaba mal. No tuve dificultad en hacer saltar el pestillo interior con mi palanca y cuando entré en aquel sótano no sentí una percepción muy agradable; me nació una inquietud que parecía avisarme de peligro. Lo que más impresionaba era el enorme silencio y la quietud que allí había, nada de corriente, ningún crujido de tablas, ningún ruido… .

Los rayos de la luna iluminaban hasta 8 m de pasillo y encendí la linterna para seguir avanzando por él. Era un pasillo estrecho con algunas puertas sin marco que rezumaban humedad. Varios materiales estaban amontonados en esas habitaciones, camas y somieres oxidados y viejos colchones amontonados. Cuando llegué a la tercera puerta de la derecha observé que era una amplia puerta de madera verde y que tenía varias tablas clavadas que impedían su apertura. Delante de ella algunas cintas de plástico rojo sostenidas sobre pivotes avisaban de que no se penetrara en esa ala. Pensé que si se ocultaba algo estaría allí, por lo que deseché los avisos de prohibición, esquivé las cintas y desclavé las tablas. Cuando abrí la puerta noté que aquello era otro mundo. Me encontré de frente con un viejo montacargas a mi derecha y a mi izquierda veía una especie de armario con tres aberturas que me recordaron a nichos funerarios. La temperatura allí había descendido exageradamente; miré a la habitación que tenía a mi izquierda y observé con la linterna que podía ser la morgue, ya que allí había varios camastros de ladrillo y aún quedaban sábanas o velos por el suelo, recuerdos de viejas mortajas, estaba todo abandonado y deteriorado; en la habitación de al lado había lo que parecían hornos. Pensé que por el montacargas bajarían los cadáveres para alojarlos en estas habitaciones antes de llevarlos a enterrar o a cremar.

Empezaba a pensar que no había sido acertado entrar en aquél lugar cuando de las dos habitaciones que había al fondo se abrió lentamente la puerta de la izquierda y, alumbrado por mi potente linterna, observé que una figura aparecía a la vez que se elevaban las sábanas sucias que yacían en el suelo, que posiblemente hubieran cubierto algún cadáver. No lo pensé dos veces, salí como alma que lleva el diablo, notando cómo varias ¿manos? querían agarrarme, notaba que me arañaban. Crucé la puerta que cerraba el paso a ese sector y enfilé hacia la calle cuando escuché como la puerta que había atravesado se cerraba de un fuerte portazo. Cuando me acercaba a la puerta de salida la cosa se complicó, de pronto se cerró con violencia impidiéndome el paso, pero afortunadamente para mí estaba en mal estado, porque me lancé aterrado contra ella y conseguí abrirla del impacto, destrozándome el hombro. Corrí después hacia la alambrada exterior mientras escuchaba como la puerta batida se volvía a cerrar de otro portazo. No paré hasta llegar a la carretera y cuando llegué al fin a ella mi cuerpo entero era un mar de sudor, tanto, que había traspasado las botas de cuero que portaba.

Ya en casa pasé mucho tiempo en la bañera tomando coñac y limpiando con alcohol los arañazos que tenía en los brazos; bebí y seguí bebiendo para vencer el terror latente, de manera que me quedé dormido en la bañera hasta que se acabó el agua caliente, había dejado sin agua caliente a todo el bloque. Por la mañana tenía un cuerpo horroroso, con una resaca tan monstruosa que no me la vencía la cerveza. Tras varios cafés pensé en volver al centro educacional, tenía que sacar de allí a mi primo Alfredo, que pensaba que corría peligro. Recordaba las palabras del celador, que me señaló que habría una forma de sacarlo sin peligro, aunque no me dijera cómo. Tenía que hablar con él y acudí al centro a buscarlo. Tuve suerte, salía en 40 minutos, le dije que necesitaba urgentemente hablar con él, quedamos en vernos en el bar de enfrente y allí acudió, puntualmente.

Le invité a una cerveza y le conté mi experiencia de la noche anterior. Dijo que me había arriesgado mucho. Después le hablé de mi primo, que estaba en una habitación individual del centro, le señalé mis deseos de sacarlo de allí y le pedí ayuda para hacerlo. Entonces me miró muy serio y me dijo que según le comentó un médium solo había una forma para liberarlo de ese espíritu si lo quemaron estando aún vivo, ya que si murió de forma natural no habría espíritu atormentado que buscara venganza, pero en caso contrario habría que entregar otro cuerpo a cambio – *"¿Qué tipo de cuerpo puede ser?"* – pregunté

-*"¡Si fuera éste el caso, ya lo habrá pactado su primo con los espíritus vengadores, porque además tiene que entregarlo un determinado día, que suele coincidir con la fecha en que murió el enfermo que dejó errante a su espíritu!"*-

-*"Pues va a ser difícil saber esa fecha"* – comenté

-*"No del todo"* – respondió - *"Posiblemente, sabiendo el número de habitación, en el Archivo Histórico tras la biblioteca podamos saber quien estuvo allí"* –

Sin dudarlo, nos dirigimos a la habitación escondida tras la biblioteca donde se guardaban documentos históricos de cuando el edificio era sanatorio. En un bloc grueso y viejo que recogía la entrada de enfermos, buscó el paciente que estuvo en aquella habitación; cuando lo encontró levantó preocupado su mirada, mostrando ligera blancura en su rostro, y balbuceando me dijo que a ese paciente lo incineraron en el horno y fue a las 3 de la madrugada de un 24 de junio.

La ligera blancura de su rostro se transformó en un blanco intenso en la mía, y recordé el favor que me había pedido mi primo sobre la visita en la próxima noche de San Juan. Me incorporé, le di las gracias al celador y le ofrecí invitarle a una copa, porque a mí me hacía mucha falta.

Cuando bajaba las escaleras de salida del centro rumbo al bar iba pensando en que hay cariños que matan...

12. LA DEUDA

Agustín y yo teníamos una íntima amistad desde que nos conocimos trabajando en la tristemente famosa plataforma petrolera británica *"Piper Alpha"* del Mar del Norte, propiedad de Occidental Petroleum Corporation (OPCA), frente a la ciudad escocesa de Aberdeen. Esta gran plataforma fija, diseñada inicialmente para la extracción del petróleo, se ubicó en el campo petrolífero *Piper,* a algo más 193 km al noreste de la ciudad escocesa y llegó a alcanzar una altura de 145 m sobre el nivel del mar. La explotación de petróleo comenzó en 1976, con la extracción inicial de 250.000 barriles de crudo al día, que continuamente se iba incrementando. Su montaje inicial fue perfecto respecto al control de seguridad, los cuatro módulos de los que constaba se organizaron de modo que las operaciones y actividades más peligrosas estuvieran protegidas y alejadas del mayor número posible de trabajadores. Pero al convertirla en una plataforma de extracción y tratamiento de gas se eliminaron estas "barreras" de seguridad, reuniendo los cuatro módulos en uno solo, no separando la zona de compresión de gas de la sala de control. Durante esta transformación nos incorporamos Agustín y yo, aún muy jóvenes, junto a un grupo de una docena de ingenieros procedentes de otras compañías petroleras. Dentro de nuestro entonces limitado conocimiento, pronto nos dimos cuenta del riesgo que se derivaba de aquella transformación; la zona inestable y las fuertes mareas que había en aquella ensenada en la que desembocaba el río Dee aconsejaban seguir manteniendo las medidas de seguridad, más aún cuando esa plataforma comenzó a tratar el petróleo crudo y el gas natural proveniente de veinticuatro pozos para su entrega definitiva a tres terminales, hacia las que salían tres gaseoductos, dirigiéndose el más importante hacia las islas Orcadas. Era sin lugar a dudas la plataforma más grande y pesada de todo el mar del Norte. Semanas antes del 6 de julio de 1988 se construyó un nuevo gaseoducto sin interrumpir el normal funcionamiento de la plataforma, ni siquiera fue motivo especial de preocupación que se detectara una ligera fuga de gas.

Era mediodía de ese 6 de julio cuando Andrés y yo participábamos en el mantenimiento rutinario de dos bombas de presión de gas de la plataforma, denominadas A y B, que comprimían el gas para su transporte hasta la costa. Dicho proceso se iniciaba con la retirada de la válvula de seguridad de la bomba de presión A, que resultó excesivamente costosa, por lo que la tubería abierta fue temporalmente sellada con un disco plano metálico por falta de tiempo, lo que relató el supervisor en el informe de la hoja de trabajo, señalando que la válvula no estaba reparada y que dicha bomba no podía ponerse en funcionamiento bajo ninguna circunstancia. Con el inicio del turno de noche, a las 18h, el supervisor contratista firmó el parte de trabajo, en lugar del gerente de producción, que estaba ocupado, y lo dejó sobre la mesa del supervisor de la sala de control. No se supo por qué razón este parte de trabajo desapareció. Lo cierto fue que, próximas las 22h, la bomba B de gas licuado del petróleo, de la que dependía todo el suministro de energía de la plataforma, falló y dejó de funcionar. Se disponía de muy poco tiempo para regenerar el suministro de energía, porque en caso contrario habría que mal cerrar la plataforma, por lo que se acudió a la bomba A. Pero lejos de comprobar in situ su estado, el gerente se limitó a buscar el informe sobre esa bomba para ver si estaba lista para funcionar; al no encontrar el informe pensó que estaba en condiciones y ordenó que se encendiera dicha bomba. El gas comenzaba a fluir pero, al no haber válvula de seguridad, no se podía controlar la sobrepresión y el disco de metal colocado al fin saltó, tras dispararse tres alarmas. Teóricamente, si hubiera sido una plataforma para extracción de petróleo y gas, los potentes cortafuegos que llevaría hubieran sido suficientes para poder cerrar la fuga, incluso podría haber aguantado el fuego, pero como fue construida originalmente para la extracción sólo de petróleo, los cortafuegos que llevaba no lo resistieron, acabando en una enorme explosión seguida de un gran incendio, que se extendió por los distintos módulos y niveles. Como resultado, la plataforma resultó completamente destruida y muertos la mayoría de trabajadores. Agustín y yo nos libramos de milagro, al lanzarnos la onda expansiva al mar. La caída fue terrible y yo salí peor parado, tanto, que si no llega a ser por Agustín no lo cuento, me hubiera ahogado; Agustín me salvó, y creedme que lamenté tener esa deuda durante mucho tiempo. Murieron 167 hombres, sólo 61 logramos sobrevivir, y los cuerpos de treinta hombres nunca fueron encontrados. Fue el mayor desastre en el mundo de la industria de extracción de petróleo, tanto en el número de muertos como por su coste económico.

Tras el periodo de convalecencia y recuperación nos incorporamos nuevamente al trabajo; el siguiente destino fue otra de las plataformas del Mar del Norte, cuyo número seguía aumentando hasta alcanzar las 184 unidades. Pero la verdad era que no nos sentíamos muy a gusto en esa zona ¡demasiados malos recuerdos! por lo que en la primera oportunidad que tuvimos nos trasladamos a una plataforma norteamericana de la misma compañía en el Golfo de México, que también iba incrementando su número hasta alcanzar las 175 unidades. Algo más de 20 años estuvimos en aquella zona del Caribe donde realizamos muchos sueños; yo era un amante empedernido de la América latina y Agustín del buceo, cosa nada anormal en aquellos lugares, con playas largas, solitarias y arenosas donde los palmerales te reciben como una amante, ofreciéndote ese vaivén atractivo junto al mar turquesa cuya tranquilidad rompe la misma brisa, haciendo que nazcan espumas blancas en las rompientes y donde, al irse la tarde, un sol enorme y rojizo se escapa por un horizonte donde apenas se diferencia el mar del cielo, dando entrada por el otro lado a esas noches estrelladas donde la luna se hace más grande y más blanca. Nosotros procurábamos alternar nuestro trabajo con visitas a diferentes lugares mágicos de aquel continente, sin abandonar nunca la inmersión. Bucear por ese racimo verde de islas atlánticas de la costa suramericana era un auténtico placer, allí podíamos hacer todo tipo de buceo, desde esnórquel con tubo y gafas por esas bahías de aguas templadas y cristalinas que permitían ver su fondo arenoso desnudo por el que nadaba algún pez curioso, o visitar la gran biodiversidad marina en las barreras de coral que defienden las bahías, hasta inmersión por acantilados, por grutas, o por pecios. Esta última era la que más me atraía; descubrir en la oscuridad de las profundidades un barco hundido, reposando en la penumbra de los fondos silenciosos, proporcionaba una sensación de misterio y nostalgia que pronto se trasformaba en tristeza, al pensar en las vidas que se pudieron perder. Eran páginas de un ayer que contemplaban las historias y las tragedias que escondía, celoso, el mar. Claro que la complacencia de la inmersión dependía de la profundidad, porque eran muchos los factores a tener en cuenta. Cuando se baja con botella de aire, hay que variar la mezcla de nitrógeno y oxígeno en función de la profundidad a la que se quiera llegar. También hay que tener en cuenta, junto a las corrientes, el tiempo de descompresión y la velocidad de ascenso, que nunca debe ser superior a los 4 segundos por metro, especialmente en los 10 metros más cercanos a la superficie; por otro lado, si se baja a más de 20 metros de profundidad o durante más de 30 minutos, es aconsejable que se realice una parada de descompresión de 2 minutos entre los 3 y 5 metros de profundidad. También hay que tener en cuenta que entre una inmersión y otra debe haber al menos 10 minutos mínimos de descanso; además hay que tener presente que la eliminación del nitrógeno residual suele tardar 12 horas en eliminarse totalmente del cuerpo, que absorbe más gases cuanta más presión soporte, siendo ésta proporcional a la profundidad, por lo que, cuanto más se baje menos tiempo debe durar la inmersión. El cuerpo humano sólo puede absorber una cantidad limitada de gases si no se quiere correr el riesgo de entrar en ebullición.

Solíamos acompañar estas inmersiones con visitas arqueológicas por la Ribera Maya, lo que nos permitía alguna inmersión por cenotes, esos pozos naturales, abismos o depósitos de agua, amplios y de gran profundidad, que los mayas consideraban sitios sagrados para contactar con sus dioses. En los cenotes encontrábamos cavernas y grutas en sus profundidades por las que nadar era un placer; muchos de ellos estaban conectados por ríos subterráneos con el mar o con otro cenote cercano… los más hermosos están en el Yucatán mexicano, en el interior de la selva, en medio de una vegetación esplendorosa. Visitamos el *"Ik Kil"*, cerca de Chichén Itzá, el *"Suytun"* cerca de la ciudad de Valladolid, quizás el más visitado, y el *"Dos Ojos"*, en la Rivera Maya, cerca de Tulum; eran simplemente tres de los más de 5000 cenotes que hay en esa zona. Pronto comenzamos con las escapadas a otros países buscando el misterio y la belleza, como la inmersión en el Pacífico por las peruanas islas Paracas, frente al candelabro que señala hacia la altiplanicie de Nazca con sus extrañas figuras sólo visibles desde el aire; o en Campanario, una "selva submarina" cercana al *Parque Nacional Corcovado* en la Isla del Caño de Costa Rica, tras la visita al parque nacional de *"Tortuguero"*; o en la *Isla de Omepete*, en el Lago Nicaragua, única isla en el mundo con dos volcanes, el Concepción(1.610 m) y Maderas(1.394 m), una maravilla natural con una exuberante naturaleza, aunque el mejor lugar de buceo de este país es *Moyogalpase*, donde se puede bucear por grutas y paredes volcánicas. Todas las visitas las hacíamos bajo la planificación de Agustín; cuando alguna no me gustaba y le preguntaba por qué tenía que aceptar su imposición, siempre obtenía la misma respuesta - *"Porque tienes una deuda conmigo…¡Cómo que te he salvado la vida!"* -

Mientras yo iba avanzando en la práctica de inmersión, Agustín solía acercarse a hacer una visita a cualquier plataforma petrolera cercana, donde recogía datos. Y fue en nuestra visita a "La Española", hoy República Dominicana, la primera isla avistada por Cristóbal Colón en 1492, donde visitó una plataforma "en estudio", en la que nos encontramos con la sorpresa de que al frente del servicio técnico había un antiguo compañero de la maldita plataforma del Mar del Norte. Estaban experimentando nuevas técnicas de extracción y seguridad, lo que hizo que mi amigo se olvidara de la historia de esa isla y pasara largo tiempo en esa plataforma experimental, decisión ajena a mí, porque siempre soñé con dar un largo paseo por la calle de "Las Damas" de Santo Domingo, situada en la ciudad colonial construida por el gobernador Nicolás de Ovando en 1502. Debía su nombre a que al principio del período colonial las damas españolas se paseaban por esa calle, aún decorada con azulejos coloniales, con toda su servidumbre. En esta calle está la Fortaleza Ozama o de Santo Domingo, junto al río Ozama, el fuerte más antiguo construido por los europeos en el Nuevo Mundo(1502-8), con su Torre del Homenaje, que controlaba los barcos que entraban por el río. En ella residió el virrey Diego de Colón, hijo del gran Almirante, y su mujer María de Toledo, sobrina-nieta de los Reyes Católicos, que inició la costumbre de pasear por ella al atardecer con sus damas de compañía. También se ubicaba allí la Real Audiencia o edificio de las Casas Reales, que tenía como sede dos palacios; en uno estaba el primer tribunal de justicia del Nuevo Mundo y en el otro, el de la Capitanía General, donde residían gobernadores y mandos. Podía visitar por aquella larga calle la casa de Don Rodrigo de Bastida, adelantado y conquistador español, la iglesia de los Jesuitas (hoy Panteón Nacional), la casa de los Jesuitas, hoy sede de la Universidad de Santiago, varias casas coloniales (algunas con antiguos escudos), una de las cuales, hoy embajada francesa, fue la residencia de Hernán Cortés, y al final la Plaza de España, antigua Plaza de Armas. Visité después Santa María la Menor, primera catedral construida en el Nuevo Mundo (1514-42), en la que descansaron los restos de Colón antes de su traslado a la

Catedral de Sevilla, con su plaza presidida por su estatua, y el Faro de Colón en las afueras, donde se dice que descansan los restos del Almirante. Sólo en la visita al *Faro de Colón*, donde nos hicimos una foto junto a la tumba del gran Almirante de la Mar Océana, y en el buceo me acompañó Agustín. Buceamos en tres sitios diferentes, siempre buscando pecios. Sabíamos que alrededor de la isla se habían hundido más de 500 barcos, por lo que elegimos tres de ellos al azar. Al sur, cerca de la capital, buceamos en el parque nacional submarino *La Caleta*, de 10 km², cerca de Punta Caucedo. Nos sumergimos en una piscina natural para visitar cuatro pecios, el *"Hickory"*, a unos 20 m de profundidad, hundido voluntariamente en 1984 para crear un arrecife artificial, *"El Limón"* y el *"Capitán Alsina"*, a unos 30 m de profundidad, y el *"Don Quico"*, a unos 60 m. Esta última inmersión fue la más complicada dada la profundidad y los equipos que empleamos. En Bayahibe, provincia de La Altagracia, al este, muy cerca de la ciudad de La Romana, realizamos un buceo especializado de profundidad por el pecio *"St. George"*, el barco más grande hundido en aguas dominicanas, con unos 90 m de eslora, a 27 m de profundidad, entre barracudas, morenas y meros, entre otras especies. Por último buceamos en la zona de Boca Chica para visitar el barco *"El Catuán"*, a unos 20 m de profundidad, donde avistamos algún tiburón de arrecife. Personalmente, hubiera cambiado esta inmersión por otra al norte, en Montecristi, donde había más variedad, en los alrededores de Punta Rucia, en cuyo arrecife de Cayo Arena podíamos haber visitado los restos de unos 20 barcos, incluyendo uno de la flota española, *"El Zíngara"*, que naufragó en el año 1563 a 29 m de profundidad, muy cerca del pecio *"Las Galeras"* que está a 20 m de profundidad, donde la inmersión se realizaba en medio de una enorme biodiversidad marina en agua turquesas y cristalinas. Pero otra vez Agustín impuso su decisión con el consabido "razonamiento" - *"Porque tienes una deuda conmigo... ¡Cómo que te he salvado la vida!"* –

Cuando volvimos al trabajo, nos incorporamos a una nueva plataforma en aguas venezolanas, si bien Agustín ya apuntaba a más alta empresa. Había preparado un proyecto de seguridad para las plataformas petroleras que atrapaba la atención de las compañías norteamericanas; incluso diseñó un sistema de análisis por sondas para detectar la existencia de bolsas de petróleo en tierra. Tras un plan de pruebas en la zona de Pernambuco pasó a formar parte del cuerpo técnico de la compañía norteamericana, con un buen cargo, mejor sueldo y un nuevo contrato. Quiso interceder por mí para que estuviera en su equipo, pero yo pensaba ya en retirarme; aún no era lo suficiente mayor para buscar una vida más tranquila, y antes de hacerlo había lugares maravillosos que quería visitar, como Machu-Pichu, los salares de Atacama, las Torres del Payne, el Cabo de Hornos, las Cataratas de Iguazú, Buenos Aires o la Patagonia. Por lo que mantuve mi contrato que expiraba dentro de un año, aunque tuviera que trabajar en una plataforma sin Agustín. No obstante, agotamos nuestra última inmersión antes de separarnos, inmersión muy complicada en las islas argentinas *"Las Malvinas"*, aprovechando que la compañía petrolera norteamericana le había encargado buscar yacimientos petrolíferos en una amplia zona, que iba desde El Calafate hasta Río Gallego, ya al sur de la Patagonia. Por lo que antes visitamos *Las Malvinas*, a la sazón raptadas por los británicos, donde al final hice la última inmersión con Agustín. En este archipiélago, formado por más de 200 islas e islotes situados en el océano Atlántico Sur, destacan dos islas, la Gran Malvina, al oeste, con una extensión de 4378 Km^2, y la isla Soledad, con 6355 Km^2 al este. Están a algo más de 350 Km de la Isla de los Estados, al suroeste de Argentina. La principal localidad es Puerto Argentino (*Stanley* en inglés), en la isla Soledad. Fueron descubiertas en 1520 por el español Estevão Gomes, nacido en Oporto, que en 1519 fue uno de los cinco capitanes que navegó a las órdenes de Fernando de Magallanes en el viaje que dio la primera vuelta al mundo y en el que se descubrió el estrecho de Magallanes. En ese punto Gomes desertó, y antes de volver a España, donde fue encarcelado y sometido posteriormente a juicio, desembarcó en las Malvinas, que estaban deshabitadas, y las llamó *Islas de San Antón,* sumándolas a la Corona española. Gomes fue liberado tras finalizar la primera vuelta al mundo el 6 de septiembre de 1522, con Juan Sebastián Elcano al mando del galeón *Victoria,* único barco superviviente de la flota de Magallanes, que había muerto en Filipinas. Siendo ya españolas las Malvinas, hubo un par de intentos británicos por ocuparlas, en 1690 y 1766; este último iba acompañado por franceses, que ocuparon una de las islas, pero en todos los casos fueron expulsados por los españoles. Tras la independencia argentina en 1811 pasaron a su jurisdicción. En 1833 los británicos se las arrebataron; hubo un intento argentino de recuperación, el "Operativo Cóndor" en 1982, pero acabó en fracaso.

La inmersión en estas islas era tan peligrosa como la navegación por ellas, porque además de los cambios meteorológicos drásticos, allí arriban los vientos huracanados y las fuertes tormentas que se originan en la Antártida o en el Océano Pacífico Sur, vía Paso de Drake (injusto nombre para el Paso que debiera llamarse de Hoces, ya que el pirata inglés nunca pasó por allí, es otro cuento inglés, pero sí el navegante español Francisco de Hoces, que iba en la expedición española de Jofre de Loaisa (1525-1534) en busca del antimeridiano del Pacífico y que dio la segunda vuelta al mundo, cruzó por allí tras descubrir la Isla de Hornos), lo que hace que fueran muchos los naufragios en aquellas remotas costas. De hecho al acercarse al archipiélago se ven los esqueletos de los barcos que embarrancaron en sus costas, como los británicos *"Capricorn"* en Puerto Stanley; en Puerto Argentino el *"Afterglow",* el *"Plym",* el *"Lady Elizabeth"* y el *"Golden Chance";* o el *"Richard Williams"* en Isla Borbón; el argentino *"A.R.A. Bahía Buen Suceso"* en Puerto Fox, o el *"Castalia"* al norte de la isla San José. Otros, como los británicos *"Margaret"* en 1850, el *"J.P. Smith"* en 1866, el" *Fleeting"* en 1874 o el *"Sanson"* en 1910, llegaron a puerto tan deteriorados por las fuertes tormentas que tras diferentes arreglos, quedaron en puerto realizando funciones de malecón, depósitos de carbón o gabarras de alije, entre otras. Y no fueron los únicos que se perdieron por allí; en 1851, la goleta francesa *"Amantine"*, cargada con vino y seda, se perdió en Cabo Fresnel, al norte de la Isla Soledad. También en esta zona se hundió la fragata inglesa *"Denmark"* tras una fuerte lucha contra el temporal, y en 1884 lo hizo el barco británico *"Nenai Straits"* al incendiarse las 907 Tm de carbón que transportaba. El bergantín alemán *"Concordia"* naufragó en Limper Creek por un fuerte temporal. En 1901 el bergantín malvino *"Thetis"* desapareció frente a la Isla Soledad y también aquí se hundió en 1830 el buque ballenero francés *"Magellen"*. En 1902 lo hizo el tercer *"Allen Gardiner"* en Cabo Alto. En 1921 encalló el buque ballenero noruego *"Guver Noren"* en Bahía Vaca. Y así una larga lista, que supera el centenar de hundimientos. Por supuesto algunos de ellos fueron producto de la guerra. Durante la I Guerra Mundial, en 1914 la flota británica hundió los buques de guerra alemanes *"Liepzigg"*, *"Numberg"*, *Gneisenau"* y *"Scharmhorst"* al sudoeste de las islas, y los carboneros *"Baden"* y *"Santa Isabel"* al sur de Puerto Fitz Roy. En la guerra de las Malvinas, en 1982, aviones Sea Harrie británicos hundieron al guardacostas argentino *"PNA Río Iguazú"* en el Seno Choiseul. Un misil argentino Exocet hundió al contenedor británico *"HMS Atlantic Conveyor"* al oeste de Puerto Argentino. Trasportaba equipos de combate, repuestos para aviones, helicópteros y material de guerra. Otro misil impactó en el destructor británico *"HMS Sheffield"* de 4100 Tm, y aunque no explotó produjo un incendio que provocó el hundimiento al sur del Puerto Argentino. Igual ocurrió con las fragatas antisubmarinas *"HMS Plymouth"* y *"HMS Antelope"*. Recibieron impactos de varias bombas de 1000 libras que no explotaron pero que provocaron la explosión de las cargas de profundidad, hundiéndolos. Otra bomba hundió a la fragata británica *"HMS1 Ardent"*, de 3300 Tm, y hubieran sido más si las bombas argentinas hubieran tenido mejor tecnología, ya que los buques de guerra británicos *"HMS Argonaut"*, *"HMS Antrin"*, *"HMS Lancelot"*, *"HMS Bedivere"*, *"HMS Glasgow"*, *"HMS Galahad"*, entre otros, aunque recibieron varios impactos de bombas argentinas de 1000 libras, ninguna explosionó, por lo que siguieron navegando. Y fuera de la zona yace hundido el crucero argentino *"General Belgrano"*, que se llevó 323 vidas cuando un submarino británico lo torpedeó en 1982 en la zona de exclusión, por lo que se clasificó como un crimen de guerra. Nuestra visita fue un auténtico fracaso, ya que nos acompañó el mal tiempo y sólo pudimos hacer la inmersión a un pecio en Puerto Fox, que no fue nada fácil por la frialdad, turbidez y las corrientes marinas.

Terminada aquella escapada, inicié mi último año de trabajo en aquella plataforma caribeña, mientras Agustín con tres técnicos se desplazaba a la zona de Río Chico, al norte de Santa Cruz, en la costa atlántica, que era una de las cuatro zonas en las que había ciertos acuerdos de la compañía con el gobierno argentino para iniciar análisis del terreno. Mientras mi vida en solitario transcurría entre mi trabajo y mis goces alcohólicos en los chiringuitos de las playas caribeñas donde nunca faltaba un hermoso atardecer, una canción sentimental y un combinado caribeño con alcohol, con o sin compañía, Agustín iba completando su ascenso y su leyenda, avanzaba en la prospección del terreno desde la zona señalada hacia Río Gallegos, a algo más de 80 km al norte del Estrecho de Magallanes, donde iba realizando con éxito alguna que otra prospección por aquellos páramos abandonados y solitarios, casi siempre abatidos por los vientos patagónicos o atlánticos. Dos meses después de nuestra separación me llamó para decirme que se había enamorado de Aurora, una bella argentina de Santa Cruz. La historia que me contó no dejó de sorprenderme, parece que el flechazo nació cuando un miembro de apoyo a su equipo, Leonardo, hermano de Aurora, le solicitó ayuda porque un asesor del gobierno en el poder le había mal comprado su hacienda basándose en una ley de "mal uso" que el gobierno había creado, para rebajar costes, y había dejado a toda la familia en la calle, pues lo recibido en la compra no le llegaba ni siquiera para disponer de una mansión digna en la localidad. Por hacerle el favor, Agustín intervino en el tema, y ya no hubo favor cuando conoció a Aurora; en un mes estaban casados y no hizo falta que me recordara el susodicho - *"Porque tienes una deuda conmigo... ¡Cómo que te he salvado la vida!"* - para ser su padrino aunque, por supuesto, me lo recordara. La boda fue en El Calafate, en la otra punta del oeste andino de la Patagonia ya que en Santa Cruz, situada en el este atlántico, Agustín había cometido la imprudencia –desoyendo a Leonardo- de enfrentarse al recaudador de los gobernantes del país, presentando una denuncia en los tribunales de Santa Cruz, además de presionaba al recaudador con no pagar el alto "impuesto" que le exigía a su compañía petrolera por sus continuadas prospecciones en aquella zona.

Días antes de la boda conocí a Aurora, que llevaba consigo a dos hermanos de 5 y 7 años ya que sus padres habían fallecido en un extraño accidente, al dispararles en una hacienda cuando buscaban agua para el radiador del coche y confundirlos con ladrones. Agustín asumió la paternidad de los hermanos de Aurora y alquiló una hacienda a pocos kilómetros de El Calafate. La verdad es que la situación que se vivía en Argentina no me parecía ni satisfactoria ni segura, a pesar de que creía que con el reciente acceso de los nuevos gobernantes al poder, se había conseguido un crecimiento del producto interior bruto y mejorado la economía del país, algo que seguía ocurriendo incluso tras la muerte de uno de los miembros de la pareja en el poder. Pero pronto comencé a pensar que podía estar equivocado, al observar en aquel lugar turístico tan poca alegría en los empresarios a pesar de que el turismo llenaba la zona, algo justificado por la cercanía del Lago Argentino y del glaciar Perito Moreno.

Tras la cerebración de la boda, a altas hora de la noche, cuando ya hacía tres horas que habíamos cambiado el mate por whisky, conseguí tener una charla con Leonardo, aprovechando que los recién casados se habían retirado a su hacienda. Posiblemente la decepción, o tal vez el alcohol, hicieron que Leonardo desahogara conmigo su amargura. Era un fiel servidor de su jefe y ahora cuñado, Agustín, del que sabía que yo era un amigo íntimo y leal. Me contó que Argentina era un inmenso país tan plagado de riquezas como de ladrones. Que muchos argentinos se alegraron cuando los últimos gobernantes llegaron al poder desde Santa Cruz en la Patagonia, que efectivamente consiguieron mejorar la economía y lograron una época de bonanza para el país. Pero decía Leonardo que pronto la situación comenzó a cambiar y a la "época ganada", como llamaban los nuevos gobernantes para referirse a la nueva riqueza y despegue para Argentina, siguieron tiempos – el gobierno se prolongó durante tres legislaturas- en los que se vio que no era un despegue sostenible pues no había una base económica que lo mantuviera. Por otra parte, comenzaron a aparecer casos de corrupción especialmente en Santa Cruz, también regida por un familiar de los gobernantes del país, en un alarde de nepotismo. Esa provincia, que tiene una extensión que era la mitad de España, es una estepa continuamente arrasada por el viento, que soporta una densidad de población de tan sólo 1 habitante por Km^2. Al sur está la provincia de Tierra del Fuego, la salida de Argentina hacia la Antártida. Los gobernantes obligaron a todas las empresas a pagar un impuesto que llegaba directamente a la Casa Rosada y se blanqueaba invirtiendo en la construcción y la hostelería, principalmente. Pusieron El Calafate en el punto de mira y allí levantaron hoteles, restaurantes, cabañas... que multiplicaban la inversión realizada y blanqueaban el dinero que recolectaban de industrias y otras "actuaciones"... Hasta hubo acuerdos con gobiernos y fuerzas paramilitares de países vecinos para el manejo de la droga, negocio que también se montó en Argentina, haciendo que conocidos narcos se trasladaran a este país, con lo que aumentó considerablemente la fortuna de estos dirigentes sin escrúpulos. Me comentaba Leonardo que el legislador del principal partido de la Coalición opositora estimaba en más de 21.000 millones de dólares el dinero que robaron. Que lo trasladaban en el avión presidencial hacia el sur, siempre en billetes de 500 € desde la Casa Rosada, desde Olivos (la residencia presidencial), o del piso de los gobernantes en Buenos Aires. Sus secretarios privados pronto se hicieron millonarios, llevando el dinero en bolsas, sacas y maletas repletas de billetes, aunque no acabaron bien. Uno de ellos fue asesinado y el otro murió de cáncer. -*"Ante denuncias, chivatazos o evidencias, la justicia desaparece o se anula, mantiene muy poca operatividad, ¡la plata lo calla todo!"* – comentó Leonardo tras tomar su último whisky y después comentó muy bajito que estaba preocupado por su jefe y cuñado, que no había sido una buena idea poner una denuncia en Santa Cruz contra los gobernantes, nada más y nada menos que en Santa Cruz, su patria chica. Y menos ahora, que había elecciones en la siguiente semana…que desde El Calafate hacia el sur ninguna denuncia prospera, todas se estancan, desaparecen o se diluyen; no había sido una buena idea atacar al demonio… después tuve que llevarlo a su casa, porque no se mantenía en pie.

Al día siguiente, antes de volver a mi trabajo, comí con Agustín y su "familia" en aquella enorme hacienda donde faltaba lo verde en el campo. Aurora era un encanto, se volcó en complacerme, pues sabía de mi amistad íntima con Agustín. Después nos fuimos ambos a la chimenea de aquel gran salón a compartir un mate. Comenté a Agustín que debería largarse de allí, que después de la visión que me dio su cuñado del gobierno, no me quedaba tranquilo tras su enfrentamiento con el mafioso representante del gobierno en la zona. Me dijo que lo había pensado, pero que tenía que realizar las últimas pruebas que confirmaran su teoría y su propuesta de actuación, ya que por las pruebas y el informe ganaría una prima abundante, necesaria para llevar una vida desahogada con Aurora y sus hermanos; que acabaría el trabajo antes de que llegara mi "jubilación", y que si acertaba volvería conmigo al Caribe a tomarse una botella de champán antes de adoptar una decisión sobre el destino definitivo de su nueva familia. Me pareció bien la idea y le pedí que no se demorara mucho. Tras despedirme de Aurora y sus "niños" retorné al trabajo. Todo el viaje de avión lo pasé intranquilo, daba vueltas a mi cabeza y temía por Agustín y su familia. No era aquél país un lugar seguro en manos de esos gobernantes, pero esperaba que su situación como representante de la compañía petrolera lo mantuviera a salvo, ya que le iba a dejar mucho dinero al "gobierno", pero mi inquietud no disminuía por ello…

Me asaltó la turbación cuando volví del viaje
No vi en aquellos pagos esperanza alguna
Tanto anduve por diferentes parajes
Que tras años procurando calma surgió la duda

Cierto es que ya el mundo no era como estaba
Ni siquiera hay conciencia social de mejora
Pero me costaba entender que los que robaban
Fuesen admirados por la gente, hasta serle devota

Decían que el tiempo pone a cada uno en su sitio
Que se iría haciendo un mundo más justo
Pero con tanto cuatrero inútil y tanto circo
Para lograr ese objetivo tendrán que pasar lustros

Nunca los bufones pueden escribir la historia
Posiblemente porque no tienen nada que decir
Esos farsantes caricatos tienen hambre de gloria
Y todos sus gestos y principios los usan en delinquir

Lograr nuevas metas tras una planificación perfecta
Simplemente siendo un buen charlatán de turno
Es como los políticos pretenden engordar su cuenta
Porque si alguna vez tuvieron principios… ya no les queda uno

Todo se compra y todo se vende ¡Cuestión de precio!
Cayeron por las vertientes las quimeras del honor
Más son peligrosos con los que reniegan de ellos

Pues saben eliminar disputas con rencor

Ya sé que el interesado viento barre los muertos
Que es horrible el parentesco y la aburrida vecindad
Que cada vez hay menos rosas en los huertos
y que ahora los necios son los que crean verdad

Que los insomnios no tensan las velas del sueño
Que la arena murmura cuando no la acarician las olas
Que nunca hay diamantes verdes bajo el sol negro
Y que los colores se diluyen con las auroras

Difícil encontrar relatos mágicos en las vidrieras
Las miradas sinceras ya no abundan por el paisaje
Que no me preocupa arder en el infierno, si existiera,
Pero que borremos el viaje a Ítaca me parece deplorable

Posiblemente esa patraña tendrá gestas que contar
Que los seguidores, sin duda, las harán más fantásticas
Y con palabras de igualdad y libertad las adornarán
Sólo que esas historias no serán generosas ni románticas

Todas las semanas hablaba telefónicamente con Agustín, sobre todo después de enterarme que en las elecciones pasadas había perdido la saga anterior de gobernantes y que un nuevo político las había ganado. Me preocupaba la incidencia que podía tener ese cambio de gobierno en el trabajo de Agustín, pero en las sucesivas llamadas que le hice parecía que no le influía en su trabajo. El tiempo pasaba feliz para mí por dos motivos, por un lado se acercaba agosto, al final del cual accedía a mi jubilación, y por otro lado, Agustín me había señalado que para final de mayo tendría listo su trabajo. Incluso antes de que acabara abril hice una escapada de fin de semana a El Calafate donde además de gozar un par de días con toda la familia Agustín, analicé con éste su informe, facilitándome los datos recabados y las modificaciones que iba a señalar en el informe original, por el que cobraría un buen precio. Noté con satisfacción cómo Aurora ya estaba haciendo gestiones para recoger la casa y enviar sus cosas a la casa que Agustín había comprado en el Levante español. Mi amigo me señaló que la próxima semana iba a ser clave para rematar su trabajo, ya que debía repetir y ajustar algunas mediciones realizadas. Me dejó una copia de su informe para que lo revisara, ya que en el tema de la barrera de seguridad de las plataformas tenía algunas dudas sobre el material a utilizar, y consideraba que yo sabía más de ese tema al seguir trabajando en plataformas petroleras.

Tras la vuelta al trabajo saqué tiempo para informarme de las características de los diferentes materiales para completar el informe de Agustín. En la charla telefónica de esa semana me señaló que ya estaba terminando sus comprobaciones, sólo le quedaban los terrenos del sur. Sin embargo el miércoles siguiente, cuando volví a casa encontré en mi contestador una llamada perdida de Leonardo. Tras hablar con él me llevé la angustiosa sorpresa de que Agustín llevaba dos días desaparecido junto a los tres miembros de su equipo personal; dijo que se había puesto en contacto con la compañía petrolera, que había denunciado su desaparición a la policía argentina, pero que tenía poca esperanza de que la compañía lograra algo. Le dije que estaría en El Calafate al día siguiente, ya que tenía que pedir permiso a mi jefe para ausentarme.

Y así lo hice, muy temprano marché a la plataforma para pedir el permiso. Ese desplazamiento me vino muy bien, porque me encontré con que Jack, un ex marine del cuerpo de guardia, con el que había compartido algunas jornadas de buceo en ausencia de Agustín, se iba a tomar una semana de vacaciones y no sabía dónde ir. Le propuse que me acompañara tras contarle el problema, acordando con él una gratificación por su compañía. Eran las 9 de la noche cuando aterrizábamos en El Calafate, nos esperaba Leonardo. No sabía nada de Agustín. Tras la cena en la hacienda, donde Aurora y los niños estaban muy preocupados, me retiré con una botella de licor a hablar con su hermano en presencia de Jack ya que me había parecido que Leonardo me ocultaba algo. En esa reunión nos adelantó que no creía que hubiera intervenido nadie del gobierno en la desaparición del equipo, ni que era un secuestro, ya que habían pasado más de tres días y no se había recibido llamada de nadie. Señalaba que podía ser la mafia la que estaba detrás. Aquello me preocupó y pregunté de qué mafia hablaba. Entonces la historia que me contó me heló el corazón. Me señaló que tras la victoria inesperada en las pasadas elecciones, había ocurrido un hecho insólito; de las muchas denuncias que se habían presentado en el pasado contra los gobernantes salientes, sólo un fiscal federal se animó a investigar, interviniendo en varias de sus muchas propiedades, en donde encontraron cantidades de dinero, 90.000, 150.000 y 370.000 $, y realizó varios arrestos, entre ellos un ex secretario que señaló que al perder las elecciones y faltar el gobernante que controlaba todo, hubo mucho dinero negro que no se pudo blanquear y tuvieron que guardarlo en cajas de caudales y bóvedas de sus diferentes propiedades, en subterráneos e incluso en fosas bajo tierra por la Patagonia. Declaró ante el fiscal que él mismo había guardado bolsas repletas de billetes de 500€ en un convento de monjas de esa zona. Esta declaración tuvo especial relieve cuando en una cabaña se encontró una habitación repleta de dólares. Empezaron a conocerse los llamados "dólares de Santa Cruz", que eran billetes verdes que se compraban a menor precio de su valor en determinadas localidades patagónicas, estando incluso los billetes aún húmedos tras haber estado escondidos tanto tiempo bajo tierra. Era otra forma de blanqueo. Otro político de la oposición señalaba que por esos lugares patagónicos se guardaban millones de dólares escondidos en los lugares más recónditos. Todos estos acontecimientos hicieron que aparecieran muchas bandas en busca del llamado *"Tesoro K"*, bandas de criminales sin escrúpulos que iban a por todas, eliminando cualquier atisbo de competencia. Algunas haciendas que tenían alguna relación con los anteriores gobernantes fueron asaltadas, iniciando una búsqueda macabra del tesoro; en otra eliminaron a los cuatro propietarios o trabajadores que la atendían, asesinando también a otra banda de buscadores rivales.

Contaba que había alguna banda que estaba integrada por verdaderos asesinos como la del "Cártel de los Pingüinos". Que la policía hacía lo que podía y que cuando caía detenido algún miembro de una banda se iniciaba una cacería para robar a los ladrones, y que de estas extorsiones y robos no se había librado ninguno de los asesores de los anteriores presidentes, ni el ex secretario privado ni el recaudador; a ambos les hicieron hablar y cavar en determinados sitios para robarles el dinero. Al principal testaferro de los presidentes le destrozaron propiedades buscando dinero y estaba arrestado por la siempre desconcertante justicia argentina que pretendía sacarle más información sin que hubiera denuncia alguna sobre él, pero que callaba esperando la nueva llegada de la anterior gobernante al poder, y con ella, su liberación. Tomando una copa, Leonardo señaló que temía que en la desaparición de Agustín hubiera intervenido alguna banda que posiblemente creyeran que era rival o que sabía donde había plata guardada. Le pregunté por qué lugar estaba haciendo las medidas del informe, sacó un mapa y me señaló una zona al norte de la provincia de Río Gallego. Agarré el mapa y comenté: - *"Ya solo nos falta un todoterreno"* – continuando Jack: - *"y dos pistolas con dos cargadores cada una…"* – Leonardo nos miró asustado y comentó: - *"Mañana las tendréis al mediodía"* –

Pasaba el mediodía cuando Jack y yo salíamos en un todoterreno de El Calafate. Avanzábamos por una carretera solitaria rumbo al sur, íbamos rápidos por aquel camino vacío y despoblado, apenas sin coches y sin árboles que nos protegieran del fuerte viento que seguía castigando aquellas tierras áridas, en las que de vez en cuando se veía una alejada hacienda. El paisaje desolado era hermoso; a la izquierda, la estepa vacía y yerma se alejaba hasta tocar el horizonte brumoso buscando el atlántico. Nada crecía en ella, sólo unas tímidas plantas silvestres formando islas en ese mar de tierra y piedra protegiéndose del viento. A la derecha teníamos la impresionante cordillera de los Andes ya en la zona chilena, firme, grandiosa y oscura, apuntando sus picos blancos a aquel cielo azul y profundo; era una carretera que me resultaba hermosa, por su amplitud, por su abandono o por su soledad, pocas haciendas había por ella. En la tercera que vimos, cerca de la Estancia Tapi Aike, en un cruce de caminos, paramos a que nos dieran de comer y por unos pocos dólares tomamos un chuletón a la brasa que pesaría algo más de un kilo, con cerveza *"Patagonia Porter"* y mate. En otra, mucho más adelante, cerca de Bella Vista, preparada para el turismo, dormimos en una enorme habitación con gruesos y altos ventanales que no lograban frenar el viento frío de la noche.

Al día siguiente madrugamos, y tras tomar un tazón enorme de leche con mate y bizcocho, iniciamos con el mapa la ruta que había seguido Agustín y su grupo, para lo que cruzamos el Río Gallego, aún no muy caudaloso, y penetramos en aquel páramo yermo con amplias estepas áridas, largas praderas y desiertos. En esta zona más continental la sequedad es mayor, al estar más alejada del influjo oceánico, sin humedad la desertización y un sobrepastoreo irracional la aumenta; sin embargo, cuando nos acercábamos al océano o a los Andes aparecían algunos valles y cañadas con más humedad, que facilitaba la existencia de zonas fértiles llamadas vegas y malines en donde abundaba el arbusto, en especial el neneo, el coiron y la llaneta. Avanzábamos por un camino de ripio y conforme profundizábamos nos íbamos encontrarnos con pozas y grandes y descuidadas haciendas con ganado; allí comprobamos que esta zona presentaba la menor densidad de población de las regiones argentinas. Seguimos el camino marcado en el mapa de Leonardo y pronto nos encontramos con huellas de perforaciones. En la comida o en la cena nos ibamos interesando por el grupo de Agustín, yo mostraba la fotografía que nos hicimos en el Faro de Colón, pero sin suerte. Igual lo hacíamos cuando llegábamos a algún poblado, al comprar tabaco, beber mate o coger agua mineral, pero no estaba la suerte de nuestro lado. Sin embargo nos preocupaban los grupos de sospechosos que pululaban por aquella zona, sólo sus miradas ya nos parecían inquietantes.

Seguimos avanzando al día siguiente siguiendo la ruta del mapa y a media tarde llegamos a otro poblado cerca de otra variante del río Gallego. Estaba relativamente cerca del cruce de la carretera 5 con la 3. Era una población muy anárquica, de paso, las cabañas rodeaban aquella carretera con un asfalto tan pobre que no llegaba a tapar los socavones ni las piedras que emergían cerca de las inexistente aceras. Seguimos la misma táctica de información con la foto de Agustín, en la comida, en aquel bar donde tomamos mate y en aquel almacén donde compramos agua.

Ya buscábamos para dormir, cuando nos acercamos a una especie de pensión que tenía al lado un almacén de ropa. Entramos para adquirir sombreros gauchos con que protegernos del sol, y pañuelos de seda para cubrirnos de la arena que arrastraba el viento y tragábamos al respirar. Allí tuvimos un ligero incidente con dos individuos que tenían mala pinta. En un instante, sin mediar actuación alguna, se nos acercaron para preguntarnos qué nos traía a aquél lugar; les comentamos que éramos turistas pero volvieron a insistir, acercándose un tercer individuo. Aquello ya no era iniciar una conversación, el tono violento que empleaban mostraba otro tipo de interés; fue entonces cuando les contestamos que no era de su competencia y, posiblemente al ver que Jack había llevado su mano derecha a la espalda a la altura del cinturón, el tema no pasó a mayores. El más desdentado nos señaló que no querían molestarnos y se retiraron sin que Jack le retirara la mirada. Después cuando fuimos a pagar la mercancía a la nativa que nos atendía, nos aconsejó que tuviéramos mucho cuidado, que eran gentes muy violentas, y entonces soltó una frase mágica: -*"¡También tuvieron problemas con ellos sus compañeros!"* – Rápidamente centramos nuestra atención en ella y le preguntamos de qué compañeros hablaba. Nos dijo, señalando la pegatina de la compañía petrolera que Jack llevaba en el hombro de la camisa, que hacía unos días que cuatro personas con esa pegatina durmieron en su hospedaje y que aquí tuvieron una disputa con ese grupo violento que venía al almacén a comprar ron. Le enseñé la foto de Agustín y lo identificó como uno del grupo. Le señalé que queríamos una habitación y nos dijo, señalando una puerta lateral, que pasásemos a su hospedería por la puerta interior, ya que a nuestros compañeros les esperaron los seis tipos fuera y tuvieron problemas. Le preguntamos si intervino la policía y nos respondió que en el poblado no había, que habría que ir al puesto de Güer Aike, a 8 km, o a Río Gállego a 30 km, ya que llevaba una semana sin conexión telefónica por el temporal.

Tras coger la habitación, nos preparó la cena, que nos sirvió en un primitivo, vacio y encantador comedor repleto de recuerdos de la zona, éramos los únicos ocupantes. Tras invitarla a un mate y presenciar la escena de preparación, le preguntamos por ese grupo; nos dijo que eran muy violentos, que asaltaban haciendas alejadas y abandonadas, pero que nadie les molestaba porque les temían. Le preguntamos que donde vivían y nos comentó que unos cazadores los habían visto ocupar la hacienda del alemán, al otro lado del río. Le mostramos el mapa que llevábamos y tras observarlo un tiempo nos señaló el lugar. Dijo que era fácil encontrar esa hacienda, ya que estaba al lado del único puente de madera que había río abajo, a unos 5 km, pero que no nos aconsejaba visitarla, que eran muy violentos…

Ya en la habitación hablamos de la necesidad de hacerles una visita, pero teníamos que sorprenderlos y la mejor forma de hacerlo era en la noche. Así que nos preparamos y aún no eran las 2 de la madrugada cuando emprendíamos camino siguiendo el camino de ripio junto al río, pero entre los árboles que circundaban la carretera para no ser vistos. El cúmulo de nubes que había sobre nuestras cabezas nos ayudaba, ya que tapaba la luz de la luna. Llegamos al puente de madera y nos sorprendió ver luz en la única casa que había al otro lado del río. Estaba claro que no podíamos cruzar por el puente ya que de haber vigilancia era lo primero que controlarían. Por lo que 500 m antes cruzamos nadando el río, tras evitar que se mojaran las pistolas guardándolas en bolsas de plástico. El río no llevaba mucha corriente, pero el agua estaba muy fría. Salimos cerca de la casa, cubriéndonos por la vegetación fluvial y llegamos a ella por la parte de atrás. Nos colamos por una densa alambrada oxidada y fuimos acercándonos con cuidado a una caballeriza hecha de madera que creíamos estaría vacía y sería el mejor lugar para aproximarnos a la hacienda central, pero cuando nos fuimos acercando entre la maleza, las tablas de la construcción dejaban ver que había luz dentro de la caballeriza. Nos aproximamos por detrás y al mirar por una ranura lo que vimos nos dejó aún más helados. Había cuatro hombres amarrados, dos de ellos colgados de las manos a una viga del techo, de forma que sus pies quedaban a un palmo del suelo; uno de ellos estaba sin sentido con toda la cara y el rostro manchado de sangre. Al otro le estaban golpeando mientras otro individuo le preguntaba algo sobre la plata; me pareció que el golpeado era Agustín. Los otros dos hombres amarrados estaban caídos, desmayados sobre la paja. Saqué la pistola, pero Jack me agarró la mano, diciéndome que allí había tres verdugos y que sabía que eran seis, por lo que antes habría que buscar a los otros tres, ya que si abríamos fuego los otros acudirían, y era casi seguro que ahora estaban durmiendo. Me dijo que lo siguiera y nos arrastramos hacia la casa central. Me señaló el porche lateral e indicó que había que mirar en él por si allí hubiera algún hombre, ya que desde allí se controlaba perfectamente el puente. Jack se acercó despacio al comprobar por el humo de tabaco que allí había alguien, fumaba un puro en una mecedora. Cubría su cuerpo con una manta amarilla que pronto se volvió roja cuando Jack, felinamente, se lanzó sobre él y sin darle tiempo a reaccionar le rebanó el cuello con su machete. Yo estaba alucinado. Después, mientras le quitaba el machete al vigilante y me lo entregaba, me dijo que había que buscar a los otros dos en las habitaciones, que estarían durmiendo.

Evitamos la puerta y entramos por la ventana lateral; ya dentro, en la oscuridad vimos que la búsqueda iba a ser fácil porque nos guiaban los ronquidos que llegaban de la habitación del fondo. Nos acercamos lentamente evitando que crujiera el piso de madera y llegamos a la habitación, acercamos el oído a la puerta desencajada y mal cerrada y notamos que allí eran dos animales los que roncaban. Indicándome el machete, Jack me susurró que él atacaría al más alejado de la puerta, que le taparía la boca y le rajaría el cuello. Aquello imponía. Contó tres con los dedos de la mano y abrimos la puerta; a mi izquierda, en una cama había un individuo bocarriba, no le dejé incorporarse, me lancé nervioso hacia él y tapándole la boca pinché varias veces su cuerpo buscando el corazón. Al final me agarró la mano Jack, mi nerviosismo me había llevado a realizar una sangría y había propinado más de media docena de puñaladas a aquél desgraciado y otras tantas al colchón. Miré a la otra cama, en la que Jack había hecho un "trabajo" rápido y perfecto. Entendí que yo tenía poco futuro como "asesino", incluso al intentar taparle la boca al que me había cargado, llegué hasta meterle un dedo en el ojo y otro en la boca, que me mordió, menos mal que llevaba el anillo porque si no me lo arranca.

Después salió Jack y miró en las otras dos habitaciones; estaban vacías y en una había una caja con un montón de billetes. Jack me miró y montando su arma me indicó que había que ir a por los otros tres. Deshicimos el camino y nos dirigimos por el lateral entre el follaje hacia la entrada del establo; nos acercábamos a la puerta cuando nos encontramos con la sorpresa que los tres asesinos salían del establo charlando.

Sólo les dio tiempo a sorprenderse ya que tres disparos de Jack y un montón de los míos los tumbaron, aunque creo que mis tiros no fueron muy resolutivos, quizás acerté alguno aunque el arma tuviera un fuerte retroceso. Después Jack gastó fríamente tres balas más, una en la sien de cada uno. Se incorporó, me quitó el arma y volvió a cargarla con un nuevo cargador, ya que había gastado entero el otro. Dijo que me adelantara a ver a los compañeros mientras él se mantenía vigilante, escondido en la puerta por si hubiera algún maleante más. Acudí en busca de Agustín; estaba muy mal, sin conocimiento, al igual que el otro compañero que yacía colgado. Los que estaban en el suelo habían muerto. Corté ligaduras e intenté reanimarlos con agua, limpiando la sangre, aunque sólo logré que volviera en sí por momentos. Agustín tenía un ojo reventado, el labio roto, le faltaban varios dientes y tenía quemaduras de puro en el pecho, mientras el otro compañero, sin uñas y con muchos moratones y sangre, estaba en coma.

Agarramos uno de los viejos vehículos que allí había, el que arrancaba, y los trasladamos a nuestro hospedaje. Allí un médico del lugar le hizo la primera cura y después tuvimos que trasladarlos al hospital de Río Gallego en nuestro coche. El dinero que le cogimos a los maleantes nos evitó problemas, avisos y preguntas en el hospital. Dos semanas tardó en recuperarse Agustín; el otro compañero permaneció en coma, en estado vegetativo, y la compañía se encargó de él. Con Aurora preparé la vuelta a España. Antes mandamos los enseres con Leonardo y después, con Agustín casi recuperado, rematé su informe y lo embarqué con su familia para España, no sin antes hacer que me diera un poder para negociar con la compañía su informe y recoger el pago. Lo llevó muy a mal, a pesar de que yo tenía la autorización de su mujer. Aguantó todo lo que pudo, pero estalló contra mí tras entregarme el poder, gritándome enfadado por qué se tenía que hacer lo que yo quisiera; entonces por fin sonreí, y mi satisfacción se elevó al infinito cuando pude contestarle:

- *"Porque tienes una deuda conmigo... ¡Cómo te he salvado la vida!"* -

13. LA PLUMA PARKER

Nadie esperaba esta nueva crisis económica, aunque ya éramos muchos los que, desde que nos enteramos que aquél ambicioso y prepotente socialista iba a seguir gobernando, presentíamos que su ansia por mantenerse en el poder podía empeorar aún más la crisis económica que empezaba a dibujarse en el horizonte. Teníamos la esperanza de que, al no tener ni mayoría simple en una época en la que las fuerzas independentistas presionaban contra la unidad de la nación, se coaligara para gobernar con los partidos constitucionalistas de centro derecha y que de esa forma podríamos ir aguantando el chaparrón, ahorrando el abultado dinero que habría que pagar a los independentistas y nacionalistas por darle el voto que lo mantuviera en la poltrona. Pero cuando nos enteramos de que se iba a apoyar para gobernar en un partido antisistema, dirigido por un charlatán iluminado con mucha ansia de poder, que admiraba la desastrosa política de Venezuela, país que lo sustentaba económicamente, sabiendo además que era el puente para convencer a independentistas y nacionalistas para que apoyaran al mentiroso presidente socialista, fuimos ya muchos los que temíamos que esa gente quebraría el sistema económico como diez años antes había hecho otro socialista de nuevo cuño, que en lugar de dedicarse a "contar nubes" según declaró en su retirada política, parece haberse afincado en Venezuela como ¿asesor? político-económico del nefasto presidente de aquél castigado país. La crisis económica sería ya un hecho real y muchos de nosotros no nos explicábamos como esos dos partidos, socios de gobierno, habían siquiera obtenido ese número de diputados, que aún sumados no llegaban a la mayoría. Era el resultado de la participación de aquellos niños que comenzaron su formación con una funesta y unilateral ley educativa, la LOGSE (Ley Orgánica General del Sistema Educativo) promovida por el gobierno socialista en 1990, que eliminaba el esfuerzo del estudio y del trabajo y ponía la dirección de los centros educativos en manos de un equipo de gobierno, denominado Consejo Escolar, del que dependía toda la actividad educativa del centro, en el que había casi más miembros no docentes que profesionales de la enseñanza, relegando al Claustro de Profesores a una mera figura decorativa. Aún hoy me sigue pareciendo una aberración que alumnos de doce, trece o quince años decidieran sobre lo que debe hacer un profesor, además de valorar su trabajo, actuaciones ambas en las que también intervenían los padres miembros de aquél equipo de gobierno, generalmente con un afán inusitado de protagonismo, no todos con la suficiente preparación para asumir objetivamente esa responsabilidad, resultando evidente en demasiadas ocasiones que sus intervenciones se referían exclusivamente a la búsqueda de beneficios para sus propios hijos. Aunque lo peor solía darse con los daños colaterales que el poder otorgado a ese Consejo producían en el centro cuando algún profesor quería acceder a la dirección. Se creaba dentro del Consejo un equipo evaluador, integrado por miembros del Consejo, en el que había minoría de docentes, lo que hacía que si un profesor optaba a la dirección del centro tenía que lidiar amablemente con padres y alumnos, ya que con los votos no docentes podía lograr su objetivo. Ese sistema devaluó el contenido de las enseñanzas y el valor del trabajo. Alumnos con asignaturas suspensas podían promocionar al nivel superior y si además se restó autoridad al profesorado, que ya era tocable y acusable, la esperanza de cultura y conocimiento se iba diluyendo como un whisky en la cerveza, dando como resultado una mayoría de analfabetos funcionales que conocían mejor los personajes de los múltiples programas de telebasura que las televisiones nacionales y locales emitían constantemente ante tamaño éxito, y muy conocedores de sus múltiples derechos. En ausencia del equilibrio de deberes, prosperó la cultura del "derecho al derecho". Las ocurrencias en el sistema educativo se sucedían, de manera que en cinco años llegaron a funcionar hasta tres sistemas educativos diferentes, sin consenso nacional que nunca se buscó, sin tener en cuenta la opinión del profesorado, y sin premiar el esfuerzo ni el buen trabajo de los alumnos; los buenos preferían pasar desapercibidos para evitar las burlas y los motes de los compañeros, y no todo el profesorado prestaba el apoyo necesario porque también en ellos se había implantado el "modelo". Y de aquellos lodos llegábamos a este tiempo embarrado, con un gobierno multitudinario, el más grande de nuestra democracia, escasamente preparado pero sobrado de ambición. Los mejores no ocupaban los primeros lugares, una manada de amigos y cachorros seguidores de los nuevos dirigentes iban acaparando cargos y multiplicando asesorías… y de pronto aparece la pandemia. Un virus procedente de China con una carga de mortalidad alta empieza a azotar el planeta y cuando nos llega, al depender excesivamente del exterior, pues el turismo extranjero era nuestra principal fuente de puestos de trabajo, nos encontramos en una situación peligrosa y desesperada en la que para su resolución se requería gente especializada, formada y seria. Pero aquí en esos cargos no estaban esas personas, sólo charlatanes, acomplejados, inútiles sin escrúpulos que habían comprado con promesas estúpidas los votos de un pueblo amodorrado (sabido es que resulta más fácil engañar al tonto que al listo), prepotentes dueños de la verdad absoluta y con un ansia de poder tan grande que creían que eso bastaba para suplir su gran falta de formación y preparación. Y claro, no fue así. Mi maestro me enseñó que los inútiles experimentos había que hacerlos con gaseosa, no con personas. Pero los maestros de esta turba eran otros, sus ambiciones les hacían caminar de error en error, eso sí metiendo en el negocio a intermediarios suyos que creaban empresas fantasma para llevarse un buen dinero de las compras de productos y materiales sanitarios, que encima se los vendían a precio de oro en mal estado, y claro, el pueblo enfermaba y moría, junto a unos profesionales sanitarios que peleaban con denuedo encomiable pero sin el material necesario o en condiciones que también los llevaban al contagio y a la muerte. El gobierno pretendía utilizar a las televisiones nacionales, que previamente habían comprado, para hablar y convencer al inculto pueblo de las maravillas de su gestión, y muchos se lo creían a pesar de que en esa rara amalgama de poderes que había en el gobierno los mensajes eran contradictorios, en el bando socialista intentaban disimular sus incompetencias y el bando podemita engañaba al pueblo con promesas difíciles de cumplir o concretar, mientras las empresas cerraban, el paro aumentaba y llegaba la ruina.

Tras las noticias no permanecí tranquilo en mi silla
Me preocupaba que pudiera estar equivocado
Cuando dudo que ese hipócrita de pacotilla
Tuviera categoría para ser admirado

Ocurre cuando decide la pandilla
De la que se cree, por supuesto, el más versado
Y con su palabrería les promete maravillas
Siempre que a su ambición ayude el rebaño

Sobre todo si hay planes oscuros en la reserva
Y si ve posibilidades en la elección
Como que la estupidez o la incultura de la caterva
puedan garantizarle el éxito de la misión

Me sorprendían de ese charlatán sus recetas
Para dar una solución a los insatisfechos
Que con estudiadas palabras, con pose y su coleta
lograra que esos memos le dieran el premio

En otro tiempo sería un logro importante
En los de ahora tiene muy bajo precio
Porque nunca este pueblo de ignorantes
Había concentrado tantos paletos

Y así, pisando cadáveres, accede al gobierno
Y se encuentra con otro inútil iluminado
Que en la vida su único y auténtico empeño
Es que crean que es inteligente y guapo

¿Fue mérito suyo o de la turba ramplona?
Fifty-fifty podría ser la respuesta
El problema es que cuando agarran la poltrona
No se les echa ni con sal ni pimienta

En este pueblo tan adenedizo
Han convertido la mentira en una carrera
Convenciendo que es política, tras tanto repetirlo,
Sin importarles que nos hundamos en la miseria

No son ni mucho menos gentes preparadas
Y que tras ellos no haya nada lo tienen decidido
Aplican enseñanzas que hagan inculta a la manada
Ya que con analfabetos votando siempre serán los listos

A la persona preparada y razonable
Solo se la convence con el razonamiento
Para el egoísta y el inculto maleable
Sólo basta un mísero ofrecimiento

Desprecian las huellas de nuestra historia
Sus objetivos es que sólo ellos permanezcan
Destruyen cualquier personaje que nos dio gloria
Mientras esa pandilla se lleva la riqueza

Procuro que estos maleantes no me alteren demasiado
En el fondo están ahí porque los votó este pueblo
Pero al mirar atrás no evito sentirme amargado
Cuando recuerdo a hombres como Churruca, Gálvez o Lezo

Aquel maldito virus fue el adelanto del anuncio del desastre; se cerraron tiendas, negocios, bares e industrias. La restauración naufragó en el desastre y cientos de millares de trabajadores fueron al paro. Los que deseábamos salvar nuestra industria teníamos que hacer milagros.

Yo trabajaba en una empresa de investigadores asociada a una empresa mayor con sede en Londres. Nos dedicábamos a investigar fraudes, estafas y personas desaparecidas, pero en una época de profunda crisis quién iba a pagar por buscar nada, y la verdad es que había muy poco trabajo que atender, por lo que también nuestra empresa tuvo que prescindir de la mitad de la plantilla, y nos temíamos que aquello no iba a ser suficiente. Fue entonces cuando Vicente y Norma, brillantes y decanos investigadores de nuestra sede en Madrid retomaron de Londres un viejo encargo que había ido de sede en sede de las cinco capitales de países europeos en las que teníamos servicios. Se trataba de la búsqueda de los restos de cuatro hermanos de una familia alemana cuyos padres iniciaron la creación del enorme consorcio de industrias farmacéuticas de las que sus descendientes eran propietarios. En el hermoso panteón que presidía la entrada al cementerio de Núremberg había cuatro tumbas vacías a la espera de recuperar los restos de los hijos del creador de aquél gran holding farmacéutico con sus variados laboratorios y departamentos de investigación.

No hace falta decir que ninguna de las investigaciones realizadas hasta la fecha concluyó favorablemente, por lo que todo fue una enorme pérdida de dinero para nuestras sedes, ya que aunque los familiares peticionarios alemanes pagaban pero que muy bien, lo condicionaban a que se obtuvieran resultados y respuestas. Yo sabía que no sería una empresa fácil; por un lado, había pasado mucho tiempo de las desapariciones, se hablaba de principios de 1917, o sea en plena Gran Guerra que transcurrió entre el 28 de julio de 1914 y el 11 de noviembre de 1918, y por otro, parecía que los cuatro hermanos eran soldados prusianos por lo que, aunque había alguna que otra pista por donde estuvieron batallando, nunca se había llegado a una solución definitiva. Teniendo en cuenta que en la búsqueda habían participado de forma independiente investigadores ingleses de la sede en Londres e investigadores alemanes de la sede de Berlín y ambos concluyeron en fracaso, no estaba yo muy animado con el acierto de la elección de aquél caso, que podía llevarse los pocos euros que quedaban en el banco. Pero claro, los trabajos que teníamos reportaban pocas ganancias y siempre podría sonar la flauta y montarnos en el euro. Por otro lado, tanto Vicente como Norma eran dos veteranos perros de presa que creían asombrarnos a todos con sus éxitos; era una apuesta fuerte y no me extrañó que solicitaran mi colaboración ya que tenía cierta fama de buen analista, y el puesto peligraba. La situación de la empresa era crítica. De hecho, me acompañó en la aventura, que pensaba que iba a ser muy difícil de lograr, Rubén, un compañero que había perdido su puesto por el recorte, al que le quedaban cinco años para la jubilación y tal como estaba la situación y los contratos en la empresa se llevó una indemnización miserable por despido; por otra parte, aquél hombre versado, que tenía una larga experiencia en diferentes trabajos, atendía además de a su mujer, a un hijo, a su nuera, ambos en el paro, y a su nieto. Para mí era un hombre válido, el clásico investigador de vieja escuela que gozaba con las películas de Humphrey Bogart en su papel del detective Philip Marlowe, en su película "El sueño eterno", joya del cine negro, en la que compartía Bogart papel con su futura mujer Lauren Bacall, dirigida en 1946 por el director Howard Hawks y en donde posiblemente Bogart hizo su mejor papel del duro detective privado Philip Malone; la había visto una veintena de veces. Rubén no era un hombre de ideas brillante como los otros dos, era la clásica hormiguita que llegaba a conclusiones tras un trabajo intenso y continuado. A mí me caía bien, posiblemente al tener el "defecto" de lealtad a los amigos era una característica más a valorar, igual que su perfecto dominio del alemán. Tuve que llegar a un acuerdo con él, ya que la empresa no se hacía cargo, y acordamos pagar sus gastos a medias entre él y yo, ya que la empresa sólo liberaba fondos para tres y por supuesto yo era el último mono del trío.

Ante mi situación inestable no me quedó más remedio que acceder a acompañarlos, a pesar de que iba como segundón y encima la mencionada pareja no me caía muy bien, no me gustaba la prepotencia que mostraban ni tampoco sus caracteres avasalladores. Cierto que eran los dos investigadores que acumulaban más casos cerrados con éxito, pero eso no repercutía en los trabajadores ni justificaba su carácter ni su forma de proceder. Sólo repercutía en el porcentaje que ellos se llevaban. En un lunes lluvioso tuvimos una desagradable reunión por la tarde en el despacho de Norma. En ella me expusieron los pasos a seguir, me dejaron claro que ellos no sabían nada de Rubén, que no aceptarían cargo ni gasto alguno relacionado con él, y cuál iba a ser mi ganancia en tamaño proyecto. Realmente fue denigrante, ya que ellos se llevaban cinco sextas partes de los beneficios y yo sólo una sexta parte. Además ellos llevarían la voz cantante, actuarían con reuniones e investigaciones por departamentos oficiales y yo haría la tarea de campo; actuaría como bombero, intentando averiguar los pasos que siguieron los cuatro hermanos. No era ese el papel que yo quería, ya que pocas posibilidades iba a tener de éxito ¿Qué iba a descubrir que no hubieran hecho ya los anteriores y sucesivos equipos de investigadores de otras sedes europeas que ya lo habían intentado antes? Pero pensando que en el peor de los casos eso me permitiría continuar un tiempo más en la empresa y si triunfásemos me llevaría la sexta parte del 50% de lo que pagaban los sucesores familiares de aquellos cuatro hermanos, ya que el otro 50% se lo quedaba la empresa que pagaba nuestros sueldos, era una cantidad interesante y más en época de crisis. Además en aquella reunión observé que había un gran interés en que les acompañara; posiblemente mi fama de analista a ellos le vendría muy bien para recabar datos de las montañas de informes que habían generado los otros equipos que fracasaron en el empeño. Eso me permitió jugar de farol, llegué a señalarles mi desacuerdo en el reparto de beneficios, y les propuse que si triunfásemos gracias a mi participación nos repartiríamos el 50% a partes iguales. Pretendía conseguir que ellos comprendieran mi descontento y me subieran algo el porcentaje que me asignaron inicialmente, sabía que no tenía posibilidad alguna, que el tesoro estaba en los papeles que habían recibido desde la sede de Londres y en la búsqueda por los organismos oficiales que tales informes remitían. En mi tarea de campo sólo podría ir dando palos de ciego y ver por dónde estuvo guerreando la compañía de los cuatro hermanos, pero eso no iba a conducir a nada pues muchos campos de batalla de la Primera Guerra Mundial ya eran ciudades o urbanizaciones y ahí ningún organismo municipal me iba a dejar meter las narices; temía que mi trabajo iba a depender de ellos y lo iba a realizar cuando me mandaran revisar tal dato o a buscar tal papel. Pero los muy zorros se dieron cuenta y en su línea de prepotencia ofensiva me machacaron aceptando inicialmente mi propuesta, y todavía me dieron más; la odiosa Norma, una mujer que sólo tenía de eso su hermoso y maduro cuerpo, me comentó cínicamente sonriente, mirando el dedo medio de mi mano derecha manchado de tinta, que me daría además de su vieja pluma, una hermosa estilográfica Parker que me entregó en el acto en su caja, sacándola del tercer cajón izquierdo de su mesa, el 50% de las ganancias, y en plan pitorreo me dijo sonriendo - *"¡Seguro que te traerá suerte, ya que un compañero inglés me la regaló y es alemana! ¡Claro que si no es así tendrás que devolverme la pluma!"* – Vicente me preguntó si había quedado claro lo de los recursos que yo podía disponer, que prácticamente era una cantidad miserable de gasto y ¡la vieja pluma Parker! Después me entregó varios expedientes en los que se mencionaban las posibles rutas del regimiento en el que lucharon los cuatro hermanos, la mayoría de ellas contradictorias. Finalmente nos despedimos y quedamos en vernos en Berlín dentro de quince días si antes no surgiera nada urgente que nos obligara a reunirnos. Después la pareja se retiró a hacer maletas ya que al día siguiente volaban a Londres, y yo marché al bar de la esquina donde me esperaba Rubén.

Allí, tomando unos vinos con unas tapas, estuvimos visualizando los informes que me había entregado la pareja formidable media hora antes. Yo le había comentado cuál era el trabajo a realizar, aunque a él no le hacía falta saberlo porque era una misión archiconocida en la sede, por el cúmulo de fracasos que había acumulado; sin embargo me sorprendió que había hecho los deberes, lo que me confirmó la opinión que tenía de él. Se había agenciado unos mapas militares sobre las batallas más importantes de aquella primera gran guerra. Hubo uno de ellos que me llamó la atención porque describía las principales batallas de aquella matanza, en la que murieron entre diez y treinta millones de personas tanto civiles como militares, y describía las diferentes divisiones de tropas que habían intervenido en aquellos lugares. Revisamos los documentos de los investigadores anteriores para ver si podíamos despejar el nombre de la división en la que sirvieron los cuatro hermanos. Aunque había bastante contradicción en la asignación, los investigadores del pasado confluían de forma mayoritaria (y discordante) en que los cuatro hermanos podían haber formado parte de dos divisiones diferentes: unos los situaban en la 48ª División *Landwehr* del regimiento imperial alemán y otros en el 3er Regimiento *Uhlan* del imperio austrohúngaro. En un principio nos decidimos por investigar sobre ese ejército alemán. Descubrimos que la estructura básica del ejército alemán era la división. Una división estándar imperial alemana consistía en dos brigadas de infantería de dos regimientos cada una, una brigada de caballería de dos regimientos, y una brigada de artillería de dos regimientos, a la que se podía adicionar alguna división de caballería de la Guardia. El ejército imperial alemán tenía un gran ejército formado por 42 divisiones regulares del ejército prusiano, en el que estaban contabilizadas 4 divisiones sajonas y 2 divisiones de Württemberg, además de 6 divisiones del ejército bávaro; sin embargo, eran los regimientos la unidad básica de combate.

Pronto decidimos indagar sobre la ruta de la 48ª División *Landwehr* perteneciente al 19 ejército imperial alemán, ya que siendo los cuatro hermanos alemanes no tenía mucho sentido investigar la ruta del regimiento austrohúngaro, por muy aliados que fueran. Dos días después marchamos a Berlín donde pretendíamos buscar una información precisa sobre esa división. Buscamos una pensión cerca de la estación y allí pasamos tres intensos días de departamento en departamento haciendo nuestra investigación. Nos abrió muchas puertas el buen alemán de Rubén y que comentara que era un escritor interesado en esa guerra y en las grandes cualidades del ejército imperial alemán. Conocimos que el 19 ejército se había creado en Francia y que intervino prioritariamente en el frente occidental. Buscamos planos y situaciones y comprobamos que ese ejército había peleado en las fronteras alemanas con los reinos de Países Bajos y Bélgica. Tras un trabajo denso de una semana pudimos situar que tras la entrada de los norteamericanos en aquella contienda, ese ejército tuvo que retroceder hacia el interior de Alemania y se perdió su pista en el frente de Westfalía, en Renania del Norte cerca de Colonia, donde parece que fueron derrotados.

Pensamos en acudir a Colonia para estudiar in situ más datos sobre la evolución del frente y los resultados, de manera que acudimos a una sección denominada "Biblioteca de Estudios Históricos de las Intervenciones Alemanas". Fue un jarro de agua fría aparecer por allí, ya que nos encontramos con Vicente y Norma, junto a Hoffman, un compañero de Berlín con el que había compartido hacia meses experiencias en la búsqueda de un criminal de guerra serbio por el levante español; estaba un tanto avergonzado porque no me había devuelto el juego de llaves de la casa que le dejé para que se hospedara. Cuando los otros dos compañeros nos vieron, sonrieron y Norma nos dijo que podrían dejarnos copias de los informes de las batallas de la 48ª División *Landwehr* en el frente occidental, pero que ya nos enteraríamos en su informe. Hice verdaderos esfuerzos por no estrangularla, vivíamos en una época de igualdad femenina y masculina (aunque ellas eran más iguales, y creo que ese grupo feminista no vería con buenos ojos que la estrangulara), pensé que por una cosa tan tonta podían acusarme hasta de maltrato al sexo ¿débil? o de asesinato, y eso sería un tanto engorroso. Por lo que me tragué mi rabia, aunque Hoffman, tras detectar las indirectas de la compañera, intentó mediar invitándonos a comer, pero no teníamos cuerpo, íbamos a tener que aguantar mucho de esos dos imbéciles durante la comida, por lo que preferimos dejarlo para otro día. Me señaló que le dejara mi dirección ya que tenía un juego de llaves mío y quería devolvérmelo. Le di la dirección y le dije que lo dejara en un sobre en recepción. A continuación Rubén y yo nos fuimos para continuar con nuestra tarea. Llevaba un mal humor terrible, era consciente de que se habían adelantado a nosotros, pero en la comida Rubén me tranquilizó al señalarme que los compañeros hablaban del frente occidental, no de Colonia. Posiblemente ese dato no lo conocían aún. Ese comentario hizo que aquella misma tarde saliésemos para Colonia, para acudir la mañana siguiente al Centro Histórico Militar de esa ciudad. Tras varias visitas más o menos acertadas a diferentes organismos, tuvimos la suerte de dar con uno que sin saberlo nos comenzó a aclarar las cosas. Lo llevaba un hombre casi anciano que había tenido a familiares lejanos peleando aquellas batallas. Nos habló de la derrota de la 48ª División *Landwehr* y de los 875 prisioneros que hicieron los aliados. Nos señaló que no ganaron los aliados porque fueran mejores sino porque tenían más recursos, ya que varias docenas de carros blindados del ejército alemán no participaron porque no tenían lubricante para motor y ruedas y se quedaron engarrotados. Conseguimos acceder a las listas de prisioneros y muertos de ese ejército, aunque nos avisó que estaban incompletas. A Rubén le sorprendió que ese gran ejército fuera derrotado por un ejército inferior. Aquél amable anciano siguió insistiendo en que cuando los norteamericanos entraron en la guerra inclinaron la balanza al otro lado, ya que los recursos que traían multiplicaron su efectividad en la lucha. El bando germano había perdido las fuentes de las que obtener recursos, lubricantes y munición y los carros de combate, coches, la artillería y hasta las armas, se deterioraban por falta de engrase, con grasa o aceites, incluso había mucha dificultad en producir explosivos, sobre todo nitroglicerina, no disponían de materiales básicos para ello. Sin embargo hubo un dato que nos desconcertó, que el hundimiento del frente alemán y de sus aliados no se produjera al mismo tiempo. El frente oriental que se enfrentaba al imperio ruso aguantó un año más, teniendo allí menos soldados y enfrente un ejército tan cruel y salvaje como el ruso. La mayoría del bando local que peleó la formaban aliados austro-húngaros y no eran mejores soldados que los alemanes-prusianos. Allí había algo que no cuadraba, pero no queríamos desviar nuestra atención, que estaba en los viejos libros con millares de nombres separados por una línea perpendicular, que en un tiempo fue roja, entre muertos y prisioneros. No aparecía allí el nombre de los hermanos; cierto que eran listas incompletas, pero hablábamos de cuatro nombres y era raro que de estar en ese batallón no se señalara al menos uno. Revisábamos otras listas de otros batallones con el mismo resultado, incluso fuimos a visitar los cementerios de guerra que había en la zona, donde enterraron a los caídos y en el monolito de la entrada no pudimos leer ningún nombre de los hermanos entre los caídos y sepultados allí. Al final el anciano nos indicó que algunos de los que escaparon de aquella masacre huyeron a la zona oriental a unirse al ejército alemán-prusiano que luchaba junto a los ejércitos austro-húngaros. Le preguntamos si tenía algunos datos de ese ejército y sólo nos dijo que luchó en lo que ahora es Polonia. Formaron parte del ejército prusiano, que era sin duda el mejor preparado de todas las regiones que integraban entonces la Alemania Imperial.

Después volvimos a Berlín, mientras yo anotaba datos en mi agenda con la pluma de Norma, que Rubén miraba con auténtico deseo mientras se dedicaba a estudiar suministros y otros datos de intendencia, que no creía que fueran relevantes. Ya en nuestra pensión, al día siguiente tras el desayuno, nos dedicamos a analizar los datos obtenidos; en un par de ocasiones estuve por guardar la pluma, ya que su presencia distraía demasiado a Rubén. Ya pasaba el mediodía sin tener nada concreto que estudiar, cuando apareció por el comedor Hoffman que venía a traerme el juego de llaves en persona. Le invité a una cerveza mientras intentaba sacarle alguna posible información acerca de por dónde iban "nuestros rivales" Vicente y Norma. Agradecí enterarme que estaban en Colonia, lo que señalaba que íbamos un paso por delante; le hacía algunas preguntas sobre la investigación de ellos señalándole que ambos equipos trabajábamos en la pista de los cuatro hermanos desaparecidos, cuando de pronto clavó los ojos en la pluma. Me sorprendió la intensidad de su mirada. Me preguntó de dónde la había sacado y le dije sonriendo amargamente que era un regalo temporal de Norma. Me miró y comentó - *"Qué vueltas da la vida. Esa pluma es de la familia farmacéutica para la que estáis trabajando y posiblemente fuera de alguno de los hermanos a los que estáis buscando que se la envió como regalo a su padre cuando estaban guerreando en Francia. Mi sede fue la primera que inició la búsqueda de los hermanos y nos entregaron la pluma porque en la caja estaba el signo familiar con el que por entonces firmaban cuando tenían que poner un OK. Cuando nuestras investigaciones acabaron en fracaso, se me olvidó devolver la pluma, y en una segunda intervención en la que investigaba una fórmula farmacéutica "perdida", tras encontrarla y recordarles a los herederos la pluma que tenía en mi poder, me la regalaron como agradecimiento a mi trabajo. Recuerdo que estaba estropeada, sólo que era bonita y el estuche era precioso... y tras un trabajo en Escocia se enamoró de ella un compañero inglés, al que se la regalé por si podía arreglarla"* –

Entonces recordé que Norma me había dicho que se la había regalado un inglés, posiblemente porque manchaba y gastaba más tinta que gasolina nuestro "petrolero". Rubén se había encaprichado de un coche *Volkswagen* Escarabajo del 1979 para alquilarlo y para movernos con él necesitaríamos llevar detrás una refinería de petróleo por lo mucho que consumía. Hoffman me señaló que era imposible encontrar el rastro de esos hermanos, que había llovido mucho desde entonces y se habían perdido muchas huellas. Interrumpimos nuestro trabajo porque Hoffman insistía en invitarnos a comer. Así pasamos un par de horas de agradable compañía y dejamos para la tarde volver nuevamente al trabajo. Esta vez lo hicimos en el dormitorio porque lo primero que quería ver Rubén era la maravillosa caja de la pluma. Cuando se la mostré le gustó mucho por la forma artística y decadente que tenía. Se fijó en la señal casi borrada que había en una esquina de la caja, que parecía un cuadrado con una S dentro, lo que era en el fondo el garabato casi inapreciable que entendimos podía ser el OK con el que firmaban los hermanos. Rubén estuvo un tiempo analizándola hasta que de pronto, mirando las letras casi borradas de la caja señaló - *"Estas letras no son francesas, son polacas"*. Al hablar Rubén del origen polaco pronto comenzó a tomar realidad la posibilidad de que los cuatros hermanos fueran parte del ejército alemán que sobrevivió en Colonia y se unieron al prusiano que peleaba en la parte alemana oriental, esto es, en la actual Polonia. Recordamos entonces que allí estaba el 3er Regimiento *Uhlan*. Sacó Rubén su mapa histórico y pudimos comprobar que las principales batallas de ese ejército contra los rusos se dieron en la zona de Przekpwski-Krajobrazowy. Tras estudiar la evolución de las batallas, planteamos desplazarnos al día siguiente a Krzyzowa, un centro provincial situado en un cruce de carreteras en una zona un tanto olvidada cerca de Przekpwski y de la depresión de Kliczkow. No fue fácil llegar, estaba en un lugar alejado de todo, solitario, montañoso, con muy pocos habitantes en aquella zona. No era un lugar atractivo, un pueblo demasiado primitivo y viejo. Allí visitamos un centro de estudios que parecía más una biblioteca, que concentraba lo poco de interés que había en aquella abandonada región. Allí conocimos a Pozwla, un hombre mayor de 70 años que aún se conservaba bastante bien. Tenía una figura impresionante. Alto, rostro enjuto con barba y larga cabellera blanca que caía sobre una ancha espalda que tapaba con un jersey de lana negro. Parte de la barba y el bigote estaban teñidos del color marrón de la nicotina que extraía de una curiosa pipa en la que quemaba un tabaco infumable. Cuando le ofrecimos tabaco del nuestro se inició pronto una agradable relación con aquél caballero, que fue de gran ayuda para nosotros aunque nos entendiéramos con cierta dificultad. Nos ayudó en la búsqueda de aquel 3er Regimiento *Uhlan* y en un plano fuimos dibujando el marco de sus actuaciones e intervenciones. Efectivamente la lucha fue por allí, aunque el frente estaba más al norte y no era fácilmente detectable porque al haber quedado esa zona en el más duro de los abandonos era difícil encontrar la línea del frente entre la maleza y la densa vegetación. Para intentar buscar pistas le preguntamos en qué zona había restos de cañones o carros de combate que no participaran por falta de lubricante. Nos señaló que allí participaron todos los equipos de guerra, cosa que nos extrañó, viendo lo ocurrido al ejército alemán en Colonia por la falta de lubricantes y otros suministros, y después nos interesamos por la situación de los cementerios de los caídos en combate. Nos extrañó más que nos dijera que allí no había cementerio alguno, que posiblemente en unos grandes hornos en ruinas que había más al este, en una zona abandonada y muy despoblada, los llevaran para quemarlos y evitar epidemias con tantas ratas que había por allí entones. Preguntamos sobre listados o documentos que señalaran el nombre de los soldados que formaban el regimiento. Nos señaló que no había, pero que en el ruinoso y abandonado hospital que estaba cerca de esos crematorios podríamos encontrar algo, ya que databa de entonces.

Tras buscar un guía, tarea que no fue fácil ya que la población decía que era una zona maldita, un día después avanzábamos hacia esos dos edificios. Fue difícil llegar a ellos, porque no había carretera. El pobre camino de tierra que salía de la aldea hacia aquella dirección acababa 48 km después y transcurría por un sendero entre cortadas y montañas. A veces la vereda a seguir era tan estrecha y estaba tan disimulada que prácticamente avanzábamos campo a través, esquivando la zona boscosa que parecía impenetrable y que el guía procuraba rehuir, posiblemente por los lobos.

No era un terreno fértil sino más bien escabroso, donde el arrastre de un río en pendiente con un agua rápida, fría y agitada como consecuencia de los deshilos de la nieve de las cumbres, abría una hendidura profunda en el valle y avanzaba dejando orillas cortadas y profundas con acumulación de rocas redondas y de matojos. Caminamos ya a pie por un estrecho valle pegado a la depresión del río durante varias horas. El avance era complicado pues el posible camino senderista, si alguna vez lo hubo, estaba salpicado de baches, piedras, zarzas y otras vegetaciones hostiles, con muchos charcos a consecuencia de las últimas fuertes lluvias. Cuando salimos de aquel estrecho valle fluvial arreció el viento frío, trayendo gruesas nubes oscuras. Pronto se abrió algo más el angosto camino, que seguía abriéndose conforme avanzábamos, y el valle se transformó en una especie de altiplano lleno de árboles y maleza. Nuevamente apareció el río salvaje, y a la izquierda de éste, en un lateral rodeado de aquella espesa vegetación se distinguían dos enormes edificios abandonados que posiblemente fueron hornos y hospital. Nos fuimos acercando a ellos y cruzamos el rio por un viejo puente metálico oxidado completamente empapado por las aguas que bajo él rezumaba la corriente. El guía nos señaló que el edificio de la izquierda era el crematorio y el de la derecha el hospital, y nos dijo que nos esperaría en el puente, que aquél era un lugar maldito donde vivían muchas almas sufrientes que vagaban por allí. Miró la hora y nos recordó que en esta zona atardecía pronto, que quedaban cuatro horas de luz y necesitaríamos dos para volver al coche, por lo que no nos entretuviésemos mucho, que en la oscuridad aparecían los fantasmas…

Un tanto impresionados por las palabras del guía acabamos de cruzar el puente. Dije a mi compañero que por allí tenía que haber un cementerio y que deberíamos buscarlo, pero conforme nos íbamos aproximando a los edificios, noté que algo sorprendía profundamente a Rubén y que no eran las palabras del guía sino el edificio que nos había señalado como crematorio. De hecho, Rubén se olvidó del primer edificio que encontramos, que era el hospital, y avanzamos hacia el otro. Yo estaba un tanto desconcertado por lo que podía llamar la atención a mi compañero, que rodeaba aquel tenebroso edificio y lo observaba por atrás. Miró las viejas tuberías e instalaciones que de él salían y se volvió hacia mí diciendo secamente - *"¡Esto no es un crematorio!* -

Yo le seguía un tanto alucinado; empujó una puerta encajada que había en la parte de atrás del edificio, que se abrió crujiendo, y penetró en el interior seguido por mí. Viejas maquinarias vencidas, partidas u oxidadas llenaban cuatro grandes naves consecutivas y conectadas por tuberías rotas saturadas de polvo, de humedad y de años. En el marco de las grandes puertas vencidas de cada una de las naves había un número que iba desde el 1 al 4. Allí dentro, el frío, la humedad y la oscuridad eran mayores que fuera. Tras analizar una a una las cuatro salas, se volvió a mi muy extrañado y me dijo que parecía que eran refinerías pero que sin embargo no destilaban fluidos, que en la primera sala colocaban las materias primas, que no sabría decir qué tipo de materia, y ya desde allí, por destilación, reflujo y condensaciones iban sacando diferentes productos. Los más ligeros en la sala número 2, los más densos en la 3 y en la última creía que hacían explosivos, ya que las vasijas de cristal verde, los pozos sólidos y hediondos que en ellas había y las columnas rectificadoras antiguas podrían servir para obtener nitroglicerina. Miramos en los cuartos adjuntos entre los papeles fermentados, podridos y fétidos desparramados por el verdín húmedo del suelo, por si podíamos obtener alguna información de lo que allí se hacía. No sacamos ninguna pista, todo estaba muy deteriorado, así que salimos de aquél edificio, cuando comenzamos a escuchar cómo crujían estructuras y se desplazaban algunos objetos, lo que nos ayudó a aumentar el paso.

Cuando llegamos al edificio hospital, la temperatura en su interior bajó tantos grados como subió nuestra inquietud, allí había algo. Me acordé de las palabras del guía e insté a Rubén a que la visita la hiciéramos rápidamente. Notaba algo hostil y doloroso en el ambiente del interior, pero sentía que no era contra nosotros. Avanzamos por el pasillo inferior y nos llevamos un buen susto cuando se abrió la primera puerta a pesar de que estaba vencida; mostraba una enorme habitación con muchos somieres oxidados. Cuando alcanzamos la segunda puerta y se volvió a abrir mostrando la misma foto de una sala de enfermos, ya estuve tentado de echar a correr para la salida o lanzarme fuera por una ventana lateral. En la tercera sala cuando se abrió la puerta, imposible de abrir porque estaba cedida y sujeta por un sólo borne, salió una vieja silla de ruedas muy deteriorada, con las ruedas abolladas y a punto de salirse, que nos mostró el camino hacia la habitación del final del pasillo. Yo estaba aterrado, a punto de infarto, pero Rubén avanzaba decididamente tras ella disimulando el pánico que con toda seguridad sentía. La silla se paró delante de lo que parecía una habitación estrecha. La puerta de ésta, en la que había dibujadas viejas letras tapadas por el tiempo y los desperfectos, nos dio paso a lo que parecía una especie de recepción. Al fondo, en la pared estaba dibujada una enorme cruz prusiana, que también se entregaba como una condecoración militar del Reino de Prusia por actos de gran valentía, costumbre que siguió en la Segunda Guerra desde mayo de 1945, llamándose entonces Cruz de Hierro. Delante de la cruz había una enorme mesa de madera gruesa de la que yacían por el suelo muchos papeles ilegibles. Rubén se acercó a ella y comenzó a mirar en los cajones. En el tercero encontró dos cuadernos negros, de tapa gruesa, que había protegido las hojas interior de las inclemencias y del paso del tiempo. Limpió de ese polvo húmedo la portada y parecía que en una de ellas se recogían las normas de funcionamiento del edificio y el número de sanitarios que lo integraban. La otra era difícil de entender, parecía que señalaba los pacientes que allí llegaron, aunque había varios grupos. No había nombres, en cada renglón sólo escribieron números de ocho cifras seguidos de una letra y una señal en un pequeño recuadro que había al final del renglón. En bastantes de ellos aparecía la letra gótica M en ese recuadro. Parecía que aquella agenda estaba dividida en tres grupos de hojas; cuando Rubén abrió el segundo grupo, en la hoja 3, vimos que al final del renglón ¡estaba la marca que vimos en la caja de la pluma! Nos miramos muy sorprendidos los dos y rápidamente salimos de allí con los dos libros. Las puertas daban portazos y las ventanas se abrían y cerraban solas, por lo que no nos atrevimos a desandar el largo pasillo. Lanzamos una silla a la que le faltaba una pata contra los cristales de la ventana más próxima y por allí nos escapamos. Corrimos hacia el puente notando como a nuestra espalda se escuchaban sordas voces y lamentos. Nuestro guía ya no estaba en el puente, había retrocedido un kilómetro. Lo recogimos y apretamos el paso en busca del coche mientras notábamos como a lo lejos parecía que había luz en el hospital y parecía salir humo negro por las chimeneas hundidas de una parte del techo del ¿crematorio?.

Durante todo el camino de vuelta en coche Rubén no separó la vista del segundo libro, y debía traducir algo importante, porque la cara mostraba un color cada vez más pálido. Después se encerró en la habitación del hotel mientras yo negociaba precio con el guía. Bajó muy impresionado a la cena. Le esperaba en una especie de restaurante de aquella posada. Me dijo que había quedado claro, con los libros e internet ya sabía lo que había ocurrido. Cuando los alemanes estaban perdiendo la guerra prepararon en lugares alejados y escondidos unas instalaciones donde, utilizando al principio los cuerpos de los soldados muertos, y cuando se iba acercando el final el de los heridos graves, sacaban de ellos grasa y aceite lubricante, con los que hacían explosivos como nitroglicerina o margarinas para comida para la población hambrienta y jabones para la limpieza. Con ácidos diluían los huesos de los que sacaban una pasta, que una vez endurecida podían utilizar para la fabricación de armas. Que en aquel segundo libro en donde se señalaba la entrada de heridos, había encontrado la firma de dos de los hermanos, posiblemente porque entraron heridos al hospital, cuando en el recuadro aparecía una M era que habían muerto y los trasladaban a la "refinería". Posiblemente dos de los hermanos entraron gravemente heridos y cuando murieron – ¡o no! – los mandaron al "crematorio". Estaba claro que allí terminaron su vida los cuatro hermanos, ya que junto a la señal del segundo había un "+ 2" seguido de la M.

Una semana después, cuando teníamos nuestro informe casi acabado, nos llamaron Vicente y Norma a Berlín, a una reunión con los actuales familiares de los cuatro hermanos. Aún no los habíamos saludado cuando entró en la sobria sala de reuniones una representación de la compañía farmacéutica a cuyo frente iba uno de los familiares directores. Apenas pudimos cruzar palabra alguna con nuestros dos compañeros, y con su prepotencia habitual mostraron un informe en el que señalaban que sus cuatro familiares habían muerto en Colonia, que tenían datos de que habían luchado en la 48ª División *Landwehr* y que estaban en una fosa común bajo una iglesia, por lo que había que solicitar permiso para levantar aquellos entierros y estudiar los restos que salieran. Yo intentaba hacer gestos para que frenaran la explicación, no quería contradecirles y que quedaran mal, pero no sólo no me escucharon sino que, muy cínicamente, Norma, mientras el presidente de la comisión miraba el informe, se me acercó y me dijo - *"No te preocupes, que te voy a regalar la pluma por el tiempo perdido y sobre aquello de que no habría aumento de la sexta parte que acordamos que ibas a cobrar si fracasara pues….¡va a ser que sí!"* –

Aquello superó todas mis buenas intenciones, miré con rabia a Norma, que sonreía satisfecha, después a Vicente que me miraba prepotente por encima del hombro, y dirigiéndome a la comisión la interrumpí señalando que la información de mis compañeros era incompleta y errónea. Los cuatro hermanos habían salido vivos de Colonia y acudieron al frente occidental a pelear contra los rusos, cayeron allí y murieron en un hospital cerca de la ciudad, ahora polaca, de Krzyzowa. Mostré el libro con la marca de dos de ellos, que el familiar reconoció. Después dejé que Rubén acabara la historia y mostrara el informe de lo ocurrido. Noté la cara de sorpresa y de odio de ambos y mientras Rubén acababa la historia me acerqué a Norma y le dije al oído - *"Lamento no ser tan buena persona como tú, en un momento había pensado en devolverte la pluma…pero ¡va a ser que no!* -

14. EL BUEN CRISTIANO

- *"Dios mío, ahí está otra vez...viene a por mí"* – pensé, agazapado como estaba en un rincón del ático, deseando volverme invisible. Y de nuevo comenzaron a atronar los ruidos metálicos llegados desde prácticamente todos los lados de la casa. Ese ente me había encontrado. Solo quedaba una salida...

Yo había sido un buen cristiano, no había hecho daño a nadie, a la salida de los supermercados siempre daba algún bote de legumbres a quien estaba pidiendo en la puerta y, si en algún momento me había dejado llevar por la ira o la soberbia, en la siguiente misa había solicitado una confesión de mis pecados, aceptando resignadamente la pena impuesta por el sacerdote. Estaba prácticamente convencido de que en caso de fallecer, Dios y San Pedro serían benevolentes con mi alma, por lo cual la única manera de huir de aquél ente que me atormentaba se me antojaba era dejarme ir a los brazos del Señor.

El retumbar ensordecedor de toda la casa no dejaba de martillear en mi cabeza. La puerta del salón era de madera, y aún así aguantaba estoicamente los envites del espíritu maligno que me atormentaba, esa puerta era lo único que le separaba de mí ¿Cuánto tiempo más podría contenerlo? Ese ser endiablado era un sádico malicioso ¿Por qué fingía detenerse ante una vulgar puerta si era incorpóreo? Solo podía explicarlo por el disfrute que le suponía atormentarme con sus atronadores golpes. *"A lo mejor me estoy equivocando y no puede atravesar la puerta. Los cinco días que llevo sin salir del salón la he ido reforzando cruzando muebles y quizás no disponga de suficiente fuerza mental para moverla..."*

-*"Los caminos del Señor son inescrutables"* - decía aquella vocecilla interior en mi frágil cuerpo que no dejaba de temblar como un flan, convulsionando con cada golpe metálico que lo recorría – *"Tal vez haya llegado mi hora y el Señor ha decidido que sea yo quien dé un paso adelante y renuncie a mi vida con el fin de alcanzar la gloria ansiada junto a Él… ya no habrá penas ni temores, ya no habrá ni hambre ni injusticias, junto a Dios solo habrá plenitud…"* - me recitaba. Sabía que no podía continuar así, que nunca tuve que ir a aquella reunión, en una iglesia abandonada tan lejos de mi casa. Pero al otro lado de la montaña estaba aquella enorme ciudad religiosa integrada por una grandiosa basílica-santuario, en el mismo lugar en que dos pastorcillos vieron a la Virgen, a la que después se le fueron sumando capillas menores y otros diferentes lugares de culto situados en una plaza central con una enorme y alta cruz de hormigón, delante del altar de piedra que dominaba toda la parte oeste de la plaza, a la que desde un hermoso y amplio mirador llegaban los olores de miles de velas que los penitentes encendían para recordar a un familiar fallecido o para pedir un deseo, mirador situado junto a un antiguo edificio transformado en seminario, donde se vendían dulces realizados por las monjitas que allí moraban, junto al que se levantó un museo, un seminario. una hospedería, hospital para peregrinos, tiendas de recuerdos donde se vendía de todo, desde escapularios, rosarios, cruces bendecidas, postales y almanaques con la Virgen hasta botellitas con agua bendita, restaurantes, pensiones, hoteles, zonas de aparcamiento para todo tipo de vehículos…

La aparición divina causó un verdadero revuelo. Los noticieros, primero del país y luego de todo el continente le dieron una cobertura propia de los grandes eventos, de manera que la polémica inicial acerca de la veracidad del suceso, gracias a Dios fue amainando y los escépticos acabaron por aceptar, más o menos indiferentes, la atención mediática y la masiva afluencia de gentes al lugar del suceso. Por otra parte, la construcción de la basílica y el posterior complejo dio trabajo a mucha gente, lo que acallaba cualquier posible inquietud, haciendo bueno el dicho "Dame pan y llámame tonto". Pero este repentino auge acabó por arruinar, al otro lado de la montaña, aquél pueblo desolado en medio de una tierra dura y hostil donde sólo crecían chumberas y lagartos y se llevó a los pocos vecinos que quedaban, buscando poder ganarse la vida con menos esfuerzo cerca de un lugar tan milagrero de oración. El pueblo, en otro tiempo próspero por la abundancia de canteras de mármol y sus muchos talleres artesanales de cerámica y esparto, quedó abandonado y la iglesia siguió su estela después de haberla desnudado de imágenes religiosas y sacramentales. Yo creía que por el hecho de acudir a saciar mi angustia a una iglesia estaría a salvo de cualquier maldición o herejía, cuando lo único que pretendía era contactar con mi amigo muerto recientemente en accidente de coche, que aquel médium me había asegurado que podía hacerlo. Posiblemente me desconcertó aquella "ouija", cuando el compañero que me llevó a una reunión tan estúpida me convenció de que aquel tablero de madera iba a ayudar a que Miguel se comunicara conmigo, que ¡desde el otro mundo! me iba a contestar algunas preguntas que quedaron pendientes entre los dos. Nunca había visto un tablero como ese y me sorprendió que se encontraran representados en él todos los caracteres del abecedario, figurando en un lugar preferente un SÍ y un NO. Tampoco sabía que como guía se utilizara una tablilla acabada en punta o flecha cuyo cometido parecía ser señalar las letras oportunas para responder a las preguntas. También desconocía que los participantes debían poseer un mínimo de conocimiento y seguridad en el tema, sin dejarse dominar por la ansiedad o el pánico ante el supuesto contacto, porque podía traer graves consecuencias y la sesión podría llegar a ser un auténtico trauma. Psicológicamente puede llegar a ser peligroso si no conduce la sesión un experto que conozca la materia y que sepa controlar los ánimos y la excitación de los participantes. Sin embargo aquél extraño "médium" no era una persona preparada religiosamente; ya desde un principio mostró su desengaño por la religión cuando señaló que estar en una iglesia no implicaba que algo divino marcara nuestros pasos, y cuando leí el panfleto suyo con aquél poema que hablaba de la ciudad de oración que se había levantado al otro lado de la montaña debí retirarme de aquella reunión, porque estaba claro que él no era creyente

No vi nada sagrado en aquél lugar
Sólo una sucesión de monumentos
Que sustituyeron un olivo, donde dos pastores al azar
Vieron una imagen luminosa, en un momento

Cuan sorprendente lo que puede mover la fe
Sobre todo si detrás hay intereses creados
Porque tanta rentabilidad obtuvieron después
Que seguramente mereció la pena lo montado

No todos los sucesos tienen igual tratamiento
Hay muchas variables que conviene despejar
Porque si esa aparición ocurriera en el océano
El montaje allí no tendría tanta viabilidad

¡Apariciones tierra adentro! Aviso a navegantes
No se aceptan visiones ni percepciones en tormentas
Si se avistase en la niebla "el Titanic" o "el Holandés Errante"
Habría que avisarles que tan sólo pueden aspirar a leyendas

Todo en este mundo tiene su prioridad e importancia
Un famoso imprudente que cae al mar debe ser rescatado
Sus salvadores ocuparán las noticias de mayor relevancia
Pero si eres tú quien cae, sin saber nadar, date por ahogado

Ya sé que somos todos iguales, que estoy equivocado
Que en función de la valía y honradez se llega a Presidente
Que creer que ante la justicia no somos iguales es de amargados
Y que pensar que estamos controlados es de deficientes

Pero como soy corto de mira, no tengo la visión clara
No percibí que lo razonable es sólo un dicho
Que el Cosmos se ríe de nuestras tontadas
Y que sólo nos movemos si hay algún beneficio

¡Qué poco nos preocupa alcanzar la sabiduría!

Hasta podemos vivir exánimes sobre desiertos
Sin pensar que de arriba lleguen falsas profecías
O que el futuro nos depare un porvenir incierto

Así creemos ser los reyes del mambo
Las decisiones se trinchan y desazonan
Reglas de convivencia ¡mejor hechas pedazos!
Todo vale si podemos alcanzar una poltrona

Somos tan... como somos
Que apenas nos enteramos del concierto
Tanta prepotencia, tanto egoísmo y deseos romos
Para ocupar un nimio lugar del Universo

Y posiblemente de allí me traje ese demonio que me atormenta todos los largos e insomnes días y que ahora está tras la puerta, pensaba. Me dije angustiado que no debía caer en sus garras, que antes era mejor morir, así que rápidamente abrí la ventana de aquél cuarto piso del centenario edificio en el que ya quedábamos muy pocos inquilinos, pero al momento un pensamiento se abrió paso en mi cabeza... *Dios no ve con buenos ojos a los suicidas, no somos dignos de arrebatarnos la vida que Él nos otorgó ¿Quiénes somos para imponer nuestra voluntad a la suya? ¿Y si me mato y por ello estoy condenado? Sería entregar mi alma por toda la eternidad a este ser diabólico.* Recordaba las pesadillas que tenía de niño en aquellas frías tardes de invierno, cuando el sacerdote que nos preparaba para la Comunión no encontraba mejor forma de hacerlo que contar a los aterrados niños las torturas que sufrían los pecadores en el infierno; aquello de que te partieran los tobillos para que no pudieras andar o estar de pie, o que te sacaran los ojos para que no pudieras ver lo que iba a hacerte daño, o que te sumergieran varias veces en aceite hirviendo, te partieran los dedos de las manos para que no te pudieras agarrar a nada o que te colgaran del cuello con una cuerda sin nudo corredizo para que no murieras ahorcado rápidamente y acabaran tus sufrimientos... eran pesadillas que me acompañaron durante muchas noches de fiebre, por lo que debía descartar el suicidio. *Uf, no sé cuánto tiempo más aguantaré estos golpes duros que tanto resuenan y me atraviesan la sien...*

De pronto, silencio *¿Se habrá ido? ¿Acaso ese ser se ha cansado de juguetear sádicamente conmigo, como un león pudiera juguetear con un ratoncillo de campo?* Trato de agudizar mis oídos. Nada. Ha cesado todo ruido. Cerré la ventana y me senté en mi sofá esperando tranquilizarme, cuando *¡Un momento! se escuchan golpes lejanos...* Tímidamente me levanto, aún ligeramente encorvado temiendo delatar mi presencia, y vuelve a mi pensamiento que ese ser infame sabe dónde me escondo. Vuelvo a mirar por la ventana y veo en la distancia la casa del vecino. Acierto a ver a Alfonso martilleando el marco de la puerta de su salón. Río con nerviosismo, los golpes lejanos son suyos, el ente se ha cansado por el momento de mí. *¡Ojalá no vuelva!*

Miro alrededor y observo varios muebles viejos, alacenas, y la vieja estufa de gas pegada a la pared... *Posiblemente debería renovar muebles y quitar esa vieja estufa central que calienta poco y sólo sirve para echar herrumbre y acumular polvo; incluso debería pintar la buhardilla de arriba, limpiarla y adecentarla, demasiadas cosas en desuso tengo en ella, que es ya más un sucio trastero que sólo sirve para acumular trastos viejos, trozos de tuberías de plomo, infiernillos, tornillos, recambios de material de baño, bombillas, muchas de ellas de la época en que aquí vivían mis padres o más antiguas aún, de cuando vivían mis abuelos o mis tatarabuelos...* Fijo mi mirada en las escaleras de madera que comienzan en la habitación de al lado, donde está la lavadora y el tendedero, y que sube al trastero de arriba formando un túnel. Me parece que se mueve, en la semioscuridad creo ver alucinaciones. Estoy tan estresado que el pulso se agolpa en mis sienes, martilleándome la cabeza en cada latido. No ayuda la poca luz del salón ¡la instalación eléctrica es tan vieja que hace que en la lámpara haya una bombilla de 40 vatios y no llego a distinguir muy bien el cuarto de al lado, donde está la escalera, pero me parece ver que ésta se alarga como alejándose de mí, en una visión de un túnel angosto y oscuro ¿Me atrevo a ir hacia la escalera y salir de mi guarida o debo permanecer aquí por si el ente regresa? Pero no estaba en esa habitación que sube al trastero, sino tras la puerta del salón, entonces... ¿por qué veo alucinaciones en la escalera del cuarto de al lado? ¿Será el miedo? *No puedo permitir que me invada el terror. Tengo que hacerle frente, porque si me dejo vencer caería irremediablemente en sus garras... como mamá. Cogeré el crucifijo de mi madre, al que tanto rezó, y le haré frente con él en la escalera.*

Me ha costado desclavar el crucifijo pero sé que me dará fuerzas. El crucifijo de mi madre es milagroso; debía haberlo usado ella antes de caerse por la escalera y golpearse en la cabeza, porque estoy subiendo por ella y aunque está un tanto oscura, no hay ningún ser maligno en sus escalones, ha debido irse al ver que voy "armado". Pero vuelvo a escuchar golpes arriba, en la buhardilla. Deberé subir a ella y enfrentarme con ese diablo, la cruz me ayudará a echarlo de allí. Creo que lo puedo conseguir, porque sigo subiendo sin problemas escalón a escalón y no noto sensaciones desagradables en ella, pero al llegar al rellano superior junto a la puerta me acuerdo de mi madre, *desde aquí cayó...*

Entonces acude a mi cabeza una imagen de ella, cuando la recogí del suelo y la tumbé en su lecho, desvanecida, ligeramente acurrucada entre su cama inmaculadamente hecha y la pared, junto a su mesilla de noche. La veo rodeada de sanitarios y policías que preguntan por el accidente y recuerdo a uno de ellos, ¿Alonso?, que me preguntaba si yo había notado o sentido algo; el muy imbécil debía pensar que se había tirado por la escalera *¡Qué mente más sucia puede llegar a tener la policía! Puede ser por estar tanto tiempo tratando con delincuentes...* No le bastaba que el sanitario Martín dijera que había muerto de un infarto, posiblemente se acogiera a que la enfermera señalaba que su rostro mostraba una mueca de horror, como si algo le hubiera causado tanto terror que su corazón no pudo contenerlo... A mí si me valieron aquellas palabras de la enfermera, porque un mes antes, tras estar cuidándola una semana sin salir de casa, cuando se fracturó la rodilla en una caída, ya sospechaba los últimos días que allí había algo siniestro... pero ¿cómo decir que nuestra casa había sido ocupada por un ente diabólico que no dejaba de martillear las paredes y que posiblemente empujara a mi madre, ya muy mayor, sin tener prueba alguna? Esa gente no lo entendería, por eso me culpaban a mí de haberte maltratado causándote la caída... Solo que para cuando falleció de puro miedo, yo me encontraba en la esquina cercana, en la tienda de ropa que me legó mi padre, con varios testigos que me vieron toda la mañana colocando a los maniquíes la ropa adelantada para la nueva temporada de primavera – *"Pudo tener un cómplice"* – quizás pensó uno de los polizontes cuando me miró, a la hora de retirar el cadáver de mamá... Deseé con todas mis ganas que el diablo que mató a mi madre se personara, apareciendo por el rabillo del ojo como solía hacerlo o golpeando estrepitosamente lo que quiera que golpease para producir aquél ensordecedor ruido metálico. Allí había seis personas al menos, ese ser podría haber tratado de atemorizarlos a todos... y así habría despejado las dudas sobre mí en la muerte de mamá...y ese ser quería torturarme a mí por encima de todo...

Me encontraba erguido en el rellano superior de la escalera, con mi mirada clavada en la puerta de madera que daba acceso a la buhardilla. No se oía ni el más leve rumor procedente de la casa... pero sabía que ese diablo podía estar aguardando sádicamente al otro lado de la puerta, esperando a que yo apareciera para atacarme e intentar hacerme mil torturas inimaginables. Aunque tenía dudas, allí no se escuchaban ruidos tan fuertes, los últimos me pareció oírlos al otro lado de la puerta del salón de abajo y aquí las construcciones son tan viejas que parece que todo cruje, pero debería cruzar esta puerta a la buhardilla y asegurarme que allí no hay nadie, y si me equivoco tengo el crucifijo sagrado de mi madre para defenderme. Dudaba en abrir la puerta, quería antes recordar como apareció en la casa el ente diabólico. Me acordé entonces que todo había empezado hacía algo más de un mes, al poco tiempo de aquella oscura sesión de espiritismo en la vieja iglesia. Con la llegada de las lluvias otoñales, mamá había comenzado a quejarse de sus dolores en las articulaciones – *"El tiempo está de vuelta"* - había dicho. Y entonces comenzó todo. Yo no había notado nada, porque el trabajo de la tienda de ropas, con las rebajas y la temporada de invierno, me agotaba y últimamente solo llegaba para desplomarme en el sofá del salón, mientras mamá me ponía la cena, ver un poquito la tele y a dormir. Pero mamá me decía, como avergonzada, que creía que había "algo" en la casa. Yo reía y ella insistía en que notaba cambios de temperatura muy bruscos de una zona a otra, lo decía susurrando. Yo bromeaba, diciéndole que convenciera a ese "algo" para que nos dijera el número de la lotería ganadora y así nos retirábamos todos al Caribe. Entonces mamá guardaba silencio, como avergonzada, y yo disfrutaba de poder ver la tele sin nadie hablando que me distrajera. *Ojalá le hubiera hecho caso entonces y no hubiera sido tan egoísta. Pero venía agotado del trabajo y sólo quería descansar.* Mamá llevaba razón, los ruidos se fueron incrementando, ganaban fuerza; al poco yo también comencé a notar esos cambios de temperatura que me había negado a reconocer, cuando con aquél tiempo infernal pasaba más tiempo en la casa al amparo de su calefacción, ya que debía hacer la previsión de la nueva temporada de la próxima primavera con los catálogos de distintos talleres de moda, y en un par de ocasiones me pareció ver movimiento por el rabillo del ojo, aunque al mirar con atención no percibía nada extraño… *Ese ser era diabólico y supo cómo ir ganando poder mientras yo no hice nada para frenarlo, y ahora me toca a mí enfrentarme a él si estuviera dentro de la buhardilla.* Pero no estaba seguro de que así fuera, había subido tanto la temperatura de la calefacción que no notaba esos cambios de temperatura que me señalaba mi madre, pensaba que su crucifijo había hecho el milagro de que se fuera; posiblemente este viejo inmueble encerrará tanta historia que puede haber almas perdidas y heridas por los armarios que me quieren hacer pagar el daño que algún antepasado mío pudo causarles. Pero quería convencerme de que la cruz sagrada de mi madre las había convencido de lo contrario.

Fue entonces cuando me decidí a abrir la puerta de la buhardilla y entré en ella llevando el crucifijo por delante. Todo estaba oscuro y en silencio. Había una fuerte acumulación de polvo y suciedad, era un local que hacía tiempo que estaba abandonado. *Creo recordar que la última vez que subí, hace ya muchos años, fue para arreglar las goteras por un desplazamiento de tejas en el tejado... o quizás fue cuando tuve la brillante idea de montar en lo que pudo ser un balcón una especie de invernadero.*

En la penumbra me fui acercando iluminado débilmente por la luz tenue que entraba por una estrecha ventana entre las tejas. Miré por ella. Fuera lucía un bonito sol, que ya de cerca veía que se infiltraba débilmente por una brecha abierta en el tejado, consiguiendo que algunas de las macetas de antaño, que yacían arrinconadas y salvajes al fondo, mantuvieran una abundante concentración de hierbas silvestres. Entonces me expliqué que el agua que se había colado por aquella fractura del tejado, alimentando aquella maleza, era la causante de la humedad que había abajo en la cocina. Me sorprendía que esa pequeña selva se hubiera mantenido allí de forma autónoma y me dije que tendría que vigilarla, porque algunas raíces habían rajado el barro viejo de las macetas y apuntaban hacia el muro que aguantaba la baja pared antigua y húmeda que soportaba el tejado. Me sorprendía ver como la vida avanzaba descontrolada por los más extraños recintos y lo que más me sorprendió fue ver que había insectos revoloteando por aquél verde salvaje y esmeralda. De forma instintiva me vino a la memoria que las abejas eran adoradas en la Mesopotamia antigua por creerlas acompañantes de las almas de los fallecidos hacia la luz gloriosa, igual que ocurrió en el Egipto faraónico – *"Los caminos del Señor son inescrutables"* – Pero fue entonces cuando al otro lado del salón se escuchó un intenso ruido que congeló la sonrisa en mi labios. Sobre todo cuando aparecieron los atronadores golpes metálicos repicando a mí alrededor, por todo el trastero, dañándome los oídos. Me los tapé con fuerza, encogiéndome, mientras rogaba - *"¡Por favor, Dios mío, haz que pare!"* – a la vez que cerraba los ojos, apretando tanto los párpados que noté deslizarse diversas lágrimas por mis pómulos. Pero aquel tormento no disminuía, era tan agudo que sentí que había dañado mis tímpanos y que de ellos parecía manar sangre. Entonces abrí los ojos y me aterroricé cuando vi que tres entes extraños y robóticos me atacaban. Me defendí con el crucifijo, golpeando con saña al primero de ellos, totalmente rojo, y despúes a los más grises que le seguían, pero había más y me hicieron recular hacia la pared, donde al fallar un golpe rompí el crucifijo al chocarlo contra ella. En el impulso noté que me había dado contra una repisa y algo metálico cayó al suelo. Lo miré, era una pistola de clavos. Los atronadores golpes seguían resonando aún más fuerte mientras en la oscuridad vislumbraba que aquellos entes maléficos se acercaban; querían atacarme y estaba rodeado, no podría con todos, eran muchos y estaba desbordado… Cogí la pistola de clavos y la apoyé contra mi pecho a la altura del corazón, que latía con tal fuerza que sentía cómo todo cuerpo vibraba al unísono. Fijé mis ojos en los insectos, sonreí mientras los metálicos golpeteos lo invadían todo, sonreí y apreté el gatillo - *"¡Padre, en tus manos encomiendo mi espíritu!"* -

Días más tarde entraron los bomberos en el piso, alertados por el mal olor que desprendía, acompañados por la policía. Tras consultar con los pocos vecinos del bloque, ninguno había vuelto a verme por el edificio; incluso la tienda de moda de la esquina, de mi propiedad, llevaba cerrada varios días, y ni siquiera ese domingo me habían visto en misa. Cuando Alonso, el policía, ascendió al trastero junto a un compañero y dos bomberos, me encontraron en un fuerte estado de descomposición con un par de clavos insertados a la altura del corazón y en mi mano una pistola de poner clavos. El policía debió notar algo raro en aquél recinto cerrado y mandó llamar a Martín, que creí era un enfermero cuando lo vi junto a mi madre, pero que resultó ser un fontanero. Se adelantó el policía acompañando con su coche patrulla a la ambulancia que trasladaba mi cuerpo hasta el laboratorio forense del hospital más cercano, estaba interesado en la nueva muerte, recordaba que meses atrás había muerto también allí una señora...

Dos días después, Alonso acudió a hablar con Sara, una de las forenses, que le había hecho llegar un mensaje a la comisaría señalando que había concluido el análisis del cadáver del fallecido. Lo primero que le preguntó el inspector a la médica, fue - *"¿Y bien, se suicidó o lo suicidaron?"* – de una manera que evidenciaba un amargo sarcasmo, más bien consecuencia de lo quemado que estaba ya el policía tras treinta años en su profesión.

-*"Pues lo cierto es que todo parece indicar que se suicidó"* – respondió la forense resuelta, con una prepotencia que molestó al inspector – *"si bien un análisis toxicológico ha mostrado una avanzada intoxicación por monóxido de carbono"* -

-*"¿Lo envenenaron?"* – preguntó con evidente sorpresa el policía, arqueando sus peludas y canosas cejas.

-*"Bueno...no es que el monóxido sea uno de los venenos empleados si se desea matar a alguien"* – dudó la joven, con la mirada titubeante entre los objetos de la sala de autopsias. Claramente buscaba las palabras precisas para explicarse -*"El monóxido de carbono es un gas que se produce habitualmente cuando en los coches o en las estufas de combustibles orgánicos, como los derivados del carbón o el petróleo, se produce una mala combustión. Suele ocurrir en los motores viejos o en los antiguos aparatos de combustión, como la vieja estufa de gas del edificio, donde hay picaduras o se producen escapes... E incluso algunos desesperados o mentalmente inestables suelen suicidarse dejando el coche encendido en un garaje cerrado. También se han dado muertes accidentales en personas que se han quedado dormidas en un cuarto cerrado calentado por un brasero. Cuando el carbón no arde bien desprende ese gas tóxico cuya inhalación produce la muerte por asfixia, pero es una asfixia inodora, no produce dolor, sólo un entumecimiento que termina en un sueño letal del que no se despiertas si no se atiende a tiempo. Todos los años fallecen personas, normalmente mayores, al dormir con braseros de carbón encendidos..." -*

-*"¡Ahh, ya!"* – cortó de pronto el inspector, señalando - *"Tuve un caso de esos...murió una pareja de jubilados al quedarse dormidos junto al brasero..."* -

-*"Bueeno..."* – cortó ahora la joven forense, provocando que Alonso callara y atendiera con una evidente mueca de impaciencia – *"También ocurre que ese gas, si se respira durante prolongados espacios de tiempo, en dosis no letales, se va acumulando en la sangre y provoca que el paciente experimente estadios ilusorios de la mente, tensión, nerviosismo..."* - Diciendo esto, Sara descubrió las piernas del fallecido, dejando a la vista diversos moratones en distintas fases de formación, y continuó explicando -*"El resto del cuerpo también presenta evidencias de golpes. Y al contrastarlo con el informe del cuerpo de su madre, que falleció recientemente, comprobé que también ella presentaba estas diversas contusiones por sus extremidades"* –

-*"Tuvimos muchas dudas, había entonces allí algo que no encajaba, incluso llegamos a pesar que se las hizo el hijo"* – interrumpió el policía – *"en un posible caso de maltrato, ya sabes..."* -

Entonces, secamente y aún con más prepotencia, le contestó Sara -*"Podría haber sido así, pero si llega Ud a leer el informe de Martín, el fontanero que entonces llamaron, se habría dado cuenta que de su informe se derivaba que había extrañas fugas de monóxido de carbono en la estufa de aquel piso, que tendría que investigar, ya que podría ser insignificante cuando la temperatura que se marcaba era baja, pero si por frío se aumentara la potencia del calor, la cantidad de gas del escape podría aumentar de forma exponencial, y posiblemente fue ese el caso…"* – Sara miró a la cara desconcertada del policía y se reafirmó en lo dicho - *"Creo que eso fue lo que ocurrió; posiblemente madre e hijo sufrieron terribles alucinaciones que a la madre le produjeron un infarto y al hijo le llevaron al suicidio tras intentar defenderse de ellas. Estas historias son compatibles con una intoxicación de monóxido de carbono. Es más, creo yo que ambos individuos estuvieron expuestos a un continuo escape de este gas que los fue envenenando, de forma que tuvieron sueños pesados en los que descansaban mal y ambos dieron vida a una pesadilla que les llevó a la muerte"* -

Por toda respuesta, Alonso guardó silencio, volvió a encogerse de hombros y asintió levemente con la cabeza, mientras la forense seguía informando de sus conclusiones

- *"En el caso del hijo, al tener más complexión y ser más joven, posiblemente tomara algún tipo de medicamento, lo que analizaré cuando extraiga el hígado, que potenciara los efectos y que le hiciera sentir con más intensidad esos episodios alucinatorios; tal vez viera a asesinos o a entes endemoniados que iban a por él de los que no pudo defenderse ni tampoco superar la visión, sin ser consciente de que era simplemente una alucinación que lo llevó a suicidarse"* – añadió dominante Sara, cubriendo nuevamente con la sábana las piernas del fallecido.

- *"Eso explicaría los cuatro maniquíes que el hijo rompió antes de su suicidio, y que debía estar realmente aterrado, porque destrozó violentamente a uno que era de color rojo"* – comentó Alonso.

- *"Posiblemente, por el color pensó seguramente que se trataba del diablo, incluso pudo creer hasta que oliera a azufre"* – remató su charla la forense, con un tono no exento de ironía e impaciencia.

- *"Jodidos fantasmas interiores, al final nuestros miedos son los peores enemigos"* – añadió el policía empujando la puerta de la sala de autopsias para salir – *"Buen trabajo, no dejes de llamarme cuando acabes completamente la autopsia"* -

Alonso volvió al piso del fallecido para cerrar el informe, traspasó la puerta tras haberse inclinarse bajo la cinta colocada en ella que señalaba una investigación policial y saludó a un joven policía que se acercó al ver que alguien entraba -*"Están arriba en el trastero, señor, con el fontanero al que la doctora forense le ha pedido un informe"* -

Por toda respuesta Alonso levantó uno de sus brazos, pasando de largo en dirección a la escalera que ascendía al desván, de donde parecía proceder el murmullo de voces. Subió cansinamente, acercándose a un grupo de dos compañeros suyos y otro hombre que estaba hablando, posiblemente el fontanero aludido

-*"Ah, Alonso, aquí el señor Martín, fontanero"* — le dijo uno de sus compañeros, señalando al hombre que se acababa de callar, cuya cara le resultaba conocida, sin duda lo había visto antes — *"Martín nos estaba contando que parte de las tuberías de esta casa son muy viejas. Las del agua aún son de plomo, muy desgastadas por el paso del tiempo y presentan dos fallos graves: el aire de su interior produce un escándalo tremendo cuando alguien abre algún grifo de golpe y además la ligera acidez que lleva el agua de esta zona hace que se diluyan sales de plomo, que van al agua, y que al beberla envenena el organismo; es un metal que se elimina muy lentamente y puede producir problemas de comportamiento o atención, problemas auditivos, reducción del cociente intelectual, dificultad para dormir, agresividad, irritabilidad, inapetencia y falta de energía…en concentraciones más altas produce vómitos, sangrado interno, desequilibrio, debilidad muscular, convulsiones o coma. Es un complemento peligroso a los efectos del monóxido de carbono, juntos pueden producir que el individuo contaminado tenga debilidad mental y que sea sensible a ver visiones, como ha ocurrido en varios de los edificios antiguos en los que ha intervenido. También señala que los radiadores necesitan mantenimiento, que aquél mamotreto del fondo era una vieja estufa antigua de gas que calentaba el piso, posiblemente comprada en algún anticuario e instalada chapuceramente con tubos de plástico para el gas, quizás para ahorrarse dinero, y que lo malo es que comunicaba con los radiadores de pared repartidos por toda la casa"* -

El policía que hablaba hizo una pausa mirando a los agentes que lo rodeaban, como aguardando a que plantearan alguna pregunta al fontanero, pero como no ocurrió nada, cedió la palabra a Martín, que remató la explicación - *"El problema es que las casas antiguas tienen ratones que muerden estas tuberías de plástico, produciendo grietas y escapes, favoreciendo además la entrada de aire, que de nuevo produce ruidos desagradables y puede ocasionar el mal funcionamiento de las calefacciones, que expulsarían gases de combustión tóxicos y peligrosos"* –

Alonso sonrió retirándose en busca de la escalera, pensando que ya tenía resuelto el informe, lo que le evitaría tener que visitar de nuevo a esa antipática forense.

15. EL CRUCERO

Son curiosos los entresijos que esconde la vida para cada persona. Cuando me ha tocado analizar la historia de algunos conocidos, he podido deducir que la cantidad de dificultades, aciertos, actividades, vivencias y posibilidades, depende generalmente del intelecto, el empuje, las exigencias y el carácter de la persona. Posiblemente haya diferentes niveles de existencia en un mismo instante, pero de lo que sí estoy seguro es de que las características y la evolución de las personas conlleva un nivel diferente de sucesos y experiencias. No quiero decir con ello que los más listos y los más osados tengan más oportunidades o más éxito en la vida, posiblemente pueda ocurrir eso, al poder aspirar a más cosas por su mayor capacidad pero en cualquier caso los aciertos en el camino vienen influidos por algunas variables importantes. Una fundamental es la "cuna"; provenir de una familia culta y acomodada otorga una serie de ventajas que normalmente deben ayudar en el camino a recorrer; después están las inquietudes y la iniciativa personal, dos variables que siempre contribuyen a tener una vida más rica en acontecimientos. Parece cierto que aquellos que iniciaron su andadura desde una cuna más baja, con menor preparación, y un carácter en el que ocupa un lugar importante esa característica de superación, necesitará más tiempo para vivir con ciertas posibilidades de éxito los acontecimientos, ya que para ello necesita alcanzar ese nivel de competencia, preparación y madurez que no le vino regalado en su nacimiento. Claro, que eso puede ser bueno y otras veces desfavorable, sobre todo si para alcanzar el nivel deseado ha tenido que sufrir un aprendizaje difícil en la escuela de la vida, que puede dejar huellas amargas y conllevar el riesgo de volverle desconfiado, introvertido, inseguro, o resentido. En todos los casos, una vez que se llega a ese nivel de conocimiento con el que se puede afrontar dificultades y analizar sucesos, el objetivo no está aún logrado, entonces juega el equilibrio, porque si eres inconformista siempre querrás más. La percepción de la realidad que observas brindará posibilidades y pelearás por ellas si te gustan aunque no estén a tu alcance, y no será una lucha fácil ni limpia. Está claro que conforme más alto te eleves habrá más amplitud de miras y objetivos por lo que competir, y ese es el problema. No hablo de utilizar un coche mejor que el rival para andar el mismo camino, sino que me refiero a distintas aspiraciones. El hecho de disponer de mayor talento y más capacidad te hace elegir un camino diferente al que suelen elegir otros mortales más limitados, con menos ambición. Aunque sean caminos diferentes con distintas posibilidades, en los dos se puede alcanzar la felicidad, sólo que para unos es una felicidad más moderada si no ambicionan el botín que el otro ha alcanzado, mientras que para el de mayor intelecto, saborear sus más altos logros, aunque siempre tenga competencia, posiblemente le proporcione mayor nivel de felicidad consciente, y si no controla sus pretensiones siempre habrá otras guerras a su alcance en las que luchar...es decir, un camino en el que conviven el éxito, la insatisfacción y la decepción, sobre todo si lo hace de forma solitaria y no tiene el respaldo interesado de la manada. Faltan más perspectivas en este análisis, por supuesto, perspectivas que generalmente no dependen de uno, como el tema padrinos, el interés, la sumisión, la rebeldía y sobre todo ¡la suerte! Fue Napoleón el que preguntaba siempre que le proponían el ascenso de una persona válida y experimentada: *"Pero... ¿tiene suerte?"*, y ese personaje sabía mucho de envidias, dificultades y de guerras.

Lo que nos lleva a la pregunta clave: "¿todos podemos aspirar a todo?". Creo que ya respondí negativamente a esa pregunta; posiblemente omití circunstancias que avalen más mi respuesta, pero sí os digo que a veces hubiera deseado vivir varios siglos atrás, o ser más torpe de lo que soy, tanto, que me conformase solamente con vivir tranquilo en la montaña o en una aldea, a ser posible con pocos habitantes, tan pocos que no hubiera posibilidad de envidias o enfrentamientos. Si lograra habituarme a la quietud del pueblo y aceptara las posibilidades que ella te ofrece, posiblemente el camino a andar sería más plácido y tranquilo, pero para eso hay que ser de otra forma, porque es difícil aceptar que en un mundo egoísta, ambicioso y competitivo, no eres rival para nadie y lo más importante… ¡que te dejen tranquilo! Me temo que ese pensamiento es una quimera, o una realidad virtual, como dicen ahora aquellos...

Conocí a Juan cuando había terminado sus estudios y por imposición paterna tuvo que elegir una profesión de segunda línea en sus preferencias. No vivía en un mundo feliz y el desconcierto que produce abandonar insatisfecho una familia obligada a ser conservadora y buscar la supervivencia, no le dio ni la estabilidad ni la moderación necesarias para esperar los momentos oportunos. Quería dejar atrás lo que consideraba una niñez fallida que le dejó una insatisfacción en la mente y demasiadas prisas para llegar a todas partes; sólo buscaba dejar las decepciones atrás, ¡cómo si se pudiera! Aceptó una vida competitiva, sin aval alguno, donde nadie iba a regalar nada, ni agua, lo que hizo que abordara sus batallas con un armamento inadecuado. Nunca el triunfo le fue fácil, tenía que alternarlo con derrotas que le hacían aprender, y cuando alcanzaba alguna victoria llegaba a destiempo, con un poco de retraso y bastante cansancio, al tener que realizar más esfuerzos. Cuando llegó a mi compañía parecía un lobo acorralado. Traía cierta experiencia de haber peleado alguna que otras batallas con resultados diferentes y me sorprendió que buscara una empresa relacionada con el mar, cuando poseía posibilidades de aspirar a otros puestos en distintos negocios. Yo era el director general de mi empresa, un trust con capital suizo constituido por un conglomerado de compañías y servicios con el que cubríamos una amplia gama de actuaciones y prestaciones, desde construcciones marítimas hasta intervenciones en el traslado y eliminación de navíos, pasando por el arreglo y recuperación de barcos, transporte de mercancías, trazado de itinerarios, rescates marítimos... Eran múltiples compañías que funcionaban de forma independiente bajo una única dirección, que coordinaba las direcciones de cada agencia. Personalmente, disponía de un pequeño grupo de profesionales de las diferentes compañías con los que había formado un conjunto de "comodines" que habían destacado por sus actuaciones diversas y que dependían directamente de mí, de manera que en un momento determinado podían actuar en cada una de las diferentes empresas. Me caía bien Juan, era un luchador nato un tanto indomable, con buen carácter e inteligente; posiblemente no iba a favor del sistema, ni respetaba las normas de funcionamiento no escritas posiblemente planificadas por los acomodados, lo que le hacía discutir decisiones absurdas de los jefes de distintas secciones, lo que le había granjeado ciertas enemistades en su trabajo y frenado considerablemente su posible ascenso. En los tres años que llevaba trabajando en la empresa de recuperación de barcos le vi crecer, interviniendo voluntariamente en tareas difíciles. Yo quería que formara parte de ese pequeño grupo de comodines, de mi "guardia pretoriana", pero tenía enfrente el voto de una mayoría de jefes de sección, que necesitaba para su elección según los convenios. Pensaba que con el tiempo conseguiría convencer a esos jefes de sección, porque Juan era una persona profesional que sabía realizar su tarea, aunque a veces le podían la precipitación y la polémica, lo que hacía que sus logros no se valorasen en su justo precio. Posiblemente le hacía falta sosiego y serenidad para lograr sus objetivos, pero no podía ayudarle porque estaba en candelero, a la vista de todos, y no podía permitirme perder la condición de objetividad de cara a los dueños en una empresa tan grande y con tantas raíces, en la que había tantos desleales oportunistas esperando su momento. En alguna intervención que tuve que realizar en algún puerto fue Juan quien conducía la lancha motora y eso me permitía ir conociéndolo. Era una persona que cuando quería era encantadora y cuando la situación lo exigía sabía también actuar con dureza, si bien carecía de estabilidad. Fue muy curiosa la charla que mantuve con él cuando navegamos a visitar las obras de un puerto gallego; mostraba una seguridad impresionante de que lograría el objetivo para el que lo había propuesto, si bien me comentó que necesitaría tiempo, pero que llegaría su oportunidad, tarde como tantas, pero que llegaría cuando menos lo esperara. Yo estaba pensando en la posibilidad de mandarlo a un largo viaje por los mares, que era lo que siempre soñó y que posiblemente le ayudara a conseguir ese equilibrio mental que le hiciera sopesar situaciones y controlar iniciativas. En aquél viaje gallego me confirmó que necesitaba equilibrio en su vida; la verdad es que no sabía cómo ayudarle sin inmiscuirme en sus actuaciones, lo que sería desfavorable para mí. Sabía que era necesario que realizara ese largo viaje para disponer de calma y de tiempo para poner en claro sus ideas porque no era un hombre de tierra, las multitudes no le ayudaban a centrarse, y mucho menos las decisiones interesadas; pensé incluso en que llevara a desguazar el próximo barco que nos ordenara una naviera, a fin de que dispusiera de ese largo viaje de reflexión, pero no llegaba esa oportunidad. Sin embargo ese equilibrio se lo dio el encontrar algo con lo que yo no contaba pero que una vez ocurrido sabía que necesitaba; se lo dio una mujer comprensiva, idealista y luchadora. No sé como la conoció, ni tampoco cómo consiguió convencerla de que lo acompañara en su aventura por el mundo, ya que ella tenía muchos pretendientes. Pero fue un logro que le vino muy bien, como siempre un tanto tarde, como el mismo reconoció en un poema, pero fiel al dicho de *más vale tarde si la dicha es buena*.

Hay algo que despierta mis sentidos
Amanece en los cielos de mi alma
Es un suave resplandor de aurora
Que ilumina un horizonte de esperanza

Y que se abre paso entre la bruma
De todos los dolores y nostalgias
Es después del diluvio la paloma
Que nos dice ¡ha pasado! sin palabras

Es retornar... Volver a ver la vida
Llena de sensaciones deseadas
Cuando creí extinguida y rota

La más pura ilusión, la más blanca
Es volver a vivir, pero a tu lado...
Cuando pensé estarías más lejana

Y efectivamente a sus objetivos laborales llegó tarde. Yo ya le había buscado el viaje deseado para lograr el fin que encontró en su compañera; lo había puesto al frente de la negociación para eliminar un barco mercante que una naviera holandesa quería quitarse de encima, aprovechando la ausencia puntual de su jefe de sección. Pero para su nuevo equilibrio ya no necesitaba un viaje largo por mar ya que se sentía centrado, y eligió la solución más honesta y razonable. Sabía la contaminación que desprendían los cementerios de barcos del tercer mundo, por lo que hizo un estudio perfecto para solucionar ese problema. En su brillante estudio había logrado conseguir un buen presupuesto para la limpieza del barco, para la posterior carga de bloques de cemento y el permiso para hundirlo en una determinada zona donde se transformaría en un arrecife artificial para la procreación de biodiversidad marina, pero cuando el acuerdo estaba a punto de firma apareció el jefe de sección con otra propuesta; quería los laureles que Juan había logrado meritoriamente, pero Ronald, el jefe de sección, entregó a los holandeses en aquél encuentro un documento en el que decía haber logrado personalmente que en Port-Étienne (Mauritania) recibieran el barco para desguace por un precio ligeramente inferior. Fue un torpedo a la línea de flotación del acuerdo y yo no podía tomar partido, menos aún cuando por medio había holandeses para los que lo único más importante que el dinero es más dinero. La naviera holandesa aceptó el precio más bajo, sin importarle que la bahía de Nouadhibou, que era como ahora se llamaba, lograra esos desechos de barcos mediante una operación terriblemente peligrosa para la hambrienta población encargada de desguazar esos barcos en piezas que después los patronos vendían, utilizando para el desguace herramientas muy primitivas y con un enorme riesgo de peligrosidad para la salud, por el veneno que se vertía en el proceso. Pero el gobierno de Mauritania lo veía bien, sacaba lo suyo del negocio y esas operaciones habían convertido a aquella ciudad en el más importante centro de comercio e "industria" de la zona. Aquellas costas de aguas poco profundas se habían transformado en uno de los mayores cementerios de barcos abandonados del mundo, donde fácilmente podrían encontrarse más de 300 barcos destrozados, podridos y deteriorados, que producían una secuela terrible de enfermedades en la hambrienta población y una contaminación terrible del mar y la costa.

Lo que vino después fue muy violento, una gran discusión entre Juan y Ronald, quien acabó elevándome la petición de que despidiera a Juan de la compañía. Y lo tuve muy difícil porque aunque tuviera razón, efectivamente Juan había elevado acusaciones muy serias contra un superior… la verdad era que no sabía cómo frenar su expulsión de la empresa. Pero como siempre, aunque tarde, llegó inesperadamente la posible solución cuando la presión era insoportable. De China nos llegaba una epidemia ocasionada por un virus liberado de un animal en esos monumentales mercados donde aquella gente extermina y se come todo lo que se mueve, y lo peor es que había traspasado sus fronteras y se expandía a una velocidad impresionante por distintos países, apareciendo cientos de millares de contaminados y millares de muertos. En el tema de Juan, para mí supuso un respiro ya que se tuvo que frenar el expediente, por la urgencia de paralizar o posponer todas las órdenes y operaciones de trabajo en la sección en la que trabajaba el inculpado. Hubo que cerrarla, y ante ese impasse Ronald me pidió que concediera a él y a sus trabajadores el mes de vacaciones que les debía, ya que el pasado verano no pudieron disponer de ellas por la concentración de trabajo. Aprovechando la reunión quincenal a la que asistía con cada sección, Ronald me hizo la petición en presencia de Juan y me facilitó el listado de beneficiados, en el que por supuesto no estaba el denunciado; me anunció mirando fijamente a Juan que iban a participar en un crucero por el Cono Sur americano, ya que necesitaba *"realizar un largo viaje por tierras míticas, lejos de peligros y epidemias"*. Tenía previsto tomar un barco en un puerto del Pacífico que diera la vuelta por el Cabo de Hornos y conocer los confines del mundo. No me gustó aquel gesto, porque sabía por Juan que era su gran sueño, y Ronald también lo sabía. Sin embargo me agradó que Juan lo encajara, aunque tanto egoísmo me hizo contradecirle, aduciendo que no podía irse ya que tenía que firmar la denuncia contra Juan, y eso llevaría un tiempo. Ronald comentó mirando a Juan que esa denuncia podía esperar a su vuelta y que podía trabajar en otra sección hasta que se fallara el caso, ya que a ellos les esperaba la aventura. Previendo que podía llegar un confinamiento y que su partida frenaba la denuncia, autoricé las vacaciones rápidamente. Aún así, Juan señaló que aquella decisión y aquella travesía eran un error, a lo que el segundo de Ronald le respondió que el error lo había cometido él por ser tan zoquete y no respetar al jefe, y que ya le mandarían postales de cada puerto que visitaran en la maravillosa y larga travesía. Me sorprendió que Juan no respondiera; estaba claro que su compañera realizaba un buen trabajo.

Cuando acabó la reunión dije a Juan que se tomara un par de días libres y que el lunes se incorporara a la sección de gestión, donde tenía cierta relación conmigo, y así cuando comenzara su trabajo, su "pandilla" ya habría salido de vacaciones.

Ese fin de semana estuve dando vueltas a la frase de Juan cuando señaló que aquella decisión era un error, y una vez incorporado el lunes siguiente busqué la posibilidad de charlar con él, ya que su afirmación me había intrigado, porque además, conociendo la madurez de Juan y la forma de decirlo, no me sonó a reproche ni a amenaza. La oportunidad la encontré al sábado siguiente, que lo invité a una comida de trabajo junto a otros dos empleados de mi confianza, como premio al admirable trabajo que habían realizado, que consistía en estudios económicos para buscar otros servicios que cubrieran con nuevas aportaciones los agujeros económicos que la compañía comenzaba a sufrir al cerrar algunas secciones.

Tras la comida, tomando una copa, pregunté a Juan por aquellas palabras que comentó en la pasada reunión. Me miró con cierto respeto y me explicó que, en una epidemia que se estaba expandiendo de una forma extraordinaria, viajar en un habitáculo cerrado era realmente un gran riesgo, porque un crucero suele recoger a gentes de diversas nacionalidades y recursos en los diferentes puertos, y no hay seguridad alguna de que uno o varios de los turistas no estén infectados, y si eso ocurre, la posibilidad de transmisión del virus es alta, al estar en un sitio cerrado. Que en un crucero hay de todo menos naturaleza, no hay árboles ni jardines, ni viento natural. Decía que era un ambiente de lujo pero donde todos están mezclados, que posiblemente los más ricos tengan camarotes individuales con balcones al mar y puedan estar tumbados al sol o respirando la brisa oceánica, pero la mayor parte están en camarotes interiores, algunos con una estrecha ventana redonda (ojo de buey), pero que otros muchos están sin ventilación, sin luz natural y hacinados en una superficie de varios metros cuadrados que alberga a los turistas más modestos, en la que sólo recibirán aire acondicionado por las rejillas interiores de ventilación, lo que es una buena autopista para los virus. Por otro lado también son peligrosos los eventos sociales y los espectáculos que monta el comodoro del barco: fiestas donde todos se juntan, bailes donde todos participan, en los toboganes, piscinas y tumbonas en la cubierta para tomar el sol, igual que en las clases de gimnasia, en el casino y el bingo, o en los comedores, en las cafeterías, en el cine... sobre todo si no hay aviso alguno por parte de la tripulación. Sonreí y le comenté que ya veía que no era muy amante de los cruceros.

Juan me contestó que era un defensor de la naturaleza y que un crucero era lo más anti ecológico que pueda existir. Ayuda a degradarla, ya que esos enormes buques necesitan de potentes motores diesel que los propulsen; decía que era cierto que los modernos utilizan motores duales diesel-eléctricos, pero que aún así queman millones de toneladas de un fuel muy pesado, el más barato que es el más contaminante. Le comenté que me extrañaba que en el primer brote de virus no actuaran las autoridades del barco para frenarlo. Sonrió y me señaló que, como en todo negocio, había dos poderes fácticos; por un lado el poder aparente del capitán y los oficiales pero por encima de ellos está el poder real de la empresa propietaria y de los accionistas, que son los que siempre deciden, ya que son quienes aportan los fondos financieros y quieren rentabilidad a cualquier precio. Son los que intervienen en los empresarios de tierra que reciben a los turistas para que rebajen costes que incrementen beneficios, y que por eso los cruceros estaban en el océano cuando sabían del riesgo, porque organismos oficiales sanitarios les avisaron que era una temeridad. En realidad sólo les interesan los beneficios, aunque mueran pasajeros y tripulación ellos mentirán y quitarán gravedad a la crisis sanitaria, decía Juan. Me señaló, ante mi sorpresa por su alto conocimiento sobre el tema, que si ojeaba los anuncios de las grandes sociedades de cruceros, sobre todo de las cuatro más grandes: Royal Caribbean Cruises Ltd, Carnival Corporation, MSC Cruices y Norwegian Cruise Line Holding, vería que todas ellas hablan de la seguridad de este tipo de turismo, manteniendo los viajes a pesar de que varias autoridades sanitarias mundiales avisaron sobre la enorme posibilidad de contagio en esos grandes barcos. Juan siguió insistiendo en que en los barcos, y por supuesto en los cruceros, los contagios son mucho más fáciles por la facilidad de contacto de los turistas; que si ocurría el contagio lo silenciaria el mando del barco, ya que si anunciaba que parte de la tripulación estaba infectada no habría puerto alguno que lo recibiera, lo que chocaría con el problema de que, al no prever la enfermedad, el barco no iría preparado para la epidemia.

La verdad es que aquello me dejó impresionado e intranquilo y aquél fin de semana intenté contactar con Ronald pero no me fue posible. La comunicación con el barco estaba cerrada mientras las noticias de la epidemia, que ya se estaba transformando en pandemia en los distintos países, corrían por los medios de comunicación. Quise convencerme de la responsabilidad de Ronald, en el sentido de que si notara que alguno de sus trabajadores se encontraba mal bajarían del barco en cualquier puerto del itinerario; también cabía la posibilidad de que no hubiera nadie infestado, o que si se hubiera algún contagio los médicos del barco lo hubieran puesto a buen recaudo hasta llegar a puerto… por eso me alegré cuando varios días después recibí un mensaje de Ronald junto a unas fotografías que me ponían los dientes largos y que si las viera Juan se moriría de envidia. En una de ellas, a la altura de Ecuador, desde un océano impresionante con ese color azul profundo retocado con algunas manchas de nata por el choque de las olas y la marea, se mostraba allá en la lejanía la silueta enorme de la cordillera andina y el perfil de sus picos más elevados; podía distinguirse el perfil del volcán Chimborazo, considerado durante mucho tiempo el techo del mundo. Recordaba que la cima del Everest sigue siendo el punto más elevado del planeta respecto al nivel del mar, pero no es el más alejado del centro de la Tierra, pues al estar el Chimborazo en la parte achatada del ecuador terrestre, cuyo diámetro es el más grande del planeta, está a 6263,47 m del centro de la Tierra, 1811 m más alejado que la cima del Everest, por lo que sería el volcán el pico más alto respecto al corazón de nuestro planeta. En la postal sobresalía el Chimborazo en medio de esa neblina que ofrecen los sueños melancólicos, con su eterna corona de nieve blanca que se difuminaba en un cielo decadente que tendía al color turquesa. En otra se mostraba la imponente entrada al estrecho que descubriera el 21 de octubre de 1520 Hernando de Magallanes en la primera vuelta al planeta, y días después envió otra hermosa y melancólica imagen de un atardecer cerca de la punta sur americana sobre aquella inmensa y oscura masa de agua.

Eso me hacía pensar que posiblemente estuvieran a salvo de la epidemia, aunque las noticias que me llegaban del exterior se esforzaban en evitar que fuera tan optimista. Al día siguiente, cuando me crucé con Juan, le enseñé las imágenes maravillosas que había recibido y le comenté la posibilidad de que estuvieran a salvo del peligro. Fue entonces cuando me vertió un jarro de agua fría, al aportar dos noticias periodísticas sobre graves infecciones en barcos. Una de ellas señalaba que el portaaviones norteamericano *USS Theodore Roosevelt* con 4.800 marinos, volvía a la base con más de 1.000 marinos infectados, y la segunda hablaba de que otro portaviones, el *Charles de Gaulle* de la armada francesa, volvía con otros 1000 marinos contagiados, de una tripulación de 2.300. En ambos casos se silenciaban los muertos. Eso ya me inquietó profundamente; hablé con Germán, otro jefe de sección que era muy amigo de Ronald, y al preguntarle por él me señaló que tenía dos noticias, una de doce días atrás, cuando habían desembarcado en Punta Arena, que no le había dejado muy tranquilo, ya que aunque le había enviado varias fotos de esa hermosa ciudad con las últimas estribaciones de los Andes al fondo, señalaba que la excursión que tenían contratada con empresas locales se tuvo que suspender porque algunos pasajeros habían empeorado de la gripe que arrastraban. Punta Arena era el puerto chileno más al sur del país, muy cerca de la frontera argentina (28 km) y ya dentro del Estrecho, está situado en la Región de Magallanes y en la provincia de Última Esperanza, nombre que le dio el navegante y explotador español Juan de Ladrillero, en 1557, considerado, después de Fernando de Magallanes, como el otro descubridor del estrecho, ya que fue el primer navegante en recorrerlo en ambas direcciones. Ladrillero catalogó como "la última esperanza" de encontrar el Estrecho de Magallanes cuando penetró por el Pacífico, al toparse con un fiordo que obstruía la entrada al estrecho. Pues bien, el crucero tenía contratada una excursión muy interesante al Fuerte Bulnes, primer asentamiento español en la zona, al Museo Regional de Magallanes, al de la Nao Victoria, donde hay una réplica exacta del primer barco que circunnavegó la Tierra capitaneado por Elcano, ascendiendo después al mirador del Cerro de la Cruz desde donde se ven hermosas vistas de la ciudad y del horizonte.

Baile croata de Punta Arena

En otra escapada hicieron un recorrido de cata de las mejores cervezas del país, en una de las cervecerías más antiguas de Chile, donde vieron el proceso de elaboración de la cerveza, saborearon las siete cervezas artesanales que en esa ciudad se producen, acabando aquella visita con una fiesta donde todos bailaron con todos, incluyendo público nativo y artistas profesionales.

A tal grado alcohólico se llegó que fueron muchos los viajeros que participaron en el fin de fiesta, con mayor o menor torpeza, interviniendo en los bailes típicos de la zona como el "Chamamé", típico de la Patagonia, una danza hermosa y colorista argentina exportada de la otra parte de los Andes; incluso se animaron a participar en los hermosos bailes croatas de Punta Arena, donde los bailarines danzan agarrados de la mano formando círculos ¡El alcohol siempre ahogó la vergüenza y escondió el ridículo! Sin embargo aquella noche hubo un grave empeoramiento de la ligera gripe que padecían en muchos de los turistas que participaron en aquellas actividades. Al día siguiente algunos se quedaron con fiebre y otras dolencias en el barco, y otros, con padecimientos menos graves, se animaron a participar en una excursión de un día de avistamiento de ballenas y glaciares, que se tuvo que suspender a media mañana por el empeoramiento grave de algunos de los enfermos. Retornaron al crucero, y al subir a bordo el capitán les informó que terminaban la visita a esa ciudad y continuaban camino. Entonces la vida se complicó en el barco, muchos agravaron su "gripe" y rápidamente saturaron las consultas de los cinco doctores que había a bordo, sin conseguir frenar lo que parecía una neumonía, que se había asentado en la zona menos lujosa y en los viajeros de mayor edad, y que entonces se tomaron medidas extrañas, como eliminar el self-service del desayuno, que ahora realizaban en mesas separadas; que varios de los compañeros enfermaron y no les dejaron salir de la habitación, dejándoles la comida en la puerta del camarote y prohibiendo a Ronald que los visitara; que les medían constantemente la temperatura y les hacían lavarse las manos continuamente. La alarma saltó cuando les prohibieron atracar en el próximo puerto del itinerario, a pesar de que la complicada situación a bordo lo demandaba. Entonces conocieron que una grave epidemia había estallado en Punta Arena tras la visita. En el barco todo iba mal, muchos enfermos tenían graves problemas respiratorios y no había equipos de ventilación artificial para ayudarles a respirar. Les hicieron cambiar a otra zona y aislaron los camarotes de la zona de estribor. La situación se hizo más complicada cuando iban comprobando como muchos turistas desaparecían del comedor, incluyendo a personas de servicio, incluso sanitarios y algún médico. Que en un momento determinado, Ronald escuchó al capitán por los altavoces diciendo que había una epidemia a bordo, que se encerraran en sus camarotes y que, ante la prohibición de atracar en los puertos señalados en la ruta turística, pues la epidemia desatada en Punta Arena tras la visita del barco había hecho que desde esta ciudad se informara a otros puertos del peligro de contagio de ese crucero, que llevaba "la peste" a bordo, el capitán les había notificado que había terminado el viaje y que marcharían hacia Puerto Rico, donde al parecer había presionado la naviera, que tenía allí una sede importante, para que les atendieran en el puerto por razones humanitarias, si bien, confinados en el barco. La segunda noticia que tuvo Germán era que en el paso del Pacífico al Atlántico se encontraron con una fuerte temporal que complicó mucho la navegación; el barco iba ligero de combustible, y por tanto con poco peso al fondo, por lo que el centro de gravedad se elevó y ante tamaña tempestad la navegación se hizo inestable. Decía que, en aquellos complicados momentos, la gente se hacinó en determinados lugares por si había que tomar algunas medidas de salvamento, lo que fue nefasto ya que facilitó el contagio de la enfermedad entre una gran parte de la tripulación; que el mismo Ronald cogió "la gripe" y que se llevaron del dormitorio a dos compañeros y no los habían vuelto a ver.

Me quedé preocupado pues parecía que la infección se había disparado y los pasajeros ya habían comenzado a morir y me preocupé aún más cuando me enteré que el crucero *Diamond Princess*, que el 20 de enero había iniciado su travesía por las costas orientales asiáticas, estaba en cuarentena en un muelle de Yokohama, Japón, con todos los pasajeros encerrados en sus camarotes con la prohibición de salir de ellos, y que, de una tripulación de 3711 personas, 712 estaban infestadas y una importante cantidad había muerto, sobre todo de personas mayores de 60 años.

Hablé con Suiza, con los jefes, pidiendo permiso para intervenir, tras explicarles la situación del barco en el que estaba un par de decenas de trabajadores, y me autorizaron a actuar. Contacté con varias embajadas ayudado por mi equipo particular y pude enterarme de que la situación del crucero era dramática, que ningún puerto le había dado cobijo y que tras una gestión con Argentina habían intentado enviarle a alta mar combustible, medicamentos y provisiones, sin éxito. Lo evitó el fuerte temporal que azotaba el sureste de Argentina. Los barcos estaban a la espera de que amainara el temporal, con olas de hasta 15m, para llevarles suministros, pero no hubo suerte; días después la situación empeoró cuando una nueva tempestad azotó la nave, que iniciaba el retorno hacia el Golfo de México, y empeoró de tal grado su situación que el capitán de la nave intentó de forma desesperada tomar puerto en las Malvinas, pero en medio de la tormenta salió a su encuentro un destructor inglés intentando cerrarle el paso. Al comprobar que el barco "maldito" no hacía caso de las órdenes ni de las advertencias del capitán inglés, éste realizó un disparo de advertencia en medio de la inestabilidad de la tormenta, con tan mala suerte que alcanzó la parte alta del crucero, destruyendo el centro de comunicaciones y dejándolo mudo. El barco se alejó de Las Malvinas en una situación deplorable, batido por los vientos huracanados antárticos y por la tempestad, arrastrado por la corriente hacia el sur. Era evidente que algo fallaba en el barco, parecía como si fuese a la deriva…

Ante la imposibilidad de viajar en avión al Cono Sur y de encontrar allí un barco adecuado para nuestra aventura, tuvimos que optar por elegir uno de nuestra compañía. Rápidamente preparamos nuestro buque más sólido para la búsqueda; sorprendentemente pude contar con Juan para aquella odisea, y saliendo de Rotterdam con todas las pruebas de infección viral negativa en la tripulación, enfilamos hacia el atlántico sur. En Canarias, tras repostar, tomamos las corrientes del Golfo de México, y antes de llegar a él nos desviamos hacia Venezuela; recorrimos la costa de Brasil y en Uruguay, en Montevideo, en la entrada del Mar del Plata con Buenos Aires al fondo, repostamos y recogimos a un empleado de la compañía, Edmundo, que había navegado mucho por aquella zona y conocía perfectamente el sentido de las corrientes antárticas. Al día siguiente partimos costeando la costa argentina hasta Río Gállego, frente a las islas de Las Malvinas. Ya allí notamos como la travesía se iba complicando, aunque lejos de las condiciones que soportó el buque crucero. Allí nos llegó la información de diferentes embajadas, señalando que se habían realizado varias salidas de reconocimiento aéreo buscando el buque, pero que no hubo suerte, aunque era cierto que estuvieron cinco días sin volar por las terribles tempestades que asolaban la zona, pero que al no tener conexión con el barco (el destructor inglés había destruido las antenas y el centro de comunicación) no habían podido encontrar pista alguna para buscarlo. Nos facilitaron mapas de la zona de búsqueda y los estuvimos analizando con Edmundo. A esas reuniones llevaba conmigo a Juan, era muy reflexivo y sus observaciones nos podían ayudar en la exploración; por otro lado mi gran intuición me decía que estaba pesaroso, posiblemente por la pérdida de sus compañeros, y que el dolor lo embargaba.

Tras el análisis de los datos aportados, Edmundo llegó a la conclusión de que estaban buscando por una zona equivocada. Que más al sur de la isla argentina de los Estados, en la punta oriental de América del Sur, al este de la península de Mitre, de la gran isla de Tierra del Fuego y separada de ella por los 24 km que mide el estrecho de Le Maire, dependiente del departamento de Ushuaia, se unen dos grandes corrientes de aguas gélidas, la que baña el mal llamado Mar de Drake frente a la Isla de Hornos y la que baja paralela a las costas argentinas. Hay que decir al respecto que el pirata Drake nunca pasó por allí, lo más que se acercó a esa zona fue cuando entró, buscando saquear puertos, al estrecho de Magallanes que estaba a más de 350 km al noroeste; a pesar de la siempre mentirosa propaganda inglesa, el primer europeo que pasó por allí fue el navegante español Francisco de Hoces, al mando de la carabela *San Lesmes*, cuando en el año 1525 formaba parte de la expedición de García Jofre de Loaísa, con la que pretendía estudiar el antimeridiano de Las Molucas, y fueron los supervivientes de esta desafortunada expedición los que dieron la segunda vuelta al mundo. Volviendo al tema, la información señalaba que estas dos corrientes viajaban juntas hacía la Antártida pero que antes de tocar las primeras estribaciones del continente blanco se volvían a bifurcar en función de los vientos cambiantes de aquella zona tan árida y glacial, abatida por grandes tormentas en esta época del año. Se cree que los vientos en esa estación silban al suroeste, pero pueden fácilmente girar y cambiar hacia el suroeste, y entonces los barcos a la deriva se dirigen hacia las islas occidentales antárticas, más frías, hacia una zona que el océano Antártico inunda con grandes bloques de hielo. Edmundo creía que podía haber sido el camino del crucero y que por esa zona, donde apenas hay bases de investigación, la navegación es más difícil, los vientos antárticos son más fuertes y el peligro de navegación mayor, sobre todo si el barco arrastrara avería o falta de carburante.

Mirando el mapa pensé que habían navegado demasiado y sin querer recordé la triste historia del navío español *San Telmo* en 1819, cuando la mala gestión de Fernando VII llevó a que se compraran cinco barcos al zar ruso a través de un intermediario que era un delincuente pero que dejó una buena mordida en los dirigentes españoles, tras la Guerra de la Independencia contra Napoleón. Sólo dos podían navegar, y no perfectamente, y junto a ellos navegó el navío de línea *San Telmo*, de 74 cañones, que no habían terminado de reparar en los astilleros de El Ferrol, llevando refuerzos a Valparaíso ante la anunciada independencia chilena. Lo mandaba el capitán de navío don Rosendo Porlier y cuentan que el pesimismo que sintió al comprobar el estado del navío le llevó a decir a su íntimo amigo, el capitán de fragata don Francisco Espelius: *"Adiós Francisquito, probablemente hasta la eternidad..."*, en su despedida en Cádiz. Transportaba a Chile 644 almas para neutralizar la insurrección. Dobló el cabo de Hornos en medio de una tormenta que destrozó timón y velamen, quedando a la deriva, y fue arrastrado por la tempestad a este mismo océano. La mayoría de tripulantes murieron al encallar en el hielo antártico de la ahora llamada isla de Livingston. Un grupo de supervivientes levantó una especie de refugio y otros avanzaron explorando el lugar, buscando alguna conexión. También se perdieron en la nieve. Lo curioso de la historia fue que el primer navío inglés que después llegó a la Antártida se encontró con los restos detallados del *San Telmo* y el capitán inglés del bergantín, William Smith, informó de ello a la Comandancia, pero fieles a su condición y a su historia, desde el alto mando les prohibieron hablar y acallaron el descubrimiento, figurando ellos por un tiempo en los libros de Historia como los primeros navegantes europeos que llegaron a la Antártida.

Navegamos siguiendo los criterios de Edmundo, acompañados por algún que otro avión de reconocimiento cuando el tiempo lo permitía. Fueron veinte largos días de búsqueda pero sin suerte, y no siempre la travesía fue agradable. El temporal en aquél mar gélido alcanzaba unos límites enormes de violencia y lo curioso es que todo ocurría rápido, en pocos instantes aparecía esa densa masa de nubes y se abrían los cielos soltando auténticas cascadas de agua en medio de un viento infernal que arrastraba pequeños copos de nieve que se clavaban como alfileres. Juan y su compañero Henry se batieron como colosos frente al temporal; había momentos en los que empujaba tanto el mar, que aquél robusto barco de más de 100 m de eslora se balanceaba como una campana en medio del oleaje que arrasaba la cubierta arrastrando trozos de hielo; otras veces aquél mar tan oscuro como una boca de lobo parecía querer tragarse el barco, cubriendo completamente la parte de estribor. Sw revisaba continuamente los cierres de las distintas escotillas y ojos de bue, los compartimentos estancos, incluso de los cierres de la cabina de mando; era todo lo que podían hacer… y rezar para que ningún bloque de hielo golpeara las hélices en aquél infierno. Se vivieron momentos muy dramáticos. Tras la tormenta llegó el turno de las lanchas a motor, utilizadas en la búsqueda de restos por entre montañas de hielo que tapaban islas, salientes o accidentes rocosos, penetrando en bahías heladas donde el mar era una sopa de agua y hielo de diferentes tamaños flotando sobre ella. Fueron días decepcionantes. Cuando comenzaron a acabarse las provisiones y el combustible volvimos a la Isla de las Naciones, donde nos enteramos de que la pandemia asolaba el planeta y la rapidez con la que lo hacía. Producía efectos colaterales terribles; muchos comercios e industrias habían cerrado por falta de demanda de sus productos o contagios de los empleados, lo que desencadenó una terrible maldición económica y social. Además de los infestados y de los muertos, millares de empleados engrosaron el paro en los diferentes países, y sin disponer de ingresos ni de ahorros perdieron posesiones y se hundieron en la más oscura de las miserias y desesperación. Había mucho miedo en el ambiente y lo que ocurría no facilitaba la búsqueda de nuestro crucero.

Los países tenían que controlar gastos y lanzarse a una búsqueda desesperada costaba un dinero que hacía falta para cubrir otras necesidades "más urgentes". En la taberna del puerto tomé una copa con un grupo de compañeros, que habían dado mucho más de lo que se esperaba de ellos en aquella búsqueda desilusionante. Estaba prácticamente vacía y allí comimos algo, esperando que el equipo de abordo subiera los suministros y completaran el combustible. Hacía un frío estremecedor que ni siquiera vencía aquél duro coñac. Ya se hablaba del barco perdido como un buque fantasma que había sido apresado por el hielo; uno de los dos marineros que permanecían junto a la barra de aquella taberna contaba que lo habían visto pasar como si de una montaña de hielo se tratase, frente a las costas antárticas hacia oriente, y el otro señalaba que también lo habían visto a varios cientos de millas cerca de la isla Adelaide, hacia el otro lado. Pensé que ya era una leyenda y miré a Juan; le vi absorto, muy concentrado en sus pensamientos... mi brillante intuición me decía que seguro que estaba pesaroso por la pérdida de los compañeros. Sabía que en el fondo no era una mala persona. De pronto, echó un trago largo de coñac y murmuró en voz baja las mismas palabras que le dedicó Ronald, intentando fastidiarle en la última entrevista, cuando mirándole a los ojos, le dijo: "*voy a participar en un crucero por el Cono Sur americano, ya que necesito ¡realizar un largo viaje por tierras míticas ...*", después vació la copa de un trago y comentó para él en voz baja: - "*¡Seguro que el viaje habrá sido mucho más largo de lo que esperaba!*"-

Cuando escuché aquellas palabras cuajadas de despecho de Juan me quedé sorprendido, miré mi copa y sonriendo disimuladamente comenté: - "*¡Vaya con mi brillante intuición!*"- Después vacié la copa de un trago, y recordando lo escrito en la lápida de la tumba del director de cine Billy Wilder, al que visité en el cementerio Westwood Village Memorial Park de Los Ángeles, comenté sonriendo para mí – "*¡Está claro que nadie es perfecto!*"...

Printed in Great Britain
by Amazon

48790994R00193